KB165591

방관시대의 사람들

묘보설림
____010

방관시대의 사람들

류전윈

김태성 옮김

글항아리

교묘하게 맞는 부분이 있어도

이걸 교묘한 일치라고 생각하지 말라.

– 우리 셋째 외삼촌의 말씀

제1부

서로 잘 알지 못하는
몇몇 사람들

제1장

뉴샤오리 牛小麗

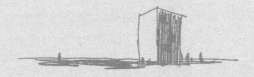

1

맨 처음 그녀를 본 사람들은 훌륭하다고 했다. 눈은 째진 데다 왼쪽 눈이 오른쪽 눈보다 컸지만 자세히 보지 않으면 분간하기 어려웠다. 골격이 작아 서남 지역의 어느 성省에서 온 여자라는 걸 단번에 알 수 있었다. 뉴샤오리의 오빠 뉴샤오스牛小實는 키가 159센티미터였다. 뉴샤오스가 그녀를 얻고 나서 둘이 나란히 걸어갈 때면 꽤 잘 어울리는 것 같았다. 하지만 실제로는 여자가 약간 더 커 보여서 왜소한 뉴샤오스의 약점을 선명하게 드러냈다. 그녀의 유일한 단점은 목소리가 거칠어서 말할 때 남자처럼 굵직한 소리가 난다는 것이다. 어쩌면 바로 그런 이유로 그녀는 말하기를 좋아하지 않는지도 모른다. 남들이 말을 걸면 그녀는 빙긋이 웃기만 했다. 대답하지 않으면 안 되는 질문에도 한 글자로 분명하게 표현할 수 있으면 굳이 두 글자로 말하지 않았다. 전혀 수다스러워 보이지 않았다.

"이름이 뭔가요?"

"쑹차이샤宋彩霞예요."

"집은 어딘가요?"

"○○성이요."

○○성은 중국 서남 지역의 편벽한 곳에 자리하고 있다.

"○○성은 아주 크잖아요. ○○성 어느 현이에요?"

"친한沁汗현이요."

묻는 사람은 친한현이 어디에 있는지 알지 못했다. 그래서 또 물었다.

"집에 식구는 몇인가요?"

"일곱이요."

"누구누구인가요?"

"할아버지, 할머니, 아버지, 엄마, 남동생, 여동생, 그리고 저요."

"왜 시집을 오려고 하는 건가요?"

"가난해서요."

"가난 때문에 수천 리 길을 온단 말이에요?"

"아버지가 아프세요."

다시 물었지만 대답이 없었다. 눈물이 눈 안을 맴돌았다.

"집 생각이 나는 모양이군요."

쑹차이샤는 신자좡辛家莊의 라오신老辛 집에서 데려온 여자였다. 라오신의 마누라도 ○○성 사람이었다. 라오신의 마누라는 그녀가 자기 친정 조카딸이라고 했다. 라오신의 마누라가 조카를 대신해서 값을 불렀다. 맨 처음 부른 액수는 15만 위안이었다. 이 금액은 사람을 파는 것이 아니고 납채納采를 의미하는 것이라 법에 저촉되지 않았다. 뉴샤오리는 쑹차이샤의 목소리가 맑지 않다는 단점을 물고 늘어지면서 라오신의 마누라에게 7만 위안을 제시했다. 화가 난 라오신의 마누라는 손뼉을 치면서 구자자이古家寨에 사는 구씨네 셋째는 재작년에 ○○성 출신 언청이 아내를 맞았다고 말했다. 수술로 교정을 했지만 웃거나 울 때면 수술 흔적이 금세 드러나는데도 12만 위안을 냈다고 했다. 우자좡吳家莊의 라오우老吳네 둘째는 서남 지역의 다른 성에 가서 아내를 맞아왔는데, 이 여자는 이혼한 적이 있는 데다 아이도 하나 딸려 있는데 11만 위안을 주었다고 했다. 라오신의 마누라는 아무리 깎아도 13만 위안 이하는 안 된다고 우겼다. 13만 위안에 급히 결혼하려는 이유는 쑹차이샤의 아버지가 신장병을 앓고 있기 때문이라고 했다. 한 달에 서너 번씩 투석을 해야 하기 때문에 돈이 급하다는 것이었다. 그러면서 말했다.

"안 데려가려면 말아요. 댁에서 원치 않아도 스자자이司家寨의 라오스老司가 기다리고 있으니까요. 14만 위안을 주겠다고 하지만 라오스의 나이가 쉰이 넘었고 조카딸은 겨우 스물하나에 나이가 찬 숫처녀라 쉰이 넘은 늙다리한테 몸을 망치게 할 수 없어서 망설인 것뿐이니까요."

뉴샤오리는 쑹차이샤의 키가 작다는 단점을 내세워 라오신의 마누라를 상대로 흥정을 이어갔다. 결국 9만 위안과 11만 위안 사이에서 줄다리기를 하게 되었다. 뉴샤오리는 짐짓 몸을 돌려 가버리려는 태도를 보였다. 이때 쑹차이샤가 그녀를 잡아끌며 말했다.

"몇 살인데 이러시는 거예요?"

뉴샤오리가 멍한 표정으로 되물었다.

"누굴 말하는 건가요?"

쑹차이샤가 말했다.

"댁의 오빠 말이에요."

"서른하나요."

"그럼 댁은요?"

뉴샤오리가 어리둥절한 표정으로 대답했다.

"스물둘이요."

"결혼할 상대는 있나요?"

"다음 달에 결혼할 예정이에요."

"집안에 또……"

뉴샤오리가 쑹차이샤의 마음을 바로 알아차렸다.

"엄마 아버지는 8년 전에 돌아가셨어요. 집에 댁을 괴롭힐 사람은 아무도 없는 셈이지요."

"오빠가 서른하나라……."

뉴샤오리는 이번에도 쑹차이샤의 속뜻을 알아차렸다.

"결혼을 하긴 했지만 지금은 이혼한 상태예요. 딸이 하나 있는데 네 살이고요."

이때 라오신의 마누라가 손뼉을 치면서 끼어들었다.

"봐요, 내가 잊고 있었네. 댁의 오빠는 두 번째 결혼인 데다 아이까지 딸려 있잖아요."

쑹차이샤가 물었다.

"댁의 오빠와 올케 중에 누가 누구를 버린 건가요?"

뉴샤오리는 약간 당황하긴 했지만 사실대로 말했다.

"올케가 외지에 나가 일을 하다가 다른 남자와 눈이 맞았어요."

갑자기 쑹차이샤는 뉴샤오리의 옷소매를 잡아끌며 말했다.

"10만 위안에 댁을 따라가도록 하겠어요."

라오신의 마누라가 쑹차이샤를 가로막았다.

"돈이 너무 적어요. 절대 가면 안 된다고요."

쑹차이샤는 뉴샤오리의 집안에 1만 위안의 가치가 있다고 말했다. 라오신의 아내가 어째서 그러냐고 묻자 쑹차이샤는 차분한 어투로 설명했다. 첫째는 뉴샤오리에게 부모님이 계시지 않고 뉴샤오리가 다음 달에 출가할 예정이라 자신이 그 집안에 들어

가는 즉시 주인이 될 수 있다는 것이다. 둘째는 뉴샤오리의 오빠가 아내에게 차였다는 사실은 그의 성격이 그다지 드세지 않다는 것을 증명한다는 것이다. 셋째는 네 살짜리 딸이 있긴 하지만 아직은 자신을 굴복시킬 수 있는 나이가 아니라는 것이다. 넷째는 자신이 스자자이의 라오스처럼 쉰이 넘은 늙다리에게 시집을 가고 싶지 않기 때문이라고 했다. 쑹차이샤의 설명을 듣고 난 뉴샤오리는 멍한 느낌이었다. 그녀의 말에는 일리가 있었지만 뉴샤오리 자신은 미처 생각하지 못한 내용이었기 때문이다. 쑹차이샤가 이런 생각을 했다는 것은 그녀가 꽤 똑똑한 여자라는 점을 증명한다. 또한 앞으로 살아갈 일에 대해 여러 면으로 생각할 수 있다는 건 그녀가 삶을 진지하게 살아가는 사람임을 증명한다고 판단했다. 뉴샤오리의 오빠 뉴샤오스는 매사에 산만한 데다 데면데면했고 뉴샤오리는 다음 달에 시집을 가기 때문에 집안에 이런 사람이 절대적으로 필요했다.

뉴샤오리는 쑹차이샤를 뉴자좡牛家莊에 있는 자기 집으로 데려가서 오빠인 뉴샤오스에게 선을 보였다. 뉴샤오스와 그녀가 만날 때 마을 사람들도 마당을 빙 둘러싸고 그녀를 구경했다. 구경꾼들이 흩어지고 나자 뉴샤오리는 쑹차이샤에게 동쪽 사랑채로 가서 물을 마시라고 한 뒤, 뉴샤오스를 안채로 끌고 가서 의논했다.

뉴샤오리가 물었다.

"어때요?"

"한 번 보고서 무슨 문제가 있는지 알 수 있겠니?"

"별문제가 없는 것 같으면 그냥 저 여자로 해요."

"좀더 살펴보지 않아도 될까? 난 별로 급하지 않은데 말이야."

"다음 달에 제가 시집가고 나면 오빠랑 반주班鳩에게 밥해줄 사람이 없잖아요."

반주는 뉴샤오스의 네 살 난 딸이었다. 뉴샤오스는 여전히 망설였다.

"말하는 게 꼭 남자 같더구나."

뉴샤오리가 귀찮다는 듯이 말을 받았다.

"목소리가 좋으면 15만 위안을 내야 해요. 우리가 그런 돈을 감당할 수 있겠어요?"

뉴샤오스는 고개를 숙인 채 아무 말도 하지 않더니 한참 만에 입을 열었다.

"오랜 시간을 들여 간신히 마누라를 사서 얻었는데 다른 성 사람이라면 남들이 어떻게 생각하겠니?"

뉴샤오리가 말했다.

"그럼 안 사도 돼요. 오빠가 직접 나가서 찾아보세요."

뉴샤오스는 또 아무 말을 않다가 한참 후에 다시 입을 열었다.

"원한다고 해도 10만 위안이면 역시 적은 돈은 아니잖아."

작년에 간신히 안채 수리를 마친 터라 남은 돈이 2만 위안뿐이라는 것을 두 사람은 잘 알고 있었다. 뉴샤오리가 말했다.

"그건 오빠가 신경 쓰지 않아도 돼요."

뉴샤오리는 동쪽 사랑채로 돌아가 쑹차이샤와 이야기를 마무리했다. 쑹차이샤는 신자좡으로 돌아가 돈을 기다렸다. 뉴샤오리는 자전거를 타고 자신의 약혼자인 펑진화馮錦華를 만나러 진鎭으로 향했다. 진에서 오토바이 수리점을 하고 있는 펑진화는 뉴샤오리와 고등학교 동창이다. 뉴샤오리가 말했다.

"8만 위안만 좀 빌려줘."

펑진화는 오토바이를 수리하느라 손에 기름이 잔뜩 묻은 채로 말했다.

"8만 위안은 적은 돈이 아니야. 가게를 팔아도 그렇게 큰돈을 마련하긴 힘들다고."

그러고는 설명을 덧붙였다.

"오토바이 한 대 수리해봤자 몇십 위안밖에 못 받아."

뉴샤오리가 말했다.

"어디 가서 좀 빌리면 되잖아."

"뭐에다 쓰려고?"

"우리 오빠한테 마누라 하나 얻어주려고."

펑진화가 어리둥절한 표정으로 물었다.

"돈을 빌릴 때 언제 갚을 거냐고 물으면 뭐라고 말하지?"

"돈이 생기는 대로 갚겠다고 해."

"언제 돈이 생기는데?"

뉴샤오리가 화를 냈다.

"남한테 돈을 빌리기도 전에 나를 이렇게 괴롭히는 건 무슨 심보야?"

그러고는 한마디 덧붙였다.

"오빠가 안 갚으면 내가 갚을 거야. 됐어?"

뉴샤오리는 이런 말도 했다.

"우리 오빠한테 빌려주는 게 아니라 나한테 주는 예물이라고 생각하면 되잖아. 안 그래?"

그러고는 몸을 돌려 가버렸다.

오후에 펑진화는 오토바이를 몰고 뉴자좡으로 와서 뉴샤오리에게 7000위안을 건넸다.

펑진화가 말했다.

"우리 외삼촌이랑 고모, 둘째 이모한테서 빌린 돈이야……. 되는대로 급하게 구해봤어. 어느 집에도 안 쓰고 놀려둔 돈이 없더라고."

7000위안을 보면서 뉴샤오리가 말했다.

"내가 남편감으로 널 택하는 게 아니었어. 돈 많은 사람을 찾았어야 했다고."

펑진화가 화를 참느라 빨개진 얼굴로 말을 받았다.

"너무 갑작스럽게 돈을 구해오라니까 그러지."

뉴샤오리는 구차하게 더 말하지 않고 곧장 뒤돌아 문을 나섰다. 그러고는 자전거를 타고 진으로 가서 사채업자인 투샤오루이屠小銳를 찾았다. 뉴샤오리는 투샤오루이의 여동생 투샤오롱屠小榮과 고등학교 동창으로, 당시 뉴샤오리가 진에 사는 투샤오롱을 찾아왔을 때 투샤오루이는 그녀에게 반하고 말았다. 이후 투샤오루이는 반년 넘게 뉴샤오리에게 죽기 살기로 매달렸다. 뉴샤오리는 투샤오루이의 품행이 안 좋다고 여겨 다른 동창생인 펑진화를 선택했다. 펑진화를 택한 건 그의 인품이 마음에 들어서였다. 하지만 몇 년이 흐르자 인품은 돈이 될 수 없다는 것을 알게 되었다. 투샤오루이는 사채업을 하고 있었지만 사무실 문에는 '란팅다실蘭亭茶室'이라는 간판이 붙어 있었다. 뉴샤오리가 란팅다실 안에 들어서자 투샤오루이는 태사의太師椅에 앉아 그녀를 멍하니 올려다보았다. 뉴샤오리가 단도직입적으로 말했다.

"샤오루이 오빠, 저한테 8만 위안만 빌려주실 수 있어요?"

투샤오루이가 말했다.

"내가 하는 일이 바로 돈 장사인데 문 열고 들어오는 사람은 누구나 다 옥황상제지. 어디에 쓸 건데 그래?"

뉴샤오리가 말했다.

"그건 상관하지 마시고요."

투샤오루이가 말했다.

"우선 듣기 싫은 얘기부터 하지. 이자는 3할이고 1년 안에 갚아야 해."

"저는 샤오룽과 동창이잖아요."

"이자를 안 내는 방법도 있어. 하지만 조건이 한 가지 있지."

"무슨 조건인데요?"

"너랑 한 번 하게 해줘."

"오빠 여동생이랑 해요."

"조건을 바꿀 수도 있지."

"무슨 조건인데요?"

"이자를 2할로 하는 대신 나랑 뽀뽀를 한 번 하는 거야."

뉴샤오리가 얼굴을 내밀었다. 투샤오루이는 얼굴에 뽀뽀를 하는 척하다가 갑자기 두 손으로 뉴샤오리의 머리를 꽉 감싸 쥐더니 그녀의 입안에 혀를 집어넣었다. 뉴샤오리가 가까스로 그의 손에서 빠져나와 땅바닥에 침을 뱉으면서 말했다.

"이런 개새끼!"

그날 오후 뉴샤오리는 신자좡의 라오신네 집으로 가서 라오신의 마누라 앞에서 쑹차이샤에게 10만 위안을 내놓았다. 그런 뒤세 사람은 진으로 왔다. 뉴샤오리는 은행 문밖에서 기다리고, 쑹차이샤와 라오신의 마누라는 쑹차이샤의 집으로 돈을 부쳤다. 은행에서 나온 라오신의 마누라는 신자좡으로 돌아가고 뉴샤오리는 쑹차이샤를 데리고 뉴자좡으로 돌아왔다. 그날 밤, 뉴샤오스와 쑹차이샤는 안채에 있는 신방에 들었다. 뉴샤오리와 조카

반주는 동쪽 사랑채에서 잤다.

이튿날 아침 식사를 하면서 뉴샤오리는 오빠 뉴샤오스가 슬며시 웃는 것을 보고는 안도의 한숨을 내쉬었다.

하지만 닷새 뒤에 새언니 쑹차이샤가 종적을 감추리라고는 누구도 생각지 못했다.

2

뉴샤오리는 입도 크고, 눈도 크고, 콧대도 높은 데다 키까지 컸다. 같은 엄마 뱃속에서 나왔는데 그녀의 오빠 뉴샤오스는 키가 159센티인 데 비해 그녀는 176센티였다. 스물두 살이 된 지금도 크지만 여섯 살 때도 컸다. 그녀는 초등학교에 다닐 때부터 별명이 한 무더기나 됐다. 큰 입, 왕눈이 괴수, 코끼리, 바닷말……하지만 학교 친구들은 뒤에서 몰래 별명을 부를 뿐 누구도 감히 면전에 대고 부르진 못했다. 뉴샤오리는 어렸을 때부터 남자 아이들을 상대로 앞장서서 싸웠고 주먹도 거침없이 휘둘렀다. 손을 한번 휘둘렀다 하면 상대방 코에서 피가 터지거나 멍이 들기 일쑤였다. 뉴샤오리는 간혹 자기 별명을 듣고도 누구를 말하는 건지 알지 못했다.

뉴샤오리의 아빠는 그녀가 열네 살 때 폐암으로 돌아가셨다. 한 살부터 열네 살 때까지 뉴샤오리가 기억하는 아빠와 엄마는 온종일 싸우기만 하던 사람들이었다. 아빠가 세상을 떠나던 날 뉴샤오리는 안도의 한숨을 쉬었다. 그해에 뉴샤오리는 중학교 2학년이 되었다. 아빠가 돌아가신 지 두 달이 되던 어느 날 오전, 물리 수업 시간에 선생님이 난로 위의 주전자 뚜껑이 움직이는 것을 보고 와트가 증기기관을 만들었다는 이야기를 하는데 뉴샤오리의 편두통이 도졌다. 뉴샤오리는 어려서부터 편두통이 있었다. 뉴샤오리는 선생님에게 조퇴를 해도 되는지 물었다. 와트를 포기한 그녀는 책가방을 메고 혼자 집으로 돌아왔다. 문 앞에 도착하자 대문이 잠겨 있었다. 이상하다 싶었지만 뉴샤오리는 담장을 타넘어 마당 안으로 들어갔다. 안채에서 엄마의 요란한 비명 소리가 들려왔다. 컸다 작았다 하는 그 소리에 뉴샤오리는 엄마도 편두통이 도진 것이라 생각했다. 뉴샤오리의 편두통은 엄마에게서 유전된 것이기 때문이다. 하지만 방문 가까이 갔을 때 웬 남자가 덩달아 소리를 지르기 시작했고, 뉴샤오리는 방 안에서 무슨 일이 벌어지고 있다는 것을 깨달았다. 뉴샤오리는 꼼짝 않고 문 앞에서 10분 동안 서 있었다. 머리 아픈 것도 어느새 가라앉아 있었다. 마침내 방 안에서 나던 소리가 그쳤다. 뉴샤오리는 발로 문을 걷어차 열었다. 침대 위에 벌거벗은 남녀가 몸을 포갠 채 누워 있었다. 남자가 아래에 있고 여자가 위에 있었다. 남자는 진에 사는 조리사 장라이푸張來福였다. 뉴샤오리의 엄마는 장라이푸의 몸 위에 앉아 있었다. 장라이푸는 뉴샤오리의 같은 반 친구 장다진張大進의 아빠였다. 장다진의 엄마는 뉴샤오리와 장다진이 다니는 학교에서 청소 일을 하고 있었다. 벌거벗은 남녀는 얼어붙은 채 넋이 나간 표정이었다. 뉴샤오리가 날카로운 소리를 질러대기 시작했다. 방금 전 그녀의 엄마와 장다진의 아빠가 내지르던 소리보다 훨씬 컸다. 벌거벗은 남녀는 몹시 당황했다. 뉴샤오리의 엄마는 장라이푸의 몸 위에서 내려올 생각조차 못하고 다급하게 말했다.

"샤오리, 소리 좀 지르지 마!"

뉴샤오리는 더 날카롭게 비명을 질러댔다.

"당장 꺼져!"

뉴샤오리의 엄마가 또다시 애원하듯 말했다.

"샤오리, 제발 소리 좀 지르지 마!"

뉴샤오리는 더 크게 고함을 질렀다.

"아빠 돌아가신 지 두 달밖에 안 됐잖아!"

장다진의 아빠는 서둘러 뉴샤오리의 엄마를 밀어내더니 아무렇게나 윗도리를 주워 입고 바지를 끌어올린 다음 밖으로 뛰쳐나갔다.

뉴샤오리의 엄마가 말했다.

"샤오리, 내 말 좀 들어봐."

뉴샤오리가 소리를 질렀다.

"꺼지라고!"

뉴샤오리의 엄마는 잠시 멍한 표정을 짓더니 화를 내기 시작했다.

"난 네 엄마야, 내가 널 어떻게 하는지 두고 봐!"

뉴샤오리는 마당을 달려갔다.

"당장 꺼지지 않으면 거리로 나가서 소리 지를 테야!"

이때 이미 누군가 담장 위로 머리를 내밀고 마당 안을 들여다보고 있었다.

뉴샤오리의 엄마가 다급한 목소리로 말했다.

"샤오리, 기다려!"

서둘러 옷을 주워 입은 뉴샤오리 엄마는 뉴샤오리를 앞질러 집 밖으로 뛰쳐나갔다. 뉴샤오리는 엄마의 등에 대고 소리쳤다.

"다시는 돌아오지 마. 돌아오면 내가 죽여버릴 테니까!"

뉴샤오리의 엄마는 다시 돌아오지 않았다. 뉴샤오리가 자신을 죽일까 두려워서 돌아오지 않은 게 아니라 이 일을 알게 된 장다진의 엄마가 학교 청소부 일을 그만두고는 온종일 칼을 들고 사방천지로 장다진의 아빠와 뉴샤오리의 엄마를 찾아다니면서 죽여버리겠다고 별렀기 때문이다. 그 뒤로 뉴샤오리의 엄마와 장다진의 아빠는 종적을 감췄다. 8년이 지났지만 아무런 소식도 없었다. 누군가 시안西安의 야시장에서 두 사람을 보았다고 했다. 두 사람이 후라탕胡辣湯*과 화로에 구운 떡을 팔고 있는 모습을 보았다는 것이다. 장다진의 아빠는 조리사였다. 하지만 뉴샤오리의 마음속에서 엄마는 아빠와 마찬가지로 이미 죽은 존재였다.

아빠가 죽고 엄마는 도망갔지만 뉴샤오리에게는 오빠가 있었다. 원래는 오빠가 여동생을 보살펴야 했지만 뉴샤오리의 오빠인 뉴샤오스는 어려서부터 칠칠치 못했다. 오빠가 칠칠치 못한 것도 오빠 탓은 아니었다. 태어나자마자 엄마 아빠가 매일같이 싸웠기 때문이다. 말을 배워야 할 때도 엄마 아빠는 싸우고 있었고, 걸음마를 배워야 할 때도 엄마 아빠는 싸우고 있었던 것이다. 뉴샤오리는 성인이 되어서야 이런 집안에서는 두 종류의 사람이 나올 수 있다는 것을 알게 되었다. 하나는 어떤 일에도 겁을 내지 않는 사람으로서, 뉴샤오리처럼 항상 싸우는 것이 정상이라고 여기는 유형이다. 또 하나는 뉴샤오리의 오빠 뉴샤오스처럼 매사에 겁을 먹는 사람으로, 남들과 싸웠다 하면 늘 괴롭힘을 당하기 때문에 싸우면 괴롭힘을 당하는 것이 정상이라고 여기는 유형이다. 뉴샤오스는 스물여섯 살이 되던 해에 아내를 얻었다. 아내는 몸집이 가냘프고 섬세한 데다 상당히 여유 있는 성격의 소유자라 좀처럼 남들과 다투는 일이 없었다. 그런데 뉴샤오스는 그런 아내와 어떻게 지내야 할지 몰라 사사건건 아내에게 트집을 잡아 싸움을 걸곤 했다. 두 사람은 성내에서 일했다. 그러던 어느 날 마침내 아내가 뉴샤오스와 크게 다투고 나서는 다른 남자와

● 각종 고기와 야채를 넣고 끓인 허난 지역 특유의 음식.

함께 집을 나가버렸다. 딸도 두고 갔다. 아내가 집을 나가자 오히려 성질을 부리지 않는 온순한 성격으로 돌아온 뉴샤오스는 딸과 함께 짐을 싸가지고 성내를 떠나 마을로 돌아왔다. 이때 뉴샤오리는 칠칠치 못한 오빠를 탓하지 않았고, 이미 세상을 떠난 아빠와 역시 '이 세상 사람이 아닌' 엄마를 탓하기 시작했다. 오빠는 칠칠치 못하고 조카딸 반주는 아직 어리다 보니 집안일은 전부 뉴샤오리 도맡아 처리해야 했다. 여동생이 여동생이 아닌 또다른 엄마가 된 것이다. 그때 뉴샤오리는 후회되었다. 편두통이 도졌던 그날, 학교에서 집으로 돌아왔을 때 안채에서 이상한 소리가 들렸더라도 문을 걷어차고 들어가 소리를 질러 엄마가 집을 나가게 하지는 말았어야 했다. 아무 소리도 내지 말고 아무 일 없었던 것처럼 행동했어야 했다. 그녀는 엄마에게 소리를 질러 집을 나가게 함으로써 자신을 또 다른 엄마로 만든 것이다. 동시에 그녀는 엄마에 대해 탄복했다. 떠난 지 8년이 지나도록 아무런 소식이나 흔적도 없는 게 정말 대단하다고 느껴졌다. 이어서 이번에는 엄마를 이해할 수 있을 것 같았다. 여자로서 다른 남자의 몸 위에 알몸으로 앉아 있는 자기 모습을 딸에게 보였으니 어쩌면 딸이 자신을 죽은 사람으로 여기길 바라고 있는지도 모를 일이다. 뉴샤오리는 남자친구가 생기고 난 뒤로 예전에는 잘 알지 못했던 이런 점들을 분명히 알 수 있었다. 그 부분을 이해하자 뉴샤오리는 엄마를 떠올리는 일이 드물어졌다. 시간이 흐르면서 그녀는 집에서 엄마 노릇을 하는 데도 아주 익숙해졌다. 하지만 뉴샤오리는 다음 달에 시집을 가야 했고, 시집가기 전에 오빠에게 아내를 얻어주어야 했다. 오빠에게 아내를 얻어주는 것은 그에게 또 다른 엄마를 만들어주는 셈이다. 뉴샤오스와 쑹차이샤가 안채에서 신방에 들던 그날 밤, 뉴샤오리와 조카딸 반주는 동쪽 사랑채에서 잤다. 한 시간쯤 지나자 잠들었다고 생각했던 반주가 갑자기 큰 소리로 자신을 불렀다.

"고모!"

"왜?"

"내일 두 사람이 아이를 낳게 되는 거야?"

뉴샤오리는 반주가 가리키는 게 안채에 있는 두 사람이라는 것을 모르지 않았다.

"아냐. 아이를 낳으려면 최소한 열 달이 지나야 해."

"새엄마가 나한테 못되게 굴면 어떻게 하지?"

"고모가 있잖아."

"고모가 시집가고 나면 어떻게 해?"

"새엄마가 너한테 못되게 굴면 넌 고모한테 오면 되잖아."

"고모한테 갔다가 고모 남편이 나한테 못되게 굴면 어떻게 해?"

뉴샤오리는 잠기운이 싹 달아나버렸다.

"젠장, 감히 그럴 수 있겠어?"

반주는 까르르 웃으면서 뉴샤오리의 목에 팔을 감았다.

"고모!"

"왜?"

"난 이담에 커서 고모처럼 될 거야."

반주는 뉴샤오리를 끌어안은 채 잠들었다. 반주가 잠들고 나자 뉴샤오리는 유심히 안채의 동정을 살피기 시작했다. 하지만 안채에서는 아무런 기척도 없었다. 신음 소리도 나지 않았고 대화하는 소리도 들리지 않았다. 왠지 뉴샤오리의 마음이 다급해졌다. 이튿날 아침 식사를 하면서 뉴샤오스가 몰래 웃는 것을 보고 나서야 뉴샤오리는 마음을 놓았다. 그녀는 일이 마무리되었다고 생각했다. 그래서 쑹차이샤가 닷새 뒤에 집을 나가리라고는 꿈에도 생각지 못했다. 두 사람은 사기꾼을 만난 것이었다. 맨 처음 신자좡의 라오신 집에서 그녀가 뉴씨 집안의 상황을 자세히 따져 물었을 때, 뉴샤오리는 그녀가 살림을 잘할 수 있는 사람이라 자신의 짐을 넘겨받기에 충분하다고 생각했다. 그래서 그녀에게 줄 돈을 마련하느라 투샤오루이가 자기 입에 혀를 집어넣는 것까지 허락했다. 하지만 이제 와 생각해보니 신자좡 라오신의 집에서 만났을 때 목소리 거친 그녀는 뉴샤오리 자신을 한심한 멍청이로 여겼던 것 같다.

"쑹차이샤, 이 개 같은 년!"

뉴샤오리는 욕을 해댔다.

3

뉴샤오리는 시비를 가리기 위해 약혼자 펑진화를 데리고 라오신과 라오신의 마누라가 사는 신자좡으로 갔다. 이 일의 당사자는 뉴샤오스였다. 이치대로 하자면 뉴샤오리는 뉴샤오스를 데리고 가야 했지만 첫째, 뉴샤오스는 멍청이라 데려가 봤자 아무 소용없을 것이고 둘째, 쑹차이샤가 도주한 뒤로 뉴샤오스는 한마디 말도 하지 않아 뉴샤오리를 극도로 화나게 만들었기 때문에 데려가지 않았다. 쑹차이샤가 도주한 것을 알게 된 뉴샤오스는 쑹차이샤를 탓하지 않고 뉴샤오리를 원망하기 시작했다.

"애당초 내가 말했잖아. 일을 서둘러선 안 된다고 말이야. 네가 그렇게 급하게 일을 진행하더니 꼴 좀 봐라. 결국 문제가 생기고 말았잖아?"

쑹차이샤가 도주한 걸 알고도 화를 내지 않은 뉴샤오리였지만 화가 치밀었다.

"내가 일부러 일을 그르쳤다고 쳐요. 됐어요?"

뉴샤오스는 중얼거리듯 한마디를 덧붙여 뉴샤오리의 화를 돋웠다.

"10만 위안은 어떻게 할 거야?"

"그 돈은 내가 빌린 거예요. 내가 갚아야 한다고요. 오빠와는 아무 상관도 없다고요. 알았어요?"

그제야 뉴샤오스는 더 이상 말을 꺼내지 못했다.

뉴샤오리와 펑진화는 오토바이를 타고 신자챵으로 갔다. 라오신과 라오신 마누라는 집에 없었다. 이웃 사람들의 말로는 마을 뒤에 있는 가마로 벽돌을 져 나르러 갔다고 했다. 신자챵 뒤 강가에는 벽돌 공장이 하나 있었다. 강가의 모래를 이용하여 매일 벽돌을 구웠다. 가마 안에서 닷새 동안 구워진 모래벽돌은 물을 뿌려 식힌 뒤 가마에서 꺼냈다. 작년 여름에 뉴샤오스도 신자챵 벽돌 공장에서 일한 적이 있었다. 하루 종일 벽돌을 져 나르면 80위안을 받았다. 하지만 뉴샤오스는 사흘 일하고 집으로 돌아왔다. 돌아온 이유는 고생을 견디기 어려워서가 아니라 고온을 견디기 힘들고 등에 커다란 물집이 잔뜩 생겼기 때문이다. 뉴샤오스는 가마에서 막 꺼내진 벽돌 온도가 섭씨 60~70도 정도라고 했다. 남들이 져 나르는 벽돌도 섭씨 60~70도였지만 그들 등에는 물집이 생기지 않았는데 뉴샤오스의 등에만 물집이 생겼다. 그는 멍청할 뿐만 아니라 계집애의 운명, 그리고 어린 아가씨의 몸을 지니고 있었다. 뉴샤오리는 한숨을 내쉬었다. 뉴샤오리와 펑진화는 오토바이를 타고 신자챵 뒤에 있는 강가로 갔다. 뉴샤오스가 작년에 이곳에서 일할 때 뉴샤오리는 면 신발을 보내주었다. 한여름에 면 신발을 보낸 이유는 가마 속 바닥 온도가 섭씨 60~70도나 되기 때문이다. 이런 사실은 당시 뉴샤오스가 전화로 말해준 것들이다.

벽돌을 굽기 위해 모래를 파내다 보니 1년이 지나자 강가의 땅은 아주 깊게 파였다. 강물은 눈에 띄게 깊어진 상태로 호호탕탕 동쪽으로 흘러갔다. 뉴샤오리와 펑진화는 가마 공장 앞에 오토바이를 세우고 가마 입구에서 두 사람을 기다렸다. 마침내 등에 벽돌을 지고 줄줄이 나오는 사람들 중에 라오신과 그의 마누라가 모습을 드러냈다. 라오신과 라오신의 마누라는 얼굴과 몸에 벽돌 가루를 잔뜩 뒤집어쓰고 있었다. 벽돌에 물을 뿌려 식힌 뒤라 라오신과 라오신의 마누라의 등 뒤에서는 연기가 피어올랐다. 두 사람의 몸이 연기에 싸였다. 라오신과 라오신의 마누라는 둘 다 키가 작은 데다 손에 각자 지팡이를 하나씩 짚고 있었다. 펑진화가 다가가 두 사람 앞을 막아섰다.

　"이 일은 그만하도록 해요."

　라오신이 멈춰 서서 숨을 헐떡거렸다.

　"무슨 일인데 그래요?"

　"큰일이 터졌어요."

　라오신의 마누라가 물었다.

　"무슨 일이 터졌다는 건가요?"

　뉴샤오리가 말했다.

　"쑹차이샤가 도망쳤어요!"

　라오신의 마누라는 그대로 땅바닥에 엉덩방아를 찧으며 주저앉고 말았다. 그 바람에 등에 지고 있던 벽돌이 와르르 땅으로 쏟아졌다.

네 사람은 벽돌 가마를 벗어나 강가의 버드나무 아래로 갔다.

라오신이 입을 열었다.

"언제 일이 터진 건가요?"

뉴샤오리가 말했다.

"어제 아침이요."

라오신의 마누라가 끼어들었다.

"장날이라 급히 장에 간 건 아닐까요?"

뉴샤오리가 말했다.

"장에 갔다고 해도 하루 밤낮이 걸리지는 않아요. 진과 현을 다 뒤져봤지만 쑹차이샤를 찾을 수 없었어요."

라오신이 숨을 들이쉬며 물었다.

"이 일을 어떻게 해결해야 되나요?"

펑진화가 말했다.

"어렵지 않아요. 그 여자가 댁들 조카딸이니 어디로 도주했든 댁들이 다시 잡아오면 되죠."

라오신은 아무 말도 하지 않고 강가에 쭈그리고 앉아 담배를 피우기 시작했다. 라오신의 마누라가 울먹이는 투로 말했다.

"하지만 그 여자는 제 조카가 아니에요."

뉴샤오리는 놀라지 않을 수 없었다.

"그럼 그 여자가 누구란 말이에요?"

"모르는 사람이에요."

뉴샤오리가 화난 어투로 물었다.

"모르는 사람이 어떻게 댁들 집에 있었던 거예요?"

"그 여자가 이리저리 알아봤는지 제가 ○○성 친한 사람이라는 걸 알고는 동향인이라면서 찾아왔어요. 시집을 가고 싶은데 사람도 지역도 다 익숙지 않다는 거예요. 자신을 조카로 받아주면 의지할 데가 생기고, 자신이 시집갈 집을 찾기가 한결 쉬워질 거라면서요."

뉴샤오리의 머릿속에서 쾅 하고 폭발음이 울렸다. 알고 보니 라오신의 마누라도 자신들과 마찬가지로 쑹차이샤에게 속은 것이었다. 이어서 뉴샤오리는 라오신의 마누라가 하는 말의 진위를 의심했다.

"그 여자가 당신 조카든 아니든 간에 당신네가 데려왔으니 당신네가 데려다 놔요."

그러고는 이렇게 덧붙였다.

"사람은 도로 데려오지 않아도 괜찮지만 10만 위안은 반드시 돌려줘야 해요."

펑진화가 말했다.

"10만 위안이 아니지. 진에서 높은 이자로 빌린 돈이잖아. 이자가 3할이니까 1년이면 13만6000위안이라고."

라오신의 마누라가 울음을 터뜨렸다.

"저를 내다 팔아도 그만한 돈은 받지 못할 거예요."

이때 라오신이 담배꽁초를 내던지면서 일어섰다.

"내가 보기에는 이치가 올바르지 못한 것 같네요. 쑹차이샤를 우리가 데려오긴 했지만 엿새 전에 당신들한테 넘긴 거잖아요? 그리고 그 여자는 당신들 집에서 닷새를 보냈잖아요?"

뉴샤오리가 대답했다.

"맞아요, 우리 집에서 닷새를 보냈어요."

"당신들을 따라갔으면 이미 당신네 사람이 된 겁니다. 그 여자가 도망친 집에 책임이 있는 거라고요. 사람을 찾는다면 우리가 당신네를 찾아가 사람을 돌려달라고 해야 할 판인데 어째서 거꾸로 당신들이 우리에게 사람을 돌려달라고 하는 겁니까?"

뉴샤오리와 펑진화는 잠시 넋을 잃었다. 라오신이 키가 작긴 하지만 그 머릿속에 수많은 지혜와 이치가 굽이굽이 감춰져 있으리라고는 생각지 못했다. 화가 난 펑진화가 라오신에게 다가가 멱살을 잡으며 말했다.

"그 여자는 사기꾼이야. 당신들도 한패고 말야! 계속 그렇게 생트집 잡으면 당신을 강물에 던져버릴 테니까 거북이한테나 사기를 쳐보시지."

그러면서 따져 물었다.

"매일 벽돌이나 져 나르는 신세에 영판 모르는 사람을 집에 공짜로 재워주진 않았을 것 아니야? 당신 마누라가 그 여자를 도와 우리를 속여 가격을 흥정하고 중간에서 얼마를 받은 거야?"

펑진화는 키가 185센티이고 라오신은 155센티였다. 라오신이 키가 크고 몸집이 건장했더라면 하루 종일 벽돌 나르는 일로 생계를 유지하지 않았을 테고, 다른 성에서 아내를 얻지도 않았을 것이다. 펑진화가 라오신을 번쩍 들어올리는 모습은 마치 작은 닭 한 마리를 집어올리는 것 같았다. 라오신의 마누라가 재빨리 달려와 펑진화의 다리를 부여잡으며 말했다.

"오라버니, 저는 그 고향 여자를 알기만 했지 정말로 중간에서 돈을 챙기거나 한 일은 없었습니다."

펑진화는 라오신의 마누라를 발로 차버린 다음, 라오신의 멱살을 잡고 있던 팔을 두 번 흔들다가 라오신을 강물 속으로 풍덩 던져버렸다.

"이래도 사실을 말하지 않는지 봅시다!"

봄날이라 물이 깊은 한복판은 차가웠다. 라오신은 뜨거운 국물에 빠진 닭처럼 강물 속에서 두 번 퍼덕거리더니 갑자기 모습을 감췄다. 한참 만에 머리를 내민 그는 몸을 버둥거리면서 죽어라 기침을 하더니 강가를 향해 미친 듯이 헤엄쳤다. 라오신이 강가에 거의 다다르자 펑진화는 벽돌을 질 때 짚는 지팡이로 라오신을 후려쳐 다시 강물 한가운데로 밀어 보냈다. 엿새 전 뉴샤오리는 뉴샤오스에게 아내를 구해주기 위해 펑진화에게 돈을 좀 빌려오라고 했지만 펑진화가 빌려오지 못하자 그의 무능함을 원망했다. 그런데 지금은 그 펑진화가 라오신에게 돈을 돌려줄 것을 요구하면서 확실한 행동을 보여주고 있었다. 어쩌면 돈을 빌리지도 못했는데 10만 위안이라는 거액의 돈이 물거품이 되어 화가 난 것인지도 모르겠다. 라오신의 마누라가 또 달려들어 펑진화의 다리를 부여잡고 말했다.

"솔직히 말할게요. 저희가 중간에서 3000위안을 받았습니다. 저희 집으로 가시면 3000위안을 돌려드리겠습니다."

펑진화가 또다시 라오신의 마누라를 발로 걷어차고는 물속에 있는 라오신을 후려쳤다.

"10만 위안이나 되는 돈에서 당신 둘이 챙긴 것이 고작 3000위안이라고? 우리가 바보인 줄 알아?"

그러면서 말을 덧붙였다.

"10만 위안짜리 거래를 3000위안 받고 했다니, 당신들이 멍청인가?"

라오신의 마누라가 말했다.

"그건 그냥 명의 사용료일 뿐이에요. 오라버니, 제가 거짓말을 했다면 하늘이 벼락을 다섯 개나 내렸을 겁니다."

이때 뉴샤오리가 펑진화를 저지하고 나섰다.

"3000위안이면 충분해."

펑진화의 지팡이가 허공에 그대로 멈췄다.

"무슨 뜻이야?"

"중간에 돈을 받았다는 것을 인정했으니 한패임을 증명한 셈이잖아."

그러면서 라오신의 마누라에게 다가가 가슴팍의 옷섶을 움켜쥐며 말했다.

"쑹차이샤가 당신 고향 사람인 거 맞아요?"

라오신의 마누라가 고개를 끄덕였다.

"그년이 어디로 도망쳤지요?"

라오신의 마누라는 우물쭈물하면서 말을 하지 못했다.

"보아하니 고향인 ○○성으로 돌아간 것 같아요."

"3000위안이면 우리 둘 여비로 충분할 거예요. 그년이 ○○성으로 돌아갔다니 당신이 나랑 같이 ○○성으로 그년을 잡으러 가줘야 할 것 같네요."

라오신의 마누라는 넋이 나간 듯 몸이 굳어버렸다.

물속에 있던 라오신도 젖은 채 넋이 나간 표정이었고, 더 이상 허우적거리지 않았다.

4

뉴샤오리는 진에 있는 의류 공장에서 일하고 있었다. 공장에서는 400명이 넘는 노동자들이 2부제로 일을 했다. 사람들은 쉬어도 기계는 쉬지 않았다. 때로는 주간반에서, 때로는 야간반에서 하루에 열두 시간 일하고 한 달에 1800위안을 받는다. 의류 공장에 휴가를 신청하러 가는 길에 뉴샤오리는 속으로 계산을 해보았다. 자신은 의류 공장에서 밤낮 가리지 않고 일을 해서 1년에 2만4000위안을 번다. 쑹차이샤에게 사기 당한 10만 위안 중에 2만 위안은 자기 돈이고 8만 위안은 투샤오루이에게서 고리로 빌린 돈이다. 고리대는 3할의 이자를 내야 하지만 투샤오루이가 실제로 요구한 것은 2할이었다. 뉴샤오리는 이런 사실을 펑진화에게 말하지 않았다. 8만에 3할의 이자를 더하면 1년에 9만9200위안이다. 게다가 자기 돈 2만 위안까지 합치면 11만 9200위안이다. 이 돈을 마련하려면 뉴샤오리는 의류 공장에서 5년하고도 5개월을 일해야 했다. 게다가 먹지도 않고 마시지도 않고 모아야 간신히 마련할 수 있는 돈이었다. 계산을 해보고 나니 뉴샤오리의 마음속에서 또다시 불길이 일었다.

"쑹차이샤, 이 개만도 못한 년!"

그래도 성이 차지 않는지 한마디 더 내뱉었다.

"쑹차이샤, 하늘 끝까지 가서라도 반드시 너를 잡아오고 말 거야!"

의류 공장에서 휴가를 받아 나오는 길에 뉴샤오리는 투샤오루이를 발견했다. 의류 공장 정문 오른쪽에는 사우나가 영업 중이었고, 그 안에는 둥베이 지방에서 온 아가씨들이 손님을 접대하기 위해 파리떼처럼 모여 있었다. 사우나 앞은 주차장이었다. 투샤오루이가 자신의 승용차에 타려고 차문을 열었다. 그는 뉴샤오리를 보지 못했지만 뉴샤오리는 그를 보았다. 갑자기 뉴샤오리는 8만 위안을 빌릴 때 이율을 2할로 낮추는 조건으로 투샤오루이가 자신의 입에 혀를 밀어 넣었던 사실이 떠올랐다. 뉴샤오리가 소리쳤다.

"샤오루이 오빠."

투샤오루이가 고개를 돌려 뉴샤오리를 바라보다가 이내 다시 차에서 몸을 빼냈다. 그는 뉴샤오리를 쳐다보다가 또 의류 공장 쪽을 바라보았다.

"출근하는 거야 아니면 퇴근하는 거야?"

뉴샤오리가 말했다.

"물어볼 말이 있어요."

"뭔데?"

뉴샤오리가 투샤오루이의 차 앞으로 다가와서 말했다.

"며칠 전에 돈을 빌려줄 때 했던 말 기억나지요?"

"무슨 말인데?"

"나랑 한 번 하고 싶다고 했잖아요."

투샤오루이는 뉴샤오리를 위아래로 훑어보다가 고개를 끄덕였다.

"한 번 하게 해줄 테니까 빚 8만 위안을 면제해줄 수 있겠어요?"

투샤오루이는 크게 놀란 눈빛으로 또다시 뉴샤오리를 위아래로 훑었다. 뉴샤오리는 그가 자신의 몸을 실컷 훑어보도록 고개를 뒤로 젖혔다. 투샤오루이는 한참을 훑어보다가 손을 뻗어 뉴샤오리의 머리를 만지며 말했다.

"미친 거 아니지?"

뉴샤오리가 되물었다.

"무슨 뜻이에요?"

"당시 내 말은 한 번 하고 이자만 면제해주겠다는 거였어. 원금을 면제해주겠다는 말은 한 적이 없다고."

"그럼 열 번 하도록 해줄게요."

투샤오루이가 사우나 쪽을 가리키며 말했다.

"저기 가면 하얼빈에서 온 아가씨가 하나 있어. 겨우 열여덟인데 한 번 하는 데 200위안이야. 계산을 해봐. 8만 위안에 이자까지 합치면 1년에 몇 번을 해야 하는지 말이야."

"저는 창녀가 아니라 양갓집 규수잖아요."

"양갓집 규수건 아니건 간에 잠자리는 똑같지."

투샤오루이는 갑자기 뭔가 생각났는지 말을 이었다.

"네가 처녀이고 연달아 열 번을 하게 한다면 모르겠지만 말이야."

그러고는 다시 뉴샤오리를 위아래로 훑었다.

"당당하게 처녀라고 말할 수 있겠어?"

뉴샤오리는 제대로 대답하지 못했다. 중학교 다닐 때 평진화와 연애를 시작했고, 열여섯 살 되던 해부터 평진화와 관계를 했기 때문이다. 그러니 어떻게 처녀일 리가 있겠는가? 어쩌면 투샤오루이는 이런 사실을 알고 일부러 그렇게 말한 건지도 모른다. 뉴샤오리가 머뭇거리는 걸 보더니 투샤오루이는 빙긋이 웃으면서 차에 몸을 싣고 차문을 쾅 닫고는 시동을 걸고 가속 페달을 밟았다. 차는 연기를 내뿜으며 떠나버렸다. 뉴샤오리는 달리는 자동차를 향해 욕을 해댔다.

"투샤오루이, 니 어미랑 씹이나 해라 이 새끼야!"

뉴샤오리는 투샤오루이의 논리로 다시 한번 속으로 셈을 해보았다. 사우나의 아가씨들은 한 번 하는 데 200위안이었다. 그녀는 투샤오루이에게 9만9200위안을 빚지고 있으니 그 돈이면 사우나 아가씨와 496번을 하거나 496명의 아가씨들과 한 번씩 할 수 있었다. 그런데 뉴샤오리는 투샤오루이에게 열 번을 제안했으니 한 번 하는 데 9920위안인 셈이다. 가성비를 따지자면 투샤오루이의 말에도 일리가 있었다. 이어서 또다시 탄식이 터져나왔다. 자신이 아직 처녀였다면 투샤오루이에게 열 번 하게 해주는 것으로 9만9200위안의 빚을 갚아버릴 수 있고, 그렇게 되면 그녀는 서남 지역의 ○○성으로 갈 필요도 없었다. 갑자기 울컥할 때면 하늘 끝까지 쫓아가 쑹차이샤를 붙잡아 끌고 오겠다는 다짐을 해야 마음이 가라앉았다. ○○성 사람이나 지역이 전부 낮설기만 한 뉴샤오리는 그곳에 가서 사람을 찾는 일이 약간 두렵게 느껴졌다. 지금 상황으로는 달리 방법이 없기 때문에 ○○성으로 가지 않을 수 없었다.

뉴샤오리가 집에서 짐을 싸고 있는데 뉴샤오스와 펑진화, 반주가 옆에서 이를 지켜보고 있었다. 뉴샤오스가 말했다.

"가지 않는 게 좋을 것 같아."

뉴샤오리가 말했다.

"가지 않으면 투샤오루이에게 빚진 돈 10만8800위안을 어떻게 갚아요?"

펑진화가 바로 옆에 있었기 때문에 그녀는 3할의 이자로 계산한 액수를 말했다. 뉴샤오스는 아무 말도 하지 않았다.

펑진화가 말했다.

"그래도 가지 않는 게 좋을 것 같아. 그 돈은 우리가 방법을 생각해볼게."

"네가 방법을 생각해낼 수 있었다면 애당초 우리가 고리대를 쓰는 일도 없었겠지."

펑진화도 더 이상 할 말이 없었다. 뉴샤오리가 말했다.

"사실 내가 쑹차이샤를 찾으러 ○○성에 가는 건 순전히 돈 때문만은 아니야."

펑진화가 물었다.

"그럼 뭣 때문에 가는 건데?"

"직접 얼굴을 보고 묻고 싶은 게 하나 있어서 그래."

평진화가 다시 물었다.

"그게 뭔데?"

"처음 만났을 때 나는 그년을 정직한 사람이라고 생각했어. 하지만 그년의 속마음을 어떻게 알았겠어? 내가 바보 같은 년이지!"

뉴샤오리가 잠시 쉬었다가 말을 이었다.

"나는 그년을 정직한 사람이라고 생각했는데 그년은 그런 겉모습으로 나를 속였던 거야. 그러니 내가 멍청이가 아니면 뭐겠어?"

뉴샤오리는 이렇게 말하면서 울음을 터뜨렸다. 평진화가 혀를 차면서 말했다.

"하지만 우리 다음 달에 결혼해야 하잖아. 결혼식 날짜가 이미 잡혀 있어. 쑹차이샤 때문에 날짜를 바꿀 수는 없잖아?"

뉴샤오리가 다급한 어투로 말을 받았다.

"골치 아픈 일을 마무리하지 않고는 결혼할 수 없을 것 같아. 이 일을 마무리하지 않고는 결혼도 별로 기쁜 일이 되지 못할 것 같다고."

평진화는 아무 대꾸도 하지 않았다. 옆에 있던 반주가 말했다.

"고모, 내가 ○○성까지 함께 갈게요."

뉴샤오리가 멍한 표정으로 물었다.

"그건 왜?"

반주가 말했다.

"아직 기차를 타보지 못했거든요. 고모를 따라가서 기차를 타보고 싶어요."

뉴샤오리가 풋 하고 웃음을 터뜨렸다.

"난 여행을 하는 게 아니라 원수를 찾으러 가는 거야. 기차는 나중에 타도록 하자."

펑진화가 말했다.

"그럼 내가 따라갈게. 쑹차이샤를 찾으면 도와줄 사람이 필요할 테니까."

뉴샤오리는 고개를 가로저었다.

"라오신 마누라가 함께 가는 걸로 충분해. 그 여자가 그곳 사정을 잘 아니까 자기는 여기 남아 있어. 달리 할 일이 있을 테니까."

"그게 무슨 뜻이야?"

"○○성에는 라오신 마누라의 친정이 있어. 내가 그곳 상황을 전혀 모르는 점을 이용해 라오신의 마누라가 ○○성에서 나한테 수작을 부리면 전화로 알려줄 테니까 자기가 라오신을 다시 강물 속으로 밀어버리라고."

5

뉴샤오리는 이튿날 아침 8시 진에 있는 기차역에서 라오신의 마누라랑 만나기로 약속했다. 두 사람이 함께 ○○성 친한현으로 가서 쑹차이샤를 찾아보기로 한 것이다. 어제 신자창에서 라오신이 간신히 강물 밖으로 기어 나오자, 뉴샤오리와 펑진화는 라오신의 마누라와 함께 라오신의 집으로 갔다. 라오신과 라오신의 마누라가 쑹차이샤를 소개하여 받은 3000위안의 수수료를 되찾아 ○○성으로 가는 여비로 쓰기 위해서였다. 하지만 막상 라오신의 집에 도착하자 라오신은 3000위안을 엿새 전에 이미 은행에 저금했다고 했다. 정기예금이기 때문에 돈을 찾을 수 없으니 친척 집에서 돈을 빌려야 한다고 했다. 그러면서 여비로 쓸 예정이라면 이튿날 라오신의 마누라랑 뉴샤오리가 만날 때, 뉴샤오리에게 주어도 늦지 않을 거라고 했다. 펑진화는 라오신이 또 장난을 치려는 것이라 생각하고 그를 때리려 했지만 뉴샤오리가 저지했다. 다음 날 만날 때 돈을 가져오지 않으면 라오신을 때리는 게 문제가 아니라 그의 집으로 쳐들어가 완전히 박살을 내버리겠다고 했다. 라오신은 연신 고개를 끄덕이며 오후에 돈을 빌리러 가겠다고 말했다. 뉴샤오리는 또 라오신의 마누라에게 쑹차이샤의 형편에 관한 얘기를 들었다. 라오신의 마누라는 쑹차이샤가 뉴샤오스에게 시집가기 전에 라오신의 집에서 사흘간 묵었다고 했다. 저녁에 두 사람이 한가하게 잡담을 나누는 자리에서 쑹차이샤가 자신이 친한현 웨이진衛津향의 유탕佑堂촌 사람이라고 말했다고 했다. 뉴샤오리가 쑹차이샤의 신분증을 보았을 때도 그렇게 쓰여 있었다. 라오신 마누라의 친정은 친한현 쑹다이嵩位향 밍차오茗超촌이었다. 두 마을 사이의 거리는 50리밖에 되지 않았다. 그곳이 고향이라면 그다지 멀지 않은 거리였다. 이어서 뉴샤오리와 평진화, 라오신과 라오신 마누라는 함께 분석을 해보았다. 쑹차이샤가 뉴씨 집안을 속여 돈 10만 위안을 편취해 갔고, 물론 라오신 부부에게 3000위안을 주었으니 9만 7000위안을 갖고 있을 텐데, 이 돈을 가지고 대체 어디로 갔을까 하는 것이 문제였다. 모두의 생각은 라오신 마누라가 강가에서 말했던 것과 같았다. 그녀는 틀림없이 고향으로 돌아갔을 거라고 봤다. 설사 그녀가 고향이 아닌 다른 곳으로 갔다 해도 고향은 그 자리에 있으니 그녀의 집과 가족들을 찾으면 될 터였다. 적어도 가족들은 그녀를 찾을 수 있을 것이기 때문이다. 가족들이 그녀를 찾아내지 못한다 해도 가족에게는 집이 있다. 집 한 채면 아무래도 10만 위안은 충분히 나갈 것이다. 이리하여 친한으로 가기로 결정했다. 뉴샤오리는 라오신 마누라와 상의한 끝에 진에서 시외버스를 타고 현성까지 간 다음, 현성에서 다시 버스를 타고 시로 가서, 시에서 기차를 타고 ○○성 성성省城*까지 가기로 했다. 그런 다음 현성에서 버스를 타고 웨이진향으로 간 다음, 웨이진향에서 유탕촌으로 가기로 했다.

• 성 정부 소재지.

뉴샤오리는 아침 7시 반에 진의 버스터미널에 도착했다. 8시까지 기다렸지만 라오신의 마누라가 나타나지 않자 뉴샤오리는 약간 초조해졌다. 8시 15분이 되어 현성으로 가는 버스 한 대가 출발했지만 라오신 마누라는 여전히 나타나지 않았다. 9시가 되어 터미널 안팎을 두루 살펴봤지만 여전히 그녀의 그림자도 보이지 않았다. 뉴샤오리는 휴대전화를 꺼내 들었다. 평진화에게 전화를 걸어 오토바이를 타고 라오신의 집으로 가서 집을 박살내고 라오신과 라오신 마누라도 강물 속으로 던져버리라고 할 작정이었다. 전화가 막 연결된 그때 라오신 마누라가 어깨에 커다란 편직 編織 자루를 메고 손에는 커다란 가방을 든 채 뒤뚱뒤뚱 걸어오는 모습이 보였다. 뉴샤오리는 안도의 한숨을 내쉬며 휴대전화에 대고 말했다.

"아무 일 아니야."

라오신 마누라가 숨을 헐떡이며 뉴샤오리 앞으로 다가와 물었다.

"차를 놓친 건 아니겠지요?"

뉴샤오리가 화를 내며 대답했다.

"안 놓치긴! 어떻게 안 놓칠 수가 있어요? 한 대가 이미 떠났고 다음 차는 30분이나 더 기다려야 출발한단 말이에요."

이때 라오신의 마누라 뒤로 병아리 새끼 같은 한 사내아이가 따라오는 것이 보였다. 오래 걸어온 탓인지 머리가 땀범벅인 데다 코밑에는 콧물 방울이 매달려 있었다. 왼손은 팔랑개비를 쥐고 오른손은 라오신 마누라의 옷자락을 꼭 붙잡고 있었다. 아이가 고개를 들어 뉴샤오리를 이리저리 훑어보았다. 뉴샤오리는 어이없는 표정으로 사내아이를 가리키면서 물었다.

"이 아인 누구예요?"

라오신의 마누라가 대답했다.

"우리 아들이에요. 친정에 가는 김에 외가에 한번 데려가려고요. 외할아버지 외할머니 얼굴을 못 본 지 3년이나 됐거든요."

뉴샤오리는 울 수도 웃을 수도 없는 심정이었다.

"지금 우린 놀러 가는 게 아니라 사람을 찾으러 가는 건데 아이를 데려오면 어떻게 해요?"

라오신의 마누라가 말했다.

"방해 안 되게 할게요."

뉴샤오리가 뭔가 말하려 하자 라오신의 마누라가 먼저 해명을 했다.

"키가 120센티도 되지 않기 때문에 기차표를 살 필요도 없어요. 우리 두 사람 여비를 축내는 일은 없을 거라고요."

뉴샤오리는 여전히 울 수도 웃을 수도 없었다. 여비를 축내지 않는다 해도 아이를 데리고 다니면 이동하기가 이만저만 불편한 게 아니다. 원수를 잡으러 가는 마당에 어떤 중대한 순간이 닥칠지 모르는데 아이를 돌볼 겨를이 있겠는가? 조카딸 반주도 기차를 타고 싶어하는 걸 억지로 떼어놓고 왔는데 어이없게도 라오신의 마누라는 아이를 데려온 것이다. 불편한 건 둘째치고 여비와도 상관이 있었다. 어린아이는 표 없이 기차를 탈 수 있지만 가는 길에 밥은 먹어야 하지 않는가? 이렇게 먹고 마시는 비용이 어디서 나온단 말인가? 3000위안의 여비에서 충당하는 수밖에 없다. 이 3000위안은 쑹차이샤가 라오신의 마누라에게 소개비 조로 준 것이지만 이제는 뉴샤오리의 돈이었다. 라오신의 마누라는 뉴샤오리의 생각을 꿰뚫고 있었는지 얼른 자신의 커다란 손가방을 열어 하얀 밀전병을 한 보따리 꺼내 보여주었다.

"내가 계산을 해보니 여기서 친한까지 가려면 차를 여섯 번 갈아타야 하더라고요. 이런저런 사정을 다 고려하면 닷새는 걸릴 텐데, 이 보따리에 든 밀전병이면 우리 셋이 충분히 먹을 수 있을 거예요."

말을 마친 그녀는 밀전병 한 개를 꺼내 뉴샤오리에게 건넸다.

"어서 먹어봐요."

뉴샤오리는 다시 또 울지도 웃지도 못하는 처지가 되고 말았다. 사태가 이렇게 되자 뉴샤오리는 밀전병을 한 조각 찢어 입에 넣는 수밖에 없었다. 밀전병에는 약간의 열기가 남아 있었다. 입안에 넣자 밀의 달콤한 향기가 느껴졌다. 안에 파와 깨소금을 넣었는지 맛있는 냄새가 한데 어우러졌다. 라오신의 마누라가 물었다.

"맛이 어때요?"

뉴샤오리가 말했다.

"괜찮네요. 당신이 직접 구운 건가요?"

라오신의 마누라가 고개를 끄덕였다.

"이걸 만드느라 꼭두새벽에 일어났어요."

그녀는 또 편직 자루를 툭툭 치며 말했다.

"대파도 열 몇 가닥 가져왔어요."

이때 뉴샤오리는 라오신의 마누라가 꽤 능력 있는 여자라는 사실을 깨달았다. 키는 작고 왜소하지만 매사에 최선을 다하는 것 같았고, 게다가 사려가 깊은 사람 같았다. 라오신 마누라의 아들은 두 사람의 대화를 듣고는 콧물을 들이마시더니 팔랑개비를 들고 버스터미널 안을 뛰어다니면서 입으로 두두두두 소리를 냈다. 오토바이를 타는 것 같았다. 뉴샤오리가 말했다.

"내가 댁에 갔을 때는 왜 저 아이가 보이지 않았던 건가요?"

라오신의 마누라가 말했다.

"저 애는 집에 가만히 들어앉아 있는 법이 없어요. 까마귀 둥지를 따겠다고 하루 종일 마을 입구에 있는 나무에 기어오르며 놀거든요."

갑자기 뭔가 생각났는지 뉴샤오리가 물었다.

"댁은 이름이 뭔가요?"

라오신의 마누라가 말했다.

"모두들 저를 라오신의 마누라라고 부르지요."

"이름이 없단 말이에요?"

그제야 라오신의 마누라는 뉴샤오리의 질문을 알아차리고는 부끄러운 듯 웃으며 대답했다.

"제 이름은 주쥐화朱菊花예요."

뉴샤오리가 아이를 가리키며 말했다.

"그럼 쟤는요?"

"쟤 아빠가 '쉐원學文'이라는 이름을 지어주었지만 모두 샤오허우小猴*라고 불러요."

뉴샤오리가 풋 하고 웃음을 터뜨리고는 터미널 안을 뛰어다니는 샤오허우를 바라보았다. 그 모습이 정말 원숭이 같았다. 뉴샤오리는 갑자기 생각난 듯이 물었다.

"여비는 가져왔지요?"

주쥐화는 여비에 관해 묻자 재빨리 편직 자루를 내려놓고는 허리띠를 풀었다. 그러고는 손을 바짓가랑이 속으로 집어넣었다. 그 모습을 멍하니 지켜보던 뉴샤오리가 말했다.

"뭐 하는 거예요?"

"3000위안은 적은 돈이 아니잖아요. 잃어버릴까봐 바짓가랑이 사이에 주머니를 만들어 돈을 그 안에 넣어 왔지요."

뉴샤오리가 빙긋이 웃었다. 주쥐화가 정말 주도면밀한 여자라

• 원숭이라는 뜻.

고 생각했다. 뉴샤오리는 재빨리 그녀를 말렸다.

"돈을 그 안에 넣어두었다면 그대로 둬요. 돈이 필요할 때마다 조금씩 꺼내면 될 테니까요."

주쥐화는 바짓가랑이 안으로 넣은 손을 멈췄다.

"저를 믿어주는 건가요?"

"도망갈 수 있을 것 같아요? 당신이 도망간다 해도 라오신이 남아 있으니 그를 또다시 강물 속으로 밀어버리면 되지요. 그런 다음 당신네 집을 완전히 뭉개버릴 거라고요."

주쥐화가 풋 하고 웃음을 터뜨렸다. 그러고는 엄지를 치켜들며 말했다.

"언니, 정말 똑똑하네요."

뉴샤오리는 그녀의 말과 표정이 잘 이해가 되지 않았다.

"무슨 뜻이에요?"

"돈을 받은 사람에게 책임이 있다는 뜻이에요."

뉴샤오리도 풋 하고 웃음을 터뜨렸다. 다시 한번 주쥐화가 야무진 사람이라고 생각했다.

현성으로 가는 시골 버스에 올라 진의 의류 공장과 사우나가 점점 멀어지는 풍경을 바라보면서 뉴샤오리는 또다시 쑹차이샤가 미워졌다. 뉴샤오리는 성성에도 못 가봤는데 이번에 여러 성을 거쳐 4000리 넘는 길을 가게 되었다. 길이 먼 것은 문제가 되지 않았다. 그보다는 낯선 ○○성과 그곳 사람들 사이에서 원수를 찾아야 하기 때문에 무슨 일이 벌어질지 모른다는 게 문제였다. 마음속으로 겁이 나기 시작했다. 자신의 운명이 원망스럽기도 했다. 아버지는 일찍 세상을 떠났고 엄마는 다른 남자와 야반도주했다. 오빠는 칠칠치 못한 밥통이라 일이 생기면 여린 아가씨인 자신이 혼자 처리하고 감당해야 했다. 이런 탄식을 하고 있는 차에 주쥐화가 목을 쭉 빼면서 말했다.

"언니, 제가 언니한테 감사해야 할 것 같아요."

뉴샤오리가 멍한 표정으로 물었다.

"무슨 뜻이에요?"

"이번 일 덕분에 라오신에게서 며칠이나마 떨어질 수 있게 되었으니 말이에요."

뉴샤오리는 탄식을 뒤로 제쳐놓고 놀라서 다시 물었다.

"라오신을 좋아한 게 아니었어요?"

주쥐화가 고개를 끄덕였다.

"어제 보니까 둘이 함께 가마에서 벽돌 나르는 모습이 좋아 보이던데요."

"마음속으로는 그가 정말 싫어요."

"이유가 뭔데요?"

"키가 너무 작잖아요. 난쟁이인 데다 피부도 나무껍질 같아요. 『수호전』에 나오는 무대랑武大郎이나 마찬가지라 자기 동네가 아니었다면 마누라도 얻지 못했을 거라고요."

뉴샤오리는 재미있다고 생각했지만 웃음을 보이기가 민망해 다른 말로 위로했다.

"내가 보기에는 능력이 대단한 것 같던데요."

주쥐화가 말을 받았다.

"게다가 그는 저를 믿지 않아요."

"그건 왜죠?"

"돈을 전부 그가 관리하고 있는데 매달 저랑 샤오허우에게 20위안 정도의 푼돈만 주거든요. 20위안 가지고 뭘 하겠어요? 며칠은 간신히 버티지만 종이 한 장도 맘대로 사지 못한다니까요. 그게 저를 짐승으로 대하는 게 아니고 뭐겠어요?"

뉴샤오리가 탄식했다.

"그 난쟁이가 그렇게 못된 놈일 줄은 몰랐네요."

주쥐화가 말을 받았다.

"그 사람이 왜 그렇게 막무가내인지 알아요?"

"왜죠?"

주쥐화는 샤오허우를 품에 안고 있었다. 샤오허우는 차표를 사지 않았기 때문에 줄곧 주쥐화의 다리 위에 앉아 있었다. 녀석은 터미널에서 마구 뛰어다니더니 차에 오르자마자 잠이 들어버렸다. 주쥐화는 뉴샤오리 귀에 입을 가까이 가져다대고 말했다.

"언니에게 남자친구가 있다는 걸 아니까 이런 얘길 하는 거예요."

뉴샤오리는 잘 이해가 되지 않았다.

"무슨 뜻이에요?"

주쥐화가 낮은 목소리로 말했다.

"밤일도 잘 못해요."

뉴샤오리는 주쥐화의 말을 단번에 이해하지 못했다.

"그게 무슨 뜻이에요?"

"밤에 남자 구실을 못하니까 낮에 그렇게 변태가 되는 거라고요."

뉴샤오리는 이번에도 어안이 벙벙했다. 첫째는 그녀가 남에게 어떤 얘기든지 늘어놓는 입이 가벼운 사람인 것 같아서였고, 둘째는 사이가 친숙해졌다고 느꼈는지 그녀가 자기를 남으로 여기지 않는 것 같아서였다. 뉴샤오리가 샤오허우를 가리키며 물었다.

"라오신에게 그런 문제가 있다면 이 아이는 어떻게 생긴 거예요?"

"제가 결혼할 때 데리고 온 아이예요."

뉴샤오리는 그제야 뭔가 알 것 같았다. 그녀가 다시 물었다.

"그럼 어제 라오신을 강물에 빠뜨렸을 때 왜 목숨 걸고 구하려 했던 건가요?"

주쥐화가 손뼉을 치며 대답했다.

"제가 그 자리에서 아무런 행동도 취하지 않으면 두 분이 가고 난 다음에 그가 저를 강물에 던져버릴지도 모르잖아요?"

누구에게나 난처한 일이 있는 법이었다. 뉴샤오리가 탄식했다.

"그 부분은 정말 생각지 못했네요."

주쥐화는 뉴샤오리가 라오신을 얘기하는 줄 알고 말을 받았다.

"그래서 열 길 물속은 알아도 한 길 사람 속은 알 수 없다고 하는 거예요."

갑자기 뭔가 생각났는지 뉴샤오리가 물었다.

"요 이틀 동안 생각해봤는데 도저히 이해할 수 없는 일이 한 가지 있어요."

"무슨 일인데요?"

"우리는 쑹차이샤 그 여자한테 10만 위안을 주었는데, 스자자이의 라오스는 그 여자에게 14만 위안을 주겠다고 했잖아요? 그런데 그 여자는 왜 라오스가 아니라 우리한테 사기를 쳤을까요?"

"라오스는 14만 위안을 주겠다고 했지만 일정한 기간을 두고 몇 번에 나눠서 주겠다고 했어요. 그래서 쑹차이샤가 받아들이지 않았던 거지요."

뉴샤오리가 고개를 끄덕였다. 그제야 사기꾼 쑹차이샤가 사전에 모든 걸 두루두루 치밀하게 생각해두었다는 것을 알 수 있었다.

6

진에서 현 터미널로 간 뉴샤오리 일행은 터미널에서 걸음을 멈추지 않고 곧장 차를 갈아타고 시내로 달려갔다. 현성을 빠져나와 10리 남짓 달렸을 때쯤 도로공사 현장을 만났다. 갖가지 유형의 차들이 장사진을 치고 있었다. 샤오허우는 주쥐화의 무릎 위에 앉아 눈을 크게 뜨고 창밖을 내다보고 있었다. 한참을 그렇게 있던 아이는 배가 고프다고 칭얼대기 시작했다. 주쥐화는 가방에서 커다란 떡을 하나 꺼내 아이에게 먹였다. 샤오허우는 떡을 먹고 나서 주쥐화의 품속에서 비스듬히 누운 채 잠이 들었다. 차는 가다 서다 하더니 저녁 무렵이 되어서야 시내에 도착했다. 버스터미널에서 시내버스로 갈아타고 기차역으로 갔더니 기차역사 안은 환하게 불이 켜져 있었다. 뉴샤오리는 주쥐화가 바짓가랑이에서 꺼낸 400위안을 건네받아, 그녀에게 역 광장에서 짐을 지키게 한 뒤 매표창구로 가서 줄을 섰다. ○○성성으로 가는 기차는 고속철도와 동차动车, 특급열차, 일반특급 등 다양했지만 돈을 아끼기 위해 뉴샤오리는 일반특급을 타기로 결정했다. 매표창구에 이르자 매표원이 ○○성성으로 가는 일반특급은 이미 매진되었다고 했다. 이튿날 ○○성성으로 가는 일반특급 표는 있지만 입석표였다. 좌석이 있는 표를 사려면 모레까지 기다려야 했다. 시간은 사람을 기다리지 않는다. 입석이면 어떤가. 뉴샤오리는 이튿날 오전에 ○○성성으로 가는 일반특급 두 장을 끊었다. 매표소에서 나온 그녀는 주쥐화를 찾았다. 뉴샤오리는 허기를 느꼈다. 현에서 차가 막히는 시내로 서둘러 오느라 마음이 조급해서 점심때가 지나도록 밥 생각을 잊고 있었다. 뉴샤오리가 주 쥐화에게 배고프지 않느냐고 물었다. 샤오허우도 배가 고프다며 칭얼대기 시작했다. 뉴샤오리가 말했다.

"너는 오는 길에 떡을 먹었는데도 배가 고파?"

두 사람은 샤오허우를 데리고 광장 계단 앞으로 가서 짐을 내려놓고 계단 위에 앉았다. 주쥐화가 손가방에서 커다란 밀전병세 장을 꺼내고 편직 자루 안을 더듬어 파 한 뿌리를 꺼내더니 세 토막으로 잘랐다. 세 사람은 파를 곁들여 한 사람당 한 장씩 밀전병을 먹기 시작했다. 뉴샤오리는 밀전병이 딱딱해진 걸 느꼈다. 오전에 먹을 때는 부드럽고 맛있었는데 지금은 쇠심줄처럼 입안에서 이리저리 굴러다녔다. 뉴샤오리가 사방을 둘러보니 기차역 남쪽에 갖가지 간식을 파는 노점이 하나 눈에 들어왔다. 노점주인은 음식을 팔기 위해 큰 소리로 외치고 있었다. 뉴샤오리가 그 작은 매점을 가리키면서 말했다.

"우리 저기서 뜨거운 국물 한 그릇씩 사 먹읍시다."

주쥐화는 주저하는 모습이었다.

"국물을 사려면 돈이 들잖아요."

"속담에 틀린 말 하나 없네요. 가난한 사람들이 길에서는 부자라고 하잖아요."

이어서 한마디 덧붙였다.

"길에서 돈을 아끼다가 병이라도 나면 더 큰 돈이 든단 말이에요."

주쥐화가 뉴샤오리를 향해 엄지를 치켜들었다.

"언니는 정말 사리분별이 뛰어나군요."

그러고는 이런 말도 했다.

"언니를 따라 멀리 떠나버리고 싶네요."

뉴샤오리는 주쥐화와 샤오허우를 데리고 노점 앞으로 갔다. 훈툰餛飩•을 파는 노점도 있고 교자나 볶음국수, 빠오즈包子와 죽을 파는 노점도 있었다. 후라탕과 양러우탕羊肉湯을 파는 곳도 있었다. 세 사람은 노점 앞을 한 바퀴 돌면서 주로 국물을 살펴보고 각각 가격을 물었다. 뉴샤오리의 말을 따라 세 사람은 양러우탕 가게 앞에 자리를 잡고 앉았다. 양러우탕은 한 그릇에 3위안이었다. 뉴샤오리는 기차표를 사고 남은 돈을 꺼내 양러우탕 세 그릇을 주문했다. 양러우탕이 나오자 뉴샤오리는 밀전병을 국물에 적셔 먹기 시작했다. 밀전병이 금세 부드러워졌다. 세 사람은 자기 몫의 파를 곁들여 국물과 밀전병이 함께 먹었다. 음식을 먹는 동안 뉴샤오리의 얼굴에선 땀이 흘렀다. 고개를 돌려 주쥐화와 샤오허우를 보니 두 사람도 뜨거운 음식을 먹느라 얼굴이 땀으로 범벅이 되었다. 샤오허우가 국물을 다 먹지 않고 남기자 주쥐화가 재빨리 그 그릇을 가져와 고개를 젖히면서 남은 국물을

• 밀가루와 달걀, 물, 소금 등으로 만든 피에 고기나 새우로 된 소를 넣어 국물에 삶아 먹는 음식.

마셨다. 밥을 먹었으니 어딘가로 가서 잠을 자야 했다. 원래는 오늘 기차를 타서 기차 안에서 밤을 보낼 생각이었지만 이제야 이곳에 떨어졌으니 어디서 잠을 자느냐가 새로운 문제였다. 여관에 묵으려면 돈이 든다. 여관에 묵지 않는다면 길거리에서 자야 하는 걸까? 주쥐화가 뉴샤오리의 속마음을 알아채고는 재빨리 말했다.

"우리 대합실에 가서 자요."

"거기서 자게 할까요?"

"몇 년 전에 ○○성에서 이곳에 왔을 때도 여러 장사꾼이랑 대합실에서 밤을 보냈어요."

그러고는 한마디 덧붙였다.

"대합실에는 공짜로 마실 수 있는 더운 물도 있어요."

뉴샤오리가 빙긋이 웃었다. 이 주쥐화라는 여자가 여행길에서만큼은 뉴샤오리보다 경험이 더 많은 것 같았다. 두 사람은 짐을 들고 샤오허우를 데리고 대합실로 왔다. 하지만 뜻밖에도 대합실은 몇 년 전과 많이 달라져 있었다. 규정이 바뀌어서 당일 차표를 소지한 승객들만 대합실에 들어갈 수 있었던 것이다. 주쥐화도 속수무책이었다.

"전혀 생각지 못했던 상황이네요."

뉴샤오리가 몹시 난처해하자 그 모습을 본 주쥐화가 입을 열었다.

"그렇다고 기죽을 필요는 없어요. 대합실 담벼락 밑에 붙어서 자면 되잖아요."

뉴샤오리는 대합실 담벼락 밑에 이미 일고여덟 명의 여행객이 이리저리 누워 있는 것을 발견했다. 세 사람은 담벼락 아래로 가서 빈자리를 찾았다. 주쥐화는 편직 자루에서 낡은 이불 한 장을 꺼냈다. 뉴샤오리는 또다시 놀라지 않을 수 없었다. 세 사람은 한데 모여 이불 하나를 같이 덮고서 비스듬히 누운 채 휴식을 취했다. 봄철인 데다 세 사람이 몸을 서로 붙이고 있고 이불이 한 장 덮여 있으니 전혀 냉기가 느껴지지 않았다. 하루 종일 피곤했던 터라 뉴샤오리는 금세 잠이 들었다. 얼마나 잤는지 모르지만 꿈속에서 얼굴이 찌릿한 것이 느껴졌다. 억지로 눈을 떠보니 손 하나가 자신의 얼굴을 더듬고 있었다. 깜짝 놀란 뉴샤오리는 불량배일 거라는 생각에 손을 확 잡아채고 고개를 들었다. 손의 주인은 샤오허우였다. 차를 타고 오는 동안 내리 잠을 잔 탓인지 깨어 있던 샤오허우는 이불 밖으로 고개를 내민 채 뉴샤오리의 얼굴을 만지작거리면서 자세히 들여다보고 있었다. 뉴샤오리는 풋 하고 웃음을 터뜨렸다.

"뭐 하는 거야? 불량배가 되려고 그러니?"

그러자 주쥐화도 잠에서 깨어 이 광경을 보더니 역시 웃음을 터뜨렸다. 샤오허우는 뉴샤오리의 얼굴을 자세히 살펴보더니 갑자기 뽀뽀를 했다.

"예뻐요."

뉴샤오리는 또 웃음이 났다.

"넌 겨우 네 살이야. 알겠니?"

주쥐화가 말했다.

"샤오허우도 예쁘다고 하지만 제가 보기에도 예쁘세요."

뉴샤오리는 약간 민망한 마음이 들었다.

"내가 어디가 예쁘다는 거예요?"

주쥐화가 말했다.

"저도 뭐라 딱 꼬집어 얘기할 순 없어요. 그냥 느낌이 그래요. 뭔가 남들과 다른 아름다움이 있는 것 같아요."

"어디가 다르다는 거예요?"

주쥐화는 갑자기 생각났다는 듯이 손뼉을 치면서 말했다.

"언니는 눈도 크고 입고 크고 콧대가 아주 높은 게 꼭 외국인 같아요."

세 사람은 다시 잠들었다. 밤새 아무 말도 하지 않았다. 날이 천천히 밝아올 무렵, 여전히 꿈속을 헤매고 있던 뉴샤오리는 누군가 몸을 쿡쿡 찌르는 바람에 후다닥 잠에서 깼다. 눈을 떠보니 그녀를 깨운 사람은 역사 청소부였다. 뚱뚱한 여자 청소부가 마스크를 쓴 채 담벼락에 기대어 잠든 사람들을 한 명씩 한 명씩 빗자루로 쿡쿡 찔러 깨웠다. 한 명이 일어나면 그녀는 그 빈자리를 쓸었다. 먼지가 뽀얗게 일었다. 사람들은 재빨리 몸을 일으켰다. 세 사람도 바닥에서 일어나 짐 보따리를 챙겨 들고는 먼지를 피해 광장 한가운데로 향했다. 뉴샤오리와 주쥐화는 번갈아 짐을 지키면서 광장 북쪽에 있는 공중화장실에 다녀왔다. 이어서 광장 동쪽에 있는 수돗가에 가서 양치질과 세수를 했다. 그런 다음 광장 남쪽에 있는 간식 매점으로 갔다. 뉴샤오리는 좁쌀죽 세 그릇을 주문했다. 좁쌀죽은 한 그릇에 1위안이었고 절인 무를 한 조각씩 무료로 먹을 수 있었다. 그들은 주쥐화가 꺼낸 밀전병에 절인 무를 곁들여 먹었다. 뜨거운 좁쌀죽이 뱃속에 들어가니 속이 아주 편안했다. 아침을 먹은 세 사람은 광장 계단에 한가로이 앉아 오가는 사람들을 구경했다. 기차역 종루의 시계가 8시를 알리자 두 사람은 짐을 들고 샤오허우를 데리고 역 입구로 가서 줄을 섰다. 두 시간 전이었지만 기차에서 누군가 내리면 자리를 차지할 수도 있다는 기대감 때문에 서두른 것이다. 한 시간쯤 지나자 9시 40분이 되었고, 역 입구가 개방되었다. 검표를 하고 역 입구로 비집고 들어서자마자 두 사람은 샤오허우의 손을 잡고 뛰기 시작했다. 계단을 올라 육교를 지나 다시 밑으로 내려갔다. 마침내 플랫폼에 도착하자 줄 앞쪽에 설 수 있었다. 뉴샤오리와 주쥐화는 달려오느라 숨이 턱까지 차올랐지만 샤오허우는 전혀 헐떡이지 않았다. 아무 일도 없었던 것처럼. 주쥐화는 아이가 매일 뛰어다니고 나무에 올라가 까마귀 둥지를 뒤지다 보니 지금 같은 상황에 꽤 쓸모 있게 훈련된 것이라고 설명했다. 뉴샤오리가 빙긋이 웃었다. 10분쯤 더 기다리자 마침내 기차가 모습을 드러냈다. 플랫폼으로 들어온 기차가 서서히 멈추자 뉴샤오리는 줄을 선 것이 헛수고였음을 깨달았다. 이미 객차 안은 사람들로 가득 차 있었다. 열차 문이 열렸지만 내리는 사람은 적고 타는 사람은 많았다. 셋은 간신히 인파를 비집고 들어가 기차에 올랐다. 객차의 연결 구간에도 사람과 짐들이 꽉 차 있어서 움직일 수가 없었다. 뉴샤오리는 어디서 이렇게 많은 사람이 왔을까 하고 탄식했다. 남북으로 내달리고 사방으로 바쁘게 달려가는 수많은 사람은 도대체 무슨 일로 그리 바쁜지 알 수 없었다. 이때 주쥐화가 말했다.

"다행히 우리가 줄을 일찍 섰기 때문에 빨리 달려올 수 있었어요. 그러지 않았으면 기차를 타지도 못했을 거예요."

뉴샤오리는 차창 밖을 바라보았다. 정말로 차창 밖에는 기차에 올라타지 못한 사람들이 역무원들에 의해 밖으로 밀려나고 있었다. 이렇게 밀리고 끌리던 끝에 가까스로 차문이 닫히고 기차가 움직이지 시작했다. 뉴샤오리는 세상에 가난한 사람이 많은 것은 절대 좋은 일이 아니라는 생각이 들었다. 저렴한 열차를 타기 위해 발버둥치는 모습이 안쓰러웠다. 그런 반면 방금 전 자신들이 줄을 선 건 헛수고가 아니었다고 생각했다. 기차를 타보고 싶다며 따라오겠다는 반주를 데려오지 않은 것도 다행스러웠다. 반주를 데려왔다면 인파에 몸이 납작하게 눌려버렸을 게 분명하다.

　기차는 달리는 동안 가다 서다를 반복했다. 낮부터 밤까지 객차 안은 사람들로 가득했다. 주쥐화의 손가방 안에 밀전병이 들어 있는 것이 그나마 다행이었다. 그러지 않았다면 끼니도 거를 뻔했다. 처음에는 객차 안이 비좁은 게 힘들었는데 나중에는 화장실에 가는 것이 가장 큰 문제였다. 둘 중 한 명은 샤오허우와 짐을 지키게 한 뒤 인산인해를 헤치고 화장실을 다녀왔다. 샤오허우가 화장실에 갈 때는 주쥐화가 데리고 갔다. 화장실을 이용하는 사람이 하도 많아서 화장실 입구에서도 한 시간은 족히 기다려야 했고, 자기 차례가 돌아오리라는 보장도 없었다. 비좁은 기차 안에서 1박 2일을 버티는 동안 세 사람의 배도 1박 2일 동안 단속적으로 찾아오는 허기를 견뎌야 했다. 그러고 나서 기차는 마침내 종착역인 ○○성성에 도착했다. 기차에서 내려 역사를 빠져나온 세 사람은 화장실로 달려갔다. 화장실에서 나온 뉴샤오리는 자신의 다리를 살펴보았다. 적잖이 부어 있었다. 손가락으로 눌러보니 살이 웅덩이처럼 푹 파였다. 고개를 돌려 주쥐화의 다리를 살펴보았지만 전혀 붓지 않았다. 샤오허우의 다리도 살펴보았지만 마찬가지였다. 아이는 다시 팔랑개비를 들고 두두두두 소리를 내며 광장 위를 뛰어다니기 시작했다. 그들 모자는 뉴샤오리보다 강인한 것 같았다. 성성에는 막 비가 내린 데다 바람이 불어 약간 추웠다. 뉴샤오리와 주쥐화는 서둘러 옷을 꺼내 입었다. 주쥐화는 샤오허우에게도 옷을 입혀주었다. 세 사람은 또다시 기차역 담벼락 아래서 하룻밤을 보내고 이튿날 아침 일찍 성성의 시내버스를 타고 성성 버스터미널로 갔다. 친한 현성으로 가는 시외버스에는 사람이 많지 않았다. 버스 안의 좌석은 절반이나 비어 있었다. 샤오허우는 이번에도 차표가 없기 때문에 뉴샤오리와 주쥐화 사이의 틈에 끼어 앉았지만 어제 탔던 기차에 비하면 손을 들어 올리거나 발을 움직이기가 훨씬 여유 있었다. 뉴샤오리도 친한이 아주 편벽한 곳이라 그곳을 찾는 사람들이 그리 많지 않다는 것을 잘 알고 있었다. 버스가 성성을 벗어나자 산과 강의 풍경은 4000리 밖의 고향과 확연히 달랐다. 고향은 평지인 데 비해 산이 많은 이곳에는 산 뒤에 또 산이 있었다. 산굴을 뚫고 지나온 버스는 또다시 산굴을 지났다. 이때 샤오허우의 몸에서 열이 나기 시작했다. 방금 전 성성을 출발할 때만 해도 아무렇지 않았는데 성성을 벗어나자마자 증상이 나타난 것이다. 뉴샤오리는 버스에서 열이 나기 시작한 것으로 보아 기차를 타고 올 때 탈이 생긴 거라고 말했다. 기차 안에서 그들은 줄곧 객차 연결 칸에 끼어 앉아 있었고 객차 바닥이 뚫려 있어 바람이 그대로 밀려들었기 때문이다. 바람이 불어도 그다지 춥지 않았고 오히려 몸이 밀착된 상태였기 때문에 땀이 났다. 오는 길 내내 샤오허우는 사람들 사이에 끼인 채로 일고여덟 번이나 잠에 빠져들었다. 깨어났을 때는 머리가 땀에 흠뻑 젖어 있었지만 자는 동안 계속 바람에 쐬였으니 열이 날 수밖에 없다는 게 뉴샤오리의 생각이었다. 하지만 주쥐화는 감기에 걸린 게 기차 때문이라면 어젯밤에도 열이 났어야 하는데 어떻게 지금까지 별 탈 없이 왔겠냐고 반문했다. 밤에 기차역 담벼락 밑에서 잠을 자면서 이불을 덮긴 했지만 어젯밤에 성성에 비가 왔기 때문에 추위를 완전히 피할 수 없어 샤오허우가 감기에 걸렸을 가능성이 크다는 게 주쥐화의 생각이었다. 뉴샤오리는 주쥐화의 말에도 일리가 있다고 생각했다. 샤오허우는 맨 처음에는 머리에서 열이 나더니 점심때가 되자 몸도 뜨거워지기 시작했다. 이때 버스는 다칭大淸이라는 현성을 지나고 있었다. 뉴샤오리가 말했다.

"우리 차에서 내려 샤오허우를 데리고 다칭에 있는 병원에 가보도록 해요."

주쥐화는 대답이 없었다. 대신 샤오허우의 뺨을 찰싹 때렸다.

"망할 놈의 새끼, 이럴 줄 알았으면 데려오지 않는 건데."

샤오허우는 으앙 하고 울음을 터뜨렸다. 뉴샤오리는 울 수도 웃을 수도 없이 착잡한 심정이었다.

"샤오허우가 일부러 아픈 건 아니잖아요. 이제 겨우 네 살이라고요."

뉴샤오리는 이렇게 말하면서 짐을 들고 차에서 내리려 했다. 하지만 뜻밖에도 주쥐화는 자리에 앉은 채 꼼짝도 하지 않았다.

"병원에 안 갈래요. 진찰하려면 돈이 들잖아요?"

"그래도 어린 생명을 잃게 할 수는 없잖아요."

"얘는 태어난 뒤로 병원에 가본 적이 없어요. 친한에 가면 다 나을 거예요."

뉴샤오리는 다시 자리에 앉는 수밖에 없었다. 너덧 시간을 더 달려 늦은 오후가 되어서야 시외버스는 친한 현성의 터미널에 도착했다. 마침 샤오허우가 눈을 크게 떴다. 뉴샤오리가 샤오허우의 머리를 만져보니 열이 나지 않았다. 차에서 내리자 샤오허우는 다시 폴짝폴짝 뛰기 시작했다. 뉴샤오리는 마음속으로 정말 신기하다고 생각하면서 또다시 울 수도 웃을 수도 없는 기분에 빠졌다. 이때 주쥐화가 샤오허우를 데리고 화장실에 다녀올 테니 짐을 좀 봐달라고 말했다. 뉴샤오리는 고개를 끄덕였다. 주쥐화는 샤오허우의 손을 잡고 광장 서쪽에 있는 화장실로 향했다. 목이 마른 뉴샤오리는 근처에 있는 작은 매점으로 짐을 끌고 가서 생수를 사 마시면서 주쥐화를 기다렸다. 반시간이 지나도 주쥐화와 샤오허우는 돌아오지 않았다. 한 시간이 지나도 돌아오지 않았다. 두 시간이 지났지만 두 사람은 그림자도 얼씬대지 않았다. 그러자 뉴샤오리는 당황하기 시작했다. 하는 수 없이 그녀는 자신과 주쥐화의 짐을 들고 광장 서쪽에 있는 화장실로 달려갔다. 여자 화장실로 들어가 한 칸 한 칸 살펴보았지만 어디에도 주쥐화와 샤오허우의 그림자는 없었다. 화장실에서 나온 뉴샤오리는 그제야 일이 잘못되었음을 깨달았다. 주쥐화가 샤오허우를 데리고 도주한 것이었다. 두 사람은 짐도 버리고 갔다.

7

뉴샤오리는 주쥐화의 손가방을 열어보았다. 안에는 밀전병 서너 장이 들어 있었다. 이번에는 주쥐화의 편직 자루를 열어보았다. 주쥐화의 두건 하나와 샤오허우의 해진 옷 몇 점, 그리고 세 사람이 함께 덮었던 낡은 이불 한 장이 있었다. 뉴샤오리는 이 물건들을 보면서 곤혹스러웠다. 오는 길 내내 둘은 마음이 잘 맞았다. 서먹한 상태에서 친한 관계로, 속을 알 수 없는 상태에서 못할 말이 없는 사이로 발전했으며, 밤에는 같은 이불을 덮고 잤는데 어떻게 이처럼 도망칠 수 있단 말인가? 이어서 그녀는 이것이 바로 주쥐화의 교활함이라는 것을 깨달았다. 오는 동안 감언이설을 늘어놓은 것은 뉴샤오리에게 정신이 흐려지는 미혼탕迷魂湯을 먹인 것이나 다름없었다. 짐을 맡긴 채 샤오허우를 데리고 몸만 빼내 도망친 것은 뉴샤오리를 속이기 위해 미혼진迷魂陣을 친 것이었다. 문득 뉴샤오리는 짐은 남기고 갔지만 여비는 여전히 주쥐화의 바짓가랑이 사이에 감춰져 있다는 사실을 깨달았다. 4000리나 떨어진 고향에서 이곳 친한현까지 오는 동안 세 사람은 식비도 아껴가며 600위안 남짓밖에 쓰지 않았기 때문에 아직 2400위안이나 남아 있었다. 주쥐화가 돈을 써야 할 때마다 억척스러움을 보였고, 샤오허우가 열이 났을 때 병원에 데려가지 않은 것도 뉴샤오리 자신을 생각해서였다고 믿었던 뉴샤오리는 그녀가 어지간히 무던한 사람이라고 생각했다. 하지만 이제는 그 모든 행동이 본인을 위한 것이었음을 깨달았다. 뉴샤오리가 고향을 떠나 친한현까지 4000리나 되는 먼 길을 달려온 것은 사람을 찾기 위해서였는데, 사람을 찾기는커녕 오히려 두 사람이 달아났다. 상상도 할 수 없었던 일이었다. 열흘 전에는 오빠에게 아내를 얻어주려다가 쑹차이샤에게 사기를 당했는데, 이번에는 ○○성에 와서 주쥐화에게 사기를 당하고 말았다. 쑹차이샤에게 속았을 때도 멍청한 년이 되었는데, 이번에는 주쥐화에게 속아서 또다시 멍청한 년이 되었다. 뉴샤오리는 갑자기 고향 신자좡의 라오신이 매달 주쥐화에게 20위안씩만 주었던 방식이 옳았음을 깨달았다. 그렇게 적은 돈으로 고향에서 친한까지 도망치기는 어렵기 때문이다. 라오신이 평소에 주쥐화에게 사납고 거칠게 군 까닭도 이해가 되었다. 거칠게 굴지 않으면 그녀는 곧장 사기꾼으로 변했을 것이다. 그녀는 그동안 라오신의 신변에서 도망치지 못하다가 이번에 뉴샤오리와 3000위안의 돈을 계기로 도망을 친 것이었다. 하지만 그럴 생각이었다면 수중에 여비가 있으니 길에 오르자마자 도망칠 수도 있었는데 왜 다른 곳도 아니고 친한까지 와서 도망친 것일까 하는 생각이 들었다. 곧이어 그녀에게 다른 지역은 익숙하지 않고, 뉴샤오리에게는 친한이 익숙하지 않기 때문이라는 것을 깨달았다. 익숙함으로 익숙하지 못한 사람에게 사기를 친 것이다. 뉴샤오리는 또 궁금해졌다. 주쥐화는 뉴샤오리의 일 때문에 도망친 것인가, 아니면 고향인 신자좡의 라오신 때문에 도망친 것인가. 일시적으로 잠시 도주한 것인가, 아니면 장기적인 도주인가. 뉴샤오리의 일 때문에 도주한 것이라면 단기간의 일시적인 도주이겠지만 라오신에게서 완전히 벗어나기 위한 도주라면 장기적인 도주였다. 단기간의 도주라면 뉴샤오리에게 피해를 끼치는 것으로 그치겠지만, 장기적인 도주라면 뉴샤오리의 손에서 사람이 사라진 것이므로 고향에 돌아가면 라오신에게 뭐라고 설명해야 할지 난감하기만 했다. 단기든 장기든 간에 뉴샤오리는 쑹차이샤를 찾기 전에 먼저 주쥐화를 찾기로 마음먹었다. 신자좡에 있을 때 주쥐화는 자신의 친정이 친한현 쑹다이향 밍차오촌이라고 말한 적이 있었다. 뉴샤오리는 짐을 들고 터미널에서 오토바이를 한 대 대절했다. 오토바이에 짐을 싣고 그 위에 올라탄 그녀는 쑹다이향 밍차오촌으로 가자고 했다. 이때 뉴샤오리는 주쥐화가 약간 멍청하다고 생각했다. 자기 친정이 어느 향 어느 촌인지 다 아는데 어디로 도주할 수 있단 말인가. 중이 도주해도 절을 벗어나지 못하는 것과 같은 이치였다. 그녀를 찾지 못한다 해도 친정 식구들은 찾을 수 있고, 친정 식구를 찾아내면 이어서 그녀를 찾는 건 식은 죽 먹기였다. 친한현도 산이 이어져 있는 지형이라 현성을 벗어나자마자 산길을 달려야 했다. 산길은 구불구불 이어졌고 길바닥은 몹시 울퉁불퉁하여 오토바이가 마구 흔들렸다. 뉴샤오리는 몸이 흔들리는 와중에도 주쥐화에게 사기당한 것에 대해 다시 한번 강한 분노를 느꼈다. 쑹다이향 밍차오촌 주쥐화의 집에 도착해서 주쥐화를 붙잡으면 우선자기를 언제부터 멍청한 년으로 봤는지 묻고 싶었다. 쑹차이샤를찾으면 그녀에게 가장 먼저 묻고 싶은 말과 같았다. 이어서 그 난쟁이 같은 여자의 머리채를 붙잡고 따귀를 한 대 세게 갈겨주면서 도대체 양심이 있는지 없는지 물어볼 작정이었다. 집이 아니라강가에서 그녀를 잡는다면 강물에 던져버린 다음 몽둥이로 때려강물 안으로 밀어넣을 작정이었다. 며칠 전 신자좡에서 펑진화가라오신을 강물에 던지고 몽둥이로 때려 강 한복판으로 들어가게했던 것처럼 말이다. 다른 점이 있다면 뉴샤오리와 펑진화는 라오신을 뭍으로 나오게 해주었지만, 이번에는 주쥐화를 강물 속에서 허우적거리다가 빠져 죽게 하겠다는 것이다. 강변이 아니라면손에 황산을 한 병 들고 있다가 정면에서 주쥐화의 얼굴에 뿌려버릴 작정이다. 날카로운 비명 소리와 함께 황산이 그녀의 얼굴위에서 연기로 변하고 그녀의 얼굴에서 피범벅이 된 살점이 땅바닥에 뚝뚝 떨어지는 걸 지켜볼 작정이었다. 뉴샤오리는 문득 샤오허우에게 생각이 미쳤다. 그날 한밤중에 고향의 기차역에서 그녀의 얼굴을 어루만지면서 예쁘다고 했던 그 녀석도 주쥐화와 한패였던 것일까? 주쥐화를 도와 뉴샤오리를 속인 것일까? 하지만 아이는 겨우 네 살밖에 되지 않았다. 그 아이가 보인 행동이 처음부터 끝까지 연기였다면 너무나 영리하고 똑똑한 것 아닌가? 아이는 이런 음모에 대해 전혀 아는 바가 없을 것이다. 죄와 악이 극에 달한 인물은 주쥐화 한 사람뿐이다. 뉴샤오리는 또 갑자기 주쥐화가 3000위안의 여비를 챙겨왔고 자신은 집을 나설 때 500위안밖에 가져오지 않았다는 게 떠올랐다. 황급히 가슴 쪽 속옷 주머니를 만져보았다. 돈은 무사했다. 하지만 큰돈은 주쥐화가 가지고 달아나버린 터였다. 사흘 전 고향 진의 버스터미널에서 주쥐화가 바짓가랑이에서 3000위안을 꺼내려 했던 것도 생각났다. 그때 뉴샤오리는 주쥐화를 의심하지 않았고, 바짓가랑이 사이가 안전하다고 생각했기 때문에 주쥐화에게 그냥 가지고 있게 했다. 그때 돈을 받았다면 지금 이처럼 궁지에 몰리진 않았을 것이다. 그녀는 또 갑자기 주쥐화가 ○○성에 샤오허우를 데려온 이유는 일시적인 도주가 아니었기 때문임을 깨달았다. 모자가 함께 도주한 것으로 보아 라오신에게서 철저히 벗어날 생각이었고, 따라서 신자좡으로 돌아갈 일도 없었다. 주쥐화는 샤오허우가 라오신의 친아들이 아니라 그녀가 시집올 때 데려온 아이라고 했다. 보아하니 주쥐화가 ○○성에 샤오허우를 데려온 것은 전체 음모의 일부분인 듯싶었다. 하지만 그녀가 도주한 원인은 무엇일까? 뉴샤오리는 주쥐화가 자신은 라오신을 싫어할 뿐만 아니라 라오신이 밤일을 잘 못한다고 했고, 밤일을 잘 못하니까 낮에 몹시 난폭해지는 것이라고 했던 말이 떠올랐다. 뉴샤오리는 그게 사실이라면 혹시 쑹차이샤도 오빠인 뉴샤오스가 밤일을 잘 못해서 도주한 건 아닐까 생각했다. 뉴샤오스도 라오신과 마찬가지로 키가 아주 작고 피부가 거칠었다. 때문에 현지에서 배우자를 구하지 못하고 다른 성에 가서 마누라감을 찾았던 것이다. 쑹차이샤와 오빠가 신방에 들던 날, 한밤중까지도 그 방에서 아무 소리가 나지 않아 뉴샤오리는 은근히 걱정했다. 하지만 이튿날 아침을 먹을 때는 뉴샤오스가 몰래 웃는 걸 보고 안도의 한숨을 내쉬었다. 지금 돌이켜보니 그것이 멋진 밤을 보낸 뒤의 회심의 미소인지 아무 의미 없는 멍청한 미소인지 단정할 수 없었다. 밤일이 잘됐다면 도대체 어느 정도로 잘됐던 것일까? 뉴샤오리는 라오신과 오빠 뉴샤오스를 생각하다 보니 또 펑진화가 생각났다. 뉴샤오리는 펑진화를 좋아하게 된 후 한가한 시간과 공간이 생길 때면 함께 『수호전』을 읽곤 했다. 『수호전』을 읽을 때면 다른 편장은 읽지 않고 오로지 반금련潘金蓮과 관련된 부분만 골라서 읽었다. 그렇게 『수호전』을 읽다가 성욕이 발동하면 둘이 사랑을 나누었다. 한 시간 동안 신나게 소리를 지르고 신음 소리를 냈다. 펑진화가 밤일을 잘하는 것이 뉴샤오리가 펑진화를 선택한 또 다른 이유이기도 했다. 당시 펑진화는 『수호전』에 나오는 무대랑이 키가 작아 밤일을 못했기 때문에 서문경西門慶이 나타나게 된 것이 틀림없다고 말했다. 그렇다면 뉴샤오스가 무대랑처럼 밤

일을 잘 못했기 때문에 쑹차이샤가 도주한 것일까? 뉴샤오스가 밤일을 잘했다면 고향을 떠나 ○○성으로, 쑹차이샤에서 주쮜화로 이어지는 일련의 번거로움을 겪을 일도 없지 않았을까? 이어서 뉴샤오리는 쑹차이샤가 사기꾼이고, 애당초 그녀가 뉴샤오스를 찾아온 목적이 사기쳐서 돈을 뜯어내려던 것이라고 생각했다. 뉴샤오스가 밤일을 잘하든 못하든 간에 어차피 그녀는 도망을 쳤을 거라는 게 그녀의 생각이었다. 쑹차이샤가 도주한 것은 돈 때문이라 치고, 라오신은 자기 돈을 잘 감춰두었기 때문에 주쮜화는 돈을 쥐어볼 수도 없었는데 왜 샤오허우를 데리고 도주한 것일까? 단지 라오신에게서 벗어나기 위한 것일까, 아니면 숨겨진 또 다른 사정이 있었던 것일까? 길을 가면서 많은 생각을 했지만 도무지 갈피가 잡히지 않았다. 되는대로 떠오른 생각들은 실타래처럼 얽혀버리고 말았다.

친한 현성에서 쑹다이향까지는 30리 길이고, 쑹다이향에서 밍차오촌까지는 17리 길이었다. 대절한 오토바이가 밍차오촌에 도착했을 때는 이미 저녁 무렵이었다. 뉴샤오리는 마을에 도착하여 곧장 주쮜화에 대해 수소문해봤으나, 이는 완전히 멍청한 일이었다. 애당초 마을에 주쮜화라는 사람은 없었다. 주쮜화만 없는 것이 아니라 주쮜화의 친정도 없었다. 주쮜화의 친정만 없는 것이 아니라 마을에 장張씨, 홍洪씨, 판范씨, 바이白씨, 거우茍씨 등 온갖 성씨 사람들이 다 있었지만 주씨는 없었다. 뉴샤오리는 자신이 철저히 속았다는 사실을 깨달았다. 어쩌면 주쥐화의 모든 말이 거짓이었는지도 모른다. 그녀는 뉴샤오리만 속인 게 아니라 신자 좡의 라오신도 속였다. 게다가 둘이 3년을 함께 살았으니 하루가 아니라 장장 3년을 속여온 셈이다. 그런데도 라오신은 그런 사실을 눈치 채지 못했다. 뉴샤오리는 밍차오촌 거리에 서서 다음 단계로 뭘 어떻게 해야 할지 막막했다. 주쥐화가 밍차오촌에 없다면 어느 마을에 있단 말인가? 주쥐화가 친한현 사람이라 해도 넓디넓은 친한현 어디에서 그녀를 찾는단 말인가? 뉴샤오리는 눈앞이 캄캄했다. 아는 사람도 없이 어떻게 주쥐화를 찾아야 한단 말인가? 주쥐화는 3년 동안이나 거짓말을 했고, 뉴샤오리도 주쥐화가 친한현 사람인지 아닌지 의심한 적이 없었다. 그녀 고향이 친한현이 아니라면 어디 사람이란 말인가? 그녀의 사투리 억양을 들어보면 이 성 사람임이 분명했다. 하지만 이 성의 인구가 수천만이고, 하늘의 별처럼 무수한 마을이 흩어져 있는데 어디에서 그녀를 찾는단 말인가? 뉴샤오리가 이렇게 깊은 시름에 잠겨 있을 때 뉴샤오리를 밍차오촌까지 데려다준 오토바이 기사가 물었다.

"어떻게 하실 거예요?"

뉴샤오리가 고개를 들었다. 하늘은 완전히 캄캄해졌고 집집마다 등불이 밝혀졌다. 주쥐화가 없는 이상 이곳에 있어봤자 아무 소용이 없었다. 우선 현성으로 돌아가 천천히 생각을 정리해보는 것이 좋을 듯싶었다. 뉴샤오리가 말했다.

"우리 현성으로 돌아가요."

오토바이 기사가 말했다.

"돌아가는 것도 쉽지 않습니다."

뉴샤오리가 놀라서 물었다.

"무슨 뜻이에요? 이곳에 묵어야 한다는 말인가요?"

"이곳에 묵지 않는다 해도 돌아가기가 쉽지 않다는 말입니다."

"그게 무슨 뜻이에요?"

"밤에 산길을 달리는 건 대단히 위험해요."

"천천히 달리면 되잖아요."

"빨리 달리든 천천히 달리든 마찬가지예요."

"그건 또 무슨 뜻이에요?"

"낮에 가는 길과 밤에 가는 길이 다르기 때문에 돈을 더 내셔야 한다는 겁니다."

뉴샤오리는 그제야 알아차렸다. 오토바이 기사는 대나무 장대를 두드리고 있었다. 기회를 놓치지 않고 가격 흥정을 하려는 것이었다. 현성에서 밍차오촌까지 왕복 80위안으로 가격을 정하고 온 터였다. 뉴샤오리가 물었다.

"얼마를 더 받고 싶은 거예요?"

오토바이 기사가 대답했다.

"80이요."

뉴샤오리는 깜짝 놀랄 수밖에 없었다. 80에 80을 더하면 160위안이 아닌가? 160위안이란 돈도 평소라면 그리 대단한 액수가 아니겠지만 지금 뉴샤오리 수중에 있는 돈은 500위안이 전부였다. 게다가 그 500위안으로 주쥐화와 쑹차이샤를 찾아야 하는 형편이라 160위안은 결코 적은 돈이 아니었다. 뉴샤오리가 말했다.

"이거 완전 노상강도네요. 20위안 이상은 줄 수 없어요."

오토바이 기사가 말을 받았다.

"20위안이면 그냥 댁을 버려두고 가는 게 낫겠네요."

"나 혼자 걸어서 돌아가도 돼요."

오토바이 기사는 짜증이 났다.

"여기까지 온 차비라도 주세요."

"왕복에 80위안을 주기로 했으니 40위안만 주면 되겠네요."

뉴샤오리는 40위안을 꺼내 오토바이 기사를 향해 집어던졌다. 화가 난 오토바이 기사도 돈을 주워 챙긴 뒤 뉴샤오리의 짐을 땅바닥에 던져버리고는 연기를 뿌리며 산을 내려갔다. 뉴샤오리는 짐을 들어 어깨에 메고 마을을 나섰다. 산길을 2리쯤 걸어 내려가자 길이 꺾이는 지점이 나타났다. 뜻밖에도 오토바이는 산자락에 멈춰 서 있었다. 오토바이 기사가 길가에 쭈그리고 앉아 담배를 피우고 있는 모습이 눈에 들어왔다. 뉴샤오리는 그를 거들떠보지도 않고 오토바이를 지나쳐 걸었다. 오토바이 기사가 오토바이에 올라 시동을 걸면서 뉴샤오리에게 물었다.

"60위안에 안 될까요?"

뉴샤오리가 대답했다.

"한번 20위안이라고 했으면 끝까지 20위안이에요."

오토바이 기사가 말을 받았다.

"40위안은 어때요?"

뉴샤오리는 대꾸도 하지 않았다.

오토바이 기사가 칵 하고 땅바닥에 침을 뱉으며 말했다.

"댁처럼 인색한 사람은 처음 보는 것 같네요."

뉴샤오리는 여전히 말을 받지 않았다. 다시 1리를 더 가자 오토바이 기사는 결국 더 버티지 못하고 손뼉을 탁탁 치며 말했다.

"훌륭한 남자는 여자와 다투지 않는 법이지요. 얼른 타세요."

그러면서 혼자 투덜거렸다.

"20위안에 낮에 온 것까지 합치면 60위안이군. 60위안이면 그냥 가는 것보다 훨씬 났지."

이때 뉴샤오리는 오토바이 기사가 아주 착실한 사람이라고 생각했다. 뉴샤오리는 먼저 짐을 오토바이에 실은 뒤 그 위에 올라탔다. 오토바이 기사는 가속 페달을 밟아 산 아래를 향해 달리기 시작했다. 낮보다 속도가 더 빨라서 뉴샤오리를 놀라게 했다.

오토바이가 친한 현성에 도착했을 때는 밤 12시가 넘어 있었다. 뉴샤오리는 오토바이에서 뛰어내려 기사에게 20위안을 건네고 짐을 멨지만 어디로 가야 할지 알 수 없었다. 현성 전체가 낯설기만 했다. 유일하게 익숙한 곳이 현성의 버스터미널이었다. 오전에 성성에서 와서 가장 먼저 발을 디딘 데가 바로 그곳이었다. 이리하여 뉴샤오리는 짐을 메고 터미널로 향했다. 터미널에 들어섰지만 대합실 문은 잠겨 있었다. 뉴샤오리는 갑자기 배가 고팠다. 그제야 오전부터 지금까지 밥을 못 먹었다는 걸 깨달았다. 하지만 이래저래 오토바이 기사에게 60위안을 주었으니 이제 수중에 남은 돈은 440위안뿐이었다. 이 440위안은 더 중요한 용도로써야 하는데 어떻게 감히 음식점에 들어가 밥을 사 먹을 수 있겠는가? 문득 주쥐화가 남기고 간 손가방이 떠올라 광장 계단에 앉아 열어보았다. 가방 안에서 남은 밀전병 한 장을 꺼내고 또 주쥐화가 남긴 편직 자루에서 파를 하나 꺼내 먹기 시작했다. 어금니에 힘을 주고 씹으니 허기진 탓인지 밀전병이 딱딱하게 느껴지지 않았다. 뉴샤오리는 밀전병을 먹으면서 고향의 기차역에서 주쥐화랑 샤오허우랑 같이 밀전병을 먹던 기억을 떠올렸다. 그때는 뜨거운 양러우탕도 있어 세 사람이 땀을 뻘뻘 흘리며 맛있게 먹었다. 하지만 지금 뉴샤오리는 말라비틀어진 밀전병을 먹고 버스터미널 동쪽에 있는 수돗가에 가서 배가 터지도록 물만 마셔야 했다. 이어서 그녀는 짐을 들고 잠잘 만한 곳을 물색했다. 여관에 묵을 수는 없었지만 주변을 살펴보니 다행히 터미널 건너편에 24시간 편의점이 하나 있었다. 터미널보다는 안전할 것 같왔다. 여행 중에 기차역이나 버스터미널 담벼락에 몸을 기대고 잘 때처럼 편직 자루에서 주쥐화가 남기고 간 이불을 꺼내 몸을 덮었다. 폐지 줍는 한 여자가 굴러다니는 종이를 철사로 찍으면서 뉴샤오리 앞을 지나갔다. 뉴샤오리는 갑자기 그녀 얼굴이 왠지 낯익다고 느꼈다. 뒷모습을 보니 여인의 키나 외모가 8년 전에 자신을 버리고 달아났던 엄마와 무척 비슷했다. 그녀의 엄마는 딸을 버리고 달아난 뒤로 아무 소식도 없었다. 누군가 시안西安의 야시장에서 보았다고 했지만 그다음에는 또 어디로 갔는지 알 수 없었다. 뉴샤오리의 온몸이 흥분에 휩싸였다. 얼른 이불을 걷어차고 일어나 여자를 쫓아가서는 몸을 돌려 유심히 살펴보았다. 하지만 이 여인은 실종된 그녀의 엄마가 아니었다. 여인이 멍한 눈빛으로 뉴샤오리를 쳐다보았다. 자리로 돌아온 뉴샤오리는 이불을 덮고 담벼락에 기대어 휴식을 취했다. 또다시 후회가 밀려들었다. 열네 살이 되던 그해에 멀쩡한 엄마가 달아나도록 놓아주지 말았어야 했다. 그녀의 엄마는 해진 신발*이었지만 그래도 엄마였다. 사실 엄마가 해진 신발인지 아닌지가 중요한 문제일까? 엄마가 있었다면 집안의 모든 짐이 뉴샤오리의 어깨에 지워지진 않았을 것이다. 그리고 8년이 지난 오늘 고향에서 4000리나 떨어진 친한현의 버스터미널에서 노숙을 하는 일도 없었을 것이

* 정숙하지 못해 쉽게 바람이 나는 여자를 말함.

다. 생각이 여기까지 미치자 뉴샤오리의 눈에서 눈물이 흘러내렸다. 울면서 욕을 해댔다.

"뉴샤오리, 이 지지리 복도 없는 년!"

8

며칠 동안 피곤한 탓이었는지 뉴샤오리는 눕자마자 잠들어 이튿날 아침이 되어서야 눈을 떴다. 잠에서 깨자마자 갑자기 배가 아파왔다. 처음에는 몸에 문제가 있나 싶었는데 이어서 배에서 꾸르륵꾸르륵 소리가 나더니 다급한 변의를 느꼈다. 그제야 설사인 것을 알았다. 뉴샤오리는 서둘러 이불과 짐을 챙겨 광장 서쪽에 있는 화장실로 달려갔다. 어제 오후 주줘화가 샤오허우를 데리고 도주한 것도 바로 이 화장실에서였다. 화장실로 간 그녀는 이불과 짐을 세면대 위에 올려놓은 다음 바지를 벗고 변기 위에 쪼그려 앉았다. 앉자마자 부르르 소리와 함께 속이 다 비워졌다. 이때 그녀는 두 가지 생각이 떠올랐다. 첫째는 며칠 동안 몸이 피곤했던 탓에 곤히 잠을 자긴 했지만 산간 지역이라 밤이 몹시 추운 데다 이불을 한 장 덮었다 해도 바닥이 차가워서 샤오허우가 열이 났던 것처럼 밤새 감기가 걸린 게 분명하다는 점이었다. 둘째는 어제 저녁에 돈을 아끼려고 파를 곁들여 밀전병을 한 장 먹고 나서 수도꼭지에 입을 대고 물을 실컷 마시는 바람에 배에 냉기가 들었을 가능성이 크다는 것이었다. 그녀는 밖에서 밤을 지 낸 걸 후회했다. 이런 돈을 아껴선 안 되는 점이었다. 음식을 제 대로 먹지 못하면 몸에 병이 나기 마련이다. 이어서 그녀는 "가 난한 사람이 길바닥에서 돈을 펑펑 쓴다"는 이치를 모르는 바는 아니지만 수중에 남은 돈이 겨우 400위안뿐이고, 이 400위안을 가지고 두 사람을 찾아야 하는 현실을 떠올렸다. 또 친한현은 사 람도 지역도 낯설기 때문에 마음대로 행동할 수 없었다. 설사로 속이 비워지자 금세 몸이 가벼워졌다. 뉴샤오리는 화장실에서 나 와 이불을 잘 개켜 편직 자루에 넣은 뒤 서둘러 설사약을 사러 약국에 갔다. 약방 점원에게 물으니 4위안을 내면 황연소黃連素 한 갑을 살 수 있다고 했다. 그녀는 약을 사고 더운물을 좀 얻어 그 자리에서 네 알을 먹었다. 약방을 나오자마자 배가 고파졌다. 또다시 밀전병을 먹을 수는 없어 광장 남쪽에 있는 작은 간이음 식점에 가서 3위안을 내고 훈툰 한 그릇을 주문했다. 뜨거운 훈 툰을 한 그릇 먹자 속이 한결 편안해졌다. 머리도 맑아져서 사람 찾는 일에 생각을 몰두할 수 있었다. 생각을 정리하자 어제 자신 이 사람을 찾는 일에서 본말이 전도된 실수를 범했다는 사실을 깨달았다. 무엇 때문에 고향을 떠나 수천 리나 떨어진 ○○성까 지 온 것인가? 쑹차이샤를 찾기 위해서였다. 그럼 쑹차이샤를 찾 는 이유는 무엇인가? 돈을 찾기 위해서였다. 문제는 쑹차이샤를 찾기도 전에 주쥐화까지 도주해버렸다는 것이다. 어제는 너무 화가 나서 쑹차이샤를 놓아두고 주쥐화를 찾아 나섰다. 주쥐화가 말한 친정 마을은 거짓이었다. 또다시 허탕을 치고 보니 주쥐화보다는 쑹차이샤가 더 중요한 것 같았다. 주쥐화는 2400위안을 가지고 도주한 것에 불과하지만 쑹차이샤는 10만 위안이나 되는 돈을 편취해 달아났기 때문이다. 주쥐화의 도주로 인해 쑹차이샤를 버려두고 주쥐화를 찾아 나서는 건 수박을 잃어버리고 참깨를 줍는 꼴이 아닌가? 물론 어제는 주쥐화가 도주했기 때문에 신자좡으로 돌아가면 라오신에게 할 말이 없다는 점이 걱정되기도 했다. 하지만 일이 이렇게 된 바에는 라오신보다 자신을 먼저 생각하는 수밖에 없었다. 이리하여 뉴샤오리는 오늘부터 주쥐화를 제쳐두고 쑹차이샤를 찾기로 마음먹었다. 쑹차이샤의 친정은 친한현 웨이진향 유탕촌이다. 뉴샤오리는 그녀의 신분증에서 주소를 본 적이 있고 주쥐화도 그렇게 말했다. 뉴샤오리는 훈툰을 파는 노인에게 물어 웨이진향 유탕촌이 현성에서 40리 정도 떨어져 있다는 것을 알아냈다. 어제 주쥐화에게 속아 달려갔던 쑹다이향 밍차오촌보다 5리나 가까운 곳이었다. 일단 일을 시작했으면 끝까지 철저하게 해야 한다는 생각에 뉴샤오리는 훈툰 가게를 나와 오토바이를 물색했다. 왕복 70위안에 유탕촌까지 가기로 흥정을 끝낸 그녀는 오토바이에 짐을 실은 뒤 그 위에 올라타고 웨이진향 유탕촌으로 향했다.

현성에서 웨이진향 유탕촌까지는 산길이긴 하지만 아스팔트가 새로 깔려 있어 평탄하게 달릴 수 있었다. 두 시간 남짓 달려서 뉴샤오리는 유탕촌에 도착했다. 약 110가구가 사는 작은 마을이었다. 동쪽 끝에서 서쪽 끝까지 샅샅이 뒤지며 물어보았지만 애당초 쑹차이샤라는 사람은 존재하지 않았다. 이 마을에 쑹씨가 살긴 했지만 전부 그녀가 찾는 쑹차이샤와는 연관이 없는 사람들이었다. 이때 뉴샤오리는 자신이 주쥐화를 쫓아갔다 허탕을 쳤듯이 쑹차이샤에게도 속았다는 사실을 알게 되었다. 뉴샤오리는 유탕촌으로 오는 동안 불길한 예감이 들기도 했다. 주쥐화가 자신의 친정 마을을 거짓으로 둘러댔는데 쑹차이샤라고 사실대로 말했을까? 하지만 그녀의 신분증을 본 적이 있기 때문에 주소가 가짜일 리 없다고 생각했다. 결국 와보니 신분증도 가짜였다. 또다시 속아넘어가긴 했지만 뉴샤오리는 쑹차이샤가 이 향과 촌을 잘 알고 있고 외지에 나가 이곳 출신으로 행세했다면 틀림없이 이 향과 촌과 연관이 있을 거라고 생각했다. 낯선 사람과 지역에 대해 그렇게 거짓말을 할 수는 없기 때문이다. 일을 꾸며낼 순 있지만 이처럼 편벽한 곳의 지명은 꾸며낼 수 없는 법이다. 그만큼 이 마을에 대해 익숙하다면 그녀의 진짜 친정은 이 마을에서 그리 멀지 않은 곳에 있다는 게 그녀의 추론이었다. 이 마을이 아니라면 같은 향의 다른 촌일 가능성이 높다. 미혼진이긴 하지만 이 미혼진은 여우가 몸을 감춘 굴에서 그리 멀지 않은 것이 분명했다. 또다시 생각을 정리한 뉴샤오리는 이 향 안에서 계속

수소문을 해보기로 마음먹었다. 이에 그녀는 오토바이를 타고 향 정부의 소재지인 웨이진으로 가서 곧장 향 파출소로 들어갔다. 젊은 인민경찰 한 명이 민원창구에서 당직을 서고 있었다. 뉴샤오리는 쑹차이샤가 자기 고향에서 혼인을 빙자해 사기를 치고 도주한 사실을 인민경찰에게 자세히 설명하고 그 사기꾼을 찾아달라고 부탁했다. 사건의 전말을 듣고 난 젊은 인민경찰은 뉴샤오리를 빤히 쳐다보면서 뜻밖의 말을 했다.

"당신들 이게 불법 혼인이란 건 알아요?"

뉴샤오리가 잠시 주저하다가 말을 받았다.

"압니다."

젊은 인민경찰이 다시 물었다.

"불법 혼인은 법의 보호를 받을 수 없어요. 알아요?"

"압니다."

"법률의 시각에서 보자면 이 여자가 당신 집에 닷새 동안 있었으니 당신들이 이 여자를 닷새 동안 구금한 셈이 됩니다. 구금은 범법 행위라는 것 알아요? 그 여자가 신고를 했다면 우리가 가서 구해줬어야 한다고요. 지금은 그 여자가 당신 집에서 도망친 상태이니 스스로 자신을 구한 거나 마찬가지인데 어째서 그 여자를 찾아 나선 겁니까? 그녀를 계속 구금할 생각이에요? 이게 법을 알면서도 위반하는 게 아니고 뭡니까?"

뉴샤오리는 잠시 넋을 잃었지만 상대방이 반응하기 전에 재빨리 말을 받았다.

"오빠, 그 여자가 우리 집에서 10만 위안을 편취해서 달아났단 말이에요. 이건 사기예요. 사기는 범죄 아닌가요?"

젊은 인민경찰이 고개를 끄덕이며 말했다.

"사기는 범죄지요. 하지만 증거가 있습니까? 그 여자가 당신 집에서 10만 위안을 받았다고 하는데 그 여자가 돈을 받으면서 영수증을 써주었나요? 영수증 좀 보여주세요."

뉴샤오리의 수중에는 쑹차이샤가 써준 영수증이 없었다. 당시에는 돈을 주기만 하면 쑹차이샤가 뉴샤오스의 여자가 되어 곧장 신방에 들 것만 생각했지, 그녀가 도주할 걸 대비하여 영수증을 요구할 생각 따윈 할 수 없었다. 뉴샤오리는 온몸에 힘이 빠져 흐느적거리며 말을 받았다.

"오빠, 저는 고향에서 수천 리나 달려왔어요."

"법률은 멀고 가까운 것을 따지지 않아요. 사실과 증거만 따집니다."

"오빠, 10만 위안이라는 돈이 우리에게는 적은 돈이 아니에요."

"하지만 당신은 말만 하지 증거가 없잖아요. 당신 말을 내가 어떻게 믿겠어요?"

"오빠, 제발 부탁이에요."

젊은 인민경찰은 더 이상 그녀를 상대하지 않고 고개를 숙이더니 휴대전화를 만지작거렸다. 파출소에서 나온 뉴샤오리는 활

기차게 거리를 오가는 사람들을 바라보았다. 이제 뭘 어떻게 해야 좋을지 알 수 없었다. 다급하면 지혜가 생기는 법이라던가. 그녀는 오토바이를 보내고 파출소 건너편에 있는 홰나무 밑으로 가서 짐을 내려놓고는 그 위에 걸터앉아 파출소 입구를 물끄러미 바라보았다. 갑자기 자신의 배가 생각났다. 이른 아침에 설사를 했으니 또 설사를 하겠거니 싶었는데 뜻밖에도 설사 기미가 없었다. 심지어 그 생각을 완전히 잊고 있었다. 아침 일찍 약을 먹은 것이 효력을 발휘했음을 알 수 있었다. 뉴샤오리는 배에 대해서는 일단 안심할 수 있었다. 정오가 되자 오전에 당직을 섰던 젊은 인민경찰이 파출소 밖으로 나왔다. 그가 가고 난 뒤 뉴샤오리는 다시 파출소 안으로 들어갔다. 민원창구에는 중년의 인민경찰이 당직을 서고 있었다. 손에 찬합을 받쳐 든 그는 휴대전화에 시선을 집중하면서 숟가락을 입으로 가져가고 있었다. 뉴샤오리가 말했다.

"오빠, 저를 좀 도와주시면 안 돼요?"

중년의 인민경찰이 고개를 들었다.

"무슨 일인데요?"

뉴샤오리가 말했다.

"저는 아는 언니의 결혼에 참석하기 위해 선전深圳에서 급히 달려오는 길이에요. 그런데 정말 재수 없게도 장거리 여행 중에 지갑이랑 휴대전화를 도둑맞았어요. 그 언니가 이 향에 산다는 것

밖에 모릅니다. 어느 촌인지도 기억이 나질 않아요. 저를 위해 좀 찾아주시면 안 될까요?"

중년의 인민경찰이 말했다.

"가서 공중전화로 그 언니 휴대전화에 전화를 걸면 되잖아요."

"전화번호는 잃어버린 휴대전화 안에 있고 제가 아는 건 이름뿐인데 어떻게 전화를 하겠어요?"

중년의 인민경찰이 뉴샤오리를 쳐다보며 물었다.

"그 언니랑 어떤 관계인데 그래요?"

"친한 언니 동생 사이예요. 선전에서 같이 일하고 있거든요. 다른 일이라면 이렇게 귀찮게 해드리지 않을 거예요. 언니 결혼식이라 꼭 찾아야 하거든요."

중년의 인민경찰이 찬합을 내려놓으며 물었다.

"그 언니 이름이 뭔가요?"

"쑹차이샤예요."

중년의 인민경찰은 뉴샤오리를 힐끗 쳐다보고는 엉덩이로 의자를 컴퓨터 앞으로 끌어당기더니 뭔가 찾기 시작했다. 5분쯤 지나자 호구 자료에 따르면 웨이진향에는 다섯 명의 쑹차이샤가 있고 각각 화리花梨촌, 톈핑田坪촌, 쉬자바許家壩촌, 위허漁河촌, 그리고 샤즈포沙子坡촌에 산다고 알려주었다. 뉴샤오리는 황급히 가방에서 펜을 꺼내 탁자 위에 있던 신문지 여백에 다섯 마을의 이름을 적었다. 이어서 인민경찰에게 진심어린 감사의 인사를 드리고 파출소를 나섰다.

오토바이를 한 대 대절한 뉴샤오리는 마을 이름들이 적힌 신문지를 들고 반나절에 걸쳐 다섯 마을을 한 바퀴 돌았다. 다섯 마을 가운데 세 마을에 쑹차이샤라는 사람이 적을 두고 있었다. 하지만 모두 그녀가 찾는 쑹차이샤가 아니었다. 그 가운데 한 쑹차이샤는 여든이 넘은 노파였으며, 나머지 두 쑹차이샤는 마을에 없고 외지에 나가 일을 하고 있었다. 뉴샤오리는 이들의 집에서 사진을 확인했지만 역시 자신이 찾는 쑹차이샤가 아니었다. 쑹차이샤는 자기 집이 이 향이라고 했지만 사실이 아닌 것 같았다. 그녀가 유탕촌 사람이라고 했지만 사실은 유탕촌 사람이 아닌 것과 마찬가지였다. 보아하니 그녀의 거짓말 범위는 생각보다 훨씬 넓었다. 하지만 이 지역과 지명에 대한 그녀의 숙지도를 고려하면 그녀가 이 향 출신은 아닐지라도 인근 향 출신일 가능성이 높았다. 뉴샤오리는 사람들에게 물어 친한현에 도합 열두 개의 향진鄕鎭이 있다는 사실을 알아냈다. 이미 한 군데를 조사했으니 이제 남은 것은 열한 개 향진이었다. 뉴샤오리는 또다시 반나절 동안 생각한 끝에 남은 열한 개 향진을 조사하기로 마음먹었다. 친한현을 탈탈 털어서라도 진짜 쑹차이샤를 땅의 갈라진 틈에서 찾아내겠다는 일념이었다. 인근에 있는 다른 향으로 발길을 돌린 뉴샤오리는 우선 파출소를 찾아가 웨이진향에서 써먹은 방법으로 결혼식에 참석하러 왔다고 둘러댔다. 그러고는 인민경찰의 도움으로 이 향에 여덟 명의 쑹차이샤가 적을 두고 있다는 것을 알아냈다. 그 여덟 명의 쑹차이샤를 찾아다녔지만 역시 그녀가 찾는 쑹차이샤는 없었다. 이제 뉴샤오리의 수중에는 20위안밖에 남지 않았다. 뉴샤오리는 고향에 있는 펑진화에게 전화를 걸어 자신의 은행계좌로 3000위안만 더 보내달라고 말했다. 펑진화는 쑹차이샤를 찾았느냐고 물었다. 그러면서 어제 신자좡의 라오신이 찾아와서는 주쥐화와 샤오허우가 집을 떠난 이후로 전화 한 통 없었고, 주쥐화의 휴대전화도 전원이 꺼져 있다면서 무슨 일이 생긴 거냐고 묻더라고 했다. 그러고는 집을 나설 때 주쥐화가 3000위안의 여비를 가지고 갔는데 일주일 만에 다 쓴 거냐, 왜 또 돈을 보내라는 거냐고 물었다. 이 모든 문제에 대해 뉴샤오리는 한꺼번에 설명하기가 어려웠다. 펑진화나 라오신에게 사실대로 알리고 싶지 않았는지도 모른다. 그들이 알게 되면 나뭇가지 뻗어나가듯이 또 다른 문제가 생길지 몰랐다. 이는 주쥐화와 샤오허우가 도주한 뒤 뉴샤오리의 수중에 500위안뿐이었다는 사실을 펑진화에게 알리고 싶지 않은 이유이기도 했다. 지금은 더 이상 버틸 수가 없어서 펑진화에게 전화를 한 것이었다. 이리하여 그녀는 짜증 섞인 어투로 말했다.

"사람 하나 찾는 게 그리 쉬운 줄 알아?"

그러고는 쏘아붙이듯이 말했다.

"돈을 보내라면 긴 말 말고 어서 보내."

이렇게 전화를 끊어버렸다. 펑진화는 감히 집요하게 따지지 못하고 그날 저녁으로 3000위안을 송금했다. 뉴샤오리는 안전을 위해 은행 자동인출기에서 전액을 인출하지 않고 500위안만 뽑았다. 500위안을 다 쓰면 다시 뽑을 생각이었다. 돈이 생기자 뉴샤오리는 머뭇거리지 않고 또다시 움직이기 시작했다. 향과 촌을 하나하나 찾아다니기 시작한 것이다. 수중에 돈이 생기긴 했지만 뉴샤오리는 지구전에 대비하여 한 푼도 허투루 쓰지 않았다. 하지만 먹는 데 지나치게 아낄 수는 없었다. 지난번의 설사가 남긴 교훈도 있기 때문에 먹는 게 부실해서 병이 날까봐 두려웠다. 병이 나면 돈이 들 뿐만 아니라 사람 찾는 일도 지체되기 때문이다. 하루 세끼에 항상 뜨거운 국물을 사 먹었다. 매일 버스터미널에서 노숙을 하다 보니 터미널 광장의 간이음식점과 노점들이 이젠 익숙해졌다. 아침을 먹을 때면 사람들이 왜 매일 아침에 갔다가 저녁에 돌아와서 터미널 노숙을 하느냐고 물었다. 뉴샤오리는 사람을 찾아다니게 된 자신의 사정을 말했다. 간이음식점의 장사꾼과 행인들은 뉴샤오리의 처지를 동정하면서 쑹차이샤와 주쥐화는 그곳 사람들의 얼굴에 먹칠을 했으니 인간도 아니라고 욕했다. 하지만 동정하면서도 뉴샤오리의 사람 찾는 일을 돕지는 못했고 지출도 막아주지 못했다. 하루 허탕을 치면 계속 찾아 나서야 했고 돈도 계속 빠져나갔다. 매일 밥을 사 먹어야 할 뿐만 아니라 오토바이 대절 비용만 70 또는 80위안이 들었다. 때로 먼 곳을 가면 100위안이 넘어가기도 했다. 사흘 전에 500위안을 인출했는데 눈 깜짝할 사이에 다 써버리고 은행에 가서 돈을 또 인출했다. 돈을 절약하기 위해 뉴샤오리는 매일 아침 희미하게 동틀 무렵에 버스터미널을 나섰다. 일찌감치 출발하지 않으면 해가 진 뒤에 서둘러 돌아와야 하는데 오토바이 기사가 별도의 요금을 요구할까봐 두려웠기 때문이다. 가는 곳에 따라 거리차이가 있었지만 어림잡아 하루 평균 여섯 개 마을을 돌아다녔다. 눈 깜짝할 사이에 또 사흘이 지났다. 이날은 여섯 마을을 돌고 났는데도 해가 높이 걸려 있었다. 휴대전화로 시간을 확인해보니 오후 3시 반이었다. 뉴샤오리는 실적을 높이기 위해 오토바이 기사에게 이다오량—道梁이라 불리는 마을로 가자고 했다. 이다오량에는 두 명의 쑹차이샤가 있었다. 한 명은 실제로 만났고 한명은 사진만 봤으나 둘 다 그녀가 찾는 쑹차이샤가 아니었다. 이들을 확인하고 나자 어느새 날이 어두워졌다. 현성으로 돌아올때 뉴샤오리는 오토바이 기사가 추가 요금을 요구할까봐 걱정이었다. 하지만 오토바이 기사는 추가 요금 얘기도 없이 뉴샤오리를 태우고 달렸다. 이 오토바이 기사는 왼쪽 얼굴에 손바닥만 한 퍼런 반점이 있었다. 『수호전』을 읽은 뉴샤오리는 마음속으로 이 오토바이 기사를 청면수青面獸 양지楊志라고 부르기 시작했다. 뉴샤오리는 오토바이에 탄 채 양지라는 인물이 비록 외모는 추하지만 마음씨는 착한 양산박梁山泊의 영웅이라고 생각했다. 이런 생각을 하는 사이 오토바이는 외진 산간 지역으로 접어들었다. 양지는 갑자기 농지 사이의 작은 길로 오토바이를 몰기 시작했다. 뉴샤오리가 깜짝 놀라 물었다.

"아저씨, 어디로 가는 거예요?"

오토바이는 높이 자란 농작물 사이로 달리고 있었다. 뉴샤오리는 상황이 좋지 않다는 것을 직감하고 황급히 오토바이에서 뛰어내렸다. 이때 양지도 시동을 끄고 오토바이에서 내렸다.

"아저씨, 지금 무슨 짓을 하는 거예요?"

양지가 뉴샤오리를 쳐다보며 말했다.

"아가씨, 우리가 함께한 지 하루가 됐잖아요. 한 가지 상의할 일이 있어요."

뉴샤오리가 물었다.

"무슨 일인데요?"

"아가씨가 좋아졌어요."

"아저씨, 이러지 말아요."

"오늘 차비는 받지 않을 테니 한 번 합시다."

"아저씨, 그건 안 될 말이에요. 우리 남편이 현성에서 날 기다리고 있다고요."

양지는 그녀를 향해 다가오기 시작했다.

"이 산골짜기 반경 20리 안에는 인가가 없는데, 어디에 남편이 있다는 거예요?"

그는 뉴샤오리를 강제로 밭두렁에 눕히더니 자신의 바지를 벗고 뉴샤오리의 바지를 벗기려 했다. 뉴샤오리가 몸부림을 치면서 말했다.

"아저씨, 이러는 게 범죄라는 거 알아요?"

"인적 하나 없는 황무지에서 하늘과 땅만 알고 당신과 나만 아는데, 법은 무슨 좆같은 법이야?"

뉴샤오리는 계속 몸부림을 치며 말을 받았다.

"그럼 지금 말고 다음에 해요."

"왜요?"

"몸에 문제가 있어요."

"그럼 검사를 해봅시다."

그러면서 뉴샤오리의 바짓가랑이 속으로 손을 뻗었다. 뉴샤오리가 재빨리 휴대전화를 꺼내 들었다.

"잘 들어요. 여기 모든 게 다 저장되어 있어요."

양지가 손을 멈췄다.

"무슨 뜻이에요?"

"사고가 날까봐 두려워 오늘 오전에 아저씨랑 아저씨 오토바이 사진을 우리 남편 휴대전화로 전송해두었다고요. 무슨 일이 생기면 우리 남편이 경찰에 신고할 거예요."

이어서 휴대전화 폴더를 열어 보여주었다. 화면에 사진 한 장이 떠 있었다. 양지가 오토바위 위에서 담배를 피우는 모습이었다. 얼굴이 아주 선명했고 오토바이 번호도 화면에 뚜렷하게 담겨 있었다. 뉴샤오리가 일주일 남짓 돌아다니면서 터득한 경험이었다. 가격을 흥정하다 보면 매일 대절하는 오토바이가 달랐다. 뉴샤오리는 매일 기사들의 주의가 소홀한 틈을 타서 휴대전화로 기사와 오토바이의 모습을 찍어두었다. 물론 사진을 펑진화에게 보내진 않았다. 펑진화에게 사진을 보냈다가는 또 다른 문제가 파생될 수 있기 때문이다. 대신 만일의 상황에 대비하여 이미 사용하지 않는 자신의 다른 번호로 전송해두었다. 과연 양지는 휴대전화에서 자신의 얼굴과 번호판을 확인하더니 바로 기가 죽어 뉴샤오리의 몸 위에서 일어나 바지를 추켜올렸다. 그러고는 땅에다 퉤하고 침을 뱉었다.

"젠장, 정말 재수 없네!"

그러고는 욕을 해댔다.

"더럽고 파렴치한 년 같으니라고!"

기사는 화를 내면서 오토바이에서 뉴샤오리의 짐을 내려놓더니 연기만 남기고 가버렸다. 하루 종일 달린 오토바이 요금도 받지 않았다. 뉴샤오리는 긴 안도의 한숨을 내쉬고는 밭고랑에서 기어 올라와 몸에 묻은 흙먼지를 탁탁 털었다. 그러고는 짐을 메고 친한 현성을 향해 걸어갔다. 이 골짜기는 현성에서 50리 넘게 떨어진 곳이었다. 길을 걷다 보니 근처 마을에서 닭 우는 소리가 들렸다. 멀리 현성의 불빛이 보이자 뉴샤오리는 땅바닥에 엉덩방

아를 찧으면서 주저앉아 울음을 터뜨렸다. 보름이 지나도록 뉴샤오리는 친한현 열두 향진을 전부 뒤졌다. 열두 향진의 파출소에서 그녀는 쑹차이샤를 열두 번이나 결혼시켰다. 보름 동안 110명의 쑹차이샤를 만났다. 젊은 쑹차이샤도 있고 나이 든 쑹차이샤도 있었다. 심지어 남자 쑹차이샤도 한 명 있었다. 매일 쑹차이샤를 만나다 보니 나중에는 구역질이 났다. 하지만 110명의 쑹차이샤 중에 그녀가 찾는 쑹차이샤는 없었다. 뉴샤오리가 자세히 찾지 못해서 쑹차이샤가 그물을 빠져나간 건지, 아니면 열두 향진 파출소의 통계가 정확하지 않아서 쑹차이샤가 은둔자가 되어버린 건지 알 수 없었다. 어쩌면 애당초 쑹차이샤는 친한현 사람이 아니라 다른 현 사람이었는지도 모른다. 하지만 친한현 사람이 아니라면 또 어느 현 사람이란 말인가? 곰곰이 분석해보니 쑹차이샤가 친한현 향촌의 지명에 그토록 익숙한 것으로 미루어 친한현 사람은 아니지만 멀리 달아나진 못하고 인근 현에 있을 것만 같았다. 뉴샤오리는 지도를 한 장 사서 친한현 인근에 반화方化현과 류제六節현, 푸린富臨현, 쑹인松印현, 네 현이 있는 것을 확인했다. 하지만 이 네 현 가운데 어느 현에 그녀가 있단 말인가? 뉴샤오리는 주저했다. 그물을 빠져나간 물고기를 친한현에서 계속 찾아야 좋을지, 아니면 아예 전장을 바꿔 인근 네 현을 뒤져야 할지 결정을 내릴 수 없었다. 다른 네 현을 뒤진다면 그 가운데 어느 현부터 시작해야 할지도 문제였다. 보름 동안 사람을 찾아다니는 과정에서 온갖 고생을 한 것은 둘째치고 위험도 적지 않았다. 사람 찾아다니는 일을 다시 시작하려니까 뉴샤오리에게는 두려움이 앞섰다. 물론 이쯤에서 그만둘 수도 있었다. 더 이상 사람을 찾아다니지 않고 집으로 돌아가면 된다. 펑진화가 열흘 전에 보내준 3000위안 가운데 또 2000위안 넘게 쓰고 수중에는 300위안 남짓 남아 있었다. 계속 사람을 찾아다니려면 펑진화에게 또 돈을 보내달라고 해야 할 판이다. 돈을 받으려면 구차하게 말을 늘어놓아야 했다. 하지만 이대로 집으로 돌아가면 쑹차이샤에게 편취당한 10만 위안은 완전히 물거품이 되고 말 것이다. 그동안 쑹차이샤를 찾느라 3100위안이 넘는 돈을 썼는데, 이 돈역시 물거품이 될 수밖에 없었다. 이런 식으로 물거품이 되어버린 돈은 이자까지 합쳐 총 12만2300위안이 넘었다. 돈만큼이나골치가 아픈 것은 보름 전에 사람을 찾으러 ○○성에 왔을 때는 세 명이었는데 지금은 주쥐화와 샤오허우가 도주하고 자기 혼자만 남았다는 사실이다. 집에 돌아가면 신자좡의 라오신에게 뭐라고 설명해야 할지 막막하기만 했다. 지난 며칠 동안 쑹차이샤를 찾는 데 열중하다 보니 주쥐화와 샤오허우의 일은 뇌리에서 완전히 지워졌는데 이제 다시 생각이 떠올라 마음이 초조해졌다. 뉴샤오리가 ○○성에서 찾아야 할 사람은 쑹차이샤만이 아니었다. 주쥐화와 샤오허우도 찾아야 했다. 뉴샤오리는 친한현 버스터미널 광장의 계단에 앉아 이런저런 생각에 잠겼다. 생각할수록 머리가 아팠다. 이어서 뭘 어떻게 해야 좋을지 알 수 없었다. 뉴샤오리는 화장실에 들어가 무심코 거울에 비친 자기 얼굴을 바라보았다. ○○성 고원 지대에서 보름간 뛰어다녔더니 뜻밖에도 두 볼에 고지대에 사는 사람들에게서만 볼 수 있는 홍조가 생겼다. 그녀는 자신의 얼굴을 어루만지면서 깊이 탄식할 수밖에 었었다. 화장실에서 나와 광장 계단에 앉아 있는데 한 여자가 다가와 옆에 앉더니 어색한 투로 말을 걸어왔다.

"내지에서 오셨나보군요?"

뉴샤오리가 고개를 돌려보니 서른 남짓 되는 여자였다. 귀에 가지런히 붙는 단발머리에 위아래로 옷차림새가 깔끔했다. 뉴샤오리는 그녀가 어디서 온 누군지, 왜 말을 거는지 알 수 없어 고개만 가볍게 끄덕였다. 그녀가 물었다.

"쑹차이샤를 찾고 있지요?"

뉴샤오리는 깜짝 놀란 눈으로 물었다.

"아니, 언니가 그걸 어떻게 알아요?"

여자가 빙긋이 웃으면서 말을 이었다.

"버스터미널에 아주 오래 머물고 있잖아요. 터미널 사람들이라면 누구나 아가씨 사정을 알고 있지요."

뉴샤오리가 한숨을 내쉬며 말했다.

"보름이나 다녔지만 찾지 못했어요. 앞으로 어떻게 해야 좋을지 모르겠어요."

여자가 말했다.

"쑹차이샤가 어디에 있는지 내가 알아요."

뉴샤오리는 깜짝 놀라 여자의 손을 부여잡았다.

"어떻게 알았어요? 지금 어디에 있나요?"

"쑹차이샤는 또다시 ○○성으로 갔어요. 시집을 또 간 거지요."

뉴샤오리는 손으로 자신의 머리를 쳤다. 이제야 친한현에서 쑹차이샤를 찾을 수 없었던 이유를 깨달았다. 그렇다면 그녀는 지금도 또다시 누군가에게 사기를 치고 있는 것이 분명했다. 이어서 다른 의구심이 들었다.

"다시 ○○성으로 갔다고 해도 그녀의 친정은 친한현에 있을 거 아니에요? 어째서 그 여자 친정도 찾지 못한 걸까요?"

여자가 말했다.

"쑹차이샤는 친한 사람이 아니에요."

"그럼 어디 사람인데요?"

"친한현과 붙어 있는 현이에요."

뉴샤오리는 모든 걸 알 수 있을 것 같았다. 그래서 친한현에서 쑹차이샤와 그녀의 친정집을 찾을 수 없었던 것이다. 뉴샤오리도 쑹차이샤가 친한현 사람이 아니라 인근 현 출신이 아닐까 의심하기는 했다. 밖에서 사람들을 속이다 보니 거짓말이 현의 경계를 넘은 것은 대단한 기백이라 할 수 있었다. 이제 뉴샤오리는 쑹차이샤의 친정이 있는 현에는 관심이 없어졌다. 그녀가 또다시

○○성으로 시집을 갔다면 직접 그 성으로 그녀를 찾아가면 끝나는 일이 아닌가? 지금까지는 그녀가 어디 있는지 몰라서 고향 집을 찾아 헤맨 것이었다. 뉴샤오리가 물었다.

"그 여자가 ○○성 어느 현, 어느 촌에 가서 사람들에게 사기를 치고 있는지 아세요?"

"알지요."

뉴샤오리는 여자의 팔을 잡아당기며 말했다.

"언니, 어서 저한테 말해주세요. 그년을 찾으러 가야겠어요."

그리고는 황급히 한마디 덧붙였다.

"저를 좀 도와주시면 이 은혜 평생 잊지 않겠어요."

뜻밖에도 여자가 빙긋이 웃으면서 말을 받았다.

"그게 어디 그렇게 말처럼 쉬운가요?"

뉴샤오리가 멍한 표정을 지으며 물었다.

"무슨 뜻인가요?"

"지금은 정보사회예요. 공짜로 정보를 제공할 수 있겠어요?"

그녀의 말뜻을 알아차린 뉴샤오리는 그 말도 일리가 있다고 여겼다.

"말해보세요. 얼마나 드리면 되나요? 100위안, 아니면 200위안? 당장 드릴게요."

여자가 말했다.

"훈툰 파는 사람이 얘기하는 걸 들으니 쑹차이샤가 아가씨 돈

10만 위안을 갖고 튀었다던데, 이런 일이 단돈 100위안으로 해결될 수 있을 것 같아요? 내가 멍청인 줄 알아요?"

"그럼 얼마를 생각하시는 건가요?"

"파나 마을을 파는 장사꾼들도 2할의 이윤을 붙여서 물건을 팔지요. 10만 위안의 2할이니까 2만 위안이 되겠네요."

뉴샤오리는 그 자리에서 넋이 나가버리고 말았다.

"남의 위기를 이용해먹자는 건가요?"

이 한마디에 여자는 몸을 일으켜 자리를 뜨려 했다.

"생각이 다르니 할 수 없군요. 거래에도 인의仁義가 있는 법인데 말이에요."

뉴샤오리가 또다시 여자의 팔을 부여잡고 말했다.

"언니, 우리 다시 상의 좀 해요."

그러고는 말을 이었다.

"언니, 2만 위안은 작은 돈이 아니에요. 제 수중에는 그렇게 많은 돈이 없어요. 좀 깎아주시면 안 돼요?"

여자가 말했다.

"그럼 5000위안을 깎아서 1만5000위안으로 해요. 더 이상은 못 깎아요."

"1만5000위안도 적은 돈이 아니에요. 제 수중에 가진 돈이라고는 다 합쳐서 300위안 남짓이에요."

"식구들한테 아가씨 계좌로 돈을 보내달라고 하면 되잖아요."

이때 뉴샤오리는 이 여자도 사기꾼이 아닐까 하는 의심을 품게 되었다.

"쑹차이샤의 친정이 인근 현에 있다는 걸 어떻게 알았어요? 그 여자가 또 ○○성으로 시집을 갔다는 건 어떻게 알았지요?"

"우리 고모 쪽 사촌동생이 인근 현으로 시집을 갔어요. 바로 쑹차이샤의 집이 있는 마을이었지요. 어제 그 사촌동생이 가족들을 만나러 친한현에 왔거든요."

뉴샤오리는 사정을 알 것 같았지만 잠시 생각해보고 나서 말했다.

"언니, 이렇게 하면 안 될까요? 쑹차이샤가 지금 어디로 시집을 갔는지 알려주는 대신 그 여자 친정집이 어느 현, 어느 촌에 있는지만 말해줘요. 이런 정보는 한 다리 건너뛰는 셈이니까 가격을 좀 깎아주시고요."

여자가 또 웃으면서 말을 받았다.

"그렇게 쩨쩨하게 잔머리 굴리지 말아요. 친정이 어디인지 말해주는 게 그 여자가 지금 있는 곳을 말해주는 거랑 뭐가 달라요?"

뉴샤오리가 퉁명스런 어투로 응수했다.

"언니가 말해주지 않으면 내가 직접 친한현 인근 마을들을 하나하나 찾아다니면서 수소문해보면 돼요. 원래 그렇게 할 생각이었으니까요."

여자가 말을 받았다.

"그렇게 해요. 쑹차이샤의 친정이 친한현 인근 현에 있다는 정보는 공짜로 제공하지요. 하지만 친한현 근처에 있는 현에 속한 마을들을 일일이 찾아다니면서 수소문하려면 힘이 많이 드는 데다 오토바이도 대절해야 하기 때문에 돈도 적지 않게 들 거예요. 속으로 계산을 해봐요. 사람 하나 찾는 데 1만5000위안은 더 들 테니까요."

뉴샤오리가 조사해보니 친한현과 인접한 현은 방화현과 류제현, 푸린현, 쑹인현 네 개였다. 또 계산해보니 친한현에서 보름을 보내면서 이미 3100위안이나 썼다. 친한현은 네 현에 인접해 있어 친한현에서 사람을 찾아다니던 속도로 현마다 보름씩 보내면서 전부 돌아다닌다면 두 달이라는 시간이 필요했다. 네 현을 돌아다니는 데 드는 여비에 두 달 동안 사람을 찾는 데 드는 비용을 합치면 1만5000위안을 초과할 게 분명했다. 보아하니 뉴샤오리의 이런 계산을 이 여자도 이미 따져본 듯했다. 동시에 이는 돈 문제로 그칠 일이 아니었다. 친한현에서 보름을 지내는 동안 뜻하지 않은 일들을 겪었는데 두 달이나 사람을 찾아다니게 되면 또 어떤 일을 당할지 알 수 없었다. 앞으로 두 달 동안 사람을 찾아다닐 일을 생각하니 뉴샤오리는 더럭 겁이 났다. 차라리 이 여자와 협력하는 것이 시간이든 돈이든 밑천이 덜 드는 방법일지도 몰랐다. 바로 쑹차이샤를 찾아낼 수 있다면 두 달이라는 시간을 들여 그녀의 친정집을 찾을 필요도 없었다. 뉴샤오리는 갑자기 또 다른 문제가 생각났다.

"제가 언니한테 돈을 주고 언니는 저한테 쑹차이샤의 주소를 줬는데, ○○성에 가서 쑹차이샤를 찾지 못한다면 나는 또 돈을 날리는 거잖아요?"

여자가 말했다.

"아가씨한테 성의가 있다면 방법은 얼마든지 찾을 수 있을 거예요. 그럼 내가 아가씨와 함께 ○○성에 가서 쑹차이샤를 찾아 돈을 돌려받은 뒤에 내 몫을 받는 걸로 하면 어때요?"

그러고 보니 먼저 사람을 찾은 다음에 그녀에게 값을 치르는 방법도 있었다. 토끼를 보기 전에는 매를 거둬들이지 않는 것과 같다. 잠시 생각에 잠긴 뉴샤오리는 이 방법이 공평하다고 결론 내렸다. 동시에 쑹차이샤에게서 빨리 돈을 받아내면 번거롭게 평진화에게 돈을 보내달라는 부탁도 생략할 수 있었다. 평진화는 3000위안을 보내면서도 이것저것 따져 물었는데 쑹차이샤의 친정집을 찾아야 하니 1만5000위안을 보내달라고 하면 미친 듯이 잔소리를 해댈 게 분명했다. 이리하여 마음을 정한 뉴샤오리가 여자를 쳐다보며 말했다.

"그럼 우리 언제 출발할까요?"

여자가 웃으면서 말했다.

"나는 이렇게 시원시원한 사람이 좋아요. 내가 집에 가서 짐을 좀 챙겨올 테니 오후에 출발하는 걸로 해요."

9

그날 오후, 뉴샤오리는 서른 살 남짓 되어 보이는 이 여자와 함께 친한현에서 성성으로 가는 시외버스에 몸을 실었다. 저녁 무렵, 버스가 성성에 도착했다. 둘은 버스터미널에서 시내버스를 타고 기차역으로 갔다. 역에 도착하자마자 곧장 표를 사러 매표소로 갔다. 마침 이 성성에서 다른 성성으로 가는 차표가 있었다. 게다가 기차가 출발하기까지 반시간밖에 남지 않았다. 두 사람은 아주 운 좋게 일찍 역에 도착해 서둘러 차표를 구한 셈이었다. 막 플랫폼에 들어서자 기차가 도착했다. 열차에 오르니 뜻밖에도 자리가 두 개 남아 있었다. 둘은 또 한 번 운이 정말 좋다며 감탄했다. 시외버스를 타고 다시 시내버스로 갈아탄 데 이어 기차에 올라 기적 소리를 듣자 뉴샤오리는 어렴풋이 보름 전의 기억으로 돌아갔다. 그때도 고향을 떠나 친한현으로 가기 위해 뉴샤오리와 주쥐화, 샤오허우 세 사람이 이렇게 길을 재촉하고 있었다. 길에서 겪는 일들도 비슷하고 주변 경치도 크게 다르지 않았다. 동행하는 사람만 바뀌어 주쥐화와 샤오허우 대신 서른 살 남짓의 여자가 동행하고 있었다. 뉴샤오리는 보름 전에 겪었던 일들이 마치 어제 일처럼 생생하게 느껴지기도 하고, 다른 한편으로는 한 세대 전에 일어난 것처럼 아득하게 느껴지기도 했다. 또 문득 쑹차이샤만 찾는 데 그쳐선 안 되고 주쥐화와 샤오허우도 찾아야 한다고 생각했다. 지금 이 여자와 함께 또 다른 성으로 쑹차이샤를 찾으러 가게 됐으니 주쥐화와 샤오허우는 잠시 여기에 놓아두어야 했다. 하지만 뉴샤오리에게는 쑹차이샤와 주위화 모자 중에서 쑹차이샤를 찾는 일이 더 중요했다. 어쩔 수 없이 주쥐화와 샤오허우를 놓아두게 되어 신자좡의 라오신에게는 다소 미안한 일이기도 했다. 그렇다고 뉴샤오리를 둘로 나눌 수도 없었다. 남은 일은 나중에 처리하면 그만이다. 다시 길을 나서기 위해 뉴샤오리는 주쥐화가 버리고 간 낡은 손가방과 낡은 편직 자루, 너덜너덜해진 이불을 친한 현성 터미널을 떠나면서 버렸다. 편직 자루 안에는 대파 한 뿌리가 남아 있었지만 보름 사이에 바싹 말라버렸다. 파를 꺼내든 뉴샤오리는 잠시 감상에 젖었지만 이내 쓰레기통에 던져버렸다.

뉴샤오리는 기차 안에서 서른 남짓의 여자랑 이런저런 얘기를 나누었다. 그녀의 이름은 쑤솽蘇爽이고 고향은 친한현이었다. 평소 옷 장사를 하면서 전국 각지를 돌아다니는데 돈을 벌 수 있는 곳이라면 어디든지 찾아간다고 했다. 이번에 또 다른 성으로 가게 된 것은 뉴샤오리를 도와 사람을 찾기 위해서지만 그곳에 업무상 처리할 일이 있기 때문이기도 했다. 두 가지 일을 동시에 해결하는 셈이었다. 단지 뉴샤오리를 도와 사람을 찾아주고 1만

5000위안을 버는 것이라면 시간을 내기가 아깝지만 일을 보러 가는 김에 한 가지 일을 더 하는 셈이니 일석이조가 아닐 수 없었다. 쑹솽에게서 이런 얘기를 들은 뉴샤오리는 그녀가 솔직한 성격이라 할 말을 속에 감춰두는 사람이 아니라고 생각했다. 적이 마음이 놓였다. 일을 보러 가는 김에 뉴샤오리를 돕는다는 건 그녀와 함께 사람을 찾으러 다른 성으로 가는 게 진실임을 증명하기 때문이다. 그렇지 않았다면 뉴샤오리는 계속 쑹솽의 동기를 의심했을 것이다. 동시에 쑹솽이 함께 다른 성으로 가는 게 뉴샤오리를 위해서만은 아니기 때문에 지나치게 신세를 지는 일도 아니었다. 쑹솽이 순전히 뉴샤오리 일 때문에 가는 것이라면 그녀의 버스 요금과 기차표를 뉴샤오리가 사야 했지만 출발하기 전에 두 사람은 교통비를 각자 부담하기로 합의했다. 뉴샤오리는 다소 미안한 감이 있었지만 이제는 그런 마음의 부담도 없어졌다.

기차로 열다섯 시간을 달려 이튿날 오후에 두 사람은 또 다른 성성에 도착했다. 성성에 도착한 뉴샤오리는 쑹차이샤가 새로 시집간 현으로 향할 생각이었지만 쑹솽은 성성에 벌여놓은 장사가 있다면서 먼저 그 일부터 처리하러 가겠다고 했다. 오는 길에 쑹솽이 순전히 뉴샤오리에게 사람을 찾아주러 온 것이 아니라 자기 일을 처리하기 위해 겸사겸사 오는 것이라고 분명히 밝혔고, ○○성에서 이 성으로 오는 자기 교통비도 본인이 부담했기 때문에 뉴샤오리는 길을 재촉하기가 미안했다. 자신에게도 일이 있지만 상대방에게도 일이 있었다. 단지 자신의 일이 상대방의 장사보다 더 다급하게 느껴질 뿐이다. 하지만 오는 길에 분명하게 말을 해뒀던 터라 뉴샤오리는 자기 생각을 고집하기 힘들어 하는 수 없이 쑤샹을 따라 그녀가 장사한다는 곳으로 갔다. 이때 또 뉴샤오리는 쑤샹의 머리가 아주 잘 돌아간다는 사실을 알게 되었다. 그녀가 오는 길에 자기 사정을 설명한 것은 솔직한 모습을 보여주면서 선수를 친 셈이기 때문이다. 쑤샹은 택시를 잡았다. 뉴샤오리는 쑤샹이 의류 공장이나 상가로 가리라고 생각했다. 그녀가 하는 사업이 의류 장사이기 때문이다. 하지만 뜻밖에도 택시는 성성에서 40분을 달려 어느 호텔 앞에 멈춰 섰다. 호텔에 들어서자 쑤샹은 프런트로 가서 방을 구하면서 뉴샤오리에게도 신분증을 요구했다. 뉴샤오리가 황급히 말했다.

"언니, 제 방은 잡지 말아요. 제 능력으로는 이런 호텔에 묵을 수 없어요."

쑤샹이 웃으면서 말을 받았다.

"내가 잡는 방은 투 룸이라 아가씨는 돈을 낼 필요가 없어요. 단지 투숙자 등록을 해야 하기 때문에 그러는 거예요."

뉴샤오리는 신분증을 꺼내 쑤샹에게 건넸다. 프런트에서 수속을 마치고 쑤샹은 신분증을 뉴샤오리에게 돌려주었다. 두 사람은 짐을 들고 방으로 들어갔다. 쑤샹이 먼저 화장실에 들어가 목욕을 했다. 목욕을 마친 쑤샹이 화장실 밖으로 고개를 내밀고 뉴샤오리에게 말했다.

"아가씨도 좀 씻어요. 목욕을 하고 나면 몸이 한결 가벼워질 테니까."

뉴샤오리는 화장실에 들어가 옷을 벗고 목욕을 하기 시작했다. 보름 전 집을 나선 뒤로 몸을 씻지 못한 터라 그녀에게는 목욕이 필요했다. 보름 내내 기차역이나 버스터미널에서 노숙을 하면서 이른 아침에 광장에 있는 수돗가에서 찬물로 세수만 했을 뿐 목욕탕에 들어갈 여유는 없었다. 뉴샤오리가 손을 들어 올리자 더운물이 뿜어져 나왔다. 뉴샤오리는 샤워 꼭지 아래 서서 크게 숨을 내쉬었다. 몸 안팎의 모공이 전부 열리는 것 같았다. 샤워 꼭지에서 쏟아지는 물은 뜨거웠다. 2분쯤 지나자 온몸에서 땀이 나기 시작했다. 몸을 가볍게 밀자 국수 같은 때가 밀려나와 변기 주변에 떨어졌다. 뉴샤오리는 문 쪽을 힐끗 쳐다보았다. 화장실 문은 꼭 닫혀 있었다. 잠금장치도 확실하게 잠겨 있었다. 문을 확인한 그녀는 마음 놓고 대담하게 때를 밀었다. 때를 밀고 머리도 감은 뒤 바디 샴푸로 몸을 깨끗이 닦아냈다. 그러고 나니 몸이 한결 가벼워지고 안에서 겉까지 완전히 다른 사람으로 변한 것 같은 기분이었다. 뉴샤오리는 변기와 바닥을 깨끗이 닦아놓은 뒤 몸에 타월을 두르고 화장실에서 나왔다. 침대 맞은편에는 거울이 하나 걸려 있었다. 뉴샤오리는 거울에 비친 자신의 모습을 살펴보았다. 얼굴에 윤기가 돌고 혈색이 아주 좋아 보였다.

얼굴에 생겨난 고원 지대 사람 특유의 홍조가 오히려 연지를 바른 것처럼 고왔다. 그런 자신을 쑤솽이 위아래로 훑어보고 있는 것을 눈치 채고 뉴샤오리는 부끄러운 듯 빙긋 웃으면서 깨끗한 옷을 가방에서 꺼내어 다시 화장실로 들어가 갈아입었다. 두 사람이 대충 정리를 마치고 나니 이미 저녁 무렵이었다. 쑤솽은 자기 친구가 저녁 식사에 초대했다면서 뉴샤오리에게 함께 가자고 권했다. 하지만 뉴샤오리의 관심은 밥을 먹는 게 아니라 쑤솽이 언제 사업 일을 처리하느냐 하는 것이었다. 사업 일이 끝나야 쑹차이샤를 찾으러 갈 수 있기 때문이었다. 쑤솽은 밥 먹는 게 바로 일을 처리하는 것이라고 말했다. 오늘 저녁에 식사를 하면서 사업 일을 정리하면 내일 곧장 떠날 수 있다는 것이다. 뉴샤오리는 적이 안심이 되었지만 밥 먹는 자리는 거절했다.

"언니, 밥 먹는 데는 혼자 가세요. 저는 호텔에서 쉬면서 기다릴게요."

"왜요?"

"친구 분이랑 사업 얘기를 하는데 제가 옆에 있으면 얼마나 불편하겠어요."

"내가 마약을 파는 것도 아니고 옷을 파는 건데 어때요. 옆에 다른 사람이 있어도 상관없어요."

뉴샤오리는 잠시 주저하다가 다시 말을 받았다.

"저는 시골 사람이라 말을 잘 못해요. 자리가 적절치 않은 것은 고사하고 언니의 위신을 떨어뜨릴까봐 그래요."

쑤쌍이 풋 하고 웃음을 터뜨렸다.

"옷을 파는 사람들이라 해서 전부 황친국척皇親國戚인 건 아니
에요."

쑤쌍이 이렇게 나오자 뉴샤오리는 더 이상 사양하기가 미안해
못 이기는 척하며 그녀를 따라 호텔을 나섰다. 쑤쌍은 또 택시
를 잡았다. 반시간쯤 달려 성성의 어느 강변에 도착했다. 택시 기
사가 강변의 한 음식점 앞에 도착하자 쑤쌍과 뉴샤오리는 차에
서 내렸다. 내리자마자 젊은 아가씨 둘이 "언니" 하고 부르면서 다
가왔다. 알고 보니 쑤쌍의 친구는 두 아가씨였다. 아가씨들은 둘
다 스무 살 남짓 되어 보였다. 뉴샤오리와 별로 차이가 나지 않
는 셈이었다. 한 명은 단발머리였고 다른 한 명은 산잣나무 모양
으로 묶었다. 옷차림은 둘 다 수수한 편이었다. 쑤쌍이 뉴샤오리
에게 단발 아가씨가 왕징훙王京紅이고 산잣나무 모양으로 묶은 아
가씨가 리보친李柏琴이라고 소개했다. 이어서 두 아가씨에게 뉴샤
오리를 소개했다. 두 아가씨는 친근하게 뉴샤오리의 손을 잡아끌
며 말을 걸었다. 다정한 아가씨들인 것 같아서 뉴샤오리는 마음
이 놓였다. 음식점 안으로 들어선 네 사람은 별실로 들어갔다. 이
미 훠궈火鍋*용 구리 냄비가 끓고 있고, 냄비 주위에는 양고기와
소고기, 생선완자, 두부, 백엽百葉,** 당면, 배추 등을 담은 접시 두
개가 나란히 놓여 있었다. 이때 왕징훙이 뉴샤오리에게 어디 사

람이며 나이는 몇 살인지, 고향에서는 무슨 일을 하는지 등을 물었다. 뉴샤오리는 자신이 진에 있는 의류 공장에서 일한다고 말했다. 왕징훙과 리보친이 놀란 표정으로 말했다.

"알고 보니 우리랑 같은 업종에서 일하는군요."

앉아서 고기를 국물에 데치던 리보친이 뉴샤오리에게 무슨 일로 이곳에 오게 되었느냐고 물었다. 뉴샤오리는 쑹차이샤를 찾아 나서게 된 사정을 설명하고, 이어서 주쥐화와 샤오허우를 잃어버린 일까지 얘기했다. 그리고 ○○성 친한현에서 쑹솽을 만나게 된 사연과 이곳에 와서 경험한 일들을 시시콜콜 늘어놓았다. 왕징훙과 리보친은 고기를 먹다 말고 에휴 하고 탄식 같은 한숨을 내쉬었다. 이런저런 얘기를 나누면서 훠궈를 먹기 시작했다. 이때 왕징훙과 리보친은 쑹솽에게 현지의 재미있는 소문들을 얘기했다. 뉴샤오리는 훠궈를 먹으면서 이들의 대화를 들었다. 훠궈는 약간 매웠고 혀끝이 찌릿찌릿했다. 뉴샤오리의 얼굴에 금세 땀이 흘렀다. 이때 왕징훙이 뉴샤오리를 위아래로 훑어보며 말했다.

"얼굴이 발그스름해지니까 정말 예쁘시네요."

뉴샤오리는 자기 얼굴의 고원 홍조를 가리키며 부끄러운 듯 말을 받았다.

• 얇게 썬 고기와 야채, 버섯, 두부 등 다양한 재료를 국물에 데쳐 양념장에 찍어 먹는 중국 요리.
•• 얇게 썰어 말린 두부.

"햇볕에 탄 것 좀 보세요."

그러고는 한마디 덧붙였다.

"제가 어디가 예쁘다고 그러세요. 두 분이 더 예쁘시네요."

리보친이 말했다.

"얼굴이 탄 건 괜찮아요. 바람 부는 곳으로 더 이상 돌아다니지 않으면 점차 없어지거든요."

왕징훙이 말했다.

"언니의 미모는 여느 사람들과 달라요."

뉴샤오리가 물었다.

"어디가 다르다는 거예요?"

왕징훙과 리보친이 이구동성으로 말했다.

"언니는 꼭 외국인처럼 생겼어요."

이때 쑤솽도 빙긋이 웃으며 끼어들었다.

"난 이 아가씨를 처음 봤을 때 중국인이 아닌 줄 알았어."

뉴샤오리는 문득 보름 전에 고향을 떠나 ○○성으로 가는 길에 기차 역사 담벼락 아래서 자던 때의 일이 생각났다. 한밤중에 샤오허우가 자신의 얼굴을 어루만질 때 주쥐화도 똑같은 말을 했다. 이때 한 중년 남자가 룸 안으로 들어왔다. 당나귀 같은 얼굴에 머리가 벗겨진 모습이었다. 쑤솽은 의류 공장 주인인 푸傅 사장이라고 뉴샤오리에게 소개했다. 푸 사장은 뉴샤오리를 향해 가볍게 웃어 보이고는 재킷을 벗고 앉아 훠궈를 먹기 시작했다. 왕징훙과 리보친은 푸 사장의 당나귀 같은 얼굴과 대머리를 놀려댔다. 푸 사장은 반격하려 했지만 입안에 음식이 있어 말을 하지 못했다. 이어서 두 아가씨가 또 한 번 말의 파도를 만들었는데 푸 사장은 방어적으로 대할 뿐 제대로 대응하지 못하고 멋쩍게 웃더니 결국 입을 다물어버리고 말았다. 푸 사장이 궁지에 몰리는 모습을 보고 뉴샤오리는 속으로 웃었다. 고향의 의류 공장에서는 어떤 직원도 사장한테 농담을 던질 수 없었다. 푸 사장이라는 사람은 성격이 참 좋아 보였다. 열심히 훠궈를 먹고 있는 푸 사장에게 쑤솽이 장사에 관한 일을 얘기하자고 하자 푸 사장은 바로 젓가락을 내려놓았다. 두 사람은 룸을 나갔고 10분쯤 후에 쑤솽만 돌아왔다. 손에는 종이 쇼핑백이 하나 들려 있었다. 푸 사장은 돌아오지 않았다. 왕징훙이 물었다.

"푸 사장님은요?"

쑤솽이 말했다.

"너희한테 속는 게 두렵다면서 화를 내고 가버렸어."

왕징훙과 리보친은 또 깔깔대며 웃어댔다. 이때 종업원이 수타면을 들고 들어와 훠궈 국물에 넣었다. 네 사람은 훠궈 냄비를 둘러싸고 앉아 국수를 먹었다. 먹는 동안 리보친에게 전화가 걸려왔다. 통화를 마친 그녀는 일이 있어 먼저 가겠다고 했다. 왕징훙도 함께 가겠다고 했다. 쑤솽은 뉴샤오리에게 훠궈가 어떠냐고 물었고 뉴샤오리는 황급히 맛있었다고 대답했다. 네 사람은 함께 자리에서 일어나 곧장 흩어졌다. 호텔로 돌아오는 택시 안에서 뉴샤오리가 쑤쌍에게 사업과 관련된 일은 다 정리되었냐고 물었다. 쑤쌍이 다 정리되었다고 하자 뉴샤오리는 마음이 놓였다. 호텔로 돌아온 두 사람은 샤워를 하고 나서 침대 위에 누웠다. 뉴샤오리가 내일 아침 몇 시에 일어나 쑹차이샤를 찾아 나설 생각이냐고 물었다. 쑤쌍이 말했다.

"사실 우리는 굳이 쑹차이샤를 찾을 필요가 없어요."

뉴샤오리는 깜짝 놀라고 말았다.

"찾지 않으면 어떻게 해요. 누가 제 돈 10만 위안을 돌려주냐고요. 그 여잘 찾지 못하면 언니도 1만5000위안 받을 생각 마세요."

쑤쌍이 말을 받았다.

"그 여잘 찾는다고 해도 돈을 돌려받을 수 있다는 보장이 없어요."

그러고는 한마디 덧붙였다.

"찾는다고 해도 내 몫을 받을 수 있으리라는 보장도 없지요."

"어째서요?"

"하나만 물어볼게요. 이 쑹차이샤라는 여자가 부자인가요 아니면 가난뱅이인가요?"

"부자든 가난뱅이든 간에 이렇게 사기를 치면 안 되지요."

"내 말은 그런 뜻이 아니에요. 내 말은 자기 몸을 팔 수 있는 사람은 틀림없이 가난뱅이일 거라는 거예요. 억만장자의 딸이라면 자기 몸을 팔지는 않지요. 가난한 사람이라면 그 집안은 밑 빠진 독이겠지요. 일단 돈이 손에 들어오면 금세 어딘가에 써버리게 되지요. 돌멩이 하나를 물속에 퐁 하고 던진 것이나 마찬가지라고요."

뉴샤오리가 울먹이며 말했다.

"언니의 말대로라면 내가 친한현에서 보름이나 그 여자를 찾아다닌 게 헛수고란 말인가요? 그럼 언니랑 이곳에 온 것도 헛수고겠네요?"

"바로 그런 이유로 그 여자를 찾아도 소용없다는 거예요."

"그럼 애당초 제가 친한에 있을 때 그렇게 말해주지 그랬어요."

"나도 한참을 생각해보고서야 이런 이치를 깨달은 거예요."

"그럼 난 이제 어떻게 해요. 이렇게 빈손으로 고향에 돌아가야 하나요?"

"내가 생각을 또 좀 해봤어요. 아가씨를 위해 다른 방법을 한 가지 생각해냈지요."

"어떤 방법인데요?"

"왕징훙과 리보친처럼 돈을 버는 거예요. 그 애들을 따라하는 거지요."

"그 아가씨들처럼 의류 공장에서 여공으로 일하라고요? 그럼 한 달에 얼마나 벌 수 있는데요? 우리 고향의 공장에서는 한 달에 1800위안씩 받았는데, 어느 세월에 쑹차이샤에게 사기당한 돈을 다 벌 수 있겠어요? 10만 위안이나 되는 돈을 말이에요."

"그 아가씨들은 의류 공장 여공들이 아니에요. 그건 그냥 외부 사람들에게 편하게 둘러대는 말이지요."

이어서 그녀는 침대 옆에 있던 종이 쇼핑백을 집어 들었다. 식당에서 훠궈를 먹을 때 쑹솽이 푸 사장과 함께 사업 얘기를 한다며 나갔다가 돌아올 때 가지고 온 쇼핑백이었다. 쑹솽은 종이 쇼핑백 안에서 돈을 한 다발 또 한 다발 꺼내 침대 머릿장 위에 쌓아놓고 말했다.

"10만 위안이에요. 열흘 밤이면 벌 수 있는 돈이지요."

크게 놀란 뉴샤오리는 얼른 이해가 되지 않았다. 그러다가 갑자기 뭔가 알 것 같았는지 침대에서 벌떡 일어서며 물었다.

"그게 무슨 뜻이에요? 저더러 창녀가 되라는 건가요?"

쑹솽이 입을 삐죽거리며 말했다.

"창녀가 되면 하룻밤에 1만 위안을 벌 수 있어요? 이곳 창녀들은 하룻밤에 400위안밖에 못 벌어요."

뉴샤오리는 그녀가 무슨 말을 하는 건지 도무지 이해가 되지 않았다.

"그럼 나더러 무슨 일을 하라는 건가요?"

"왕징홍이나 리보친과 같은 일이에요. 양갓집 규수가 되는 것이지요."

"양갓집 규수가 돼서 하루 종일 뭘 하는데요?"

"낮에는 아무 일도 하지 않다가 밤에만 남자랑 자면 돼요."

뉴샤오리는 여전히 이해가 되지 않았다.

"어쨌든 그것도 몸을 파는 거잖아요?"

"체통이 있는 사람들은 창녀들을 찾지 않아요. 창녀들은 위험하거든요. 깨끗하지도 않고요. 그들이 찾는 것은 양갓집 규수들이에요."

"어떤 체통이 있는 사람들인데요?"

"권력도 있고 돈도 있는 사람들이지요."

뉴샤오리는 그 10만 위안이 훠궈를 먹다가 쑤솽이 푸 사장과 함께 룸 밖으로 나갔다가 가지고 들어온 것이라는 데 생각이 미쳤다. 그녀가 물었다.

"푸 사장 같은 사람들인가요? 그분은 의류 공장 주인이라고 하지 않았나요?"

쑤솽이 말했다.

"그는 의류 공장 주인이 아니에요. 그건 그냥 남들에게 적당히 둘러대는 말이지요."

뉴샤오리는 또다시 놀라지 않을 수 없었다.

"그럼 그분은 무슨 일을 하는데요?"

"부동산 개발업자예요. 용모나 풍채로 사람을 평가해선 안 돼요. 그 사람은 몸값이 100억 위안에 달한다고요. 이 성성의 수많은 건물은 전부 그가 지은 거예요."

"그 사람과 자라는 건가요?"

"돈은 그분이 내지만 그 사람은 그런 걸 좋아하지 않아요. 다른 이들을 위해 사람을 구해주는 것뿐이에요."

"그게 누군데요?"

"그분보다 돈도 더 많고 권력도 더 대단한 사람들이지요."

"누군데 그분보다 돈도 더 많고 권력도 더 센가요?"

"그분이 건물을 지으려면 땅이 있어야 해요. 땅을 장악하고 있는 사람이 누구겠어요? 고위 관리들이지요. 그리고 건물을 지으려면 돈이 있어야 하는데, 그보다 더 많은 재산을 가졌다면 누구겠어요? 바로 은행이지요."

그제야 뭔가 알 것 같은 뉴샤오리는 갑자기 뭔가 생각났는지 다시 물었다.

"언니는 모르시는 게 없군요. 친한에 있을 때 이 모든 걸 다 생각했던 거로군요? 그럼 쑹차이샤를 찾는 일에 관해서는 저를 속이신 건가요?"

쑤쌍이 고개를 끄덕였다.

뉴샤오리는 화가 났다.

"제게는 사람을 찾는 일이 무엇보다 급한데 어떻게 절 이렇게 속일 수 있어요? 왜 그때 모든 걸 분명하게 얘기하지 않은 거예요?"

"그래도 한 번은 왔어야 했으니까요. 그 사람들이 아가씨를 봐야 하잖아요. 그것도 모든 사람을 다 보는 게 아니라 '양갓집 규수' 자격이 있는 사람만 보는 거예요."

뉴샤오리는 울어야 할지 웃어야 할지 분간이 안 되었다.

"제 어디가 그렇게 맘에 드신 건가요?"

"푸 사장도 아가씨가 예쁘다고 하더군요. 남들과 달리 외국인처럼 생겼다는 거예요."

뉴샤오리가 다시 물었다.

"왕징홍과 리보친은 이런 일을 얼마나 오래 했어요?"

쑤쌍이 고개를 끄덕이며 대답했다.

"겨우 다섯 달밖에 안 했어요. 그러고도 손에 70~80만 위안을 쥐었지요."

뉴샤오리는 다시 천천히 몸을 침대에 누이고는 더 이상 말을 하지 않았다. 너무나 가파른 반전이었다. 말은 양갓집 규수라고 하지만 실제로는 자기 몸을 파는 게 아닌가? ○○성에서 이 성으로 온 것은 쑹차이샤를 찾기 위해서였다. 쑹차이샤는 몸을 파는 사람이었는데 결혼 사기로 돈을 편취했다. 그런데 자기마저 이 성에 와서 누군가에게 그런 제안을 받으리라고는 꿈에도 생각지 못했다. 쑹차이샤를 찾으려는 이유는 사기당한 것 때문인데 쑹쌍을 따라 이곳까지 온 것이 또 다른 속임수일 줄은 전혀 예상 밖이었다. 뉴샤오리가 갑자기 몸을 일으키며 말했다.

"더 이상 이런 속임수에 당할 순 없어요. 친한으로 돌아갈래요. 계속 쑹차이샤를 찾아봐야겠어요."

쑹쌍이 또 고개를 끄덕이며 말했다.

"그래요. 그렇게 해요. 강요하는 사람은 없으니까요. 나는 그저 동생에게 또 다른 선택을 제시했을 뿐이에요."

그러면서 침대 머릿장 위의 돈을 가리키며 말했다.

"돈이 있으면 사람을 찾는 일이 어렵지 않지요."

"제 시간을 며칠이나 허비하게 만들었으니 배상을 해주세요."

쑹쌍은 즉시 머릿장 위에 있는 돈다발에서 1만 위안을 집어 그 가운데 5000위안을 셌다.

"친한에서 여기까지 왕복 나흘이 걸린 셈이네요. 하루에 1000위안씩 배상해줄게요. 그리고 추가로 1000위안을 더 줄 테니 여비로 써요. 그럼 되겠어요?"

뉴샤오리는 돈을 받지 않고 몸을 또다시 천천히 침대 위에 뉘였다. 너무도 짧은 사이에 쑹쌍이 다른 사람으로 변한 것 같았다. 오는 동안에는 그녀가 솔직한 사람이라고 생각했는데 알고 보니 속셈을 감춰두고 있었던 것이다. 여기까지 올 때 두 사람은 각자 경비를 냈고 기차에서는 쑹쌍도 뉴샤오리와 함께 경좌硬座˚를 타고 도시락을 먹었으며, 줄곧 그녀에게 자신이 의류를 전문으로 취급하는 소상인이라고 했다. 뉴샤오리와 함께 이 성으로 쑹차이샤를 찾으러 온 것은 일이 성공할 경우 1만 5000위안의 자기 몫을 챙기기 위해서였다. 사람을 찾는 일과 사업상 업무를 함께 처리할 거라고 했다. 이렇게 두 가지 일을 겸한다고 했기 때문에 그녀를 소상인으로 믿었을 뿐 돈과 권력을 가진 이들을 상대하는 사람일 줄은 꿈에도 몰랐다. 다시 말해서 그녀 자신이 바로 돈 많은 사람이었다. 돈이 많으면서 가난한 척했던 것은 그저 풀을 헤쳐 뱀을 놀라게 하고 싶지 않았기 때문이었다. 뉴샤오리는 이곳에 오면서 그녀에 대한 의심을 내려놓았다. 하지만 지금은 자신이 쑤샹이 쳐놓은 그물에 걸렸다는 걸 깨닫자 그녀에게 화를 내고 싶었다. 하지만 쑤샹이 이미 5000위안을 침대 머릿장 위에 올려놓았고 자신에게 강요하지 않은 이상 '양갓집 규수'가 되는 데 동의하지 않고 내일 아침 일찍 5000위안을 들고 친한으로 돌아가 계속 쑹차이샤를 찾으면 된다고 생각했다. 뉴샤오리는 몸한 군데도 더럽혀지지 않고 무사히 돌아갈 수 있다. 왕복 나흘의 시간을 허비하고 5000위안을 배상받았으니 손해 본 것도 없다. 그 정도면 뉴샤오리가 의류 공장에서 두 달 넘게 일한 대가였다. 며칠 전 친한에서 돈이 떨어져 평진화에게 3000위안만 보내달라고 했을 때 평진화는 반시간이나 잔소리를 해댔다. 이제 5000위안이라는 돈이 생겼으니 평진화의 잔소리를 듣지 않아도 된다.

• 중국의 열차 좌석은 크게 경좌, 경와硬臥, 연좌軟左, 연와軟臥 네 종류가 있다. 그중에 가장 값싼 것이 딱딱한 의자에 앉는 경좌다. 경와는 딱딱한 침대칸. 연좌는 푹신푹신한 의자, 연와는 푹신푹신한 침대칸이다.

보름이나 쑹차이샤를 찾아다닌 수확은 없었지만 겨우 나흘 지체된 셈이다. 이런 생각으로 그녀는 다시 화를 억눌렀다. 그녀의 제안은 한마디로 간단히 결정됐다. 맺고 끊음도 분명했다. 다시 뉴샤오리는 쑹쌍이 시원시원한 성격의 소유자라고 생각했다.

얘기를 마친 쑹쌍은 찰칵 하고 침대 머릿장 위의 스탠드를 끄고는 잠들었다. 가볍게 코고는 소리도 들렸다. 하지만 뉴샤오리는 이리저리 몸을 뒤척이며 잠을 이루지 못했다. 내일이면 친한으로 돌아가 다시 쑹차이샤를 찾아 나설 수 있지만 친한으로 돌아간들 어떻게 그녀를 찾는단 말인가? 뉴샤오리는 또다시 근심에 휩싸였다. 쑹쌍은 쑹차이샤의 친정이 친한현 인근 현에 있다고 했지만 지금 생각해보니 쑹쌍의 그 말은 거짓말이었다. 결국 마을마다 돌아다니며 쑹차이샤가 숨어 있는 곳을 알아내는 수밖에 없었다. 친한현으로 돌아가서 계속 그물을 빠져나간 물고기를 찾을 것인가, 아니면 진지를 옮겨 인근 네 현을 돌아다니며 찾아야 할 것인가? 네 현을 돌아다니며 찾아야 한다면 어느 현부터 시작해야 하나? 지난 보름 동안 쑹차이샤를 찾아다니면서 뉴샤오리는 이미 심신이 피폐해졌고 수많은 위험을 당했는데, 앞으로 계속 찾아다닌다면 또 어떤 일을 겪을지 알 수 없었다. 두 달을 더 보낸다 해서 반드시 그녀를 찾아낸다는 보장도 없었다. 이리하여 갈수록 더 겁이 났다. 생각해보니 쑹쌍의 말도 일리가 있다. 천신만고 끝에 마침내 쑹차이샤의 집을 찾고, 이어서 쑹차이샤를 찾아냈다 해도 쑹차이샤나 그 가족들이 10만 위안을 바로 돌려줄 수 있을지도 의문이었다. 부잣집 딸이라면 사기 결혼을 할 리가 없고, 가난한 집이라면 밑 빠진 독일 테니 수중에 들어온 돈은 일찌감치 써버렸을 것이다. 그녀와 그녀 집안에 돈이 없다 하더라도 집은 있으니까 집을 팔게 하여 돈을 돌려받을 수는 있을 것이다. 하지만 친한현 웨이진향 파출소에 갔을 때 젊은 인민경찰이 말했던 것처럼 쑹차이샤가 10만 위안을 사기치고 도주했다는 증거는 없다. 물론 영수증도 없다. 증거가 없다면 소송을 해야 하는데 어떤 결과가 나올지 정확히 예측할 수도 없다. 친한으로 가는 것도 헛수고요, 사람을 찾아다니는 것도 헛수고인 셈이다. 이어서 저녁에 훠궈를 먹던 장면이 생각났다. 왕징훙과 리보친 두 아가씨는 어떻게 그렇게 즐거울 수 있을까? 양갓집 규수의 신분으로 모르는 사람과 잠자리를 하면서 어떻게 그렇게 즐거울 수 있는 걸까? 두 아가씨도 꽃 같고 옥같이 예쁜데 어째서 사람들은 수단과 방법을 가리지 않고 저렇게 꽃 같고 옥 같은 몸을 차지하려는 걸까? 문득 사실은 자신도 전에 그런 마음을 갖고 있었다는 게 떠올랐다. 하지만 이곳이 아니라 자기 고향에서였다. 고향 진에 있는 사우나 앞에서 뉴샤오리는 사채업자 투샤오루이의 앞을 가로막고 열 번 하게 해줄 테니 자신의 부채 원금과 이자까지 합쳐 9만9200위안을 탕감해달라고 요구하지 않았던가. 투샤오루이는 사우나 아가씨들이 한 번 하는 데 200위안이라면서 그녀의 제안을 거절했다. 뉴샤오리의 제안은 한 번에 9920위안인 셈이라 너무 비싸다는 것이었다. 당시에 투샤오루이가 동의했다 해도 뉴샤오리가 정말로 실행에 옮기진 못했을 것이다. 그런데 지금 쑤솽은 한 번에 1만 위안이라고 말하고 있다. 파는 쪽의 시각에서 보자면 투샤오루이에게 파는 것보다 훨씬 더 좋은 조건이다. 게다가 고향에서 소문이 나지 않으려면 아예 투샤오루이와는 하지 않는 것이 바람직하다. 뉴샤오리가 발설할 리는 없지만 투샤오루이가 술에 취해 떠들어대는 날에는 순식간에 진 전체에 퍼질 게 뻔하다. 하지만 여기는 고향에서 수천 리 떨어진 곳이라 그런 짓을 한다 한들 귀신도 모를 것이다. 이런저런 생각에 뉴샤오리는 밤새 한숨도 잠을 이루지 못했다. 창밖이 희미하게 밝아올 무렵 잠에서 깬 쑤솽은 몸을 뒤척이고 있는 뉴샤오리를 보더니 손목시계를 힐끗 보고는 뉴샤오리를 재촉했다.

"샤오리, 친한으로 돌아간다고 하지 않았어요? 내 기억으로는 ○○성으로 가는 기차가 8시 20분에 있어요. 이 열차를 타려면 지금 당장 역으로 출발해야 해요."

이때 뉴샤오리가 마음을 정했다.

"언니, 친한으로 돌아가지 않을래요."

"그게 무슨 뜻이에요?"

"언니 말대로 할게요."

쑤솽이 손뼉을 치며 말했다.

"난 진즉에 샤오리가 똑똑한 여자라는 걸 알고 있었어요. 조만간 나랑 마음이 통할 거라고 생각했지요."

"그런데 몇 가지 이해되지 않는 문제가 있어요."

"무슨 문제인데요?"

"창녀들은 어디든 널려 있잖아요? 창녀들을 구하면 되지 않나요? 창녀들한테 양갓집 규수 행세를 하게 하면 되잖아요."

"기왕에 샤오리가 내 제안에 동의했으니 말해주지요. 양갓집 규수라고 해서 다 우리 조건에 맞는 건 아니에요."

"무슨 뜻이에요?"

"돈 많고 권력이 있는 사람들은 일반 양갓집 규수에 대해선 흥미가 없어요. 양갓집 규수는 그들도 얼마든지 구할 수 있거든요. 단 한 가지 유형의 여자들만 그들의 관심을 끌 수 있지요."

"그게 어떤 여잔데요?"

"처녀요."

순간 뉴샤오리는 멍한 표정을 지으며 재빨리 손을 내저었다.

"언니, 사람을 잘못 보셨어요. 저는 처녀가 아니에요."

뉴샤오리는 펑진화와 연애를 시작했고 이미 열여섯 살부터 처녀가 아니었다. 지금 스물두 살이 되었으니 펑진화와 그 짓을 6년이나 해온 셈이다. 뉴샤오리가 말했다.

"언니, 이런 문제로 언니를 속일 수는 없을 것 같네요. 언니를 속인다 해도 침대에 누우면 곧 탄로가 날 테니까요."

뉴샤오리의 말뜻은 처녀가 잠자리를 하면 피가 보여야 한다는 것이었다. 쑤솽은 금세 말뜻을 알아차렸지만 조금도 신경 쓰지 않는 듯한 표정이었다.

"샤오리가 처녀가 아니라면 내가 처녀로 만들어주면 되죠."

뉴샤오리는 놀라지 않을 수 없었다.

"어떻게 처녀가 될 수 있어요? 수술을 해야 하나요?"

쑤솽이 빙긋이 웃으며 말했다.

"처녀막 복원수술을 하면 한 달 동안 상처를 관리해야 돼요. 우리에겐 그럴 만한 시간이 없지요."

"그럼 어떻게 처녀로 돌아가게 한단 말이에요?"

쑤솽은 뉴샤오리에게 이 일이 복잡하다면 아주 복잡하고 간단하다면 아주 간단하다고 말했다. 그녀는 농산물 시장에 가서 드렁허리 피를 사다가 주삿바늘로 스펀지에 적신 다음 그 일을 하기 직전에 스펀지를 몸 안에 집어넣으면 된다고 말했다. 뉴샤오리는 갑자기 모든 것을 깨달았다. 그러면서도 놀라움을 감추지 못했다.

"그것도 사람을 속이는 일이 아닌가요?"

"상대방이 알아차리면 속이는 것이 되겠지만 알아차리지 못하면 상대방이 진짜인 줄 알 테니까 진실이 되는 셈이 아니겠어요?"

뉴샤오리가 생각해보니 쑤솽의 말도 일리가 있는 것 같았다.

그녀가 또 물었다.

"어떻게 상대방이 알아차리지 못하게 할 수 있나요?"

"주의력을 분산시키는 거예요."

"그게 무슨 뜻이에요?"

"쉴 새 없이 '아파요'라고 말하면 돼요."

뉴샤오리는 그녀의 말뜻을 알 것 같았다. 이는 처녀들이 처음 그 일을 할 때 꼭 해야 하는 말이었다.

쑤솽이 또 두 손을 모아 아래쪽을 가리켰다. 뉴샤오리가 물었다.

"그게 무슨 뜻이에요?"

"꽉 조여야 한다고요."

뉴샤오리는 이번에도 금세 알아들었다. 이는 상대방에게 처녀라는 느낌을 안겨주는 방법이었다. 이때 뉴샤오리는 떠오르는 게 있었다. 그날 고향 진의 사우나 앞에서 투샤오루이와 흥정을 할 때, 투샤오루이도 그녀가 처녀라면 고리대금과 그녀를 맞바꿀 용의가 있다고 했다. 하지만 뉴샤오리는 처녀가 아니었기 때문에 당시 투샤오루이의 조건을 받아들일 수 없었다. 그때 드렁허리피와 스펀지를 이용하는 방법을 알았더라면 투샤오루이를 속였을 것이다. 그렇게 투샤오루이를 속였다면 멀리 ○○성까지 오지 않아도 되었을 테고, 이곳까지 오는 일도 없었을 것이다. 어쩌면 투샤오루이가 자신과 펑진화가 사귀는 사실을 다 알고 있었고, 그녀가 처녀가 아니라는 것까지 알고 있었기 때문에 일부러 그렇게 제안했을 수도 있다는 데 생각이 미쳤다. 그러니 집 가까운 곳에서는 처녀 행세를 할 수 없고 먼 곳에서만 처녀 행세가 가능한 셈이었다. 또 뉴샤오리는 어떤 생각이 떠올랐다.

"처녀 행세를 하는 거라면 왜 창녀들은 그런 짓을 못하는 건가요?"

쑤솽이 말했다.

"돈과 권력을 지닌 사람들은 많은 상대를 경험해봤기 때문에 상대가 양갓집 규수인지 아닌지 한눈에 알아볼 수 있거든요. 처녀 행세를 하려면 먼저 양갓집 규수여야 하는 거예요."

"양갓집 규수인지 아닌지 어떻게 알아보지요?"

쑤솽이 뉴샤오리의 얼굴을 가리키며 말했다.

"자기 얼굴에 생긴 고원 홍조를 봐요. 시골에서 막 올라온 사람 같잖아요."

뉴샤오리는 어이가 없었다. 고원 홍조는 지난 보름 동안 쑹차이샤를 찾아다니는 과정에서 ○○성 고원에서 햇볕에 그을어 생긴 것이다. 처음에는 고원 홍조 때문에 탄식했는데 오히려 이것이 요긴하게 쓰일 줄은 꿈에도 생각지 못했다. 쑤솽이 말했다.

"처녀인 데다 외국인처럼 생겼으니 값이 더 나가겠지요."

뉴샤오리는 이제 모든 걸 이해할 수 있을 것 같았다. 그녀가 또 물었다.

"그 일을 할 때 상대방이 콘돔을 쓰나요?"

"콘돔을 쓴다면 그 사람들이 뭐 하러 처녀를 찾겠어요? 그 사람들이 원하는 건 느낌이라고요."

뉴샤오리는 마음이 놓이지 않았다.

"아무런 조치도 없다가 임신을 하면 어떻게 해요?"

쑤샹이 핸드백에서 알약을 꺼내며 말했다.

"나중에 이 약을 한 알 먹어요."

뉴샤오리는 또 걱정이 되었다.

"콘돔을 안 꼈다가 병이라도 걸리면 어떻게 해요?"

쑤샹이 또 핸드백에서 다른 알약을 꺼냈다.

"이것도 나중에 한 알 먹어요."

뉴샤오리는 뭔지 알 것 같았다.

"언니, 마음에 안 드실지 모르겠지만 저는 딱 열 번만 할게요. 쑹차이샤가 사기 친 돈만 해결되면 곧장 고향으로 돌아갈래요."

열 번이라는 숫자는 고향 진의 사우나 앞에서 뉴샤오리가 투샤오루이에게 말했던 것과 같은 숫자였다. 쑤샹이 말했다.

"가고 싶다면 언제든지 기꺼이 보내줄게요. 나중에 더 남아 있고 싶어지면 남아 있어도 돼요. 그러다가 다시 떠나고 싶으면 언제든지 떠나요. 오고 가는 것이 자유롭다는 게 내가 친구들과 일하는 원칙이니까요."

그러고는 한마디 덧붙였다.

"이 일에도 자리 경쟁이 있어요. 하고 싶다고 해서 언제든 기회가 있는 건 아니지요."

뉴샤오리는 미안한 마음에 가볍게 웃어 보였다.

10

이튿날 저녁, 뉴샤오리는 손님을 받기 시작했다. 처음이다 보니 몹시 긴장이 되었다. 펑진화와의 연애가 이미 6년째라 그 일은 수없이 해봤지만 낯선 사람과 한다는 건 남자친구와 같은 기분일 수 없었다. 그 상황이 닥치기 전까지는 상대가 키가 큰지 작은지, 뚱뚱한지 말랐는지 알 수 없고 성격도 알 수 없다. 침대 위에서의 습관도 알 수 없고 물건이 큰지 작은지도 알 수 없다. 뉴샤오리는 모든 것이 확실하지 않은 상태에서 어떻게 대응해야 할지 초조하기만 했다. 낯선 것보다 더 그녀를 긴장시키는 건 처녀가 아니면서 처녀 행세를 해야 한다는 사실이었다. 쑤솽이 뉴샤오리에게 침대 위에서 아프다고 소리를 지르면서 아랫도리를 꼭 조이라는 두 가지 비법을 가르쳐주긴 했지만, 이는 그저 쑤솽의 생각을 말한 것일 뿐 자신은 침대 위에서 그렇게 해본 경험이 없기 때문에 막상 손님을 대하면 당황해서 제대로 못할 수도 있었다. 이날 오후 호텔 방에서 쑤솽은 뉴샤오리에게 손님을 맞아 대화를 주고받는 방법을 가르쳐준 뒤 뉴샤오리에게 바지를 벗고 침대에 누우라고 했다. 그런 다음 몸 안에 드렁허리 피를 적신 스펀지를 집어넣는 방법을 가르쳐주었다. 뉴샤오리가 다리를 벌리자 쑤솽이 스펀지를 한 조각 집어넣은 다음 가장 깊은 곳까지 밀어 넣었다. 스펀지가 착상되자 제대로 자리를 잡았는지 확인까지 했다. 제대로 자리를 잡은 것을 확인한 그녀는 도로 꺼냈다가 다시 집어넣었다. 이렇게 세 차례를 반복하면서 뉴샤오리에게 물었다.

"잘할 수 있겠지요?"

뉴샤오리가 대답했다.

"한번 해볼게요."

쑤솽은 뉴샤오리에게 직접 실습하게 했다. 열 번 넘게 반복하자 뉴샤오리도 기술을 터득할 수 있었다. 문을 나서기 전 쑤솽은 드렁허리 피를 적신 스펀지 몇 조각을 비닐봉지에 넣어 뉴샤오리에게 건넸다. 쑤솽이 말했다.

"일을 치르기 전에 먼저 화장실에 좀 다녀오겠다고 해요. 화장실에 들어가서 몰래 집어넣으면 돼요."

뉴샤오리는 비닐봉지를 받아 자신의 핸드백에 넣으며 고개를 끄덕였다.

쑤솽은 뉴샤오리 얼굴에 분을 바르지 못하게 하고 가슴과 등이 드러나는 옷도 입지 못하게 했다. 심지어 도시 스타일의 옷도 입지 못하게 했다. 뉴샤오리는 집을 떠나온 이후로 오전에 옷을 빨아서 마르면 갈아입는 식으로 다녔다. 쑤솽은 양갓집 규수는 양갓집 규수답게 옷을 입어야 한다고 했지만 뉴샤오리는 평소 입고 다니던 차림새가 오히려 더 낫다고 생각했다. 그래서 자기가 평소 입던 옷을 입으니 일거수일투족이 자연스러웠다. 분을 바르고 진한 화장을 한 채 등과 가슴이 훤히 드러나는 야한 옷을 입었다면 뉴샤오리는 제대로 걷는 것조차 힘들었을 것이다.

오후 5시, 승용차 한 대가 뉴샤오리를 데리러 왔다. 뉴샤오리는 푸 사장의 승용차일지도 모른다고 생각했다. 차에 탄 뉴샤오리는 또 다른 고급 호텔로 가든가 아니면 일반 주택에서 손님과 만날 것으로 짐작했다. 하지만 승용차는 호텔로 가지도 않았고 일반 주택가로 가지도 않았다. 뉴샤오리를 태운 차는 성성을 벗어났다. 기사는 매우 젊은 사람으로, 선글라스를 끼고 있었다. 가는 동안 한마디도 없이 정면을 응시한 채 핸들만 잡고 있었다. 그의 그런 엄숙한 모습에 뉴샤오리도 감히 어디로 가는지 묻지 못했다. 교외에 이르러 차는 구불구불한 산길을 빙글빙글 에돌아 오르기 시작했다. 인파로 북적북적하던 성성에서 점점 멀어져 인적이 없는 황무지와 골짜기가 눈앞에 펼쳐지자 뉴샤오리는 약간 외로운 느낌이 들었다. 어딘가로 팔려가는 기분이었다. 자신이 팔려간다는 상상을 하니 문득 쏭차이샤가 생각났다. 그녀가 천 리 밖에서 멀리 ○○성으로 와서 라오신의 집에 머물면서 곧 팔려갈 것을 기다릴 때의 심정을 이해할 수 있을 것 같았다. 쏭차이샤는 원래 그녀의 원수였지만 이제는 동병상련의 느낌을 갖게 되었다.

산을 한 바퀴 돌아 갈림길에 이르자 승용차는 골짜기 길로 접어들었다. 다시 산마루 하나를 넘자 갑자기 눈앞이 확 트였다. 정면에는 폭포가 있고 그 뒤로 절벽이 버티고 있었다. 폭포 아래로는 작은 계곡물이 산자락을 에돌아 흐르고 있었다. 승용차는 작은 계곡 옆 아스팔트길을 따라 골짜기 안으로 계속 달렸다. 갑자기 양지바른 산언덕에 복숭아꽃이 만개한 광경이 펼쳐졌다. 드넓은 평지였다. 광활한 평지 위에 고전적인 분위기의 쓰허위안四合院° 건물 한 채가 위용을 드러냈다. 승용차는 이 쓰허위안 건물 앞에 멈춰 섰다. 기사가 뉴샤오리에게 내리라는 눈짓을 보냈다. 뉴샤오리가 차에서 내리자 중년 부인 한 명이 다가와 맞아주었다. 역시 뉴샤오리에게 말은 걸지 않고 자신을 따라오라는 눈짓만 보냈다. 쓰허위안 입구에는 두 기의 돌사자 상이 쭈그리고 앉아 있었다. 대문에 들어서면서 뉴샤오리는 문 옆의 담장에 박혀 있는 '을乙 18호'라는 구리 팻말을 보았지만 무슨 뜻인지는 알 수 없었다. 대문 안으로 들어서자 중년 부인은 뉴샤오리에게 다시 안으로 들어가라는 눈짓을 보냈다. 작은 마당을 가로지르자 또 다른 마당이 나타났다. 여러 겹의 마당으로 둘러싸인 것이 마치 옛날 대지주들의 저택 같았다. 마침내 다섯 번째 마당을 지나자 중년 부인은 뉴샤오리를 데리고 마당 안에 있는 본채로 들어갔다. 집 안에 들어서자 눈앞에 피아노가 한 대 놓여 있고, 피아노 뒤에는 거대한

• 중국 허베이와 베이징 지역의 전통적인 건축 양식으로, 가운데에 있는 마당을 담장과 건물이 사각형으로 둘러싼 구조.

사각 어항이 놓여 있었다. 어항은 천장까지 이어져 있고, 그 안에는 다양한 색깔과 무늬의 물고기들이 여유롭게 헤엄치고 있었다. 마치 담벼락 위를 헤엄치고 있는 것 같았다. 좌우 벽에는 서화가 걸려 있고 사방에는 키 큰 도자기들이 세워져 있었다. 소파는 마호가니로 되어 있고 의자에는 휘감아 오르는 용의 형상이 조각되어 있었다. 중년 부인은 뉴샤오리에게 거실 소파 위에 앉아 있으라고 하고는 밖으로 나갔다. 뉴샤오리는 좌우를 둘러보았다. 이런 환경과 분위기는 처음이었다. 똑같이 그 짓을 하는 것이지만 이곳의 조건은 고향 진의 창녀들이 있는 사우나와는 천지 차이였다. 몇 분 후 다시 중년 부인이 문을 밀고 들어왔다. 손에는 음식을 담은 쟁반이 들려 있었다. 음식 쟁반을 테이블 위에 내려놓은 그녀는 뉴샤오리에게 테이블 앞에 앉으라고 권했다. 뉴샤오리가 테이블 앞으로 와보니 테이블에는 네 가지 음식에 국수 한 그릇이 놓여 있었다. 두 가지는 냉채이고 두 가지는 열채였다. 냉채 중 하나는 오이 무침이고 다른 하나는 소고기 편육이었다. 열채는 새우 배추볶음과 생선찜이었다. 국수는 닭을 우린 국물에 소고기를 가늘게 썰어 넣은 탕면이었다. 열채와 국수는 김이 모락모락 나는 것이 방금 전 냄비에서 담아냈음을 알 수 있었다. 중년 부인은 뉴샤오리에게 식사를 권하면서 식사가 끝나면 곧장 이동할 거라고 했다. 하루 종일 긴장한 탓에 뉴샤오리는 아침과 점심을 제대로 먹지 못했다. 게다가 반나절이나 차를 타고 오다 보니 정말로 배가 고팠다. 음식을 보기 전에는 배고픔을 느낄 겨를이 없었지만 음식이 나오자 몹시 허기가 느껴져 자리에 앉아 먹기 시작했다. 하지만 젓가락을 집어들자 다시 식욕이 없어졌다. 그저 국수만 한입 먹고는 젓가락을 내려놓았다. 10분쯤 지나자 중년 부인이 음식을 받쳐 들고 나갔다. 뉴샤오리는 갑자기 오줌이 마려웠지만 화장실이 어디에 있는지 알 수 없었다. 그렇다고 감히 일어서서 집 안 여기저기를 둘러볼 엄두도 내지 못했다. 이때 중년 부인이 다시 들어와 뉴샤오리에게 일어서라는 눈짓을 보냈다. 그러고는 뉴샤오리를 데리고 안으로 들어갔다. 선문을 열자 안에는 침실이 한 칸 있었다. 침실에 들어가 또 하나의 선문을 열었다. 알고 보니 그곳이 바로 화장실이었다. 화장실은 일반 가옥의 방 두 칸을 합친 것만큼이나 넓었다. 중년 부인이 뉴샤오리에게 양치질을 하고 샤워를 하라고 말했다. 뉴샤오리가 고개를 끄덕이자 중년 부인은 밖으로 나갔다. 그녀가 나가자 뉴샤오리는 황급히 화장실 문을 걸어 잠그고 핸드백을 내려놓은 뒤 변기에 앉아 소변을 보았다. 그러고는 중년 부인이 지시한 대로 컵에 꽂혀 있는 칫솔을 들어 양치질을 했다. 그런 다음 옷을 벗고 샤워를 하기 시작했다. 뉴샤오리는 샤워를 하면서 생각하기를, 오늘 이처럼 어마어마한 환경에서 이렇게 거창한 순서를 거쳤으니 밤에 손님을 응대하기가 쉽지 않을 것 같았다. 또 손님은 틀림없이 건장한 사내라서 그녀를 보자마자 굶주린 늑대가 양을 본 것처럼 달려들 듯싶었다. 그 일을 할 때도 강간하듯이 하거나 밤새 괴롭힐 수도 있다. 하룻밤에 얼마나 많은 체위와 기술을 쓸지, 내일 아침 자신이 온전한 몸으로 이 방을 나갈 수 있을지도 알 수 없었다. 하지만 1만 위안이나 되는 돈을 냈으니 그럴 만도 했다. 주유周瑜가 황개黃蓋를 때릴 때처럼 원 없이 때리고 짓밟게 해야 했다.* 여기까지 생각이 이어지자 뉴샤오리는 실오라기 하나 없이 발가벗은 자신의 그림자를 껴안고서 온몸을 부들부들 떨었다. 옷을 입고 화장실에서 나온 뉴샤오리는 침대 의자 옆에 한 남자가 앉아 있는 것을 발견했다. 자기도 모르는 새에 남자가 들어와 있어서 뉴샤오리는 소스라치게 놀랐으나 곧 남자를 훑어보았다. 나이는 쉰쯤에다 하얀 피부의 사내였다. 머리는 올백으로 빗어 넘기고 금테 안경을 끼고 있었다. 뉴샤오리는 그가 이곳의 또 다른 관리자일 거라고 생각했는데, 뜻밖에도 그가 벌떡 일어서더니 곧장 앞으로 다가와서는 직접 뉴샤오리의 옷을 벗기기 시작했다. 그제야 뉴샤오리는 그가 오늘 자신이 맞아야 할 손님이라는 사실을 깨달았다. 손님은 뉴샤오리에게 가까이 다가서

---

* 후한 말. 오나라의 손권과 촉나라의 유비가 위나라 조조의 대군을 맞아 싸운 적벽지전에서 연합군의 총사령관 주유는 위나라의 대군에 맞서기 위한 대책이 없어 고민하고 있었다. 이때 백발 노장 황개가 찾아와 양자강에 정박해 있는 위나라의 배를 불사르는 계책을 꾸미자는 의견을 냈고, 이에 두 사람은 조조를 속이고 배를 불사를 계획을 짰다. 다음 작전 회의에서 황개는 조조의 대군을 이길 수 없으니 항복하자고 했다. 그러자 주유가 호통을 치며 당장 황개에게 곤장을 내렸고, 황개는 살갗이 터져 피가 철철 흐를 정도로 처절한 형벌을 받았다. 조조를 속이기 위해 고육지책을 쓴 것이다.

자마자 추호의 머뭇거림도 없이 옷을 벗기기 시작했다. 뉴샤오리는 온몸을 떨기 시작했다. 이어서 처녀 행세가 제대로 되지 않을까봐 걱정이 되기 시작했다. 너무 초조하다 보니 땀도 났다. 손님이 그녀의 옷을 벗기다 말고 갑자기 빙긋이 웃으며 말했다.

"긴장하는 걸 보니 정말로 처음인 것 같군?"

뉴샤오리는 고개를 끄덕였다.

"아저씨, 저 정말 이런 일 처음이에요."

갑자기 손님에 대한 호칭을 잘못 썼다는 걸 깨달았다. 이곳에 올 때 쑤솽이 손님들에게는 나이에 상관없이 무조건 '오빠'라고 불러야지 다른 호칭을 써서는 안 된다고 일러준 바 있었다. 뉴샤오리가 황급히 호칭을 바꿔 다시 말했다.

"오빠, 저 정말 처음이에요."

그 순간 뉴샤오리는 손님이 갑자기 들어온 바람에 몸 안에 스펀지를 집어넣지 않은 것이 떠올라 다급한 어투로 말했다.

"오빠, 제가 너무 긴장했나봐요. 화장실 한 번만 더 갔다 올게요."

손님이 가볍게 고개를 가로저으며 웃었다.

"갔다 와."

뉴샤오리는 화장실로 돌아와 핸드백을 들고는 변기가 있는 쪽으로 몸을 숨긴 다음, 드렁허리 피를 적신 스펀지를 재빨리 몸 안으로 밀어넣었다. 가장 깊숙한 곳까지 제대로 들어갔는지 검사해보니 안정적으로 자리를 잡은 것 같았다. 그녀는 일부러 변기 레버를 당겨 물을 내렸다. 이미 침대에 누워 있던 손님은 뉴샤오리에게 옆에 와서 누우라고 지시했다. 뉴샤오리는 침대에 기어올라 손님 옆에 누웠다. 그녀는 손님이 침대에 오르자마자 곧장 그일을 할 것이라고 생각했는데, 뜻밖에도 손님은 그녀의 손을 잡고 얘기를 하기 시작했다. 손님이 말했다.

"어디 사람이지?"

뉴샤오리는 쑤쌍이 가르쳐준 대로 대답했다.

"산간 지역에서 왔어요."

쑤쌍은 산간 지역에서 양갓집 규수들이 많이 배출된다고 했지만 뉴샤오리의 고향은 평지였다. 손님이 다시 물었다.

"어느 지역인가?"

뉴샤오리는 이번에도 쑤쌍이 가르쳐준 대로 대답했다.

"오빠, 그건 말씀드리기 곤란해요. 고향 사람들의 체면을 떨어뜨리고 싶지 않거든요."

손님은 그런 마음을 이해했는지 그녀의 고원 홍조를 어루만지며 말했다.

"보아하니 해발이 낮지 않은 지역인 것 같군. 얼굴이 그을린 걸 보니 말이야."

뉴샤오리는 안도의 한숨을 내쉬었다. 손님이 다시 물었다.

"올해 나이가 얼마나 됐나?"

뉴샤오리는 쑤샹이 알려준 대로 실제 자기 나이보다 두 살 낮춰 대답했다.

"스물이에요."

"스물이나 됐는데 왜 여태 처녀를 간직하고 있는 거지?"

뉴샤오리는 이번에도 쑤샹이 가르쳐준 대로 대답했다.

"집안이 가난하고 언니 동생들이 많아서 부모님 일을 돕느라 연애할 시간이 없었어요."

손님이 멍한 표정으로 뉴샤오리를 쳐다보며 말했다.

"그건 이유가 될 수 없어. 양바이라오楊白勞*도 집안이 가난했지만 노는 걸 즐겼고 다춘大春과 연애도 했잖아."

그러더니 이어서 말했다.

"도시에는 창녀가 많지만 대부분 산간 지역에서 온 여자들이야. 집안이 가난하다 보니 일찌감치 처녀를 잃게 된 거지."

뉴샤오리는 이 대목에서 무어라 대답해야 좋을지 몰라 정신이 멍해졌다. 쑤샹은 그녀가 '처녀'를 간직하고 있는 이유만 알려주었기 때문에 이런 대화에 대해서는 준비하지 못한 것이다. 뉴샤오리는 머릿속이 하얗게 비어버렸다. 하지만 손님이 자신의 대답을 기다리고 있는 것을 보고는 당황하여 대충 둘러댔다.

"저는 그 일이 두려웠어요."

• 영화 「백모녀白毛女」의 주인공.

손님이 곧장 되물었다.

"이유가 뭐지?"

뉴샤오리는 또다시 말이 막히고 말았다. 쑤솽이 가르쳐준 대답의 궤도를 벗어나버리자 대화를 이어갈 수가 없었다. 뉴샤오리 자신의 생각을 말하는 수밖에 없었다. 두렵다고 말하는 것은 쉽지만 어째서 두려운지 이유를 둘러대는 것은 쉽지 않았다. 손님은 뉴샤오리가 우물쭈물하는 것을 보고는 그녀를 의심스런 눈초리로 바라보기 시작했다. 뉴샤오리는 임기응변으로 기지를 발휘했다. 갑자기 자기 엄마와 진의 조리사 장라이푸가 사통했던 일이 떠오른 것이다. 그녀가 말했다.

"그럼 사실대로 말씀드릴게요."

"말해봐."

"제가 중학교에 다닐 때 엄마가 외간 남자와 눈이 맞았어요. 두 사람이 엉덩이를 다 드러내고 그 일을 하는 모습을 우연히 보게 되었지요. 그때 저는 우웩 하고 구역질을 했어요. 그때 이후로 그 일이 특히 혐오스럽게 여겨졌어요."

얘기를 다 듣고 난 손님은 약간 놀란 표정을 지었다. 전혀 예상치 못한 대답이었기 때문이다. 손님은 이 예상치 못한 대답을 그대로 믿는 것 같았다.

"그 일을 아가씨 아빠가 알았나요?"

그녀의 아빠는 이미 세상을 떠났었다. 하지만 사실대로 말하면 너무 복잡한 곁가지가 생기기 십상이다. 뉴샤오리는 그저 간단하게 고개만 가로저었다. 아빠가 모른다는 뜻이었다. 이는 아빠를 부활시킨 것이나 다름없었다. 이어서 손님은 침대 위를 가리켰다가 자기 자신을 가리키며 물었다.

"두렵다면서 왜 이 일을 하는 거지?"

뉴샤오리는 왜 두려워하면서 몸을 팔려고 하느냐는 뜻으로 이해했다. 뉴샤오리는 이번에도 어떻게 둘러대야 할지 몰랐다. 쑹차이샤를 이야기의 기점으로 삼아 주쥐화와 샤오허우를 거쳐 쑹솽에 이르기까지, 어떻게 고향인 ○○성을 떠났다가 이곳까지 왔는지 진실한 이야기를 손님에게 다 말해줄 수는 없는 노릇이었다. 섣불리 이야기를 시작했다가는 일이 더 복잡하고 곁가지가 생길 위험이 많았다. 다급하면 지혜가 생기는 법인지, 뉴샤오리는 갑자기 쑹차이샤가 혼인 사기를 쳤던 일이 생각났다. 쑹차이샤가 지어낸 아버지 이야기가 생각난 것이다. 뉴샤오리가 말했다.

"저희 아빠가 신장이 안 좋으셔서 한 주에 한 번씩 투석을 하셔야 해요. 그래서 돈이 급하거든요."

이미 아버지를 부활시켰으니 다시 한번 아버지를 이용하는 수밖에 없었다. 손님은 놀란 표정을 지으며 한숨을 내쉬었다. 그녀의 말을 그대로 믿는 모양이었다.

"그랬군요. 쉽지 않은 일이네요."

그러고는 이내 말을 이었다.

"이렇게 즐겁지 않은 얘기는 그만하자고."

손님은 뉴샤오리의 몸을 위아래로 훑기 시작했다.

"그 사람들이 아가씨가 보통 사람들과는 다르게 생겼다고 하던데 과연 평범한 얼굴은 아니군. 정말 외국인같이 생겼네."

뉴샤오리는 '그 사람들'이 누군지 알지 못했다. 아마도 푸 사장과 쑤쌍을 말하는 것이려니 했다. 이번에도 역시 어떻게 반응해야 좋을지 몰라 그저 손님을 향해 고개만 끄덕이는 수밖에 없었다. 그러다 고개를 끄덕이는 것이 상대방의 의견에 동의하는 것이라는 생각이 들어 갑자기 쑥스러운 표정으로 웃었다. 손님도 따라 웃었다. 두 사람의 대화는 처음부터 끝까지 손님이 뭔가 물으면 뉴샤오리가 대답하는 식이었다. 뉴샤오리는 한 번도 뭔가를 되묻는 법이 없었다. 손님이 묻는 말에 겁에 질려 간신히 대답하는 와중에 어떻게 상대방의 생각을 물어볼 여유가 있겠는가? 게다가 손님의 어떤 사정에 대해서도 묻지 말라는 것이 쑤쌍의 당부였다. 이렇게 대화를 나누는 사이에 손님은 또다시 뉴샤오리의 옷을 벗기기 시작했다. 이번에는 뉴샤오리를 실오라기 하나 남지 않은 알몸으로 만들어놓았다. 손님이 뉴샤오리의 알몸을 이리저리 뜯어보자 뉴샤오리는 부끄러워 두 팔로 자신의 어깨를 안았다. 손님은 뉴샤오리의 두 팔을 억지로 내리게 하더니 계속 그녀의 몸을 훑었다. 뉴샤오리는 어려서부터 피부가 흰 편이었다. 방금 샤워를 하고 나온 터라 그 하얀 피부에 발그스름하게 윤기가 돌았다. 뉴샤오리의 몸매는 약간 통통한 편이었지만 살이 붙어야 할 데만 붙고 붙지 않아야 할 데는 붙지 않아 비교적 갸름해 보였다. 가슴이 크고 엉덩이도 컸지만 허리는 가늘고 다리가 길었다. 손님은 만족스러웠는지 고개를 끄덕이더니 안경을 벗었다. 이어서 옷도 벗었다. 뉴샤오리는 굶주린 늑대의 공격과 몸부림이 곧 시작될 것이라고 생각했다. 하지만 뜻밖에도 손님은 무척 부드러웠다. 곧장 항구로 들어오지 않고 천천히 뉴샤오리의 몸을 애무하기 시작했다. 그러더니 입으로 뉴샤오리의 젖꼭지를 핥았다. 알고 보니 상당히 인내심 있는 남자였다. 펑진화는 이 일을 할 때 인내심이 없어 항상 중간 과정을 생략하고 올라타자마자 서둘러 일을 끝내곤 했다. 젖꼭지를 핥던 손님은 입을 정확히 뉴샤오리의 입으로 가져가 뉴샤오리의 입술을 빨기 시작했다. 그러다가 자신의 혀를 뉴샤오리의 입안에 집어넣어 가볍게 뉴샤오리의 입천장을 훑었다. 한동안 이처럼 부드럽고 따스한 전희가 이어지자 뜻밖에도 뉴샤오리에게 느낌이 오기 시작했다. 그녀가 느끼고 있다는 것을 손님도 감지했다. 그제야 손님은 뉴샤오리의 몸 위로 올라타더니 그녀의 다리를 벌리고 물건을 몸 안으로 밀어넣었다. 긴장한 탓인지 뉴샤오리는 온몸을 떨었다. 손님은 그녀의 몸 안에 물건을 집어넣은 뒤에도 동작이 그다지 거칠지 않았다. 가볍지도 않고 무겁지도 않게 미끄러지듯 차분히 움직일 뿐이었다. 5분쯤 지나 손님은 자신의 물건을 꺼내 살펴보았다. 뉴샤오리는 긴장하면서 고개를 들어 손님과 함께 그의 물건을 살펴보았다. 손님의 물건에 붉은빛이 비쳤다. 손님은 흡족한 듯이 고개를 끄덕였고, 뉴샤오리도 마음을 놓았다. 손님은 또다시 물건을 집어넣었다. 이번에는 제법 힘이 셌다. 황소처럼 강하게 들이받으며 밀고 들어왔다. 뉴샤오리는 흥분으로 몸을 떨었다. 그러다가 마침내 갑자기 짜릿한 쾌감이 밀려왔다. 하지만 이런 쾌감을 겉으로 표현할 수는 없었다. 손님은 상대를 공략할 줄 알았다. 그의 몸부림은 한 시간 넘게 계속되었는데도 멈추지 않았다. 펑진화에 비해 몸부림치는 시간이 훨씬 길었다. 게다가 펑진화는 스물이 갓 넘었지만 손님은 얼핏 보기에도 쉰은 넘은 것 같았다. 뉴샤오리가 아랫도리에 심한 통증을 느끼기 시작했다. 나중에는 뭔가가 찢어지는 것 같은 느낌도 들었다. 펑진화와 처음 사랑을 나누면서 처녀막이 파열될 때와 같은 느낌이었다. 하지만 뉴샤오리로서는 모든 걸 참는 수밖에 없었다. 마침내 손님의 호흡과 동작이 빨라지더니 갑자기 소리를 질렀다.

"자기야!"

손님은 기관총처럼 사정을 했다. 그러고는 뉴샤오리의 몸 위에 엎드린 채 움직이지 않았다. 5분쯤 쉬고 나서야 손님은 물건을 꺼냈다. 물건 위에는 정말로 선혈이 낭자했다. 피가 아래로 떨어졌다. 손님은 뉴샤오리에게 입을 맞추고 나서 몸을 일으키고는 곧장 화장실로 가서 샤워를 했다. 손님이 샤워를 마치고 돌아왔을 때 뉴샤오리는 그가 남아서 자고 갈 거라고 생각했다. 하지만 뜻밖에도 손님은 옷을 주워 입기 시작했다. 옷을 입으면서 그는 말했다.

"난 일이 좀 있어서. 그러니까 남아서 편히 쉬도록 해."

이어서 주머니를 뒤져 돈을 한 뭉텅이 꺼냈다. 여러 권종이 뒤섞인 지폐들이었다. 손님은 제대로 살펴보지도 않고 돈을 침대 머릿장 위에 내려놓았다.

"아가씨한테 주기로 한 비용은 잠시 후에 저 사람들이 줄 거야. 이건 내가 별도로 주는 성의 표시니까 받아둬."

그러고는 한마디 덧붙였다.

"미안해. 수중에 돈을 많이 갖고 다니지 않아서."

인사도 잊지 않았다.

"아버지가 빨리 회복되시길 기원할게."

뉴샤오리는 갑자기 감동했다. 아빠의 일에 관해 그녀가 한 말은 거짓말이었지만 뜻밖에도 상대방은 진실로 받아들이고 있었다. 두 사람이 대화를 나누는 동안 그녀의 얘기는 처음부터 끝까지 거짓이었는데도 상대방은 그대로 믿고 있었던 것이다. 갑자기 또 침대 위에서 아프다고 소리 지르는 것과 아랫도리에 힘을 주어 꽉 조이는 것을 잊었다는 것이 생각났다. 하지만 상대방은 전혀 눈치 채지도 못했고, 그런 부분에 신경을 쓰는 것 같지도 않았다. 원래는 침대 위에서 갖가지 체위와 몸부림이 시도될 것이라 생각했다. 뉴샤오리는 남자가 뒤에서 하는 체위를 시도하다가 스펀지가 비틀어지지 않을까 걱정하기도 했다. 하지만 뜻밖에도 그는 내내 같은 체위를 유지했다. 그 일을 하기 전에도 그녀에게 아주 따스하고 부드러운 모습을 보였고, 중요한 순간에는 "자기 야!"라고 외쳤다. 떠날 때에는 별도로 돈을 주기도 했다. 뉴샤오리는 몸을 일으켜 침대에서 내려와서는 손님의 옷 단추를 채워주었다. 손님이 물었다.

"이름이 어떻게 되지?"

뉴샤오리는 약간 망설였다. 이름을 말해줘야 할지 말아야 할지 즉시 판단이 서지 않았다. 손님이 말했다.

"말해주고 싶지 않으면 그만둬. 방금 고향을 물었을 때처럼 말이야."

방금 전에 짜릿한 감동이 있었던 만큼 조금 전에 고향이 '산간지역'이라고 말했던 때와는 뭔가 달라야 할 것 같았다. 쑤쌍은 손님에게 이름을 밝혀선 안 된다고 당부했지만 뉴샤오리는 순간적으로 하나의 이름을 떠올렸다.

"제 이름은 쑹차이샤예요."

손님이 뉴샤오리의 알몸을 가볍게 안아주며 말했다.

"차이샤, 고마웠어. 안녕!"

손님은 그렇게 문을 밀고 방을 나갔다.

손님이 가고 나자 뉴샤오리는 화장실로 갔다. 문을 잠근 다음 아랫도리에서 드렁허리 피를 적신 스펀지를 꺼냈다. 밖으로 나온 스펀지를 살펴보니 뜻밖에도 피가 잔뜩 배어 있고 바닥으로 핏 방울이 떨어지고 있었다. 스펀지에 적셔놓은 드렁허리 피는 그리 많은 양이 아니었다. 그제야 뉴샤오리는 스펀지에 배어 있는 피 가 드렁허리 피뿐만이 아니라는 사실을 깨달았다. 그녀의 속살 이 손님의 물건에 의해 손상된 것이 분명했다. 지금 스펀지에 배 어 있는 피는 뉴샤오리의 피와 드렁허리의 피가 섞인 것이었다. 그 위에는 손님이 사정한 정액도 묻어 있었다. 뉴샤오리는 정액 과 피가 섞인 스펀지를 손에 든 채 한참을 그렇게 서 있었다. 그 러다가 갑자기 뭔가 생각났는지 황급히 스펀지를 내려놓고 핸드 백을 열어 알약 두 알을 꺼내 한 알씩 차례로 입안에 넣었다. 그 러고는 세면대 위에 놓여 있던 생수병을 집어 마개를 땄다. 알약 을 입안에 넣으려는 순간 핸드백 안의 휴대전화 액정이 밝아졌 다. 오후에 호텔을 떠날 때 쑤샹은 휴대전화를 무음으로 설정해 두라고 했다. 휴대전화를 들어 확인해보니 펑진화에게서 온 전화 였다. 통화 기록을 보니 오후부터 지금까지 그는 여섯 차례나 전 화를 한 터였다. 뉴샤오리는 알약과 생수병을 내려놓고 전화를 받았다. 펑진화가 화난 목소리로 말했다.

"지금 어디야? 도대체 왜 전화를 안 받는 거야?"

"사람을 찾느라 전화에 신경 쓸 겨를이 없었어."

"쑹차이샤는 찾았어?"

"보름 동안 찾지 못하다가 오늘 드디어 찾아냈어."

전화로 펑진화가 흥분하는 것을 고스란히 느낄 수 있었다.

"내 말은 돈을 돌려받을 수 있느냐는 거야?"

"지금 바로 그 문제를 얘기하는 중이야."

"아주 반가운 일이로군. 가서 자기 오빠랑 반주에게 말해줘야 겠네."

전화를 끊고 나서 뉴샤오리는 자신이 펑진화를 속인 건 아니라고 생각했다. 보름 동안 찾지 못하던 쑹차이샤를 마침내 찾아 낸 셈이었다. 그녀가 손님에게 자신이 쑹차이샤라고 말했기 때문이다.

제2장

리안방李安邦

1

   25년 전 리안방李安邦과 주위천朱玉臣은 서로에게 아주 좋은 친
구였다. 당시 리안방은 ○○성 ○○시 ○○현에서 현위원회 서기 직
을 맡고 있었고 주위천은 인근 현의 현위원회 서기로 있었다. 시
에서 현위원회 서기들의 회의가 열릴 때면 저녁에 함께 모여 식
사를 하곤 했다. 그런 자리에서 주위천은 항상 리안방을 놀려댔
다. 농촌 출신인 리안방은 대학에 들어간 뒤로 한 단계 한 단계
착실하게 올라와 지금의 자리에 이르렀다. 주위천이 테이블 위의
음식들을 가리키며 말했다.
   "자네는 시골에서 나고 자랐으니 어려서부터 뭘 먹었겠나? 많
이 먹어두게."

그는 담배를 피우면서 자신은 어려서부터 고관의 자제였다며 얘기를 이어갔다. 자기 부친이 진장鎭長이었기 때문에 진에 있는 음식점 가운데 안 가본 데가 없었다고 했다. 리안방은 주위천의 농담을 겸허하게 받아들이지 않고 오히려 다른 이야기로 맞받아쳤다. 자신이 시골 출신이긴 하지만 중학교에 들어가자마자 한 여학생과 연애를 했다는 것이다. 그 여학생의 아버지가 진장이었지만 그는 다른 건 안 먹고 그녀만 집중적으로 먹었다고 말했다. 같은 테이블에 있던 사람들이 일제히 웃음을 터뜨렸다. 주위천이 서기로 있는 현에서는 유자가 많이 났다. 추석이 되면 주위천은 사람을 시켜 몇 트럭의 유자를 사람들에게 나눠주었다. 유자를 받은 리안방은 현위원회 소속 기관의 여러 부서에 절반을 나눠주고 절반은 현 양로원에 보내주었다. 리안방이 사는 현에서는 미나리가 많이 났다. 미나리가 다 자라 땅 위에 늘어지면 밟힐 때마다 파박 하는 소리를 내면서 뭉개졌다. 미나리가 출하되기 시작하면 리안방도 주위천에게 몇 트럭에 실어 보내주었다. 과거에 두 현의 경계 지역에서 서로 인접한 마을 사이에서는 종종 자투리땅을 차지하려는 집단 패싸움이 벌어지곤 했다. 어느 해인가는 집단적인 폭력 사태로 주민 두 명이 사망하는 사건이 발생하여 성에서 통보가 내려왔다. 리안방과 주위천은 부임하자마자 각 향과 촌의 간부 및 주민 대표들을 데리고 현 경계 지역의 구불구불한 자투리땅을 일률적으로 직선화해버렸다. 손해를 본 마을에는 보상을 해주었고 문제를 일으키는 자에 대해서는 두 현 모두 앞장서서 잡아들여 처벌했다. 설 명절에는 자기 지역의 촌민들을 데리고 상대방 마을을 찾아가 돼지나 양을 선물하기도 했다. 이렇게 2년이 지나자 두 지역 사이에서 갈등이나 분쟁은 더이상 발생하지 않았다. 또 과거에는 두 지역 사이에 통혼하는 일이 없었으나 2년이 지나자 서로 결혼하는 남녀들이 생겨났다.

두 사람의 우정은 나중에 어느 정도로 발전했을까? 성에 국도가 하나 놓이면서 리안방의 현을 통과하게 되자 공사를 둘러싸고 교활한 술수와 계략이 들끓었다. 한번은 입찰 경쟁에서 이기기 위해 누군가 돈이 가득 담긴 커다란 쇼핑백을 리안방에게 건넸다. 리안방은 이 돈을 어떻게 처리해야 좋을지 결정을 내리지 못했다. 새벽 2시에 그는 차를 몰고 주위천의 현으로 갔다. 두 사람은 주위천의 사무실에서 날이 밝을 때까지 이 문제를 상의했다. 한편 주위천에게는 여자를 밝히는 못된 병이 있었다. 업무상 어느 지역을 가든지 부녀자 몇 명을 건드리곤 했다. 인근 현으로 옮긴 이듬해에 현위원회 사무실에서 일하는 아가씨를 건드렸다. 아가씨의 배가 불러오자 주위천도 리안방을 찾아와 이 문제를 상의했다. 결국 리안방이 직접 처리해주기로 했다. 이 아가씨는 리안방의 현에 위치한 병원에서 비밀리에 낙태 수술을 받았다. 그리고 편벽한 국영 임업장으로 보내 한 달 동안 휴양을 하게 했다. 휴양을 마친 아가씨가 입술이 다시 빨개지고 치아가 눈처럼 하얘진 뒤에 리안방은 그녀를 원래의 현으로 돌려보냈다. 두 사람은 4년간의 현위원회 서기 임직을 마치고 동시에 같은 시의 부시장으로 발탁되었다. 두 사람이 각자의 현을 떠날 때 현 백성들은 두 사람을 향해 '청관淸官'이라 외치면서 차량을 에워싸고 눈물을 흘렸을 뿐만 아니라, 상대방 현의 백성들도 적지 않게 몰려와 두 사람을 환송했다. 해당 현 백성들이 해당 현의 관리를 환송하는 광경은 보았지만 두 현의 백성들이 상대방 현의 관리를 서로 환송해주는 모습은 그 시에서는 물론이요 성과 전국을 통틀어 보기 드문 현상이었다. 성 신문은 이 소식을 대서특필로 보도했고 민간에도 미담으로 널리 퍼졌다. 부시장으로 발탁된 후 두 사람의 사무실은 똑같이 시 정부 건물의 2층에 자리 잡게 되었다. 매일 얼굴을 대하다 보니 두 사람은 서로 못하는 말이 없을 정도로 더욱 친해졌다.

그런 두 사람 사이에 언제부터 갈등이 생긴 것일까? 부시장으로 재직한 지 3년이 지나면서였다. 그해 5월에 성 전체의 간부들을 상대로 인사 조정이 있었다. 성의 예비 계획에 따르면 본 시의 시장은 다른 시로 가서 시위원회 서기를 맡고 상무부시장이 시장 자리를 승계하도록 되어 있었다. 이에 따라 리안방과 주위천 두 부시장 가운데 한 명만이 상무부시장 직을 맡을 수 있었다. 성에서 시 간부들에 대한 내사를 진행하는 기간이었다. 어느 날 저녁 시장이 리안방을 사무실로 불렀다. 시장은 이틀 전 누군가로부터 투서를 받았는데, 리안방이 ○○현에서 현위원회 서기로 재직하는 동안 경내에 국도를 건설하는 일과 관련하여 200만 위안을 뇌물로 받았다는 내용이라면서 정말로 이런 일이 있었느냐고 물었다. 이 얘기를 듣자 리안방의 머릿속에서 쾅하고 폭발음이 울렸다. 그 건의 금액이 사실과 달랐기 때문이기도 하지만 무엇보다 당시 이 일을 아는 사람은 단 한 명, 바로 주위천이었기 때문이다. 투서를 올린 사람이 그가 아니라면 누가 있을 수 있단 말인가? 200만 위안을 뇌물로 받았다면 상무부시장 직을 맡을 수 없을 뿐만 아니라 재판을 통해 감옥살이를 해야 했다. 리안방은 주위천과 7~8년을 함께 일하면서 서로 마음이 잘 통하는 친구 사이로 여겼는데 그에게 이렇게 독한 심보가 있을 줄은 꿈에도 생각지 못했다. 리안방은 그 사실을 딱 잘라 부정하고는 주위천이 여러 지역을 돌아다니며 현지 부녀자들을 건드렸다는 사실을 폭로해버렸다. 이어서 리안방이 엄숙한 어투로 말했다.

"200만 위안 뇌물과 관련하여 투서를 한 사람이 있다면 당연히 증거가 있겠지요. 증거를 제시하지 못하면 무고가 되는 겁니다!"

그런 뒤 이렇게 덧붙였다.

"그자는 증거를 제시하지 못하겠지만 저는 증거를 제시할 수 있습니다. 병원의 낙태증명서가 있거든요."

뜻밖에도 시장은 버럭 화를 내면서 두 사람이 서로 물어뜯고 공격하면 둘 다 상처만 입을 뿐 아무것도 이룰 수 없을 거라고 했다. 두 사람 다 발탁할 수 없을 뿐만 아니라 시장 본인의 출세에도 영향을 끼치게 된다는 것이다. 시장과 부시장 모두에게 문제가 생기면 어떤 일이 벌어질까? 최종 결과는 휼방산쟁鷸蚌相爭이었다. 도요새와 씹조개인 리안방과 주위천이 서로를 공격한다면 성내 다른 시장만 유리해질 뿐이다. 시장이 리안방을 부른 목적은 편파적인 말을 들어도 함부로 믿지 말라고 타이르기 위해서였다. 그는 주위천도 불러들여 자신이 성에 들어가면 적당히 뒤를 봐줄 테니 불필요한 문제를 일으키지 말라고 타일렀다. 시장의 간섭 덕분에 한 차례의 풍파가 간신히 가라앉았다. 이 일은 시장의 승진에 영향을 끼치지 않았을 뿐만 아니라 리안방과 주위천의 발탁에도 아무 문제를 일으키지 않았다. 리안방이 이 시에 남아 상무부시장 직을 맡게 되었고, 주위천 역시 다른 시로 가서 상무부시장 직을 맡게 되었다. 원래 조직이 의도했던 조치도 이와 다르지 않았다. 하지만 이번 풍파는 두 사람 모두에게 적잖은 원한을 남겼다. 그 뒤로 18년이 지나 리안방의 관도官途는 비교적 순탄했다. 2년 동안 상무부시장으로 있다가 시장이 되었고, 또 3년이 지나서는 시위원회 서기가 되었다. 풍운이 닥칠 때마다 기묘한 인연이 찾아와 구해주었다. 또 5년이 지나서는 성에서 임기 만료에 따른 인사 조정이 이루어지면서 부성장 직에 복수의 입후보자를 천거하는 경쟁 선거가 진행되었다. 이때 리안방은 부성장 후보자가 되었다. 하지만 조직에서는 리안방을 따로 불러 선거의 내막에 관해 설명해주었다. 그가 후보자로 오른 건 구색을 맞추기 위한 것이며 조직에서는 이미 다른 사람을 내정해놓았다는 것이다. 그러면서 표를 끌어모으는 등의 물밑 행동을 하지 말 것을 당부했다. 리안방은 조직의 뜻에 따라 물밑 행동을 하지 않았고 표를 모으려는 짓도 하지 않았다. 하지만 하늘에는 예측할 수 없는 풍운이 있는 법이다. 투표 당일 누군가 베이징에 상대측 부성장 후보자에 대한 투서를 실명으로 올렸다. 그 후보가 다른 시에서 시위원회 서기로 있을 때 대규모 매관매직을 자행하여 무려 2000만 위안이 넘는 뇌물을 받았다는 내용이었다. 실명 투서일 뿐만 아니라 확실한 증거도 쥐고 있었다. 중앙에서는 이 사건을 매우 중요하게 보고 성위원회에 분노를 표했다. 이렇게 엄청난 액수의 뇌물을 챙긴 사람을 어떻게 부성장 후보로 추천할 수 있단 말인가? 하지만 성 인민대표대회에서는 예정대로 선거를 진행할 수밖에 없었다. 이튿날 선거가 치러지긴 했지만 상대측의 부성장 후보 자격이 임시로 취소되면서 뜻하지 않게 리안방이 명실상부한 부성장의 지위에 오르게 되었다. 부성장 직을 5년 역임한 뒤에 리안방은 다시 상무부성장이 되었다. 주위천의 관도는 리안방에 비해 무척 어기적거리는 느린 걸음이었다. 다른 시로 간 그는 상무부시장 자리에서 7년을 머물러 있다가 간신히 시장이 되었다. 그리고 다시 5년이 지나 시위원회 서기가 된 그는 5년 동안 같은 자리를 지키다가 간신히 지난해에 성 인민대표대회 부주임이 되었다. 성 인민대표대회 부주임은 부성급副省級 직위이긴 하지만 권력은 없고 구색만 갖춘 데 지나지 않았다. 실권의 각도에서 보자면 시위원회 서기만도 못해서 그저 이름만 그럴듯한 빛 좋은 개살구에 불과했다. 반면에 상무부성장은 직위도 권력도 있어 그의 한마디면 모두가 따라야 했다. 두 사람을 18년 전과 비교하자면 한 명은 하늘 위에 있고 다른 한 명은 땅 밑에 있는 셈이다. 길흉화복이란 것이 다소 인색하고 짓궂다는 걸 잘 알고 있는 리안방은 주위천의 현재 모습을 보면서 마음속에 품었던 과거의 분노가 은근히 풀렸다. 때로는 자신을 향해 중얼거리듯이 말하기도 했다.

"선한 행위에는 선한 보답이 따르고 악한 행위에는 악한 보응이 따르는 법이지."

때로는 이런 말도 했다.

"그래도 조직은 꽤나 공평한 것 같아."

하지만 최근 새로운 변화가 생겼다. 주위천에게 어떤 변화가 발생한 건 아니었다. 누군가 인민대표대회로 갔다는 것은 천수를 다하고 조용히 죽는 것을 말한다. 영원히 어떤 변화도 일어나지 않는다는 의미다. 그런데 리안방 쪽에서는 또 변화가 발생했다. 게다가 나쁜 방향으로의 변화가 아니라 또 한 차례 좋은 방향으로의 변화였다. 리안방에게는 같은 현 출신의 고향 친구가 한 명 있었다. 베이징의 어느 고위 간부 비서로 일하는 친구였다. 이 친구는 나이 서른 남짓에 직위도 처급處級에 불과했지만 무가 크지 않으면 밭두둑에서도 마음껏 자랄 수 있듯이 나름대로 실속이 있었다. 리안방은 그의 인품과 입지를 매우 중시했다. 같은 현 출신인 데다 이런저런 일로 관계를 맺다 보니 거의 친척이나 다름없었다. 고관의 비서인 이 친구는 베이징에서 일하고 있지만 그의 누나와 남동생은 고향 현에 남아 있었다. 리안방은 이들 누나와 남동생을 직접 만나본 뒤 일자리를 구해줄 수 있으면 구해주고, 이미 일하고 있으면 더 좋은 자리로 옮겨주곤 했다. 그는 이런 도움을 주면서도 비서인 친구에게는 전혀 알리지 않았다. 이 비서는 나중에 누나와 남동생의 입을 통해 이 사실을 알게 되자 리안방이 멀리 내다보면서 일을 할 줄 아는 인물이라 잘 사귀어두면 좋을 것이라 생각했다. 그러고는 중앙에 약간의 움직임이 있을 때마다 보안이 보장된 붉은 전화기를 이용해 귀띔을 해주곤 했다. 중앙에서 이런 움직임은 바람에 풀이 흔들리는 것처럼 가벼운 것이었지만 리안방에게는 징과 북을 쳐대는 응원이나 다름없었다. 리안방으로서는 어떤 일의 방향을 선택하거나 다음 행보를 내딛는 데 결정적인 지침이 되었던 것이다. 보름 전 이 비서가 보안 전화기로 자신이 속해 있는 성의 성위원회 서기가 중앙으로 발령을 받았고, 그 성의 성장이 자연스럽게 성위원회 서기 자리를 승계하게 되어 성장 인선을 놓고 중앙에서 한참 고심 중이라는 사실을 알려왔다. 아울러 인선 대상은 단 세 명뿐이며 리안방도 그 가운데 한 명이라고 했다. 이 소식을 받은 순간 리안 방은 심장 박동이 백배로 빨라졌다. 그는 자신을 후보자로 선정 해준 중앙의 정확한 판단에 감사를 느끼는 한편, 자신이 세 명의 후보자 가운데 한 명이라는 사실은 송곳이 주머니를 뚫고 나오 듯 능력을 발휘할 확률이 3분의 1에 불과하다는 것이므로 조바 심이 나기 시작했다. 중앙에서 이 세 후보자 가운데 누구를 선정 할지는 예상할 수 없는 상황이었다. 이어서 또 한 가지 사건이 발 생했다. 역시 리안방이 예상하지 못한 일이었다. 어제 이 비서가 보안 전화기로 중앙에서 열흘 뒤에 사람들을 보내 그 성을 감찰 하고 세 명의 성장 후보자에 대한 내사를 엄격하고 신속하게 진 행할 예정이며, 이 내사 결과가 중앙의 결정에 직접적인 영향을 끼칠 거라고 알려온 것이다. 내사 팀의 책임자는 ○○○으로, 중 앙 모 부서의 부부장이었다. 그런데 이 ○○○라는 사람은 어떤 인물인가? 뜻밖에도 35년 전 주위천의 대학 동창생이었다. 주위 천은 무능하고 칠칠치 못한 인물이지만 그의 동기들은 베이징의 부部 위원회에서 요직을 맡고 있고, ○○○도 그중 한 명이었다. 게 다가 25년 전 리안방이 현위원회 서기로 있을 때 주위천이 ○○ ○에 관해 얘기하는 걸 종종 들은 바 있었다. 당시 ○○○은 중앙 부위원회의 고위 관리가 아니었다. 지금 리안방을 도와주고 있는 젊은 고향 친구처럼 어느 고위 관리의 비서로 일하고 있었다. 당 시 주위천은 여럿이 베이징에 갔을 때 이 ○○○이라는 친구가 자

신들을 데리고 중앙 고위 관료들의 거주지인 중난하이中南海를 구
경시켜주었다고 말한 적이 있었다. 게다가 주위천과 ○○○는 대
학 동창생일 뿐만 아니라 대학 4년 내내 같은 기숙사 방에서 위
아래 침대를 사용한 막역한 사이라고 했다. 정말로 하늘에는 예
측할 수 없는 풍운이 있어 사람들이 알지 못하는 사이에 이리 돌
고 저리 도는 것 같았다. 지금은 자신의 운명이 뜻밖에도 주위천
동창생의 손에 맡겨지게 되었다. 그가 주위천의 동창생이다 보니
주위천이 갑자기 중요한 존재로 부상했다. 이미 수명을 다하고
조용히 잠들어 있는 사람이라고 생각했던 주위천이 동창생의 음
혼陰魂을 빌려 갑자기 부활하게 될 줄 리안방은 꿈에도 생각지 못
했다. 성장 인선 문제로 그와 연결되지 않으면 그나마 다행일 듯
싶었다. 우물이 강물을 침범하지 않듯이 서로 관여하지 않으면
그만인 것이다. 지금 리안방으로서는 계속 앞으로 밀고 나아가
는 수밖에 없었다. 중앙의 내사 결과를 봐야 했다. 어쩌면 내사
는 첫 번째 단계에 불과할 수도 있었다. 내사가 끝난 뒤에 자신이
성장이 되지 못한다 해도 중앙에서 별도의 조치가 있을지 알 수
없는 일이었다. 내사를 통과하지 못하면 중앙에서의 고려 가능
성도 없어질 것이었다. 그런데 ○○○가 이 성에 오면 동창생인 주
위천을 만나지 않겠는가. 결국 내사 팀의 내사 결과는 바로 주위
천의 동창생인 ○○○의 펜과 입에 달려 있다. 들리는 소문에 의
하면 주위천이 작년에 시위원회 서기에서 인민대표대회 부주임

으로 승진할 수 있었던 것도 ○○○가 중간에서 힘을 써준 결과라고 했다. 성 인민대표대회 부주임이 그저 구색 맞추기 위한 직위에 불과하더라도 명목상 엄연히 부성급이기 때문에 결코 천명을 다하여 조용히 잠들어 있는 상태라고는 할 수 없다. 대개 퇴임을 앞둔 시급 간부들의 95퍼센트는 이렇게 조용히 잠들어 있는 것조차 여의치 않았다. 일부는 성 인민대표대회나 성 정치협상회의모 위원회에 주임 혹은 부주임의 직함을 걸기도 하고, 또 어떤 사람은 본 시에서 퇴임하는 것으로 모습을 감추기도 했다. 그런데 ○○○이 주위천을 만나면 내사 대상인 리안방의 상황에 대해 묻지 않겠는가? 리안방과 주위천은 이미 불구대천의 원수가 되어 있고, 관계가 멀어진 지 18년이나 되었는데 주위천이 리안방에 대해 좋은 말을 해줄 리 있을까? 좋은 말은 못해준다 해도 안좋은 말을 하진 않을까? 안 좋은 말을 한다면 어느 정도까지 할까? 과거에 그는 상무부시장 자리를 놓고 200만 위안의 뇌물을 받았다는 모함으로 리안방을 감옥에 보내려 했다. 지금은 성장자리가 걸려 있으니 리안방이 뇌물로 2000만 위안을 받았다고 모함하여 무기징역에 처하게 하려고 덤비지는 않을까? 주위천은 관도가 수명을 다해 조용히 잠든 상태로, 구색 맞추기용으로 실권 없는 자리를 차지하고 있는 자신의 처지 때문에 깨진 사발을 박살내듯이 18년 전보다 더 인정사정없이 리안방을 몰아세울 수도 있었다. 리안방이 성장 후보자가 되지 않았다면 이런 골칫거

리를 피할 수 있었을 테지만 이제는 남의 독 안에 든 쥐가 되고
만 것이다. 이런 고충을 누구에게 하소연할 수도 없는 처지였다.
18년 전 주위천과의 갈등으로 교훈을 얻은 후로 내내 리안방에
게는 마음이 통하는 친구가 없었다. 어느 길을 버리고 어느 길을
따를 것인가? 베이징에서 걸려온 전화를 받은 뒤로 리안방은 밤
새 잠을 이루지 못했다. 밤사이 생각을 명확히 정리하지 못한 그
는 이튿날 아침 일찍 성 환경보호청의 보고회의를 뒤로 미루고
기사에게 차를 몰게 하여 성성을 벗어나 교외에 있는 루펑산乳峰
山에 올랐다. 루펑산은 성성으로부터 동남쪽으로 20리 정도 떨어
진 곳에 자리 잡고 있었다. 산봉우리가 여자의 젖무덤 같아 옛날
에는 그냥 루펑乳峰이라고 불렸다. 루펑산은 성성 인근에서 가장
높은 산이었지만 유두에 해당되는 산봉우리는 오히려 평지를 이
루고 있었다. 이 유두 위에 서면 성성 전체를 한눈에 조감할 수
있었다. 이곳에서는 넓게만 느껴지던 성성이 실경實景의 작은 모
래판이 되기도 하고 어린아이의 그림으로 변하기도 했다. 사방을
둘러보면 수많은 작은 산이 내려다보였다. 리안방은 성에서 업무
를 보기 시작한 뒤로 어려운 문제에 부딪힐 때마다 혼자 이 루
펑의 가장 높은 곳에 올라 위치와 관점을 달리하여 생각에 몰두
하곤 했다. 하지만 오늘은 과거의 일들과는 달랐다. 생각할 필요
도 없고 관점을 바꿀 수도 없었다. 리안방이 이번에도 승진해서
성장 직을 승계하기 위해서는 중앙 내사 팀이라는 관문을 건너

뜰 수 없었다. 그 말은 곧 주위천의 동창생인 ○○○이라는 관문을 피할 수 없다는 것을 의미한다. 주위천에 대해서는 요행수를 바랄 수 없었다. 그가 ○○○을 만나게 되면 리안방에 관해 좋은 말을 해줄 리가 만무하기 때문이다. 좋은 말은커녕 이 건을 이용하여 상황을 더 복잡하게 끌고 나갈 것이 분명했다. 지금 주위천의 마음속에는 18년 동안의 원한이 쌓여 있다. 지난 18년 동안 리안방의 관도는 순탄한 데 비해 자신은 울퉁불퉁한 가시밭길을 걸어왔기 때문에 아마도 깊은 원망과 질투가 도사리고 있을 것이다. 새로운 원한에 쌓인 분노가 더해지면서 무에서 유를 창조하듯이 바람과 그림자를 잡아 진실을 왜곡할 가능성이 얼마든지 있었다. 리안방이 5만 위안을 뇌물로 받았다는 말 한마디로 모함할 수도 있었다. 리안방은 무에서 유가 창조되는 것은 그다지 두렵지 않았다. 그가 정말로 두려워하는 것은 한 가지 사건이 꼬리에 꼬리를 물고 다른 사건으로 이어지는 것이다. 당나귀 꼬리에서 몽둥이가 나오고 가짜에서 진짜가 나오고 참깨에서 수박이 나오는 것이 더 두려웠다. 그렇게 되면 성장이 될 수 없는 것은 물론 현재의 직위도 보전하기 어렵기 때문이다. 일이 이런 방향으로 나아간다면 리안방을 기다리고 있는 것은 악몽과 심연뿐일 것이다. 지금 리안방이 하고 싶은 것은 일이 안 좋은 방향으로 나아가지 못하게 하고, 사태를 전환시켜 소극적인 요소들을 적극적인 요소로, 안 좋은 일을 좋은 일로 바꾸는 것이다. 이러한 근본적인 전환의 전제는 가장 빠른 시간 안에 주위천과의 균열을 메우고 관계를 회복하는 것이다. 과거에 맺혔던 앙금을 풀고 두 사람의 관계를 25년 전 현위원회 서기 시절로 되돌릴 수만 있다면 더할 나위 없이 좋을 것이다. 물론 리안방은 열흘 안에 18년 동안 쌓인 원한이 연기처럼 사라지게 하는 것은 쉽지 않음을 잘 알고 있었다. 그렇게 만들 수 없다면 두 사람의 관계를 편견이 없는 상태로까지만 회복시키는 것도 나쁘지 않았다. 주위천이 자신에 대해 좋은 말을 해주길 바랄 순 없다 해도 안 좋은 말을 참아주는 것만으로도 충분히 만족할 수 있을 것 같았다. 죄를 덮어씌우려고 마음먹는다면 구실은 얼마든지 찾을 수 있기 때문이다. 주위천이 자신에게 공산당원의 기준을 요구하면서 공무를 구실로 사적인 원한을 갚으려 하는 건 어쩔 수 없다 해도, 최소한의 인성을 발휘하여 사건을 날조하지만 않는다면 정말 나무아미타불인 것이다. 하지만 어떻게 열흘 안에 18년의 균열과 상처를 메울 수 있단 말인가? 어떻게 열흘 안에 악한을 도덕적인 인물로 변화시킬 수 있단 말인가? 리안방은 오전 내내 유두 위를 서성거리면서 해가 눈 깜짝할 사이에 발밑의 모래판에서 머리 꼭대기로 솟아오르는 것을 바라보고 있었다. 온갖 생각으로 머리가 터질 것 같았지만 여전히 주위천의 인성을 회복시킬 수 있는 묘책은 떠오르지 않았다. 이때 산 아래쪽에서 차 한 대가 역시 유두를 향해 기어 올라오고 있었다. 차는 점점 리안방과 가까워졌다.

호화 벤츠 차량임을 알 수 있었다. 리안방은 성급 간부이기 때문에 규정상 아우디밖에 탈 수 없다. 그러므로 지금 호화 벤츠를 타고 올라오는 사람은 부자임에 틀림없었다. 눈 깜짝할 사이에 벤츠는 유두 위의 공터에 도달했다. 차문이 열리자 가장 먼저 커다란 개 한 마리가 튀어나오고 이어서 작은 개도 한 마리 튀어나왔다. 두 마리 개는 산 정상을 향해 신나게 달리기 시작했다. 이어서 짙은 화장을 한 서른 전후의 여자가 차 안에서 내렸다. 한눈에 유한마담임을 알 수 있었다. 아니면 자산가의 둘째 마누라일 수도 있다. 리안방의 기사는 그들이 리안방에게 가까이 가면 사색에 방해가 될까봐 앞으로 다가가 이 여자와 개를 막으려 했다. 하지만 리안방은 오히려 개들을 보고 갑자기 상상력이 풍부해지면서 눈앞이 환하게 밝아졌다. 이 두 마리 개는 모자 혹은 모녀 관계인 듯했다. 두 마리 개는 마구 뛰어다니다가 작은 개가 큰 개의 사타구니 밑으로 들어가더니 두 발로 사타구니를 부여잡고 젖을 빨기 시작했다. 리안방이 갑자기 손뼉을 치면서 기사에게 말했다.

"이 자리는 저 여자한테 넘겨주고 우리는 산을 내려가도록 하세."

2

그날 오후 성 ○○시 정부 사무실에서는 성 정부 사무실에서 보낸 통지를 한 통 받았다. 이튿날 오전 9시 상무부성장 리안방이 그 시 ○○현에 와서 농업관개 시범 전답을 시찰한다는 내용이었다. 시 정부는 이를 황급히 시위원회에 보고했다. 이튿날 오전 8시, 이 시의 시의원회 서기 위더수이于得水가 시장 등을 대동하고 시 경계 지역까지 나와 리안방을 영접했다. 30분쯤 지나 리안방과 수행 요원들이 탄 승용차 두 대가 도착했다. 리안방 일행이 차에서 내렸다. 리안방은 이 시의 간부들과 일일이 악수를 나눈 다음, 시위원회 서기 위더수이를 자신의 차에 태웠다. 차량 행렬은 농업관개 시범 전답을 시찰하기 위해 ○○현으로 향했다. 차 안에서 리안방을 바라보는 위더수이는 무척 신이 난 표정이었다. 리안방이 물었다.

"라오위老于*, 자네는 뭐가 그리 즐거운가? 둘째 마누라라도 얻었나?"

위더수이가 말을 받았다.

"좋은 소식을 한 가지 들었습니다."

"무슨 소식인데 그러나?"

"들리는 소문에 의하면 성의 마오毛 서기가 다른 곳으로 가게 될 것 같습니다."

리안방은 속으로 깜짝 놀랐다. 중앙의 정책이 확정되자마자

• 상대방의 성에 '라오老'를 붙여 친근하게 부르는 방식.

그 소식이 눈 깜짝할 사이에 시까지 알려져 있었던 것이다. 소식이 이렇게 빨리 전해지는 것으로 보아 중국 땅에는 비밀이란 존재하지 않는 것 같았다. 하지만 그는 짐짓 모르는 척하며 말을 받았다.

"그런 사실을 어째서 나만 모르고 있었던 거지?"

위더수이가 말했다.

"모르고 계실 줄 알았습니다. 제가 들은 바로는 마오 서기가 가고 나면 쥐㈜ 성장이 그 자리를 승계할 것 같습니다. 쥐 성장이 서기가 되면 누가 성장 직을 맡게 될까요?"

"그런 일이라면 중앙에 물어봐야겠지."

"제가 중앙에 물어봤더니 중앙에서는 누가 성장이 될지는 묻지 않아도 알 수 있는 일이 아니냐고 하더군요."

여기서 '묻지 않아도 알 수 있는 일'이란 리안방을 두고 한 말이었다. 리안방은 한편으로 약간 기쁘기도 했다. 보아하니 리안방이 성장이 되는 것을 모두 당연한 일로 여기는 것 같았다. 이는 인심의 향배를 증명하는 일이었다. 동시에 그는 마음속으로 탄식하지 않을 수 없었다. 중국에서 관료가 되는 데 인심의 향배가 무슨 소용이 있단 말인가? 이 성에서 성장이 될 수 있는지 여부는 인심의 향배와는 상관없이 중앙에서 어떻게 생각하느냐가 더 중요한 사항이었다. 그리고 중앙이 어떻게 생각하는지는 중앙의 내사 팀이 내리는 결론과 밀접한 관계가 있다. 중앙 내사 팀의 배후에 과거의 원수 주위천이 버티고 있다는 사실을 누가 알겠는가? 이 위더수이란 인물은 하나만 알고 둘은 몰랐다. 리안방은 화제를 돌렸다.

"○○현의 관개시설은 어떻게 활용되고 있나?"

○○현의 관개시설은 작년에 추진된 이스라엘과 중국의 합작 프로젝트이자 리안방이 국가농업부로부터 쟁취해낸 사업이었다. 농업부에서는 서남부 지역의 구릉 및 산악지대를 시험 대상으로 정했는데 ○○현의 지형이 마침 거대한 반구릉형 지대였다. 리안방이 이 프로젝트를 ○○현에 시행하기로 결정했으니 이번에 그가 시찰을 나온 것은 당연한 일이었다. 위더수이가 말했다.

"농민들이 큰 혜택을 입고 있습니다. 구릉지대에 농사를 지으려면 가장 큰 어려움이 무엇인지 아십니까? 바로 물 대기입니다. 물은 위로 올라갈 수 없기 때문이지요. 이런 관개시설이 생겼으니 생산량이 단번에 두 배로 뛸 겁니다."

리안방이 물었다.

"밤에 누가 시설을 훔쳐가는 일은 없나?"

작년에 관개 설비가 처음 설치되었을 때는 농민들이 이 거미줄 같은 작은 플라스틱 관을 믿지 못했고, 번거롭다고 생각하여 자신들의 밭에서 시험하기를 원치 않는 사람들도 있었다. 농민들은 시 예산이나 현의 재정 지원이 주어진다면 이 거미줄을 자기 밭에 설치하는 데 동의할 생각이었다. 그런데 일부 농민들이 이

거미줄을 밤에 훔쳐다가 재활용품 수집상에게 폐플라스틱 가격으로 팔아넘기는 일이 발생했다. 위더수이가 말했다.

"열 명 남짓 되는 농민이 붙잡혀 모조리 3년 이상의 형에 처해 졌지요. 엄격한 법률만이 난세를 다스릴 수 있습니다. 지금은 설비를 훔쳐가는 사람이 없어요."

얘기를 주고받는 사이에 일행은 ○○현의 경계지에 도착했다. 현에서는 현위원회 서기와 현장이 한 무리의 사람들을 대동하여 영접을 나왔다. 리안방은 차에서 내려 현의 고위 간부들과 일일이 악수를 나눈 다음, 관개 설비를 시찰하러 다시 차를 타고 ○○향 ○○촌으로 갔다. ○○촌에 도착하자 차량 행렬은 또다시 산등성이를 넘어 관개 설비가 두루 설치되어 있는 시범 전답으로 향했다. 시범 전답 옆에는 향과 촌의 간부들이 시립해 있었다. 리안방은 또 그들과 일일이 악수를 나누었다. 시범 전답에는 관개 시설의 작은 플라스틱 관이 빼곡하게 들어차 사람의 혈관처럼 높고 낮은 구릉을 완전히 뒤덮고 있었다. 촌에서는 사전에 이미 관개시설을 작동시켜놓은 터였다. 몸을 구부려 작은 플라스틱 관을 가까이 살펴보면 관 속의 물방울들이 소리 없이 흘러 각 농작물에 전해지는 것을 확인할 수 있었다. 하지만 멀찍이 바라보면 관개 설비가 되어 있다는 것을 전혀 알아차릴 수 없었다. 리안방은 한참 동안 몸을 구부려 플라스틱 관을 관찰하다가 몸을 일으키더니 손뼉을 쳤다.

"정말로 '가늘고 부드럽게 소리 없이 만물을 적시고潤物細無聲' 있군요.'"

사람들도 따라서 몸을 일으키고는 환하게 웃었다. 현위원회 서기가 말했다.

"작년에 농민들을 위해 이 설비를 설치할 때는 할아버지 할머니들을 일일이 찾아다니면서 사정을 설명하고 간청해야 했지요. 지금은 시설이 설치되지 않은 전답의 농민들이 현 정부를 찾아와 자기네 밭에도 공평하게 시설을 설치해달라고 애원하고 있는 상황입니다."

리안방이 웃자 사람들도 따라 웃었다. 리안방이 말했다.

"이번에 제가 이곳에 온 이유는 산성 토양을 살피기 위해서입니다. 시설이 부식되지 않는지 확인하기 위해서죠. 지금 상태를 보니 치명적인 영향은 없는 것 같군요."

이는 농업부 전문가들이 걱정하는 점이기도 했다. 과거의 관개 시설은 대부분 중성 토양이나 알칼리성 토양의 전답에 설치되었지만 이곳 구릉지대는 산성 토양이었다. 리안방은 방금 전 플라스틱 관 속에서는 물이 흐르지만 외피는 완전히 말라 있는 것을 목격했다. 부식되거나 연화되는 현상이 나타나지 않은 것이다. 사람들도 황급히 사투리 섞인 어조로 말했다.

• 두보의 시 「춘야희우春夜喜雨」의 한 구절을 읊은 것.

"아주 좋습니다. 아무런 문제도 없어요."

리안방이 말을 받았다.

"보아하니 시설 면적을 대대적으로 확대해도 좋을 것 같군요."

사람들이 말했다.

"확대해도 됩니다. 되고말고요."

이때 시위원회 서기 위더수이가 나서서 관개 시설을 둘러보았으니 스프링클러 시설을 보러 갈 것을 제안했다. 이 현의 스프링클러 역시 리안방이 금년 초에 국가농업부로부터 쟁취해낸 프로젝트였기 때문이다. 스프링클러 시설은 유럽연합과 중국의 합작 프로젝트로서 농업부에서는 가파른 산간 지역을 대상으로 시험하기로 했다. 공교롭게도 ○○현 동부는 구릉 지역이지만 서부는 가파른 산간 지역이었다. 리안방은 이 스프링클러 시설을 ○○현 서부의 산지에 설치하기로 했다. 모든 실험을 동일한 현에 집중시킨 데는 시찰과 관리의 편의를 도모하려는 의도가 있었다. 리안방이 말했다.

"이번에 제가 이곳에 온 이유는 관개 시설만 살펴보기 위해서였고 스프링클러 시설은 둘러볼 생각이 없었습니다. 스프링클러 시설은 토양과 무관하기 때문이지요. 하지만 위 서기께서 일정을 이렇게 조율해놓았으니 어찌 감히 따르지 않을 수 있겠습니까? 위 서기의 지시대로 하는 수밖에요. 스프링클러를 시찰하러 갑시다."

위더수이가 웃자 사람들도 따라 웃었다. 이리하여 이 향과 촌의 간부들은 남고 나머지 사람들은 차를 타고 산을 오르고 고개를 넘어 동부에서 서부로 이동했다. 동부에서 서부로 가려면 현성을 지나야 했다. 현성의 서쪽 관문을 지날 때, 도로 위에 민원인들로 보이는 사람들이 대거 모여들어 차가 막히고 말았다. 리안방은 집단 민원이 발생한 것이라 생각하고는 얼른 차에서 내려 앞으로 다가갔다. 도로 한가운데에 한 중년 여인이 주저앉아 손뼉을 치면서 통곡을 하고 있고, 주위에 수많은 사람이 모여들어 구경을 하고 있었다. 집단 민원 사건은 아니었지만 리안방은 사람들을 제치고 앞으로 나가 도대체 무슨 일이냐고 여인에게 물었다. 그러자 현위원회 서기와 현장의 얼굴에는 긴장한 기색이 역력했다.

"아주머니, 왜 여기서 이러고 계신 겁니까?"

중년의 여인은 우는 데 정신이 없어 리안방의 말을 듣지 못했다. 위더수이가 황급히 다가가 손으로 중년의 여인을 밀치면서 말했다.

"아주머니, 부성장님께서 물으시잖아요."

그제야 중년의 여인은 고개를 들어 자신이 이 현 ○○촌에 사는 사람이라면서 아침 일찍 남편의 약을 짓기 위해 현성에 갔는데, 병원에 도착하기도 전에 누군가 주머니에 있는 2000위안을 훔쳐갔다고 했다. 약을 짓지 못했으니 집에 가서 남편에게 두들

겨 맞을 일이 두려워 울고 있다는 것이었다. 얘기를 다 듣고 난 리안방은 황급히 주머니를 뒤졌다. 뜻밖에도 주머니에는 300위안밖에 없었다. 리안방이 위더수이를 향해 손을 내밀었다.

"라오위, 1700위안만 빌려주게. 잠시 후에 갚아줄 테니까."

위더수이도 황급히 자기 주머니를 뒤져 200위안을 꺼냈다. 그는 평소 현금을 거의 쓰지 않는 편이라 주머니에는 많은 돈이 들어 있지 않았다. 시장도 황급히 주머니를 뒤졌고 이 현의 서기와 현장도 얼른 주머니에 손을 넣어보았다. 결국 다섯 명의 주머니를 털어 2000위안이 마련되자 리안방은 울고 있는 여인에게 건넸다. 여인은 돈을 받자마자 땅바닥에 엎드려 머리를 바닥에 대면서 고두叩頭의 절을 올린 다음 자리를 떴다. 그녀는 갈 때까지 이 돈을 마련해준 사람들이 누구인지 묻지 않았다. 이 현의 현장이 말했다.

"아무래도 사기꾼 같은데요."

그의 말에 리안방은 기분이 좋지 않았다.

"아무 근거도 없이 왜 사람을 사기꾼으로 모는 거요?"

그러면서 다시 물었다.

"사기꾼이어도 상관없소. 어차피 가난한 사람 아니겠소. 노형의 부인은 왜 이런 데 나와 울지 않는 거요?"

그러고는 위더수이에게 말했다.

"어쩌면 내가 농촌 출신이라 가난한 사람들이 우는 모습을 보면 참지 못하는 건지도 모르겠네."

얼굴이 귀까지 빨개진 현장이 말했다.

"리 부성장님, 제가 실언을 한 것 같습니다. 양해해주십시오."

위더수이가 사태를 수습하려는 생각에 재빨리 나서서 현장을
가리키며 말했다.

"이건 계급 감정의 문제인 것 같습니다. 현장은 지주 계급이거
든요. 오늘 점심은 현장에게 내라고 하겠습니다."

모두가 웃음을 터뜨리자 현장이 말을 받았다.

"제가 당장 공안국에 전화해서 이 도적놈을 잡아가라고 하겠
습니다."

위더수이가 말을 받았다.

"그래야 맞지."

현장이 황급히 휴대전화를 꺼내 전화를 걸었다. 사람들 모두
차에 올라 서부 관문을 향해 달려갔다. 서부 산간 지역에 이르러
서도 차량 행렬은 고개를 넘고 또 넘어 한 시간 남짓 더 달리고
서야 가파른 산비탈 앞에 이르렀다. 이 향과 촌의 간부들은 이미
산비탈에 도착해 기다리고 있었다. 차량 행렬이 이르자 서둘러
스프링클러 설비를 가동시켰다. 산비탈 전체에서 수백 갈래의 물
줄기가 뿜어져 나왔다. 무수한 스프링클러 노즐이 물을 뿜으면
서 회전하자 가파른 산비탈이 금세 물안개로 뒤덮였다. 물안개는
농작물을 촉촉하게 적시면서 햇빛 아래로 여러 개의 작은 무지

개를 만들고 있었다. 대여섯 가지 색깔이 한데 어우러진 광경이 장관이었다. 위더수이가 무지개들을 가리키며 말했다.

"속담이 틀리지 않은 것 같습니다. 물을 마시는 사람은 우물을 판 사람을 잊지 말아야 한다는 말이 있듯이 우리 모두 리 부성 장님의 공적을 잊어선 안 될 것입니다."

사람들이 일제히 박수를 치자 리안방이 말을 받았다.

"라오위의 맹목적인 아부에 귀를 기울여선 안 됩니다. 연초에 제가 베이징에 가서 이 설비를 쟁취해온 것은 우리 마오 서기님 께서 저를 보냈기 때문입니다. 감사해야 한다면 마오 서기님께 감사해야겠지요."

사람들이 또다시 박수를 쳤다. 선 채로 무지개를 바라보던 사람들이 일제히 산 위의 풍경 쪽으로 눈길을 돌렸다. 이어서 사람들은 일제히 차에 올라 현성으로 점심을 먹으러 갔다. 현성으로 돌아갈 때도 리안방과 위더수이는 같은 차를 탔다. 리안방이 갑자기 뭔가 생각난 듯이 위더수이에게 물었다.

"갑자기 생각이 났는데, 주朱 주임의 고향이 이 현 아니었던 가?"

위더수이가 대답했다.

"어느 주 주임 말씀이십니까?"

"성 인민대표대회의 주위천 말일세."

위더수이는 금세 말뜻을 알아차리고는 고개를 끄덕였다.

리안방이 또 물었다.

"그의 가족은 어떻게 되나?"

"모친은 작년에 돌아가셨고 남은 가족이라고는 연로하신 부친한 분밖에 없는 걸로 알고 있습니다."

"기왕 이곳에 왔으니 우리 점심식사하고 난 뒤 그 댁 어르신을 한번 뵈러 가는 게 어떻겠나?"

당시 리안방이 관개 시설과 스프링클러를 이 현에 설치한 것은 순수하게 업무의 관점에서 출발한 일이었다. 주위천의 고향이 이 현에 있다는 사실은 완전히 잊고 있었다. 당시에 이런 사실을 기억했더라면 아마도 관개 시설과 스프링클러를 다른 현에 설치했을 것이다. 아무 생각 없이 진행했던 일이 지금 자신에게 도움을 주게 될 줄은 몰랐다. 하지만 주위천의 부친을 찾아뵙고 싶다는 리안방의 뜻밖의 말에 위더수이는 이마에 주름을 잡았다. 말하기 어려운 고충이 있는 모양이었다. 리안방이 물었다.

"왜 그러나?"

"그 집은 안 가시는 게 좋을 것 같습니다."

리안방이 멍한 표정을 지었다.

"그게 무슨 뜻인가?"

"잘못하다간 노인네의 고집에 말려들어 망신만 당하기 십상이거든요."

리안방은 여전히 무슨 뜻인지 알 수 없었다.

"그게 무슨 뜻인가?"

"주 주임의 부친은 보통 사람이 아닙니다. 이 노인네는 아들의 힘을 믿고 밖에서 관리 노릇을 하고 있어요. 시골의 모든 소송을 독점하면서 남들 대신 앞에 나서서 자기 말에 따르는 사람은 흥하게 하고 거역하는 사람은 망하게 한단 말입니다. 그래서 저는 물론이고 현 전체가 아주 골머리를 앓고 있지요."

그러고는 이렇게 덧붙였다.

"나이가 여든이나 되었지만 이렇게 공경심이 안 드는 노인네는 처음입니다."

리안방은 크게 놀라고 말했다.

"주 주임은 이런 사실을 모르고 있나?"

"주 주임은 어려서부터 아버지한테 얻어맞으면서 자랐습니다. 이런 관계는 지금까지 한 치도 변한 게 없지요."

리안방으로서는 믿기 어려운 얘기였다.

"그럴 리가 있나?"

위더수이가 목소리를 잔뜩 낮춰 말을 이었다.

"이 현 사람들이 하는 얘기에 따르면 한번은 주 주임이 고향에 돌아왔을 때 사람들이 노인네에 대해 한소리 했답니다. 사람들의 말에 주 주임이 제대로 대꾸하지 못하자 노인네가 손을 쳐들어 주 주임의 따귀를 후려쳤다더라고요."

리안방은 놀라지 않을 수 없었다. 마음이 뱀 같고 전갈 같은 주위천을 제압할 수 있는 사람이 있으리라고는 상상할 수 없었는데, 다름 아닌 그의 아버지가 바로 대상이었다. 뜻밖에도 성급 간부인 주위천도 고향에 돌아오면 봉건 윤리의 제약에서 벗어날 수 없었던 것이다. 그의 마음속에 놀라움과 반가움이 동시에 밀려왔다. 이런 상황이라면 그가 이번에 ○○현으로 시찰을 온 것은 아주 잘한 일이 되는 셈이었다. 리안방은 갑자기 또 뭔가 생각나면서 동시에 의구심이 일었다.

"혹시 잘못된 정보 아닌가? 내가 전에 들은 바로는 주 주임의 부친이 진장을 지낸 적이 있다던데 어째서 수준이 그 정도밖에 안 되는 거지?"

위더수이가 말했다.

"누가 그러던가요?"

"주 주임이 그러더군. 25년 전에 우리 둘 다 현위원회 서기로 있을 때, 그는 항상 그 얘기로 나를 압도하곤 했지. 내가 농촌 출신이라 세상 물정을 잘 모른다는 거야. 그러면서 자기 아버지가 진장을 지냈으니 자기는 간부 자제라고 하더군."

위더수이가 풋 하고 웃음을 터뜨렸다.

"그 양반이 부성장님을 가지고 논 거네요. 그 양반 아버지는 젊었을 때 촌에서 돼지 잡는 백정이었다고요."

리안방도 풋 하고 웃음을 터뜨렸다. 알고 보니 과거에 함께 지낼 때 주위천에게 속은 뒤로 지금까지 긴 세월을 속아 살아온 셈이다. 위더수이가 또 낮은 목소리로 말을 이었다.

"주 주임은 이미 요직에서 물러나 인민대표대회 주임일 뿐인데 그 양반한테 뭐 하러 그렇게 신경을 쓰시는 겁니까?"

순간 리안방은 위더수이가 리안방과 주위천 사이에 갈등이 있고, 이런 갈등이 18년이나 지속되어왔다는 사실을 알고 있는 게 아닌가 의심스러웠다. 누군가 알고 있다는 것도 비정상적인 일은 아니었다. 그렇다면 그는 지금 리안방의 면전에서 일부러 주위천과 그의 아버지를 헐뜯으면서 자신의 입장을 밝히려는 속셈이다. 하지만 위더수이는 하나만 알고 둘은 모른다. 과거에 리안방과 주위천 사이에 갈등이 있었다는 것만 알고, 리안방이 지금 어떻게든 그 갈등을 해소하려 한다는 건 모르기 때문이다. 다시 말해 리안방이 주위천보다 중요하다고만 생각할 뿐, 지금 리안방에게 주위천이 얼마나 중요한 존재인지는 모르고 있는 것이다. 리안방이 말했다.

"주위천이 2선으로 밀려났기 때문에 그의 부친을 찾아뵈러 가려는 걸세. 그가 여전히 1선에 버티고 있다면 찾아갈 필요가 없겠지."

그러면서 설명을 달았다.

"나와 주위천 사이에 약간의 껄끄러움이 있긴 하지만 25년 전만 해도 우리는 아주 좋은 친구 사이였네. 어느덧 둘 다 늙어가고 있으니 한번 만나서 묵은 감정을 풀어버리는 게 바람직하겠지."

위더수이는 그 자리에서 넋을 잃고 말았다. 순간적으로 머리를 굴려 재빨리 자신의 생각을 바꾼 그는 리안방을 향해 엄지를 치켜들며 말했다.

"부성장님은 정말 도량이 넓으시군요."

그가 말하는 도량이 주위천이 1선에서 물러났다는 시각에서 넓다는 건지 아니면 리안방이 역사와 지난일에 대해 문제를 제기하지 않는다는 시각에서 넓다는 것인지 알 수 없었다. 이리하여 점심식사를 마치고 차량 행렬은 또 이 현 ○○향의 주자촌朱家村으로 향했다. 주자촌에 도착한 일행은 주가의 옛집에 들어가 주위천의 부친을 만났다. 이 노인은 세 마디밖에 말하지 않았는데도 리안방은 위더수이가 과장하거나 거짓을 말한 게 아님을 감지했다. 그는 자기망상에 빠져 식견도 없이 맹목적으로 자신을 과대평가하는 촌스러운 악한이었다. 리안방 일행은 자동차 트렁크에 갖가지 선물을 준비해왔다. 담배와 술도 있고 쌀과 기름도 있었다. 돼지 다리도 두 개나 있었다. 사람들이 집 안으로 들어서자 위더수이가 황급히 노인에게 소개했다.

"어르신, 성의 리 부성장님께서 오셨습니다."

리안방이 노인과 악수를 주고받는 사이에 현에서 온 사람들이 서둘러 선물을 집 안에 들여놓았다. 노인은 선물을 보더니 현위원회 서기를 가리키며 말했다.

"자네는 문제가 아주 많아."

현위원회 서기가 멍한 표정을 지었다.

"어르신, 제가 뭘 어쨌다고 그러십니까?"

노인이 말했다.

"성에서 고위 인사가 오지 않으면 자네는 한 달에 한 번도 얼굴을 비치지 않으니 말이야. 오늘은 성에서 고위 간부가 왔기 때문에 자네도 따라온 게 아닌가? 자네는 날 보러 온 겐가 아니면 성 고위 간부를 만나러 온 겐가?"

현위원회 서기의 얼굴이 귀까지 빨개졌다.

"어르신, 제가 잘못했습니다. 요즘 일이 너무 바빠서 그랬습니다."

노인이 리안방을 가리키며 물었다.

"당신이 부성장이라는데, 진짜요 가짜요?"

리안방은 이 노인이 텔레비전을 보지 않는다는 것을 깨달았다. 성 텔레비전 뉴스에 자주 비치는 자신의 얼굴을 모르기 때문이었다. 위더수이가 다가가 뭔가 설명을 하려 했지만 리안방이 나서서 저지하며 말했다.

"어르신, 제가 이 성의 부성장입니다."

노인이 말했다.

"그렇다면 자네는 우리 위천과 같은 급이로군?"

리안방이 재빨리 말했다.

"주 주임은 성 인민대표대회에 있고 성 정부가 인민대표대회의 관리를 받으니 주 주임이 저의 상관인 셈이지요."

리안방의 이 말은 이론상으로는 틀리지 않았다. 법률적인 시각에서 보자면 성 정부는 인민대표대회의 감독을 받기 때문이다. 단지 실천이라는 또 다른 문제가 있는 것뿐이었다. 노인이 말했다.

"그렇다면 자네가 날 만나러 온 건 틀림없이 내게 뭔가 부탁을 하기 위해서겠군?"

노인의 말이 갈수록 도를 넘는다고 느낀 위더수이가 재빨리 앞에 나섰다.

"어르신, 리 부성장님께서 오늘 어르신을 뵈러 온 것은 주 주임님과 오랜 친구이기 때문입니다."

노인이 말했다.

"그렇다면 내가 왜 위천에게서 그런 얘기를 못 들었지?"

그러면서 다시 리안방을 가리키며 말했다.

"사람은 이해관계가 없이는 움직이지 않는 법이야. 저 양반이한 말은 그저 예의상 너스레를 떤 것뿐이라고."

리안방은 속으로 노인의 이 말이 틀리지 않는다고 생각했다. 그가 곧장 말을 받았다.

"어르신, 앞으로 무슨 일이 있으면 꼭 어르신을 찾아뵙도록 하겠습니다."

노인이 자기 가슴팍을 두드리며 말했다.

"자네가 이 늙은이를 찾아와준 것은 나를 안중에 두고 있다는 뜻이지. 앞으로 우리 위천이를 써먹을 데가 있으면 그 녀석에게 얘기하지 말고 나한테 얘기하도록 하게. 녀석이 내 말이라면 무조건 다 듣거든."

그 자리의 모든 사람이 울지도 웃지도 못하는 심정이었지만 리안방만은 아니었다.

"꼭 그렇게 하겠습니다, 어르신."

리안방은 이 늙은이가 보통 늙은이가 아니라는 것을 알 수 있었다. 다시 말해서 이 늙은이는 우물 안 개구리였던 것이다. 우물 안 개구리이기 때문에 자기망상에 빠져 자신을 대단한 인물로 여기는 것이다. 우물 안의 늙은 두꺼비라 모든 일에 솔직하고 진지한 태도를 보이기 때문에 리안방이 원하는 효과를 얻을 수 있는 것이다. 쌍방의 소통 거리가 단번에 짧아졌다. 이 노인이 마음속 깊이 담을 쌓고 있는 원로 학자였다면 서로 조심하면서 예의를 갖추느라 한바탕 연극이 펼쳐졌을 것이고, 그런 연극이 순조롭게 끝나야 진정으로 자연스런 대화가 가능했을 것이다. 동시에 리안방은 주위천이 가엾게 느껴지기 시작했다. 리안방은 평생 이렇게 한번 찾아오는 것으로 끝이지만 주위천은 자주 집에 들를 수밖에 없다. 주위천이 집에 올 때마다 얼마나 많은 구박과 학대에 시달렸는지 알 수 없었다. 문득 이 노인이 주위천을 따라 성성으로 가지 않고 시골에 남아 있는 이유를 알 것 같았다. 주위천은 이 늙은이가 자기 위신을 더 떨어뜨릴까봐 두려웠던 것이다. 리안방은 이번 방문이 헛수고가 아니라고 느끼면서 또 한편으로는 그의 재앙에 고소해하는 것 같아 주위천에게 미안한 느낌도 들었다. 노인이 갑자기 리안방에게 말했다.

"한데 말이야, 내가 자네의 일을 도와줄 테니 자네도 내 일을 한 가지 도와주게."

리안방이 어리둥절한 표정을 지었다.

"무슨 일인데 그러십니까?"

노인이 말했다.

"내게 사촌 손자가 하나 있는데 지금 현 법원에서 일하고 있네. 5년을 일하면서 줄곧 과科급 간부가 되고 싶어했는데 아직 진급을 하지 못하고 있네. 이거야말로 사람을 농락하는 일이 아니고 뭐겠나?"

이어서 또 현위원회 서기를 가리키면서 말했다.

"앞장서서 사람을 속이고 농락하는 건 바로 저 친구일세. 저 친구한테 여러 번 얘기했지만 줄곧 마이동풍일세."

현위원회 서기는 또다시 얼굴이 새빨개졌다. 리안방이 현의 다른 간부들을 둘러보니 모두 서로 얼굴만 쳐다보고 있었다. 이 일의 이면에 말하기 힘든 고충이 깔려 있다는 것을 짐작할 수 있었다. 리안방이 말을 받았다.

"어르신, 그건 그리 급한 문제가 아닙니다. 나중에 제가 꼭 한 번 알아보겠습니다."

뜻밖에도 노인은 이 문제를 집요하게 물고 늘어졌다.

"나중에 알아보겠다는 것은 대충 빠져나가겠다는 뜻 아닌가? 지금 당장 시원하게 한마디 해주게. 해결해줄 건가, 말 건가?"

이번에는 오히려 리안방이 궁지에 몰리고 말았다. 이러지도 저러지도 못하는 처지가 된 리안방이 손뼉을 치며 말했다.

"어르신, 긴 말 필요 없이 제가 꼭 해결할 것을 약속드리겠습니다."

노인이 리안방을 가리키며 말했다.

"자네는 성급 간부이니 한번 먹었던 걸 도로 토해내는 일은 없겠지?"

리안방이 노인의 손을 부여잡으며 말했다.

"어르신, 군자가 한번 한 말을 뱉으면 사두마차도 따라잡지 못하는 법입니다."

노인이 얼굴을 활짝 펴며 웃었다.

"이제야 확실히 알 것 같군."

"뭘 확실히 아셨다는 건가요?"

"자네와 우리 위천이 아주 좋은 친구라는 걸 말일세."

이 한마디는 리안방이 바라던 말이기도 했다. 그는 이 노인이 이런 긍정의 에너지를 주위천에게도 전달해줄 수 있기를 기대했다. 어떤 원한을 품고 있든 간에 지금은 자신이 자발적으로 주위천의 부친을 찾아가 문제를 해결해주기로 했으니 이는 주위천에게 패배를 인정하고 고개를 숙이는 것이나 마찬가지인 셈이다. 그는 이런 선의를 주위천이 감지할 수 있기를 기대했다. 아니 감지로 그치지 않고 그의 양지良知를 각성시켜 두 사람의 관계가 적극적인 방향으로 밀고 나아가기를 기대했다. 주위천의 아버지에게 인사를 드리고 나온 뒤 리안방은 자신의 차 조수석에 현위원회 서기를 타게 했다. 차가 움직이기 시작하자 위더수이가 말했다.

"보세요, 제가 가시면 안 된다고 했잖아요. 안 오셨다면 저런 봉변을 당하지도 않았을 것 아니에요?"

위더수이는 이번에도 하나만 알고 둘은 몰랐다. 리안방이 빙긋이 웃으면서 현위원회 서기에게 법원에서 일한다는 그 노인의 외손자에게 어떤 문제가 있느냐고 물었다. 현위원회 서기는 고개를 가로저으며 한숨을 내쉬었다. 그러고는 현에 이런 간부의 아버지가 있다는 것은 현에 재앙을 내리는 별이 있는 것과 마찬가지라고 했다. 노인의 외손자가 현 법원에서 일하는 건 맞지만 뇌에 근육이 부족하고 아는 한자도 한 광주리를 넘지 못하는 주제에 하는 일이라곤 동료들을 모함하거나 싸우는 것뿐이라고 했다. 법원 원장이 그를 비판하면 그는 원장의 물컵을 바닥에 던져버리고, 다른 사람이 과급 간부가 되면 자신도 과급 간부가 되어야 한다고 우긴다고도 했다. 하지만 법원의 과급 간부란 법정의 재판장에 해당됐다. 그가 법정의 재판장이 된다면 법원에는 잘못된 재판과 억울한 사건이 얼마나 많이 발생하게 될지 안 봐도 뻔한 일이었다. 설명을 듣고 사정을 이해한 리안방이 말했다.

"그를 법정 밖으로 인사 조치하면 어떻겠나? 예컨대 농기국農機局 같은 데 가서 과급 간부가 되게 하는 건 어떻겠나?"

현위원회 서기가 또 한숨을 내쉬었다.

"저도 일찌감치 그런 생각을 해봤지요. 하지만 이 패왕霸王은 법원에 있어야만 권력을 누릴 수 있다고 믿기 때문에 다른 데로는 절대 가려고 하지 않습니다. 바로 여기에 어려움이 있는 것이지요."

리안방은 서기의 설명을 충분히 이해했다. 그가 또 갑자기 물었다.

"법원에 사건을 심판하는 재판장 말고 다른 과급 간부는 없나?"

현위원회 서기가 말했다.

"있습니다. 판공실 주임이 과급 간부이지요. 하지만 그가 판공실 주임이 된다면 법원 전체가 큰 혼란에 빠지지 않을까요?"

"후근後勤* 분야도 생각해볼 수 있지 않겠나?"

현위원회 서기가 고개를 가로저었다.

---

* 조직의 자금이나 자재, 장비 등을 지원하는 부서.

"각 부서에는 필요한 인원과 직위가 다 정해져 있습니다. 취사원을 과급 간부로 지정할 수 있겠습니까?"

리안방이 갑자기 또 다른 방법을 생각해냈다.

"그를 과급 간부로 지정할 수 없다면 후근 과장이라는 직책을 하나 더 만들어 그를 그 자리에 앉히면 되지 않겠나? 후근 과장도 과급 간부지만 하루 종일 하는 일은 시장에서 식자재를 구매하는 것이 되겠지만 말일세."

위더수이가 멍한 표정을 짓더니 이내 손뼉을 치면서 그의 생각을 지지하고 나섰다.

"그런 방법이 있었군요. 부성장님께서 새로운 길을 여셨네요."

그러면서 한마디 보탰다.

"옥황상제께서 손오공을 불러 그에게 말을 돌보게 하면서 따로 '필마온^{弼馬溫}'이라는 직함을 하사했던 것과 마찬가지네요."

현위원회 서기도 갑자기 궁지를 벗어난 기분이었다.

"그것도 아주 좋은 방법이 되겠네요. 이 패왕의 허영심을 만족시키는 동시에 그를 법정의 업무에서 멀리 떨어뜨려놓을 수 있으니 일거양득인 셈이네요."

그러고는 손뼉을 치면서 말했다.

"이를 위해 법원에 과급 지표 하나만 추가하면 되니까요."

이어서 자기 다리를 두드리며 말을 이었다.

"저는 왜 이런 방법을 일찌감치 생각해내지 못했을까요? 공연히 저 노인네한테서 1년 넘게 욕만 먹었네요."

위더수이가 말했다.

"1급에게는 1급의 수준이 있는 법이지. 자네한테 이런 수준이 있다면 성장을 하지 왜 현위원회 서기를 하고 있겠나?"

세 사람은 파안대소했다. 위더수이가 리안방을 시내로 모셔 저녁을 대접하고 싶다고 했다. 리안방은 생각해보니 저녁에 특별히 중요한 일도 없는 것 같아 순순히 응낙했다. 하지만 바로 이때 리안방의 휴대전화가 울릴 줄 누가 알았겠는가? 리안방이 전화를 받았다. 전화를 받고 10초 정도 듣기만 하던 그가 전화에 대고 대답했다.

"알았소."

그렇게 전화를 끊었다. 그는 성 정부 판공청에서 온 전화라고 위더수이에게 말하면서 저녁에 성장 업무회의가 있어 당장 성성으로 돌아가야 할 것 같다고 했다. 위더수이는 연신 고개를 끄덕였다. 리안방은 기사에게 길가에 차를 세우라고 했다. 뒤에서 따라오던 시와 현의 차량 행렬도 일제히 멈춰 섰다. 모두 차에서 내리자 리안방은 시와 현의 간부들과 일일이 악수를 하면서 작별 인사를 건넸다. 잠시 후 리안방과 수행원을 태운 차량 두 대는 머리를 돌려 고속도로로 올라타더니 성성을 향해 바람처럼 내달리기 시작했다.

3

방금 전의 전화는 성 정부 판공청에서 온 것이 아니었다. 저녁에 성장 업무회의도 없었다. 전화는 리안방의 마누라한테서 걸려온 것이었다. 아들이 성성에서 사고를 쳤으니 빨리 돌아오라는 내용이었다. 리안방의 아들은 리동량李棟梁으로, 올해 열일곱 살의 고등학교 2학년생이었다. 키가 182센티미터에 신체의 발육 상태는 그야말로 마룻대棟와 대들보梁가 되기에 충분했다. 하지만 공부는 젬병이라 낙제를 면한 과목이 없었고, 신체가 튼튼하고 강하다 보니 싸움에는 고수였다. 그가 팔을 휘둘렀다 하면 아주 매서웠기 때문에 같은 고등학교 남학생들은 모두 그를 두려워했다. 뿐만 아니라 고등학교 인근의 불량배들도 3할 정도는 그에게 고개를 숙였다. 지역 불량배들은 다른 학교에 가서는 멋대로 행패를 부려도 리동량이 다니는 학교에서는 감히 소란을 피우지 못했다. 리동량은 싸움이나 폭력으로 리안방에게 속을 썩인 일이 적지 않았고, 리안방은 그런 아들을 부지기수로 혼냈다. 한번은 아들을 때리다가 지쳐 도대체 왜 그러는 거냐고 물었다. 리동량이 한숨을 내쉬며 말했다.

"저는 때를 잘못 타고 태어난 것 같아요."

리안방이 물었다.

"그게 무슨 뜻이냐?"

리동량이 대답했다.

"제가 송나라 때 태어났다면 양산梁山에 들어가 아빠 같은 탐관오리들을 상대로 싸웠을 테니까 말이에요."

리안방이 그에게 따귀를 한 대 올려붙였다.

"네가 뭘 안다고 그래!"

집집마다 외기 어려운 경문經文이 있는 것처럼 주위천에게는 다루기 어려운 아버지가 있고 리안방에게는 다루기 힘든 아들이 있었다. 마누라의 전화를 받은 리안방은 리동량이 사고를 쳤다는 얘기를 들었지만 위더수이와 ○○현 현위원회 서기가 차 안에 타고 있었기 때문에 서둘러 전화를 끊고서 저녁에 성장 업무회의가 있다고 둘러댄 것이다. 그들과 헤어지고 나서도 달리는 차 안에서 리안방은 다시 마누라에게 전화를 걸어 물었다.

"이번엔 또 누구랑 싸운 거야?"

마누라가 말했다.

"이번에는 싸운 게 아니라 교통사고를 낸 거예요."

쉭 하고 리안방의 머리칼이 곤두섰다.

"애는 무사한 거지?"

"동량은 무사해요. 머리가 좀 찢어졌을 뿐이에요."

리안방이 안도의 한숨을 내쉬면서 물었다.

"누구랑 같이 나갔다 그런 거야? 왜 그렇게 조심하지 않고 사고를 냈대?"

"우리 애가 직접 차를 몰았대요. 얼마 전 파놓은 구덩이를 피하려다가 차가 날아가 길가에 세워진 포클레인에 부딪혔대요."

그러면서 이렇게 덧붙였다.

"이건 순전히 시내 도로공사 때문에 난 사고라고요."

리안방은 도로공사에는 상관하지 않고 화를 내며 되물었다.

"누가 그 녀석에게 차를 빌려준 거야?"

리동량은 열일곱 살이라 아직 차를 몰 수 있는 나이가 아니었다. 리동량의 아버지가 상무부성장인 리안방이다 보니 수많은 기업이 리동량과 나이를 떠난 교우를 맺으면서 종종 그에게 차를 빌려주곤 했다. 물론 그가 차를 모는 것은 전부 리안방의 등 뒤에서였다. 리안방도 그가 몰래 차를 몬다는 것은 알고 있었지만 이번처럼 교통사고가 나서 차가 포클레인에 부딪히리라고는 꿈에도 생각지 못했다. 리안방이 말했다.

"젠장, 이번에는 녀석을 죽도록 패주는 것은 물론이요, 녀석에게 차를 빌려준 자들까지 문책하고 말겠어!"

마누라가 갑자기 울음을 터뜨렸다.

"지금은 이런 걸 따질 때가 아니에요. 더 중요한 일이 있단 말이에요."

리안방이 물었다.

"무슨 일인데 그래?"

"동량은 괜찮은데 그 애와 함께 차를 탔던 사람이 문제예요."

"그게 누군데?"

"여자예요."

"어떤 여잔데?"

"잘 모르겠어요."

"그 여자가 어떻게 됐다는 거야?"

"차 밖으로 튕겨져 나갔대요."

리안방의 머릿속에서 쾅하고 폭발음이 울렸다.

"사람은 무사한 거야?"

"모르겠어요. 지금 병원으로 이송 중이래요. 저도 지금 병원으로 가고 있어요."

리안방은 전화를 끊고 나서 기사에게 속도를 높여 성성으로 달리라고 지시했다. 그러고 나자 속에서 은근히 화가 치밀어 오르기 시작했다. 잠시 생각하던 그는 지금은 화를 낼 때가 아니라는 걸 깨달았다. 다시 휴대전화를 꺼내 든 그는 성 공안청의 부청장인 돤샤오톄段小鐵에게 전화를 걸었다. 25년 전에 리안방은 ○○시 ○○현에서 현위원회 서기를 지낸 적이 있는데, 당시 돤샤오톄는 공안국 소속 인민경찰로서 현위원회 건물의 보안 업무를 담당하고 있었다. 리안방은 그의 인품이 충실하고 후덕한 데다 사리분별과 일 처리가 정확하고 머리도 좋은 것을 보고는 마음먹고 그를 키워주었다. 인민경찰에서 파출소 소장이 된 그는 현 공안국 부국장과 국장, 시 공안국 부국장 및 국장 등의 직위를 두루 거쳐 성 공안청 부청장에 이르렀다. 리안방이 거쳐가는 모든 곳은 그가 거쳐가는 길목이 되었다. 돤샤오톄는 은혜에 보답할 줄도 아는 인물이었다. 지금은 직위가 이미 성 공안청 부청장까지 올라갔지만 리안방을 만나면 25년 전 ○○현에서 인민경찰로 있을 때와 마찬가지로 차려 자세로 경례를 올린 다음에 얘기를 시작하곤 했다. 돤샤오톄는 공안청에서 여러 기관과 관련된 업무를 겸임하고 있었고, 교통국도 그 가운데 하나였다. 교통사고가 바로 그의 관할 업무였던 것이다. 리안방의 전화를 받자마자 돤샤오톄가 말했다.

"부성장님, 제가 이미 현장에 와 있습니다."

리안방은 크게 마음을 놓았다.

"전화로는 긴 얘기 하지 않겠네. 나도 지금 성성으로 가고 있는 길일세. 두 시간 후에 성 정부로 날 찾아오도록 하게."

두 시간 뒤 리안방이 성 정부에 도착해보니 이미 돤샤오톄는 사무동 문 앞에서 그를 기다리고 있었다. 2층으로 올라간 두 사람은 리안방의 사무실로 들어가 문을 굳게 닫았다. 돤샤오톄가 말했다.

"부성장님, 상황이 별로 좋지 않습니다."

리안방이 돤샤오톄를 바라보았다. 돤샤오톄가 말을 이었다.

"그 여자는 응급치료를 했지만 소용없었습니다. 이미 병원에서 사망한 상태입니다."

리안방의 머릿속에서 쾅하고 폭발음이 울렸다. 교통사고가 난 것과 인명에 문제가 있다는 것은 별개의 일이었다. 리안방이 말을 더듬기 시작했다.

"어, 어떻게 죽을 수가 있지? 같은 차에 탔는데 동량은 멀쩡하다지 않은가?"

돤샤오톄가 말했다.

"동량은 안전벨트를 맸지만 여자는 안전벨트를 매지 않아 몸이 차 밖으로 튕겨져 나가 길가의 가로수에 부딪혔다고 합니다."

리안방은 느린 동작으로 소파에 앉았다. 원래 담배를 끊은 지 오래였지만 다시 돤샤오톄에게 담배를 한 개비 달라고 하여 불을 붙인 다음 한 모금 빨면서 물었다.

"이 여자는 뭐 하는 여자라고 하던가?"

돤샤오톄가 낮은 목소리로 말했다.

"방금 치안 부서에서 조사해본 결과 접대부라고 하더군요."

리안방은 또다시 놀라움을 금치 못했다.

"뭐라고? 동량이 벌써 그런 여자들과 놀아나기 시작했단 말인가?"

그러고는 다시 물었다.

"그것도 벌건 대낮에 그랬단 말인가?"

"여자가 접대부인 건 고사하고 차 밖으로 튕겨져 나갔을 때 하반신에 아무것도 입고 있지 않았다고 하네요."

리안방이 버럭 소리를 질렀다.

"이런 개만도 못한 새끼가 도대체 무슨 짓을 한 거야?"

그러고는 다시 물었다.

"이 망할 놈의 새끼 지금 어디 있나?"

돤샤오톄는 '망할 놈의 새끼'가 동량을 가리킨다는 걸 알고는 재빨리 대답했다.

"교통치안법에 따라 이미 구금된 상태입니다."

리안방이 고개를 끄덕였다. 잘했다는 뜻이었다. 이어서 또 물었다.

"이 여자가 어디 사람인지 알아봤나?"

돤샤오톄가 대답했다.

"지금 조사 중입니다만 시간이 좀 걸릴 것 같습니다."

리안방은 깊은 생각에 잠겼다. 담배 한 개비를 다 피운 그는 고개를 들어 돤샤오톄를 힐끗 쳐다보더니 한숨을 내쉬었다.

"지금은 이런 사고가 나선 안 될 때란 말이야."

돤샤오톄가 리안방의 말뜻을 알아차리고는 재빨리 말을 받았다.

"지금이 매우 중요한 시기라는 건 누구나 다 알고 있지요. 동량의 일을 매체들이 알게 되면 정말 난리가 날 겁니다."

리안방이 한숨을 내쉬며 말했다.

"매체도 문제지만 남들에게 이용당할까봐 걱정일세. 생각해보게. 사람이 죽었으니 얼마나 떠들어대고 놀려대겠냔 말일세!"

된샤오톄가 잠시 생각해보고 나서 말했다.

"이렇게 하시는 게 어떨까요? 사건 당사자의 이름을 바꾸는 겁니다."

리안방이 몹시 놀란 표정을 지었다.

"그게 무슨 뜻인가?"

"어차피 차에 동승한 사람은 죽었으니 차를 운전한 사람의 이름을 리둥량이라 하지 말고 다른 이름을 대는 겁니다."

리안방은 잠시 멍한 표정을 지었다. 생각해보니 아주 좋은 방법일 것 같았다. 하지만 걱정되는 바도 없지 않았다.

"그런 방법이 안전할 수 있을까? 보안을 완벽하게 지킬 수 있느냐는 말일세. 잔재주 부리다가 일을 더 망쳐선 안 될 걸세."

"현장에 확실하게 폴리스라인을 쳐두었습니다. 외부에서는 누구도 알지 못할 겁니다."

그러고는 이렇게 덧붙였다.

"사건 처리에 참여한 인원들은 모두 제가 확실하게 믿는 친구들입니다."

"둥량을 대신할 사람을 찾아야 되겠군. 보안이 확실한 사람을 찾을 수 있겠나?"

"살아 있는 사람은 보안이 철저하지 못할 수밖에 없습니다. 생존하지 않는 사람을 찾아야 하지요."

리안방은 무슨 말인지 알아들었지만 그래도 더 묻지 않을 수 없었다.

"그게 기술적으로 가능한 일인가?"

"기술정보와 호적, 이 두 가지 업무도 제 소관이거든요."

리안방은 안도의 한숨을 내쉬면서 돤샤오톄에게 담배를 한 대 더 달라고 요구했다. 리동량의 일에 대해 마음을 놓은 것이 아니라 눈앞에 있는 돤샤오톄에 대해 마음을 놓은 것이었다. 25년 동안 키워준 게 헛수고가 아니라는 생각이 들었다. 두 번째 담배를 다 피운 리안방은 마지막 당부를 잊지 않았다.

"서둘러 사망자의 가족을 찾아 넉넉하게 돈을 건네도록 하게."

그러고는 덧붙였다.

"인민 내부의 모순은 전부 인민폐人民幣로 해결할 수 있지."

돤샤오톄는 리안방의 말뜻을 알아차리고는 황급히 고개를 끄덕였다. 그런 다음 다시 말을 이었다.

"한 가지 일이 더 있습니다."

"무슨 일인가?"

"형수님께서 방금 병원에 가셨다가 그 접대부 아가씨가 죽었다는 소식을 듣고는 잠시 기절하셨다고 합니다."

돤샤오톄가 '형수'라고 한 사람은 다름 아닌 리안방의 마누라였다. 리안방은 또다시 놀라지 않을 수 없었다.

"지금은 어떤 상태인가?"

"강심제 주사를 맞고 의식을 되찾아 병원에 누워 계시다고 들었습니다."

리안방은 잠시 생각에 잠겼다.

"그냥 병원에 누워 있게 하게. 마누라가 나오면 일이 더 복잡해질 테니까 말이야."

리안방은 속뜻을 알아챈 돤샤오톄가 재빨리 고개를 끄덕였다. 리안방의 당부가 이어졌다.

"방금 우리가 얘기한 일들은 절대 마누라가 알아선 안 되네."

돤샤오톄가 황급히 고개를 끄덕였다.

4

리안방 마누라의 이름은 캉수핑康淑萍이다. 35년 전, 대학을 갓 졸업한 리안방은 농촌 출신이다 보니 앞길이 막막하기만 했다. 게다가 그는 농학원 소속으로 농업기계를 전공했기 때문에 그 성 ○○현 캉자푸즈康家鋪子향의 농업기계소의 기술원에 배정되었다. 4년제 대학에 다닌 결과는 안경을 하나 쓰고 다시 농촌으로 돌아온 꼴이었다. 캉자푸즈에는 잡화점을 하는 라오캉老康이라는 사람이 있었다. 라오캉에게는 딸이 셋 있었다. 큰딸은 라오캉을 닮아 못생긴 편이었고 둘째 딸도 라오캉의 마누라를 닮긴 했지만 역시 못생긴 편이었다. 셋째 딸 캉수핑은 라오캉도 닮지 않고 라오캉의 마누라도 닮지 않아 짙은 눈썹에 눈이 크고 몸매가 늘씬하며 외모가 대단히 수려했다. 같은 진에 사는 사람들 모두 캉수핑의 내력을 의심했다. 35년 전의 농촌 아가씨들은 대부분 길게 땋은 머리를 하고 다녔다. 머릿결도 좋은 캉수핑이 길게 땋은 머리를 엉덩이까지 늘어뜨린 채 진 동쪽에서 서쪽으로 걸어갈 때면 길 가던 개조차 걸음을 멈추고 고개를 비스듬히 돌려 바라보곤 했다. 당시 담배를 피웠던 리안방은 항상 라오캉의 가게에서 담배를 샀다. 그가 가장 즐겨 피우던 담배는 한 갑에 2마오毛*인 '비마飛馬'였다. 가격이 비싸지 않은 편이었다. 하지만 값이 같은 담배들 가운데 껍질 안의 담뱃잎이 가장 좋은 편이라 빨아들일 때 막힘이 없고 피리릭 소리가 났다. 리안방은 농촌 출신인 데다 대학을 졸업하고도 농촌으로 배정되다 보니 캉자푸즈에서 한평생을 보내게 될 거라고 생각했다. 35년 전에는 대학을 졸업한 자가 향에 내려와 일하는 경우가 많지 않았다. 캉자푸즈에서는 리안방 한 명뿐이었다. 남자에게는 능력이 중요하고 여자에게는 외모가 중요하다고 했던가, 누군가 중간에서 다리를 놓아준 덕분에 리안방은 캉수핑과 결혼을 하게 되었다. 리안방은 결혼하고 나서야 캉수핑이 외모는 자기 아버지도 엄마도 닮지 않았지만 생활 습관은 두 사람을 닮아 대단히 검소하고 절약을 중

* 10마오가 1위안임.

200

시한다는 사실을 알게 되었다. 그녀는 간장에 절인 두부 한 조각도 항상 두 끼에 나눠 먹었다. 당시에는 담배도 '비마'만 피우던 리안방에게는 이런 습관이 장점으로 보였다. 근검과 절약으로 집안 살림을 잘 유지했기 때문이다. 리안방과 캉수핑은 캉자푸즈에서 행복한 나날을 보냈다. 유일하게 불만스러웠던 점은 결혼 이후 줄곧 캉수핑에게 아이가 없는 것이었다. 부부가 현 병원에 가서 검사해본 결과, 캉수핑의 나팔관에 선천적 기형이 있어 절반 정도가 막힌 것이 발견되었다. 그 뒤로 18년 동안 캉수핑은 임신에 좋다는 양약과 한약을 전국에서 구해 먹었다. 그리고 마침내 39세가 되던 해에 아들을 낳았다. 당시 리안방은 이미 ○○시의 부시장이 되어 있었다. 리안방은 원래 향 농기소의 기술원으로서 하루 종일 집집마다 돌아다니면서 트랙터와 양수기만 다루다 보니 관료가 될 생각은 한 번도 해본 적이 없었다. 하지만 시대가 영웅을 만든다고 했던가. 리안방이 기술원으로 근무한 지 3년째 되던 해에 중앙에서 문건이 하나 내려왔다. 각급 고위 지도층을 지식화하고 연소화年少化할 것을 강조해야 한다는 내용의 문건이었다. 이에 따라 모든 현의 지도자 그룹에 반드시 30세 이하의 사람이 포함되어야 하고, 기층 업무 경험을 갖춘 대학생도 포함되어야 했다. 현 전체를 통틀어 적절한 인재를 찾는 과정에서 리안방이 충분한 조건을 갖춘 유일한 인물로 채택되었다. 이리하여 하루아침에 그는 하늘에 오르게 되었다. 기술원에서 곧장 현

에서 농업을 관리하는 부현장이 되었고, 나중에는 현위원회 부
서기와 현장, 서기, 부시장…… 등을 거쳐 오늘날에 이른 것이다.
지금 생각해보면 이렇게 방향을 바꿔 달린 것은 꿈을 꾸는 것과
다르지 않았다. 지금도 리안방은 꿈을 꾸고 있다. 캉자푸즈의 풍
경이 자주 꿈속에 나타나곤 하기 때문이다. 가장 자주 나타나는
장면은 자신이 어느 마을의 모터펌프장에서 양수기를 수리하는
모습이다. 당시에 현위원회 서기가 갑자기 문을 열고 들어왔다.

"리안방, 중앙에서 또 문건이 내려왔네. 자네가 기술원에서 부
현장이 된 건 실제가 아닌 것 같네."

리안방은 현위원회 서기의 옷자락을 붙잡고 울음을 터뜨렸다.

"멍孟 서기님, 제가 간신히 부현장이 됐는데 어떻게 현실이 아
니라고 하실 수 있습니까?"

멍 서기가 양수기를 가리키며 말했다.

"이것 보라고. 자네는 또 기술원이 되어 있지 않나?"

리안방은 기름으로 더럽혀진 자신의 두 손을 보고는 화들짝
놀라고 말았다. 꿈에서 깨어서도 반나절 동안은 마음 편히 쉴 수
가 없었다. 리안방은 기술원에서 한 단계 한 단계 올라갔고 캉수
핑도 리안방을 따라 향에서 현으로, 현에서 시를 거쳐 성성으로
오게 되었다. 그리고 캉수핑의 과거 장점들이 점점 단점으로 변
해가고 있는 것을 리안방은 발견했다. 예컨대 과거에 캉수핑은
근검과 절약을 중시했으나 리안방이 현장이 된 뒤부터는 생활

에서 절약이 사라져버렸다. 리안방의 월급이 두 사람이 소비하기에 풍족했을 뿐만 아니라 리안방의 월급을 지출할 필요조차 없게 되었기 때문이다. 현 전체를 통틀어 15개 향진에서 사흘이 멀다 하고 리안방에게 쌀과 토산품을 보내기 시작했다. 향진에서만 보내는 것도 아니었다. 현성에는 30여 개의 국局 위원회가 있었다. 이들 국 위원회도 사나흘이 멀다 하고 갖가지 일상용품과 닭고기, 오리고기, 생선 등을 보내왔다. 수십 개의 통로로 갖가지 물품이 들어오는데 이를 어떻게 다 먹고 다 쓴단 말인가? 과거에 리안방은 '비마' 담배만 피웠는데 지금은 가격이 수십 배인 '중화中華'로 교체되었다. 이런 생활은 리안방도 적응하기가 쉽지 않았으니 캉수평은 더 말할 것이 없었다. 생활에 근검과 절약이 필요하지 않게 되자 캉수평은 더 이상 근검절약하지 않았다. 대신 그녀는 과거에 근검절약하던 습관을 또 다른 방식으로 전환했다. 다 먹지 못하고 다 쓰지 못하는 물건들을 거리의 한 상점에 보내 대신 팔아달라고 하여 돈을 챙긴 것이다. 또한 그녀는 캉자푸즈의 자기 아버지와 마찬가지로 장부를 기록하는 습관이 있어서 향진의 국위원회에서 보내온 물품들을 일일이 전부 노트에 기록해두었다. 보내온 물품들만 기록한 것이 아니라 물건을 보내준 사람들의 이름도 적어놓았다. 그리고 가끔씩 밤중에 이 장부를 뒤적거리다 묻곤 했다.

"○○○은 당신과 무슨 갈등이라도 있는 거예요?"

리안방이 말했다.

"무슨 뜻이야?"

캉수핑이 말했다.

"아주 오랫동안 우리한테 물건을 보내지 않고 있으니 말이에
요."

리안방은 울지도 못하고 웃지도 못할 기분이었다.

"사람들이 당신을 만나러 오는 건 그저 지나는 길에 안부 인
사를 전하려는 것뿐이야. 사람들이 당신한테 꼭 물건을 보내줘야
한다고 문건에 규정된 것도 아니잖아."

캉수핑은 이 말에 수긍하지 않았다.

"그럼 ○○○은 왜 그렇게 자주 오는 거예요? 완전히 다르잖아
요."

"당신이 자꾸 이렇게 나오는 건 나더러 부정을 저지르라는 뜻
이나 다를 바 없단 말이야."

그러고는 그녀가 손에 들고 있는 장부를 가리키며 말을 이었
다.

"내게 일이 생기지 않으면 다행이지만 일단 일이 터져서 조직
에서 날 조사하게 되는 날에는 당신이 이렇게 일일이 기록해놓은
것이 강철 같은 증거가 되지 않겠어? 당신 아버지는 담배를 팔
때 다른 사람의 이름을 적었단 말이야. 그런데 지금 당신은 곧이
곧대로 나를 적고 있잖아?"

캉수핑이 생각해보니 그의 말에도 일리가 있는 것 같았다. 아침 일찍 그녀는 노트를 전부 화로 안에 던져 태워버렸다. 노트가 불 속에서 재로 변하는 모습을 바라보면서 리안방이 말했다.

"이렇게 하는 게 맞는 거라고."

캉수핑이 말했다.

"노트가 없어졌지만 내 머릿속에 또 한 권의 장부가 있어요."

아니나 다를까 석 달 뒤에 캉수핑은 석 달 사이에 누가 어떤 물건을 보내왔는지 늘어놓기 시작했다. 암탉 한 마리와 염장 오리알 한 바구니 등을 거침없이 외고 있었다. 누가 물건을 보내오지 않았는지도 그녀의 머릿속에 낱낱이 기록되고 있었다. 그녀의 이런 집착이 리안방을 울지도 못하고 웃지도 못하게 만들었다. 현급 간부에서 부시장으로, 부시장에서 상무부시장을 거쳐 시장, 시위원회 서기, 부성장, 상무부성장 등으로 리안방의 직위가 올라감에 따라 리안방의 집으로 물건을 보내는 사람들과 횟수와 수량도 갈수록 늘어났고, 그 물건의 수준도 갈수록 높아졌다. 이때 리안방은 캉수핑이 선물을 받고도 더 이상 리안방에게 보고하지 않는다는 사실을 알게 되었다. 리안방을 제쳐두고 혼자 일을 처리하거나 리안방 등 뒤에서 몰래 일을 벌이기 시작한 것이다. 리안방이 시급 간부로 있을 때 캉수핑과 왕래하거나 그녀를 쫓아다니며 '형수님'이라고 부르던 사람들은 모두 각 현의 현장이나 현위원회 서기 혹은 시에서 회사를 운영하고 있는 사장들이었다. 리안방이 부성장이 된 뒤부터는 캉수평과 왕래하거나 그녀를 쫓아다니며 '형수님'이라고 부르는 사람들은 전부 각 시의 시장과 시위원회 서기 그리고 성성에서 회사를 운영하는 사장들이었다. 이 사람들은 캉수평에게 큰 혜택을 제공했다. 때로는 선물을 주고 때로는 유가증권을 주었으며, 때로는 아예 현금을 건넸다. 이에 따라 캉수평은 리안방의 이름으로 그들의 일을 처리해주었다. 리안방은 어쩌다 이 사실을 발견하게 되면 캉수평을 호되게 질책했다. 한번은 캉수평의 따귀를 후려치면서 자기가 부현장으로 있을 때 사람들이 암탉이나 염장한 오리 알을 보내주던 때와는 상황이 다르다는 사실을 일깨워준 적도 있었다. 이렇게 몰래 남편의 권력에 기대어 뇌물을 받다가는 언젠가는 남편을 감옥으로 보내게 될 거라면서 캉수평에게 이혼하자고 위협하기도 했다. 캉수평은 사람들로부터 유가증권이나 돈 받은 것을 부인하면서 얼굴을 가리고 말을 받았다.

"리안방, 당신은 감히 나랑 이혼하지 못할 거예요."

리안방이 말했다.

"어째서? 내일 당장 법원에 갈 거라고."

"당신이 감히 이혼을 하겠다고 덤비면 최근 몇 년 동안 당신이 한 일들을 전부 다 불어버릴 테니까 그런 줄 알아요."

그러면서 한마디 덧붙였다.

"어차피 내 머릿속에 또 한 권의 장부가 있으니까 최근 몇 년 동안 당신이 한 일을 다 알고 있는 셈이라고요."

그러고는 몸을 돌려 가버렸다. 리안방 혼자 남아 울지도 못하고 웃지도 못할 기분에 빠졌다. 원래 이런 아줌마들은 작은 범위 안에서만 장난을 칠 것이라고 생각했는데, 알고 보니 큰 마당에서도 계산이 있었던 것이다. 동시에 리안방은 하루 종일 캉수핑을 에워싸고 빙빙 돌고 있는 각급 간부와 사업가들이 죽도록 미워졌다. 그들이 캉수핑에게 약간의 편의를 제공하면 캉수핑은 그들이 처리할 수 없는 일들을 처리해주었다. 최종 결산에서 가장 큰 이득을 챙기는 사람은 바로 그들이었다. 그들의 눈에는 캉수핑이라는 여자가 생각이 없다는 점밖에 보이지 않았다. 겉으로 '형수님'이라고 부르면서 한 가족인 것처럼 친근한 태도를 보이지만, 실제로는 사람을 속이는 고단수의 지략이 아니고 무엇이란 말인가? 속담에 틀린 말이 없다. 개를 때릴 때도 주인의 눈치를 봐야 하고 개를 속일 때도 주인의 눈치를 봐야 하는 법이다. 그들이 캉수핑을 속이는 것이 리안방을 속이는 것과 뭐가 다르단 말인가? 하지만 그의 마누라 캉수핑은 여전히 그 모양이었다. 상무부성장의 부인이 되었으면서도 생각은 캉자푸즈 잡화점에 머물러 있으니 리안방이라고 그녀를 변화시킬 좋은 방법이 있을 리 없었다.

그리고 두 사람에게는 변변치 못한 아들 리동량이 있었다. 아들을 낳았을 때 캉수핑의 나이는 이미 서른아홉이었다. 고령에 얻은 아들이라 캉수펑은 아들을 마냥 방치하여 응석받이로 키웠다. 캉수펑은 리동량이 네 살이 될 때까지 화장실이 아닌 거실에서 소변과 대변을 보게 했다. 다섯 살이 된 리동량은 캉수펑의 목 위에 눕기도 했고, 감히 캉수펑의 목에 소변을 보기도 했다. 리동량이 까르르 웃으며 즐거워하면 캉수펑도 덩달아 까르르 웃으며 즐거워했다. 여섯 살이 되던 어느 날 리동량은 장난감 자동차를 사달라고 졸라댔다. 집에는 이미 마흔 대가 넘는 장난감 자동차가 있었기 때문에 캉수펑이 사주지 않자 녀석은 캉수펑의 신발에 오줌을 갈겼다. 이를 발견한 캉수펑이 손을 들어 리동량을 때리려 했다. 손은 올라갔지만 리동량은 울지 않고 캉수펑이 울었다. 리동량이 초등학교에 들어간 뒤로는 학교에서 늘 싸움질만 했다. 사고를 칠 때마다 캉수펑이 나서서 뒤처리를 했다. 학교에 가서 리동량 대신 사태를 수습한 것이다. 리동량이 열네 살이 되도록 캉수펑은 밤중에 녀석을 껴안고 자면서 리안방은 다른 침대에서 자게 했다. 리안방이 몇 번이나 캉수펑을 타일렀지만 소용없었다. 그녀가 이토록 아들을 애지중지한 결과 아이를 막다른 길로 내몬 꼴이 되고 말았다. 때로는 이에 대해 한탄하며 불만을 토로하기도 했다.

"당신은 녀석과 얼마나 원수를 졌기에 애를 이렇게 망가뜨리는 거야?"

캉수펑이 말을 받았다.

"당신이 그런 말 할 자격이 있다고 생각해요? 당신은 잠자는 시간 빼면 하루 중에 집에 있는 시간이 한 시간도 안 되잖아요. 아버지로서의 책임을 다했다고 생각해요? 나는 내일부터 아이에 대해 신경 끊을 테니까 학교 보내는 일도 당신이 알아서 해요."

리안방은 감히 대꾸하지 못했다. 캉수핑의 말에도 일리가 있었기 때문이다. 리둥량이 태어났을 때 리안방은 부시장이 되어 있었다. 시 정부에서는 낮에는 업무로 바쁘고 저녁에는 접대가 이어져 매일 13~14시간씩 바쁘게 일해야 했다. 그가 아침 일찍 집을 나설 때 아들은 잠자리에서 일어나지도 않은 상태였고 밤 늦게 돌아오면 아들은 이미 잠들어 있었으니 아들을 돌볼 시간이 있었겠는가? 일주일 동안 아들과 대화 한 번 못하고 보내는 일이 비일비재하다 보니 점점 집 안에 아들이 있다는 사실조차 잊게 되었다. 그의 머릿속에서 아들은 그저 하나의 윤곽에 지나지 않았다. 리둥량이 처음부터 생각 없는 아이는 아니었다. 어린 시절 하루 종일 캉수핑을 속였지만 리안방을 보면 금세 얌전하고 바른 태도를 보이면서 절대로 무분별한 말이나 행동을 하지 않았다. 어쩌다 리안방이 이마를 찌푸리기라도 하면 깜짝 놀라 온몸을 떨기도 했다. 이럴 때면 캉수핑이 아들을 비호하고 나서면서 리안방을 나무랐다.

"업무상 일들을 집까지 가져와서 분위기 망치지 말아요."

리둥량이 학교에 다니기 시작했을 때 리안방은 이미 시장이 되어 있었다. 이어서 시위원회 서기와 부시장, 상무부성장 등을 역임하면서 하루 종일 더 바쁘게 시간을 보냈다. 어쩌다 교육계 시찰을 나갔다가 리동량이 다니는 학교의 교장을 만나게 되면 리동량이 학교에서 잘 생활하고 있는지 묻기도 했다. 교장은 권력의 눈치를 보느라 리동량이 인품이나 학업 면에서 두루 뛰어난 모습을 보이고 있다고 말했다. 물론 가끔씩 장난을 치긴 하지만 사내 녀석이 어린 나이에도 불구하고 나무처럼 착실하니 장차 얼마나 대단한 재목이 될지 모르겠다고 했다. 그러면서 사회의 모든 업종과 분야에서 성공한 사람들은 어려서부터 약간은 방탕하고 제멋대로인 부분이 있는 법이라고 얼버무렸고, 주위에 있던 사람들은 웃었다. 이런 일들이 리안방에게 착각을 심어줬다. 아들에게 약간의 문제가 있긴 하지만 좋은 면이 훨씬 더 많다고 믿게 된 것이다. 하지만 하루 종일 제멋대로 행동하면서 공부가 뭔지도 모르고 시에 있는 학교에서 성성에 있는 학교까지 줄곧 사고만 치고 다니더니 급기야 계집질까지 하다 인명 사고를 낸 것이다. 캉수펑이 병원에서 기절했다는 소식을 듣는 순간 리안방의 첫 번째 느낌은 울분이었다.

"젠장! 그렇게 말했는데 죽어라 듣지 않더니!"

이어서 리동량과 접촉했던 모든 사람을 미워하게 되었다. 그 사업가와 관리들 그리고 리동량을 가르쳤던 학교의 교장과 선생들도 전부 원망의 대상이었다. 바로 그들이 캉수펑과 손잡고 공동으로 아들을 이 지경으로 망가뜨렸기 때문이다. 잠시 후 또 생각해보니 캉수핑도 나쁘고 이 사람들에게도 문제가 있지만 리안방 자신에게도 책임이 없다고 할 순 없었다. 최근 몇 년 동안 그는 당을 위해서만 일했지 자식 교육에는 전혀 신경을 쓰지 못했다. 자식을 제대로 가르치지 못하는 것은 아비의 잘못인데, 하필 아비가 가장 중요한 상황에 처했을 때 아들이 문제를 터뜨리고 말았다. 이것이 인과응보가 아니고 무엇이란 말인가?

하지만 리안방은 이럴 때일수록 침착해야 한다는 걸 잘 알고 있었다. 이럴 때일수록 아무 일도 없는 것처럼 의연한 모습을 보여야 했다. 아내가 병원에 입원한 덕분에 그로서는 골칫거리가 하나 줄어든 셈이다. 돤샤오톄가 리둥량의 교통사고와 접대부의 사망 사건을 처리한다는 것도 그에게는 마음 놓이는 일이었다. 이튿날 아침 일찍 리안방은 정확한 시각에 성 정부 청사에 모습을 나타냈다. 쥐 성장이 성장 업무회의를 소집하여 성 서부의 개발 문제와 기업들로부터의 재원 조달 문제, 경제적 약자들의 지원 및 가난으로부터의 구제 문제, 저수지와 주변 지역 주민들의 이주 문제 등을 연구했다. 오후에 리안방은 이 성 건설부서의 간부들을 이끌고 성성 동쪽 구역의 건설 공사장 두 군데를 시찰했다. 이 성성에는 첫 번째 지하철이 건설되고 있었고, 도시건설 업무는 리안방이 관할하고 있었다. 오전의 성장 업무회의든 오후의 공사장 시찰이든 간에 리안방은 발언할 것은 발언하고 지시할 것은 지시하면서 이상한 징후를 드러내지 않았다. 오전의 성장 업무회의에서는 저수지 주변 주민들의 이주 문제를 놓고 이를 관장하는 부성장 라오시老奚와 몇 마디 논쟁을 벌이기도 했다. 결국 성장 라오쥐가 농담으로 분위기를 전환시켰다.

"라오시가 이주 문제에 있어서 비교적 보수적인 태도를 보이는 건 지극히 정상적인 일이에요. 그는 자주 저수지 인근 지역을 찾아가거든요. 들리는 바에 따르면 그곳에 장모님이 계시다고 하더군요."

모든 사람이 한바탕 웃음을 터뜨렸다. 하지만 회의는 회의고 발언은 발언이었다. 또한 시찰은 시찰이고 지시는 지시였다. 하루 종일 리안방의 심신이 편치 못했다. 마음 깊은 곳까지 피로가 밀려왔다. 자신과 관련된 사망자가 병원 영안실에 누워 있었기 때문이다. 그날 밤, 리안방은 제대로 잠을 이루지 못했다. 아침이 되자 일상적인 스케줄에 따라 또다시 사람들을 이끌고 성 경내 ○○시로 가서 환경오염 처리 실태를 시찰했다. 이튿날에는 또 사람들을 이끌고 또 다른 시를 찾아가 해당 지역의 판자촌 개조 상황을 시찰했다. 이 시의 시찰이 끝나자 벌써 저녁 무렵이었다. 차량 행렬이 성성으로 돌아오는 중에 그는 돤샤오톄로부터 문자를 한 통 받았다.

푸른 연기가 피어올랐지만 연기는 구름이 되어 사라졌습니다.

리안방은 비로소 마음 깊은 곳에서 안도의 한숨을 내쉬었다. "푸른 연기가 피어올랐다"는 것은 영안실에 누워 있는 접대부가 이미 화장되었다는 것을 의미하고, "연기는 구름이 되어 사라졌다"는 말은 이미 접대부의 가족들과 합의가 끝났다는 것을 의미했다. 이는 리동량이 유발한 교통사고의 당사자가 이미 이 세상에 존재하지 않는 사람이 되었다는 것을 증명하는 사실이었다. 존재하지 않는 사람은 영원히 추적의 대상이 되지 못한다. 이는 영원히 사건 기록이 없는 것과 마찬가지였다. 리안방은 담배를 끊은 지 이미 8년째이지만 사흘 전에 돤샤오톄와 함께 세 개비를 피웠고, 지금 또 조수석에 앉은 비서에게 담배를 한 개비 달라고 하여 불을 붙인 다음 한 모금 길게 빨았다가 연기를 토해냈다. 이번 사건의 연기가 구름이 되어 사라진 것은 연기가 사라진 것 자체로 끝나는 게 아니라 리안방이 성장 후보자가 되는 데 부정적인 영향을 끼칠 수 있는 요소 역시 구름이 되어 사라졌다는 것을 의미했다. 이때 또 돤샤오톄로부터 문자 한 통이 도착했다.

한번 뵈어야 할 것 같습니다. 또 다른 일을 보고드려야 할 것 같습니다.

리동량이 유발한 교통사고로 접대부 아가씨가 사망한 사건에 비하면 다른 어떤 일도 일이라고 할 수 없었다. 기분이 몹시 좋아진 리안방이 돤샤오톄에게 전화를 걸었다.

"저녁에 식사나 같이 하지. 집에 가서 30년 된 마오타이주를 가져오겠네."

리안방이 전화를 끊고 나자 조수석에 타고 있던 비서가 말했다.

"부성장님께서 이렇게 기분 좋아하시는 모습은 정말 오랜만인 것 같습니다."

리안방이 빙긋이 웃었다.

"광저우에서 대학 동창이 찾아왔네. 지난번에 광저우에 갔을 때 술이 떡이 되도록 마시고 뻗었지. 이번에는 내 지역이니까 제대로 복수를 해줘야겠어."

비서가 휴대전화를 집어들며 물었다.

"장소를 알아볼까요?"

"개인적인 모임이니 자네가 신경 쓰지 않아도 되네."

그러고는 한마디 덧붙였다.

"이 친구는 다국적기업을 갖고 있어. 자본가에게 돈을 내게 하면 되니까 굳이 우리 돈을 쓸 필요도 없지. 이게 바로 부자를 죽여 가난한 사람들을 구제하는 일이 아니겠나?"

비서와 기사 모두 까르르 웃음을 터뜨렸다.

리안방과 돤샤오톄가 함께 식사를 한 곳은 성성 강변에 있는 '쉐지醉記강호요리'라는 작은 음식점이었다. 차가 성성으로 돌아와 리안방의 집 앞에 도착하자 리안방은 잠시 후에 광저우에서 온 동창이 차를 보내줄 거라고 둘러대고는 비서와 기사를 집으로 돌려보냈다. 그런 다음 집으로 들어가 샤워를 하고 편한 복장으로 갈아입은 뒤 30년 된 마오타이주를 찾아 신문지로 둘둘 말았다. 집을 나선 그는 곧장 택시를 불러 강변으로 향했다.

그가 강변에 도착해보니 돤샤오톄가 이미 쉐지강호요리 앞에서 기다리고 있었다. 리안방은 돤샤오톄와 단둘이 식사할 때나 신변의 수하를 대동하고 식사할 때나 항상 이렇게 작은 음식점을 이용했다. 대부분 작은 음식점들은 돈을 벌기 위해 새벽 서너 시까지 영업을 하는데, 야근을 마친 이들이나 밤참을 즐기는 이들에겐 안성맞춤의 편의를 제공하곤 했다. 리안방은 상무부성장으로 진급한 몇 년 전까지만 해도 매번 사람들을 거느리고 식사를 할 때마다 사치 풍조에 편승하여 고급 호텔 음식점을 찾곤 했다. 하지만 그는 농촌 출신이라 그런지 애당초 한 테이블에 수만 위안이나 하는 겉치레 연회에 익숙하지 않았다. 리안방은 연회석에 나오는 전복과 상어지느러미, 제비집, 해삼, 코끼리조개 같은 비린 음식들을 싫어해서 매번 몇 점 먹다가 젓가락을 내려놓곤

했다. 게다가 한 끼에 수만 위안이나 하는 식비는 보통 농민 가정이 1년 동안 농사를 지어야 벌 수 있는 금액인데 이렇게 비싼 식사를 하는 건 범죄에 가깝다는 생각을 지니고 있었다. 그가 편하게 밥을 먹을 수 있는 익숙한 곳은 쉐지강호요리 같은 대중적인 음식점이었다. 두 명이 한끼 식사를 하는 데 40~50위안이면 충분했다. 대중음식점에서는 기름을 듬뿍 넣어 음식을 볶고 양념이나 조미료를 아끼지 않기 때문에 맵고 짠맛이 무척 센 편이었다. 리안방은 농촌 출신이라 그런 음식이 입맛에 잘 맞았다. 최근 몇 년 사이에 중앙에서는 이른바 '8항 규정'이라는 조례를 내려 관료들이 마음대로 먹고 마시는 걸 금지했지만 리안방에게는 오히려 불편한 식사로부터 해방시켜주었다. 물론 상무부성장인 리안방은 항상 본 성의 텔레비전 뉴스에 등장하는 인사였다. 그러다 보니 손님도 많고 신분 계층도 다양한 작은 음식점에서 식사를 할 때면 리안방을 알아보는 사람도 있었다. 하지만 그를 알아보는 경우는 그리 많지 않았다. 사람들은 사람을 보러 식당을 찾는 게 아니라 음식을 먹기 위해서 오기 때문이다. 자신이 드러내놓고 떠벌리지만 않으면 아무도 관심을 갖지 않는다. 우연히 알아보는 사람이 있다 하더라도 상무부성장이 작은 음식점에서 식사를 한다는 데 놀라는 한편 고위 관리가 인민들에게 친근하고 상냥한 태도를 지녔다고 생각하기 마련이며, 기껏해야 엉뚱한 질문을 던지는 것이 일반적인 반응이다.

"리 부성장님, 민정시찰 나오신 건가요?"

리안방은 이렇게 대답했다.

"저보다 생각이 깊으시군요. 저는 그냥 밥 한 끼 먹으러 온 것뿐인데 업무에 연결시키시니 말입니다."

모두들 웃었다. 몸집이 통통한 사람이 다가와 사진을 찍고 싶다고 말했다. 리안방은 여러 사람과 어울려 함께 사진을 찍었다. 한 끼 식사를 하는 동안 몸과 마음이 숨김없이 드러나는 가운데 흐뭇한 즐거움을 누릴 수 있으니 이보다 더 좋은 게 어디 있겠는가? 리안방과 돤샤오톄는 쉐지강호요리 실내로 들어가서 강변쪽 구석에 자리를 잡았다. 돤샤오톄가 주인장을 불러 냉채 두 가지와 소금물에 찐 땅콩, 오이무침, 그리고 연전육鹽煎肉, 붕어 졸임, 마파두부, 감자채 볶음 이렇게 네 종류의 따뜻한 요리를 주문했다. 모두 리안방이 즐겨 먹는 음식들이었다. 리안방은 이전에도 몇 번 이 음식점에서 식사한 적이 있기 때문에 여주인은 리안방을 잘 알고 있었다. 여주인은 구면인 리안방을 무척 반기면서 메뉴를 받아 적더니 물었다.

"리 부성장님, 들리는 말에 강변에 도로가 개설된다더라고요. 저희 집까지 길이 나게 되는 건가요?"

리안방은 건설부서에서 강변 지역의 건설을 다시 규획하는 사실을 잘 알고 있었다. 이곳 강 한가운데에 공원을 조성하여 강변을 성성의 풍경 명소이자 문화와 여행의 명소로 개발하려는 계획이었다. 밤에는 조명으로 강변의 모든 건축물을 밝혀 뉴욕의 맨해튼을 압도하겠다는 구상이었다. 리안방이 웃으면서 대답했다.

"지금 한창 연구 중입니다. 아직 결정되진 않았고요. 도로가 개설된다 해도 아주머니 가게를 침범하지 않으면 되겠지요. 아주머니 가게를 침범하게 된다면 제가 책임지고 강변에 더 좋은 자리를 마련해드리도록 하겠습니다."

여주인은 긴 안도의 한숨을 내쉬며 말했다.

"아미타불, 부성장님의 말씀 덕분에 오늘 밤부터는 잠을 제대로 잘 수 있을 것 같습니다. 보름 가까이나 잠을 자지 못했거든요."

리안방이 말했다.

"제가 이런 조치를 하는 것은 사장님을 위해서가 아니라 저자신을 위해서입니다. 사장님의 강호 요리가 없으면 제가 어디가서 이렇게 맛있는 식사를 즐길 수 있겠습니까?"

여주인이 큰 소리로 깔깔 웃더니 신이 난 표정으로 주방을 향해 달려갔다. 2분쯤 뒤 삶은 땅콩과 오이무침이 먼저 나왔다. 또다시 주방으로 달려간 여주인은 나머지 열채熱菜 요리를 준비하느라 바삐 돌아쳤다. 롼샤오톄는 커다란 맥주잔 두 개를 앞에 놓고 리안방이 가져온 30년산 마오타이주 병을 집어들고는 이리저리 살펴본 다음, 사람들이 보지 않는 틈을 놓치지 않고 신문지를 벗기고 마개를 땄다. 그런 다음 두 개의 잔에 꾸르륵꾸르륵 소리 나게 따른 뒤 빈 마오타이주 병을 자신의 손가방 안에 집어넣었다. 마오타이주 병이 테이블 위에 놓인 모습이 사람들 눈에 띄는 건 바람직하지 않기 때문이다. 이 음식점을 찾는 일반인들은 대부분 한 병에 20위안 정도인 싸구려 백주白酒를 마셨다. 술 한 병을 큰 잔에 나눠 따르는 것은 25년 전 리안방이 ○○현에서 현위원회 서기로 있을 때 돤샤오톄와 둘이 술을 마시면서 생긴 습관이기도 했다. 현위원회 서기는 밤낮이 없는 직책이다 보니 때로는 늦은 밤까지 일해야 했고, 집에 가지 않고 사무실에서 밤을 새는 일도 비일비재했다. 당시 캉수펑은 자식이 없던 시절이라 아이를 갖기 위해 온갖 노력을 들이고 있었다. 그런 일은 항상 피곤한 리안방을 몹시 성가시게 했다. 사무실에서 밤 12시까지 정신없이 일하다 보면 몹시 배가 고팠다. 그런데 현위원회 서기의 커다란 관사에는 리안방 말고도 잠 못 이루는 사람이 있었다. 다름 아닌 현위원회의 보안을 책임지는 인민경찰 돤샤오톄였다. 리안방은 돤샤오톄를 불러 돈을 주면서 사거리에 있는 가게에 가서 통닭이나 오리찜을 한 마리 사오게 했다. 그러고는 껍질이 붙어 있는 땅콩을 난로 덮개에 놓아 굽게 했다. 리안방 자신은 침실에서 술 한 병과 커다란 도자기 사발 두 개를 가져와 꾸르륵꾸르륵 소리 나게 술을 나눠 따랐다. 둘은 이렇게 통닭이나 오리찜을 놓고 사발 가득 따른 술을 마시다가 구워놓은 땅콩 껍질을 벗겨가며 마셨다. 세 시간 정도 지나면 술과 음식이 다 없어졌다.

처음에 돤샤오톄는 감히 술을 마시지 못했다.

"리 서기님, 저는 아직 당직근무 중이라 술을 마시면 안 됩니다. 그냥 서기님 옆에서 땅콩만 먹을게요."

리안방이 말했다.

"자네가 당직을 서는 목적이 뭔가?"

돤샤오톄가 대답했다.

"현위원회의 안전을 지키기 위해서지요."

"어느 현이든 현위원회가 안전하지 못하면 그 현은 혼란해질 수밖에 없네. 그런 상황에서는 두 가지 일이 발생할 가능성이 있지."

돤샤오톄가 머리를 조아리며 물었다.

"어떤 가능성인가요?"

"첫째는 일본 놈들이 쳐들어와 우리 현을 점령하는 것이고, 둘째는 군중이 들고일어나 공산당을 전복시키려 덤비는 걸세. 오늘 이 두 가지 가운데 어느 하나라도 일어날 가능성이 있겠나?"

돤샤오톄가 잠시 생각에 잠겼다가 입을 열었다.

"없습니다."

"그런 일이 일어날 가능성이 있다면 자네는 절대적으로 조심해야겠지. 하지만 그럴 가능성이 없다면 술을 마셔도 되네."

돤샤오톄가 술이 담긴 사발을 집어들고는 헤헤 웃었다.

"리 서기님, 정말 일리 있는 말씀입니다. 저도 마시겠습니다."

그러면서 당부의 말을 잊지 않았다.

"그럼 내일 우리 국장한테 절대 말씀하시면 안 됩니다."

"그럴 리가 있겠나!"

두 사람은 커다란 사발을 함께 들어 대작을 시작했다. 눈 깜짝할 사이에 25년의 세월이 흘러 두 사람은 종종 성성의 강변에서 이렇게 술잔을 나누는 사이가 되었다. 하지만 25년이란 세월이 흐른 지금 상황은 옛날과 비교할 수 없을 정도로 달라졌다. 리안방은 이 성의 상무부성장이 되었고 돤샤오톄 역시 성의 공안청의 부청장이 되었다. 리안방은 가끔씩 지나간 세월이 생각날 때면 감개에 젖어 말했다.

"돌이켜보면 그래도 25년 전이 좋았던 것 같네."

돤샤오톄가 말을 받았다.

"이젠 그런 통닭과 오리찜을 맛볼 수 없게 되었네요."

"내 말은 그런 뜻이 아닐세."

돤샤오톄가 리안방을 쳐다보자 리안방이 말했다.

"그때는 아직 젊었지. 세상에 젊음보다 더 좋은 건 없는 것 같네."

"부성장님, 부성장님은 지금도 아주 젊어 보이십니다."

리안방이 고개를 가로저으며 웃었다.

두 사람은 강물에 비친 등불을 바라보면서 삶은 땅콩과 오이무침을 곁들인 식사와 반주를 이어갔다. 여주인은 눈 깜짝할 사이에 네 가지 요리를 가져왔다. 염전육이 나오자 리안방은 술을 몇 모금 더 마시고는 물었다.

"웨이신微信*에 다른 일로 만나야 한다고 했는데, 무슨 일인가?"

돤샤오톄가 먹는 걸 잠시 멈췄다.

"첫째는 형수님이 반드시 곧 퇴원하셔야 한다는 겁니다."

그가 말한 '형수님'이란 다름 아닌 리안방의 마누라 캉수핑이었다. 리안방이 말했다.

"그 여자는 그냥 병원에 있는 게 좋지 않을까? 우리 일에 문제를 일으킬 게 없을 테니 말일세."

"이 일에서는 형수님이 유발할 문제가 없지만 또 다른 문제를 일으키기 시작했습니다."

그의 말뜻을 알 수 없었던 리안방이 멍한 표정을 지으며 다시 물었다.

"그게 무슨 뜻인가?"

"며칠 전 형수님이 한 시간 간격으로 저희에게 전화를 걸어 동량과 죽은 그 접대부 아가씨의 상황에 관해 물으셨습니다. 형수님을 위로하기 위해 저는 동량이 구속되었다는 얘기는 하지 않고 동량을 비밀리에 보호하고 있다고만 말했지요. 접대부 아가씨에 관해서도 얘기하지 않고 그저 일이 잘 해결되었다고 해서 형

• 중국의 SNS.

222

수님을 안심시켜드렸지요. 형수님도 문제가 더 커지지 않는 걸 아시고는 마음을 놓으시는 듯했습니다. 더 이상 제게 전화하지 않으셨거든요. 저도 일이 복잡하기 때문에 형수님이 병원에 계시는 게 비교적 바람직하다고 생각했습니다. 하지만 오늘 오전에 병원의 치寿 원장에게 전화를 받았는데 형수님께서 빨리 병원을 나가시는 게 좋겠다고 하는 겁니다."

리안방은 깜짝 놀라 물었다.

"그게 무슨 뜻인가?"

"형수님은 동량의 일 때문에 병이 나신 것이고, 동량에 관한 문제가 해결된 게 확인되자 병도 나은 겁니다. 병이 나으면서 형수님은 병원에서 사람들에게 전화를 걸기 시작하셨지요. 그러자 많은 사람이 형수님께서 입원하신 걸 알게 됐고, 그저께부터는 사람들이 줄줄이 형수님을 만나러 병원을 찾기 시작했습니다. 대부분 사업을 하는 사람들이고, 시 간부도 몇 명 있었습니다. 형수님한테 건넨 선물이 이미 병실을 가득 채웠다고 합니다. 치 원장의 얘기는 지금은 '8항 규정'이 적용되고 있는 데다 형님께는 지금이 매우 중요한 시기이기 때문에 형수님이 이렇게 바람을 안고 있다가는 남들에게 약점을 잡힐 수 있다는 겁니다. 치 원장은 우리 편이라 제게 귀띔을 해준 겁니다."

이는 리안방이 미처 생각하지 못한 상황이었다. 마누라가 여러 날 병원에 입원해 있는 동안 그는 한 번도 병원에 가보지 않았다. 첫째는 돤샤오톄가 같은 병원에서 죽은 접대부 아가씨의 일을 처리하고 있어 남들의 시선을 끌까 두려웠기 때문이고, 둘째는 마누라가 다시 깨어나 몸에 이상이 없으면 안정을 되찾게 될 거라 생각했기 때문이다. 셋째는 리안방으로서는 남들이 이상한 낌새를 채지 못하도록 하루 종일 정상적으로 일해야 했기 때문이고, 넷째는 교통사고와 접대부 아가씨의 죽음이 연결되어 있어 마음이 불안했기 때문이다. 이런 몇 가지 이유로 마누라에 대해 신경 쓰지 않은 것인데, 뜻밖에도 자신이 미처 살피지 못한 사이에 또 마누라가 등 뒤에서 문제를 일으키기 시작한 것이다. 리안방은 마누라가 문제를 일으키지 못하게 하려고 입원시켜둔 것이었지만 오히려 그녀는 병원에서 더 큰 문제를 일으키고 있었다. 리안방이 어금니를 앙다물고 말했다.

"멍청한 여편네 같으니라고, 죽고 싶어 발악을 하는군!"

테이블을 세게 내려치고 싶었지만 식당 안에 손님들이 꽉 들어차 있어 간신히 참았다. 그러고는 목소리를 낮춰 말했다.

"잠시 후에 자네가 병원에 가서 마누라에게 겁을 좀 주도록 하게. 성 기율위원회에서 선물에 관해 조사를 시작했다고 말일세. 그리고 죽지도 않는 이 여자를 당장 퇴원시키도록 하게."

리안방의 속뜻을 알아차린 돤샤오톄가 고개를 끄덕였다. 리안방이 또 물었다.

"두 번째 일은 뭔가?"

"동량이 당장 이곳을 떠나야 할 것 같습니다."

이 역시 리안방이 생각하지 못한 일이었다.

"일이 연기가 사라지듯이 다 해결되었다고 하지 않았나?"

"저는 다른 사람들은 걱정하지 않습니다. 동량 본인이 가장 큰 걱정거리입니다."

"뭘 걱정한다는 건가?"

"다른 건 상관없는데 그 녀석의 입이 걱정입니다."

리안방이 돤샤오톄를 쳐다보며 얘기를 계속하라는 눈짓을 보냈다. 돤샤오톄가 말했다.

"요 며칠 동안 동량은 구치소에서도 그다지 성실한 모습을 보이지 않았습니다. 구치소에서는 녀석을 특별 대우하여 단독으로 쓸 수 있는 방을 배치한 데다 끼니마다 두 가지 요리를 제공했는데도 만족하지 않고 경찰에게 담배와 술을 요구했다고 합니다. 어떻게 구치소에서 담배를 피우고 술을 마실 수 있겠습니까? 경찰이 한두 마디 타일렀더니 녀석이 뭐라고 했는지 아십니까?"

"뭐라고 했다던가?"

"'여기서 나가면 너희 개새끼들을 가만두지 않을 거야!'라고 했답니다."

이번에는 리안방이 참지 못하고 테이블을 내리쳤다. 식사를 하던 사람들의 눈길이 이쪽으로 쏠리는 것을 보고 정신을 차린 그는 황급히 돤샤오톄에게 술을 권하며 아무 일도 아닌 척했다.

"자네가 마실 차례일세. 대충 넘어갈 생각 말라고!"

돤샤오톄가 유리잔을 들어 크게 한입 술을 마시고는 낮은 목소리로 말했다.

"지난번에 발급된 구류증으로는 내일 동량이 출소해야 하는데 녀석이 방심이라도 하는 날에는 이 일이 발설되고 말 겁니다. 평상시에는 방심하여 발설하지 않겠지만 술을 마셨다 하면 어떤 상황이 벌어질지 보장하기 어렵거든요. 원래 허풍을 좋아하는 아이라 이 일을 영웅담으로 생각하고 떠벌리기 시작하면 부성장님도…… 인명 사고는 결코 작은 일이 아니니까요."

리안방이 다시 한번 이를 악물었다.

"녀석이 제 어미 닮아 사리분별이 없어 걱정이야."

이어서 탄식 섞인 긴 한숨을 내뱉었다.

"하지만 녀석을 어디로 보낸단 말인가?"

"멀수록 좋지요."

리안방은 깊은 생각에 빠졌다. 한참이나 생각에 잠겨 있던 그가 다시 입을 열었다.

"이 개만도 못한 새끼를 2주만 더 구금해두도록 하게."

이번에는 돤샤오톄가 멍한 표정을 지었다. 정신을 차리고서야 리안방의 속뜻을 알 것 같았다. 2주 동안 더 구류하라는 건 리동량으로 하여금 문제를 일으키지 못하게 하려는 이유뿐만 아니라 그동안 그에게 문제가 발생할 것에 대한 두려움 때문이었다. 리안방에게는 요 며칠이 가장 중요한 시기라 그사이에 문제가 발생하면 리동량의 문제로 끝나지 않을 것이다. 돤샤오톄가 말했다.

"제가 돌아가 적절한 구실을 붙여서 곧장 보완 수속을 하도록 하겠습니다."

그러고는 한마디 덧붙였다.

"하지만 녀석을 언제까지나 구치소 안에 가둬둘 순 없습니다. 장기적인 계획을 마련하는 게 좋을 것 같습니다."

리안방이 고개를 끄덕였다. 두 가지 문제로 식욕이 가신 리안방은 돤샤오톄에게 계산을 하라고 지시했다. 일찌감치 집에 들어가서 다음 단계에 대한 생각을 정리해야 할 것 같았다. 우선 리동량의 문제를 처리할 수 있는 장기적인 계획을 세워야 했다. 문득 10년 전에 마누라 캉수핑의 기형 나팔관이 절반만 막힌 것이 아니라 완전히 막혀버렸다면, 그리고 세상에 이를 뚫을 수 있는 약물이나 수술 방법이 없었다면, 그랬더라면 리동량 같은 못된 종자가 생겨나지는 않았을 것이라고 생각했다. 그가 긴 탄식을 내뱉은 뒤 재킷을 집어들고 자리에서 일어서려는데 돤샤오톄가 계산을 마치고 돌아와 말했다.

"부성장님께 말씀드리고 싶은 일이 한 가지 더 있습니다."

리안방은 하는 수 없이 재킷을 의자 위에 내려놓고 다시 자리에 앉았다.

"무슨 일인가?"

돤샤오톄도 자리에 앉았다.

"제 개인적인 일입니다."

"자네 개인의 일이라고?"

돤샤오톄가 우물쭈물하며 얘기를 시작했다.

"조만간 성의 각 부서에 인사이동이 있을 거라고 들었습니다. 원칙대로 하자면 성의 부서에서 조정이 있으면 곧바로 시의 부서에도 인사이동이 있기 마련이지요. 부성장님께서 저를 좀 도와주셨으면 합니다. 다시 밑으로 내려가 자신을 좀더 단련하고 싶습니다."

리안방이 다시 물었다.

"어째서 밑으로 내려갈 생각을 하는 건가? 자네는 지금 성 공안청의 부청장인데 시로 내려가 공안국 국장이라도 하겠다는 건가?"

돤샤오톄가 또 우물쭈물하며 말을 받았다.

"공안 부서를 떠나 시에서 시장을 하고 싶습니다. 쑹야오우宋耀武처럼 말입니다."

쑹야오우는 리안방이 키워낸 또 다른 간부였다. 쑹야오우는 리안방이 ○○현에서 현위원회 서기로 있을 때 현위원회 사무실에서 비서로 일했다. 리안방은 돤샤오톄에게 그랬던 것처럼 당시 쑹야오우가 입이 무겁고 두뇌 회전이 좋은 데다 한 가지 조치로 세 가지 문제를 동시에 해결할 만큼 일처리 능력이 뛰어나다는 것을 발견했다. 게다가 모든 일에서 뒷마무리까지 철저하게 완수하고도 아무 내색도 하지 않았다. 이처럼 중후한 인품과 원칙을 철저히 지키는 근성을 보고 리안방은 그를 키워야겠다고 마음먹었다. 그를 비서에서 사무실 부주임으로 발탁한 데 이어, 나중에는 향에서 당위원회 서기로 임명했다. 3년 뒤에는 다시 현으로 불러들여 부현장 직을 맡겼다. 이후로 쑹야오우는 리안방을 따라 승진을 계속했다. 리안방을 따라 상무부현장과 현장, 현위원회 서기, 부시장, 상무부시장 등을 거쳐 작년에는 모某 시의 시장으로 자리를 잡았다. 지금 쑹야오우는 시장 직을 맡고 있지만 돤샤오톄와 마찬가지로 리안방을 만날 때는 반드시 기립 자세였고, 남들이 있는 자리에서는 그에게 '리 부성장님'이라 불렀지만 단둘이 있을 때는 '어르신'이라 했다. 하지만 돤샤오톄는 쑹야오우만큼 다 갖추지 못했다. 쑹야오우는 25년 전 사무실에서 글재주가 가장 뛰어났던 인물로 교양과 두뇌를 겸비한 인물이었다. 그가 향과 현, 시에서 당정을 주관하면서 한 단계 한 단계 승진하여 시장에까지 오른 것은 당연하고 정상적인 일이었다. 반면에 돤샤오톄는 일개 인민경찰에 지나지 않았고 교양을 충분히 갖추지 못했다. 그는 파출소장에서 한 단계 한 단계 승진하여 현 공안국 부국장과 국장, 시 공안국 부국장과 국장을 거쳐 성 공안청 부청장에 이르렀지만 줄곧 동일한 부서에서만 간부로 승진했다. 한 부서의 간부에서 시의 최고 관료로 넘어간다는 것, 즉 성청省

廳의 일개 부청장에서 시로 넘어가 시장 직을 맡는 건 전례 없는 일이었다. 성의 부청장은 말할 것도 없고 청장이라 해도 시의 최고 관료가 된다는 것은 정말 쉽지 않은 일이었다. 리안방이 이마에 주름을 잡으며 말했다.

"청에서 부청장을 하겠다면 내가 말해볼 수 있지만 시에서 당정 전체를 책임지는 최고 관료에 올리는 건 내 능력을 넘어서는 일이네. 이는 성위원회 서기와 성장의 동의가 있어야 하는 일이지. 내 말 한마디로 되는 게 아니란 말일세."

돤샤오톄가 웃으며 말을 받았다.

"어르신께서 성장이 되시기만 하면 무슨 일이든 한마디로 다 해결될 수 있는 것 아니겠습니까?"

리안방은 돤샤오톄가 이 말을 입안에 담고서 자신을 기다리고 있을 줄은 생각지도 못했다. 리안방은 그의 속뜻을 어렵사리 이해하긴 했지만 놀라움을 금할 수 없었다. 돤샤오톄가 이 건을 꺼내기 전에 리안방 마누라의 일과 아들의 일을 연달아 말했기 때문이다. 또 생각해보니 요 며칠 동안 돤샤오톄가 줄곧 리동량의 교통사고와 사망한 접대부의 일을 처리하면서 자신의 일을 연결하거나 하나로 뭉뚱그려 얘기하고 있다는 느낌도 받았다. 리안방은 문득 물물교환의 의도를 감지했다. 심지어 자신을 겁박하는 듯한 느낌도 들었다. 그보다 더 깊은 의미는 리동량의 교통사고와 접대부의 사망이 폭로되면 리안방이 성장이 되는 데 심각한 악영향을 끼치게 된다는 것이었다. 리안방이 성장이 된다면 돤샤오톄는 리둥량의 일과 관련하여 하늘을 속여 바다를 건너는 공을 세우는 셈이 되고, 리안방은 이에 대해 응분의 보답을 해야 한다. 리안방은 문득 눈앞에 있는 돤샤오톄가 이미 과거의 돤샤오톄가 아니라는 사실을 깨달았다. 리안방이 말했다.

"이전에는 자네가 인사이동에 관해 얘기하는 걸 들은 적이 없는데, 이런 생각이 자네 머리에서 나온 건가 아니면 다른 사람이 자네에게 알려준 건가?"

돤샤오톄가 단호하게 말했다.

"이런 일을 제가 누구랑 상의할 수 있겠습니까? 전부 저의 성숙하지 못한 생각이지요."

순간 리안방은 돤샤오톄의 배후에서 생각을 조종하는 사람이 있다는 것을 직감했다. 하지만 아직은 모든 것이 그저 느낌일 뿐 증명된 것은 아무것도 없었다. 리안방은 짐짓 아무것도 눈치 채지 못한 듯이 말했다.

"그런 생각을 갖는 것도 나쁘지 않지. 누구나 자기 발전을 추구하니까 말이야."

돤샤오톄가 고개를 끄덕였다.

"저도 그렇게 생각합니다. 평생 공안 업무에만 종사한다면 생활이 너무 편중되고 제한된다는 느낌이 들더군요."

리안방이 물었다.

"샤오톄, 우리가 서로 알고 지낸 지 얼마나 됐지?"

"25년입니다. 부성장님께서 현위원회 서기로 계실 때 저는 경비원이었지요."

"그 25년 동안 내가 자네를 도와준 적이 있었나?"

"부성장님께서 모든 단계에서 키워주시지 않았다면 제가 어떻게 오늘의 자리에 오를 수 있었겠습니까?"

"그럼 자네는 지금까지 그랬던 것처럼 이번에도 내가 틀림없이 자네를 도와줄 거라고 생각하나?"

돤샤오톄는 잠시 생각에 잠겼다가 아주 단호한 어투로 대답했다.

"물론 그러실 거라고 생각합니다. 중앙의 지도자들 모두 자기 사람들만 쓰니까요."

리안방이 고개를 가로저었다.

"그것이 자네가 생각하는 이유의 전부는 아니지 않은가? 또 어떤 이유가 있나?"

돤샤오톄는 잠시 멍한 표정을 지었다. 한참을 생각하던 그는 끝내 대답을 하지 못했다. 리안방이 돤샤오톄를 향해 손가락을 세우며 말했다.

"자네도 줄곧 나를 도왔기 때문이겠지."

그런 다음 설명을 이어갔다.

"자네 말의 전제는 내가 성장이 되어야 자네를 도울 수 있다는 것이겠지만, 내 생각은 내가 성장이 되지 못하더라도 서기와 성장에게 자네를 최대한 천거하는 걸세."

이 한마디에 돤샤오톄는 흥분을 감추지 못하고 목소리가 커졌다.

"부성장님, 다시 한번 감사드립니다."

리안방은 재빨리 손가락을 입술에 갖다 대며 음식점 안에 손님들이 가득하다는 걸 상기시켜주었다. 돤샤오톄도 재빨리 반응하여 혀를 삼켜버리고는 미안하다는 듯 배시시 웃었다. 리안방은 자신의 재킷을 집어들고 먼저 일어나 강호요리 음식점을 나왔다.

6

리안방은 밤새 생각해보았지만 아들 리둥량을 보낼 만한 안전한 곳이 떠오르지 않았다. 리안방은 돤샤오톄의 생각에 동의했다. 리둥량이 구치소에서 나와서도 계속 성성에 남아 있으면 조만간 또 문제를 일으킬 수 있다. 하나의 문제가 또 다른 문제를 파생시키면 문제는 더 커지기 마련이었다. 앞으로 2주가 리안방에게는 대단히 중요한 시기였다. 리둥량을 계속 구치소에 가둬둘 수는 있겠지만 2주 뒤에는 어떻게 해야 하나? 아들을 평생 구치소에 가둬둘 수는 없는 노릇 아닌가? 아무래도 장기적인 계획을 생각해내야 할 것 같았다. 물론 리둥량으로 하여금 이 성을 떠나 베이징이나 다른 성에 있는 시에서 학교생활을 하게 할 수도 있었다. 리안방은 한 성의 상무부시장이라 회의를 위해 자주 베이징에 가곤 했고, 다른 도시들과도 교류가 많았다. 베이징이나 다른 도시의 수많은 고위 인사와 교류를 유지하고 있었고 심지어 친구로 지내는 사람도 적지 않았다. 하지만 이 성에서 문제를 일으킨 리둥량이 베이징이나 다른 도시에 가서 문제를 일으키지 않으리라는 보장이 없다. 그곳에서 문제를 일으킨다면 리안방의 손길이 닿지 못하기 때문에 더 큰 골칫거리가 될 수도 있었다. 차라리 이 성에 붙잡아두고 제대로 뒤치다꺼리를 해주는 것이 바람직했다. 리안방은 밤새 잠 못 이루고 궁리해보았지만 이 짐승만도 못한 놈을 가둬둘 방법을 찾을 수 없었다. 녀석이 정말로 짐승이라면 가둬둘 울타리를 만드는 것쯤은 어렵지 않다. 울타리는 철근을 용접하여 만들면 되기 때문이다. 하지만 녀석은 짐승이 아니라 사람이었다. 구치소나 감옥에 처넣을 수는 있지만 사회 안에서 녀석을 가둬둘 울타리를 찾기란 쉽지 않았다. 사회라는 울타리는 사람이 만든 것이다. 울타리 자체도 안전하고 튼튼해야 하지만 울타리를 관리하는 사람도 믿을 수 있어야 한다. 하지만 어디서 이런 울타리와 관리인을 찾을 수 있단 말인가? 생각을 거듭하다 보니 뇌수까지 아파왔다. 아무리 거대한 중국이라지만 리안방은 아들을 안전하게 보호할 곳을 찾을 수가 없었다. 그는 탄식 섞인 한숨을 길게 내뱉었다. 조상의 덕이 부족한 탓에 하늘이 이런 망나니를 보내 자신을 괴롭히는 것만 같았다. 전생에 뭔가 크게 잘못한 것이 있어 이번 생에서 마땅한 인과응보를 받고 있는 것 같았다. 밤새 잠을 자지 못했더니 두 눈이 퉁퉁 부었다. 성 정부로 출근하는 길에 차창 밖으로 씩씩하게 출근하는 사람들의 모습이 눈에 들어왔다. 전 세계 사람들이 자신보다 행복한 것 같다고 생각했다. 일개 노동자나 농민공이라고 해도, 쉐지강호요리 같은 작은 음식점 주인이라 해도 마누라가 현혜賢惠하고 아들딸들이 건전하게 성장하기만 한다면 매일 형편없는 식사에 거친 차를 마셔도 얼마든지 즐겁고 행복할 것만 같았다. 사실 성급 고위 간부로서 높은 지위에 오른 것만 따지자면 리안방의 상황도 나쁘지 않았다. 하지만 그의 집에는 멍청한 마누라가 있고 보이지 않는 곳에서 인명 사고나 내는 역적 같은 아들놈이 있었다. 녀석이 사고를 치는 건 괜찮지만 그 사고가 언제 어디서 자신에게 재난을 끼칠지 알 수 없었다. 그가 거리의 사람들을 바라보면서 이런 생각을 하고 있는 사이에 차는 성 정부 건물 입구에 도착했다. 성 정부 건물 입구에는 군부대 사병들의 초소가 있다. 리안방의 차 번호판을 알고 있는 초병들은 그의 차가 진입하자 경례를 척 하고 올려붙었다. 경례를 받는 순간 리안방에게 한 가지 영감이 떠올랐다. 리동량을 군부대로 보내는 것이었다. 아주 훌륭한 출구가 될 것 같았다. 첫째, 군대는 군기가 엄정하기 때문에 리동량을 철저히 관리할 수 있을 것이고 둘째, 군대 사병들은 마음대로 외출할 수 없으며 셋째, 군대는 철통같이 봉쇄되어 있어 리동량을 완전히 숨기는 것이나 다름없기 때문이다. 그야말로 신발이 다 닳도록 돌아다녀도 찾을 수 없었던 비방을 찾은 기분이었다. 게다가 일을 완벽하게 처리하면서 돈도 들지 않는 방법이었다. 리안방은 눈앞이 확 트이는 기분이었다. 사무실에 도착한 리안방은 곧장 ○○군단의 랴오辽 군단장에게 전화를 걸었다. 6년 전에 리안방은 ○○시에서 시위원회 서기로 있을 때 이 랴오 군단장과 친구가 되었다. ○○군단의 주둔지가 ○○시 관할 경내에 있었고 랴오 군단장이 6년 전에 군단장으로 부임했다. 설을 맞이하여 리안방이 시위원회를 대표하여 부대를 위문하러 갔고, 랴오 군단장이 이에 대해 답방을 하면서 두 사람은 가까워지기 시작했다. 랴오 군단장은 키가 큰 편은 아니었지만 목소리는 쩌렁쩌렁했다. 입을 열었다 하면 큰 종을 쳐대는 것 같았다. 허허 소리 내어 웃기라도 하면 실내에 웅웅 메아리가 칠 정도였다. 목소리만 큰 게 아니라 주량도 대단했다. 리안방은 향과 현에서 관직 생활을 시작한 만큼 오래전부터 온갖 힘든 일을 겪은 터라 당해내지 못할 것이 없었지만 술자리에서만큼은 랴오 군단장을 당해낼 수가 없었다. 랴오 군단장이 부대를 확장할 때 리안방이 100무의 땅을 획정해주었고, 이에 대해 랴오 군단장은 진심으로 감격해 마지않았다. 창강長江이 홍수 졌을 때는 랴오 군단장이 1개 사단과 기계화 여단을 파견하여 거대한 제방을 밤낮으로 지켜준 덕분에 둑이 무너지는 것을 막을 수 있었다. ○○시와 ○○군단의 군정 관계는 줄곧 현지의 미담으로 전해지고 있었다.

이를 바탕으로 ○○시는 민정부民政部에서 수여하는 '옹군모범擁軍模範' 칭호를 획득했고 ○○군단도 군사위원회가 수여하는 '옹정애민모범擁政愛民模範' 칭호를 획득했다. 리안방이 인사이동으로 시에서 성으로 와 부성장이 되자 랴오 군단장은 리안방을 군부대 안으로 단독 초치하여 연회를 베풀어주기도 했다. 주연이 시작되자 랴오 군단장이 설명했다.

"오늘 이 자리는 공금을 한 푼도 쓰지 않고 마련된 자리로, 완전히 저 개인의 성의임을 밝혀드립니다."

그러고는 말을 이었다.

"앞으로 군과 민이 가족처럼 친해지기를 기원하는 의미로 제가 먼저 석 잔을 연속으로 비우도록 하겠습니다."

연달아 세 잔을 마신 랴오 군단장은 다시 입을 열었다.

"형제의 정이 더욱 깊어지기를 바라는 마음으로 여섯 잔을 더 비우겠습니다."

이리하여 다시 여섯 잔을 내리 마셨다. 리안방도 황급히 자리에서 일어나 연거푸 아홉 잔을 마셨다. 연회가 중간쯤 이어졌을 때 두 사람은 만취하여 서로 목을 끌어안고 울었다. 리안방은 리둥량을 군대에 보내면 마음을 놓을 수 있을 것 같았다. 게다가 이런 친구의 수하로 보낸다면 마음을 더 크게 놓을 수 있을 것 같았다. 이런 생각이 떠오르자 그는 당장 휴대전화를 들어 랴오 군단장에게 전화를 걸었다. 신호음이 두 번 울리자 랴오 군단장의 호쾌한 웃음소리가 리안방의 고막을 진동시켰다. 랴오 군단장이 말했다.

"리 부성장님, 큰 실수를 저지르신 것 같네요."

리안방은 무슨 뜻인지 몰라 멍한 표정을 지었다.

"내가 무슨 잘못을 저질렀다는 거요?"

랴오 군단장이 말했다.

"성장 승진에 주력하시느라 우리 같은 백성들은 안중에도 없으시니 말입니다. 지난주에 ○○시에 오셨으면서 연락조차 주지 않으셨으니 관료주의의 착오를 범하신 게 아니고 뭡니까?"

리안방도 허허 겸연쩍게 웃으면서 둘러댔다.

"랴오 군단장, 남들이 멋대로 지껄이는 얘기를 곧이곧대로 듣지 마세요. 저는 지금 이 자리를 잘 지키는 것만으로도 나쁘지 않습니다."

그러고는 다시 말을 이었다.

"지난번에 내가 ○○시에 갔을 때 반나절을 보내면서 랴오 군단장께 보고 드리지 못한 것에 대해서는 미안하게 생각합니다. 조만간 특별히 군단장님을 뵈러 건너가도록 하겠습니다."

랴오 군단장이 말했다.

"노형께서 무슨 분부라도 있으신가요? 친秦 전구戰區* 사령관이 저희 부대의 전비 상황을 시찰하러 오셨습니다. 곧 친 사령관과 함께 기계화 여단을 방문해야 하니 짧게 말씀해주실 수 있겠습

238

니까?"

리안방은 할 얘기가 길지만 짧게 요점만 말하는 수밖에 없었다.

"우리 아들 말이에요. 랴오 군단장께서도 본 적이 있지요. 녀석이 줄곧 군단장님을 존경했어요. 그러더니 지금은 군단장님 부대로 입대해 병사가 되고 싶어합니다. 이게 가능하겠습니까?"

랴오 군단장이 허허 기분 좋게 웃었다.

"물론이지요. 열렬히 환영합니다."

그러면서 물었다.

"아드님이 올해 나이가 어떻게 되나요?"

리안방은 일부러 나이를 한 살 낮춰 말했다.

"열여덟입니다."

랴오 군단장이 다시 물었다.

"그런데 아드님은 왜 대학에 가지 않고 군대에 입대할 생각을 하는 건가요?"

"해방군도 거대한 대학이 아니겠습니까?"

랴오 군단장은 또 허허 기분 좋게 웃고 나서 더 물었다.

"전 모든 걸 사실 그대로 말하는 걸 좋아합니다. 성적이 좋지 않아서 그러는 겁니까?"

"랴오 군단장께서는 항상 정곡을 찌르시는군요. 녀석이 하도

• 중국인민해방군 군사지역 단위로, 전국이 다섯 전구(동·서·남·북·중)로 나뉜다.

사고를 많이 쳐서 군단장님 부대에 보내 고생하면서 경험을 쌓게 하고 싶어서 그럽니다."

랴오 군단장이 말했다.

"우리 부대는 성격이 제멋대로이고 말썽을 많이 부리는 친구들을 전문적으로 치료하는 곳이지요."

그러면서 말을 덧붙였다.

"여러 도시의 수많은 고위 간부 자제들이 대학에 들어가지 못하면 저희 부대에 입대해 병사 생활을 하고 있습니다. 그때부터 곡선으로 우회하여 또 다른 길을 찾게 되지요. 다름 아니라 군관학교에 들어가는 겁니다. 노형의 생각도 바로 그런 게 아닐까 합니다."

알고 보니 군인이 되는 것으로 그치는 게 아니라 또 다른 진로도 있었던 것이다. 이는 리안방이 미처 생각하지 못한 부분이었다. 장차 리둥량이 군관학교에 들어가게 된다면 녀석에 대한 조치가 일석이조의 효과를 얻게 될 수도 있었다. 리안방은 재빨리 비탈을 따라 나귀를 몰았다.

"제가 해결할 수 없는 일이라 아무래도 우리 랴오 군단장님을 번거롭게 해드려야 할 것 같습니다."

랴오 군단장이 또 허허 웃었다.

"부대의 전경을 바라볼 때마다 항상 리 부성장님 생각이 납니다. 제게 아주 큰 문제를 해결해주셨는데 리 부성장님을 위해 작은 수고쯤이야 너무나 당연한 일이지요."

리안방이 물었다.

"그럼 다음 달에 아들 녀석을 부대로 보내 입대 등록을 하게 해도 괜찮을까요?"

이번에는 랴오 군단장이 전화기 너머에서 약간 주저하는 기색을 보였다.

"그건 좀 어려울 것 같습니다. 입대하려면 모병 기간까지 기다려야 하거든요. 그러지 않으면 규정 위반이 됩니다. 이 부분에 대해 최근에 군사위원회에서 특별히 엄격하게 조사하고 있는 실정이거든요."

그러면서 설명을 덧붙였다.

"모병 시기는 8월인데 지금은 4월이니 아직 넉 달이나 남은 셈이네요."

그리고 나서 또 물었다.

"리 부성장님, 이 일을 왜 이렇게 서두르시는 건가요?"

랴오 군단장이 화제를 돌리자 리안방은 더 이상 밀어붙일 수가 없었다. 부탁을 강요하는 건 상대방에게 규정 위반이라는 잘못을 저지르게 하는 것이기도 하지만, 자신의 동기에 대해 의심을 갖게 만들기 십상이었다. 이런 생각에 리안방은 대충 얼버무리는 것으로 상황을 마무리했다.

"아닙니다. 급할 것 없습니다. 감사합니다, 랴오 군단장님. 그럼 앞으로 넉 달을 기다리는 걸로 하겠습니다."

전화를 끊고 나서 리안방은 또다시 시름에 잠겼다. 아주 좋은 해결책이 나타났지만 넉 달을 기다려야 하는 처지가 되어버렸다. 아직 리동량이 구치소에 갇혀 있긴 하지만 녀석을 어떻게 넉 달이나 데리고 있으란 말인가? 녀석을 구치소에서 넉 달 더 썩게 둘 수도 없는 노릇이었다. 이런저런 걱정을 하던 차에 판공청 주임이 들어와서는 한 시골 노인이 젊은 친구를 데리고 와서는 성정부청사 앞에서 부성장을 만나겠다고 떼쓰고 있다고 보고했다. 초병이 노인을 쫓아내도 돌아가려 하지 않고 더욱 소리 높여 부성장을 만나야 한다고 우긴다는 것이었다. 리안방은 자기 고향이나 마누라의 캉자푸즈에서 온 세상 물정 모르는 촌노일 거라고 생각했다. 하지만 이 세상 물정을 모르는 양반은 그가 만나주기 전에는 절대 돌아갈 생각이 아닌 듯싶었다. 노인은 개가 사람을 물려고 덤비는 기세로 큰 소리로 외치면서 소란을 떨었다. 리안방이 이마에 잔뜩 주름을 잡으며 말했다.

"두 사람을 들여보내도록 하게."

하지만 노인이 젊은이를 데리고 사무실로 들어온 순간 리안방은 놀라지 않을 수 없었다. 노인과 젊은이는 다름 아닌 성 인민대표대회 주임 주위천의 아버지와 외손자였다. 며칠 전 자신과 주위천 사이에 18년 동안 쌓인 갈등을 완화시켜볼 셈으로 리안방은 우회 전술을 시도한 바 있었다. 주위천을 에돌아 ○○시 ○

○현 ○○향 주자촌에 가서 이 노인을 배알했던 것이다. 이어서 리동량의 교통사고와 접대부의 사망 사건이 일어났다. 인명 사고가 나는 바람에 리안방은 주위천의 아버지라는 디딤돌을 완전히 잊고 있었다. 그런데 뜻밖에도 이 노인이 며칠 후 리안방의 사무실에 나타난 것이다. 리안방이 정신을 가다듬기가 무섭게 문을 열고 사무실로 들어선 노인은 다짜고짜 리안방에게 다가와서는 손을 부여잡고 힘주어 흔들어댔다.

"조카, 자네가 천하에서 가장 훌륭한 사람인 것 같네."

리안방은 어리둥절한 채 몸이 굳어버렸다. 왜 이런 말을 하는지 알 수 없었기 때문이다. 이어서 노인의 외손자도 한 걸음 앞으로 다가서며 리안방의 소매를 부여잡았다.

"아저씨, 모든 것이 아저씨의 말 한마디 덕분이었습니다. 현 법원에서 이미 제 문제를 속 시원하게 해결해주었습니다. 제가 후근과 과장직을 맡게 된 겁니다."

리안방은 그제야 당시 노인이 자신에게 했던 요구가 생각났다. 자신의 사촌 외손자가 현 법원에서 일하고 있는데 과급 간부로 승진하는 문제를 해결해달라는 것이었다. 리안방이 나중에 알아보겠다고 하자 노인은 나중에 알아보겠다는 말은 대충 빠져나가겠다는 뜻이라며 당장 확실한 답변을 해달라면서 리안방을 구석으로 몰아붙였다. 리안방은 울지도 못하고 웃지도 못하는 심정으로 해결해주겠다고 약속하는 수밖에 없었다. 성성으로 돌아오는 차 안에서 리안방은 해당 시의 시위원회 서기 위더수이와 현위현회 서기와 상의하여, 법원에 후근 과장이라는 직책을 개설하는 방법을 생각해냈다. 그런데 뜻밖에도 그 시와 현이 우레같이 맹렬하고 바람같이 신속하게 일을 처리하여 며칠 만에 계획이 그대로 실현된 것이다. 문득 두 사람 뒤쪽 바닥에 계란 한 바구니와 음료 몇 상자가 놓여 있는 것이 보였다. 술도 여러 병 있고 담배도 몇 보루 함께 놓여 있었다. 알고 보니 두 사람이 답례로 가져온 물건들이었다. 리안방은 또다시 울지도 못하고 웃지도 못하는 입장이 되고 말았다. 그가 사촌 외손자에게 물었다.

"문제가 해결되었다니 다행이군. 직책에 대해 만족하겠나?"

노인의 외손자가 말했다.

"아저씨, 제게는 이보다 더 만족스러운 일이 없습니다. 법원에서 일하고 있기는 하지만 저는 사건을 심리하는 게 가장 싫었습니다. 저는 어려서부터 금융 업무를 좋아했거든요."

노인이 끼어들었다.

"이제 법원 전체의 먹고 마시고 싸고 자는 일이 전부 이 녀석 손에 달려 있는 셈 아니겠나?"

닷새 전 차 안에서 후근 과장 일에 대해 상의할 때 현위원회 서기는 이 외손자가 제멋대로 일처리를 하고 뇌 근육이 부족하다고 했는데, 지금 노인의 말을 들으니 과연 틀린 말이 아닌 듯했다. 이 젊은이와 노인이 서로 번갈아가면서 말도 안 되는 헛소리를 주고받는 모습은 그야말로 진주가 한데 꿰이고 옥이 한데 모인 것 같았다. 비록 제멋대로이긴 하지만 이치에 어긋난 것도 아니었다. 이 노인은 어디까지나 주위천의 부친이었고, 주위천은 리안방이 갈등을 풀고자 애쓰고 있는 대상이었다. 리안방이 이번에 성장이 될 수 있느냐 하는 안위 및 진퇴의 문제와 관련하여 가장 중요한 발언권이 주위천의 손에 쥐여져 있다고 할 수도 있었다. 현지 간부들의 말에 따르면 주위천은 아직도 이 연로한 부친을 몹시 무서워하는 것 같았다. 한번은 화가 난 노친이 뭇 사람들 앞에서 그의 따귀를 후려친 적도 있다고 했다. 그렇다면 이 노인과 관계가 좋아지기만 하면 천자를 끼고 제후들을 호령하는 격이 되지 않을까? 여기까지 생각이 미치자 또다시 마음이 편안하고 즐거워지기 시작한 리안방은 재빨리 비서에게 차를 준비하라고 지시하면서 노인과 젊은이에게 점심식사를 대접하고 싶다고 했다. 노인도 사양하지 않고 즉시 응낙하면서 엄지손가락을 들어올렸다.

"큰조카, 정말 사리분별이 탁월하시네."

리안방은 무슨 말인지 이해하지 못했다.

"어르신, 그게 무슨 뜻인지요?"

노인이 말했다.

"자네가 내게 식사 대접한 일을 고향에 돌아가 선전하면 나와 외손자는 꽤 체면이 서지 않겠나?"

리안방은 또 울지도 못하고 웃지도 못할 기분이었다. 외손주도 재빨리 끼어들어 말을 보탰다.

"저도 법원에 돌아가면 부성장님과 함께 식사했다고 자랑할 겁니다. 그럼 아무도 저를 함부로 대하지 못할 테니까요."

리안방은 비서에게 성 정부 식당에 공무찬公務餐을 예약하라고 지시했다. 리안방을 난처하게 만든 것은, 성성을 찾아온 이 노인에게 점심을 대접하는데 근처에 있는 주위천에게 알려야 하는지 말아야 하는지 하는 문제였다. 주위천이 있는 인민대표대회 상무위원회 사무동은 성 정부 마당 뒤쪽 도로에 자리하고 있었다. 접대하는 대상이 그의 부친인 만큼 굳이 알리지 않아도 그만이었다. 하지만 그의 부친을 구슬리는 목적은 그와의 관계를 회복하는 것이었다. 그와의 관계를 회복하기 위해 그의 부친과 함께 두 사람이 식사하는 절호의 기회를 놓치기가 아까웠다. 하물며 주위천은 부친을 몹시 무서워한다고 하지 않았던가! 리안방을 조금도 두려워하지 않는 주위천이 이 노인은 두려워한다는 것이었다. 하지만 18년 동안 서로 외면하고 살아오면서 관계가 몹시 악화되어 있는 터에 갑자기 이런 일을 가지고 말문을 튼다는 게 참 생경한 일이라는 생각을 떨칠 수 없었다. 자신의 목적을 그대로 드러내는 불편한 일이었다. 이런저런 난처함 때문에 그는 생각을 정할 수가 없었다. 의중을 떠보는 의미로 먼저 노인에게 물어보는 수밖에 없었다.

"어르신, 이렇게 성성에 오신 걸 주 주임도 알고 있나요?"

노인이 말했다.

"나는 자네를 만나러 온 거지 그 녀석을 만나러 온 게 아닐세. 그 녀석에게 뭐 하러 알린단 말인가?"

그러면서 또 리안방을 향해 손가락을 치켜세우며 말했다.

"일처리는 자네가 그 녀석보다 훨씬 깔끔하고 시원스러운 것 같네."

리안방은 노인의 말뜻을 알면서도 다시 한번 떠보았다.

"점심식사 할 때 주 주임을 함께 부르는 게 어떨까요?"

노인은 아주 분명하게 선을 그었다.

"우리 두 사람에게는 우리 두 사람만의 일이 있는데 녀석을 뭐 하러 부른단 말인가?"

리안방은 웃으면서 주위천에게 알리지 않는 것으로 마음을 정했다. 시계를 보니 오전 10시 반밖에 되지 않았다. 그는 비서에게 노인과 젊은이를 응접실로 안내하여 쉬게 해드리라고 한 뒤 사무실에서 결재 서류를 열람했다. 12시 정오가 되자 리안방은 일어나 식당으로 향했다. 사무실 문을 나서던 그는 갑자기 걸음을 멈추고 비서에게 다른 지시를 내렸다. 주위천의 비서에게 전화를 걸어 노인과의 식사 약속에 관해 알리라고 한 것이다. 주위천의 비서로 하여금 그의 부친이 성성에 오셨고 정오에 리안방과 함께 식사할 예정이라는 사실을 주위천에게 보고하도록 함으로써 식사 자리에 올 수 있는지 알아보려는 의도였다. 이리저리 머리를 굴리던 리안방은 결국 주위천과 얼굴을 마주하고 화해할 기회를 놓치지 않는 게 바람직하다고 결론지은 것이다. 닷새 후면 중앙의 내사 팀이 성성에 도착하기 때문이다. 시간은 사람을 기다려 주지 않기 때문에 주위천의 입장을 모르고 있다가는 재주만 부리고 일을 망치는 꼴을 당할 수도 있었다. 자기 비서를 통해 주위천의 비서에게 알리는 방법을 쓰면 두 단계를 우회함으로써 압력을 흡수할 완충지대가 확보되는 셈이다. 식당에 도착한 그는 별실로 들어갔다. 주씨 집안의 노인과 젊은이는 이미 별실에 들어와 그를 기다리고 있었다. 리안방은 두 사람에게 먼저 차를 권했다. 종업원이 테이블에 냉채를 올릴 때까지 주위천 쪽에서는 아무런 소식이 없었다. 비서가 리안방의 눈치를 살피다가 가까이 다가와서는 목소리를 낮춰 물었다.

"이러실 게 아니라 제가 주 주임의 비서에게 전화를 걸어보는 게 어떨까요?"

리안방은 손짓으로 비서의 생각을 저지하면서 서두를 것 없다고 말했다. 리안방은 주위천이 어린아이가 아니라는 점을 잘 알고 있었다. 18년 동안 쌓인 갈등이 있으니 재촉해서 오게 할 수 있는 상황이 아니었다. 그가 올 생각이 있으면 자연스럽게 올 것이고, 올 생각이 없다면 아무리 재촉해도 오지 않을 것이기 때문에 스스로 재미없는 일을 자초할 필요가 없었다. 이런 생각에 리안방은 노인과 젊은이에게 집중하기로 마음먹었다.

"어르신, 어서 드시지요."

그러면서 물었다.

"어르신, 약주도 한잔 하시겠습니까?"

"이렇게 만나는 것도 쉽지 않은 일인데 당연히 한잔 해야지."

리안방은 빙긋이 웃으면서 비서에게 술병을 따게 했다. 노인과 젊은이도 서먹서먹한 태도를 보이지 않았다. 술이 세 순배 돌고 나자 두 사람은 스스로 쉴 새 없이 잔을 들면서 신나게 마셔대기 시작했다. 리안방은 중간에 자리에서 일어나 화장실에 갔다가 성 교육청 청장인 라오지老吉와 마주쳤다. 리안방을 본 라오지가 그를 한쪽으로 잡아끌며 말했다.

"리 부성장님, 저 좀 도와주세요."

리안방이 물었다.

"무슨 뜻인가?"

라오지가 말했다.

"교육부 사람들이 와서 208호 별실에서 식사를 하고 있습니다. 오셔서 얼굴 좀 비춰주시면 안 되겠습니까?"

"교육부에서 사람들이 왔다면 라오바이老白가 나서야 하는 것 아닌가?"

라오바이는 이 성의 교육 부문을 담당하고 있는 부성장 중 한 명이었다. 라오지가 말했다.

"바이 부성장님은 어제 조사 연구를 위해 ○○시에 가셨다가 오늘 오전에 서둘러 돌아오시는 길인데 길이 막혀서 도착하지 못하고 계십니다. 교육부에서 사람이 왔는데 저희 쪽 고위 간부가 얼굴을 보이지 않으면 큰 실례가 되거든요."

"교육부에서 누가 왔는데 그러나?"

"사실 직위는 그다지 높지 않습니다. 부사장副司長 한 명이랑 처장 한 명이에요. 하지만 이 사司에서 초중등학교의 위험 건물 리모델링 문제를 관장하고 있고, 손에 쥐고 있는 자금이 수십억 위안에 달합니다. 속담에 틀린 말이 없지요. 무가 크지 않으면 밭두둑에서도 자랄 수 있다는 말이 있듯이 부성장님께서 얼굴을 내비쳐주시면 우리 성 초중등학교의 위험 건물을 수백 칸 늘려서 제시할 수 있습니다. 그들이 크게 선심을 써준다면 수천만 위안의 예산을 더 받아낼 수 있지요. 리 부성장님, 성 전체의 아이들을 생각해서서……"

라오지의 말이 다 끝나기도 전에 리안방이 말을 받았다.

"그렇게 장황하게 설명할 필요 없네. 내가 가면 되는 것 아닌가."

하지만 한 가지 조건을 달았다.

"미안한 말을 해두자면, 나도 그리 오래 앉아 있진 못할 것 같네. 우리 방에도 중요한 손님이 와 계셔서 말일세."

라오지가 읍을 하며 말했다.

"가주시기만 하면 됩니다. 일단 가시지요."

라오지가 잡았던 손을 풀자 리안방은 그를 따라 208호로 들어가 교육부의 부사장과 처장을 만났다. 공무상의 접대라 점심에는 술을 마실 수 없었다. 리안방이 차로 술을 대신하면서 이들과 예의상의 대화를 주고받다가 다시 자신의 별실로 돌아와보니 자리를 비운 사이에 노인과 젊은이는 이미 얼큰하게 취해 귀까지 빨개져 있었다. 말도 더듬을 정도였다. 리안방은 속으로 노인과 젊은이가 솔직한 사람들이라고 생각했다. 어쩌면 때와 장소를 가리지 않고 실속을 차리는 사람들인지도 몰랐다. 그런 한편으로 이런 자리에서 두 사람이 술을 너무 많이 마시면 불상사가 일어날 수 있다는 생각도 들었다. 이들이 추태를 보이는 것으로 그치지 않을 수도 있다. 나중에 주위천이 이 사실을 알게 되면 리안방이 자기 아버지에게 술을 많이 먹인 것을 탓하면서 그가 기대했던 것과 정반대의 반응을 보일 가능성도 없지 않기 때문이다. 그렇다면 모처럼의 식사 대접이 역효과를 유발하는 악재가 될 수도 있었다. 이런 생각에 리안방은 비서에게 자리를 서둘러 마무리하라고 지시했다. 바로 그때 별실의 문이 열리면서 성인민대표대회 부주임 주위천이 들어왔다. 주위천은 방에 들어서자마자 굳은 표정으로 리안방은 거들떠보지도 않고 술자리를 대충 둘러보더니 얼굴이 귀까지 빨개진 자기 아버지와 사촌조카를 바라보았다. 두 사람은 주위천을 보자마자 얼른 자리에서 일어섰다. 주위천이 의자를 하나 당겨 자리에 앉았지만 두 사람은 주위천의 표정만 살필 뿐 감히 앉지 못하고 손짓발짓을 해가며 변명을 늘어놓기 시작했다. 리안방은 ○○시 ○○현에서 주위천이 자기 아버지를 무서워한다는 얘기를 들었던 것이 완전히 헛소문이라는 사실을 깨달았다. 나이 많은 부친이 사람들이 보는 앞에서 주위천의 따귀를 후려쳤다는 얘기는 더더욱 황당무계한 소문이었다. 알고 보니 주위천이 부친을 무서워하는 게 아니라 부친이 주위천을 무서워하는 것이었다. 전도된 논리가 마침내 다시 뒤집히고 나서야 리안방은 지금 눈앞에 있는 주위천이 25년 전의 주위천과 일치하고 눈앞에서 벌어지고 있는 상황과도 일치한다는 사실을 깨달았다. 현위원회 서기에서 성급 간부까지 올라간 사람이 시골에서 돼지나 잡던 하층 노인네를 무서워할 이유가 어디 있단 말인가? 또 리안방은 문득 노인이 성성에 와서도 아들에게 알리지 않은 이유를 알 것 같았다. 어쩌면 주위천이 아버지를 무서워한다는 소문을 지어낸 자는 바로 주위천의 아버지 본인일지도 몰랐다. 노인은 아들이 무서워 그 어떤 일도 아들에게 알리지 않고 호랑이 가죽으로 큰 깃발을 만들어 사람들을 놀라게 하면서 허장성세로 자신을 부풀렸던 것이다. 모든 일에 허장성세로 나서면서 현과 시 전체에 커다란 위해를 조장했던 것이다. 노인은 감히 주위천에게 말할 수 없는 일을 리안방에게 요구했고, 리안방은 노인의 요구대로 처리해주었다. 이에 노인은 향에서 젊은 사촌 외손자를 데리고 성성까지 왔다. 그렇게 보자면 리안방이 이 노인을 속여먹은 게 아니라 반대로 노인이 리안방을 속여먹은 셈이었다. 리안방이 그의 속임수에 걸려든 것이다. 리안방은 울지도 못하고 웃지도 못할 심정이었다. 주위천이 노인을 노려보며 말했다.

"고향에서 망신당하는 것으로 모자라 여기까지 와서 망신을 당하는 거예요?"

그러고는 또 젊은이를 노려보며 소리쳤다.

"내가 방금 현에 전화를 걸어보고서야 네놈의 이 소란을 알게 되었다. 네놈의 과장 자리는 이미 취소됐어!"

그러고는 더 큰 목소리로 호통을 쳤다.

"밖에 차가 대기하고 있으니까 당장 꺼져."

노인과 젊은이는 손오공의 여의봉에 맞은 요괴들처럼 본모습을 고스란히 드러냈고 술도 다 깼다. 더 이상 허세를 부릴 수 없게 되자 방귀가 나오고 오줌을 쌀 정도로 혼비백산하여 눈 깜짝할 사이에 방에서 사라졌다. 주위천은 자리에서 일어나 리안방을 쳐다보며 한마디 던졌다.

"더럽고 사악한 놈!"

그러고는 몸을 돌려 문을 쾅 닫고 가버렸다.

주위천이 가고 나자 리안방은 의자 위에 맥없이 주저앉았다. 재주를 피우려다 일을 망쳤다는 사실을 알고도 남았다. 닭은 훔치지도 못하고 쌀만 한 줌 허비한 셈이었다. 리안방은 주위천의 부친을 통해 주위천과의 틀어진 관계를 회복해볼 생각이었으나 주위천과 부친 사이의 관계를 오판하고 말았다. 주위천은 리안방이 자기 아버지를 도와준 일을 오해할 수밖에 없었다. 주위천은 원숭이를 시켜 재주를 부리게 하듯이 리안방이 자기 아버지를 이용하려 했다는 생각을 갖게 되었다. 자기 아버지와 외종질이 생각이 모자라고 요구가 황당하다는 것을 뻔히 알면서도 시와 현에서 두 사람의 요구를 들어주게 한 것은 자신에게 망신을 주려는 의도였다는 게 주위천의 생각이었다. 어쩌면 리안방이 이런 일을 꾸민 목적이 자신이 성장 후보자가 되었고, 중앙의 내사 팀이 이 성에 와서 내사를 진행할 예정이며, 내사 팀의 팀장이 자기 동창생이라는 사실 때문이라는 걸 이미 주위천은 의식하고 있었는지도 모른다. 바로 그런 이유로 광명정대하게 행동하지 않고 몰래 계략을 꾸몄으며, 주위천 집안을 대상으로 계략을 펼쳤다고 생각했을 것이다. 그렇다면 이야말로 주위천을 형편없는 명청이로 봤다는 증거가 아니고 무엇이란 말인가? 그래서 자리를 뜨면서 그는 '더럽고 사악한 놈!'이라고 욕을 했던 것이다. '더럽고 사악하다'는 것은 무슨 의미일까? 이 일이 더럽고 사악하다는 것인가, 아니면 리안방이 더럽고 사악하다는 것인가? 어느 쪽이든 간에 이 말은 리안방의 계획이 철저히 실패했다는 것을 의미했다. 우회적인 방법을 썼어야 했다. 그랬다면 주위천이 리안방을 위해 좋은 말을 해주지는 않아도 그를 곧장 사지로 몰지는 않을 것이다. 하지만 이제 리안방의 속셈과 진면목을 확인했다. 그렇다면 리안방이 자신과 자기 부친을 필요로 한다는 사실을 안이상 리안방에 대해 밥솥을 부수고 배를 침몰시키겠다는 결전의 각오를 다지진 않을까? 18년 전에 상무부시장 자리 때문에 그는 200만 위안을 뇌물로 받았다는 모함으로 리안방을 감옥으로 보내려 했다. 지금은 그때의 원한에 새로운 원한을 더해 자신의 동창생 앞에서 2억 위안을 뇌물로 받았다고 모함하여 그를 철저하게 파멸시키려 하진 않을까? 주위천의 일격에 정신을 차리지 못하는 리안방을 보더니 비서가 민망한 듯한 어투로 말했다.

"저 주 주임이란 사람은 정말로 교양머리가 없네요."

리안방이 정신을 차리고 황급히 말했다.

"주 주임이 이 일을 왜곡하려들 줄은 꿈에도 생각지 못했군. 사실 나는 그저 그 집 노인네를 도와주려고 한 것뿐인데 말일세."

그러고는 고개를 가로저으며 탄식했다.

"사람이 악의에서 출발하면 무슨 일을 하든 잘못되기 마련일세."

하지만 리안방은 이 일의 후과를 분명하게 인식하고 있었다. 그래서 춥지도 않은데 몸이 떨리는 것이었다. 사무실로 돌아와 오후 내내 생각해봤지만 자신이 예상하는 후환을 해소하거나 완화시킬 방법이 떠오르지 않았다. 재앙은 매양 겹쳐서 오게 마련이라더니, 오후 퇴근 시간이 다가올 무렵 비서가 황급히 사무실로 들어와서는 안 좋은 소식 하나를 더했다. 이 소식의 안 좋은 정도는 주위천을 화나게 한 것을 훨씬 능가했다. 비서는 리안방의 오랜 부하였던 ○○시 시장 쑹야오우가 기율위원회의 쌍규雙規*의 대상이 되었다고 전했다. 리안방으로서는 너무나 놀랍고 무서운 소식이었다.

"언제 그랬다는 건가?"

비서가 말했다.

"두 시간 전이라고 합니다."

"사전에 아무런 징후도 없었지 않은가!"

"그러게요. 쑹 시장은 오후에 회의도 주재했거든요. 그런데 산회하자마자 회의장 무대 뒤에 대기하고 있던 기율위원회 사람들이 쑹 시장을 연행해갔답니다."

리안방은 소파에 털썩 주저앉고 말았다. 일단 쌍규가 진행된다는 것은 대상 간부가 기율과 법을 어긴 확실한 증거가 확보되었음을 의미한다는 것을 리안방은 잘 알고 있었다. 그게 아니라면 풀을 헤쳐 뱀을 놀라게 할 필요가 없는 것이다. 간부가 쌍규를 당했다면 수많은 부정과 부패 관련 사실을 낱낱이 자백하는 수밖에 없었다. 기율위원회는 남몰래 이 간부를 조사할 뿐 서두르거나 겉으로 드러내지 않았다. 사전에 아무도 모르게 증거만 확보하고 있다가 시기가 무르익으면 갑자기 습격하는 방식으로

• 중국공산당 기율위원회와 정부의 행정감찰 기관이 동시에 진행하는 특수한 감찰 방식.

쌍규가 이루어졌다. 쌍규의 대상이 되면 바로 전날까지 텔레비전에 얼굴을 비췄던 인물도 이튿날 흔적조차 없이 사라진 후 기율위원회의 사이트에 쌍규를 당했다는 고지가 뜨는 경우가 비일비재했다. 이전에 다른 사람이 갑자기 쌍규를 당할 때면 리안방은 그저 기율위원회가 대단하다는 생각밖에 하지 않았다. 그런 일들은 자신과 아주 먼 것으로 여겨왔는데 이제 쑹야오우가 갑자기 쌍규를 당하고 보니 자신에게도 재난이 코앞에 다가온 듯했다. 쑹야오우는 리안방이 한 단계 한 단계 오랜 세월 동안 키워온 간부로, 그 과정에서 이해관계가 없을 수 없었다. 게다가 한두 해에 그치지 않고 25년 동안 이어온 관계다. 그동안 쑹야오우는 수많은 계단을 거치면서 현과 시의 고위 간부를 지낸 것이다. 이런 이해관계가 발각될 경우 리안방은 감옥에 보내질 뿐만 아니라 심지어 단두대에 오를 수도 있다. 쑹야오우가 쌍규를 당하고 있다는 것은 기정사실이고, 그 사실을 되돌리는 것은 이미 불가능하다. 이어서 추가로 걱정하지 않을 수 없는 것은 쑹야오우가 쌍규를 당해서 자신과 연계된 다른 사람들의 이름을 불 것인가 하는 문제다. 이전에 기율위원회의 쌍규를 당한 간부들의 사례를 보면 다른 사람을 지명하지 않은 이가 한 명도 없었다. 쌍규 대상으로 지목된 수많은 간부는 일단 기율위원회 차에 태워지면 기율위원회의 쌍규 현장에 도착하기도 전에 지난 10여 년 동안의 부정부패 사실들을 하나하나 실토했다. 그 부정부패 사건에 연루된 이

들 또한 관련 사실을 남김없이 줄줄 불었다. 다른 사람들이 전부 줄줄 실토하는데 쑹야오우만 불지 않고 버틸 수 있을까? 쑹야오우가 줄줄 불기 시작하면 리안방도 쌍규의 대상이 되는 건 불 보듯 뻔한 일이다. 리안방의 온몸에서 식은땀이 흘렀다. 그때 돤샤오톄가 황급히 사무실 안으로 들어왔다. 돤샤오톄가 리안방의 사무실에 들어올 때는 반드시 사전에 비서를 거쳐야 했다. 비서를 거치지 않는 경우에는 적어도 노크를 했다. 하지만 이번에는 곧장 문을 밀고 들어와서는 숨을 헐떡거리며 말했다.

"부성장님, 쑹야오우가……"

비서가 낮은 목소리로 그를 저지했다.

"부성장님께서도 이미 알고 계세요."

돤샤오톄와 쑹야오우는 25년 전부터 서로 알고 지냈고, 두 사람 다 리안방이 현에서부터 한 단계 한 단계 키워준 인물들이다. 리안방은 그 두 사람이 모든 걸 알고 있었을 거라고 생각했다. 어제 리안방과 돤샤오톄가 강변에서 식사할 때 돤샤오톄는 시로 내려가 시장을 하고 싶다면서 쑹야오우의 사례를 언급했다. 돤샤오톄와 단독으로 쑹야오우의 일에 관해 얘기하고 싶었던 리안방은 비서에게 눈짓을 보냈다. 비서는 그의 속뜻을 알아차리고 얼른 밖으로 나간 뒤 문을 꼭 닫았다. 리안방이 돤샤오톄에게 물었다.

"자네는 쑹야오우와 잘 아는 사이가 아닌가? 이 쑹야오우라는 친구가 담이 크던가?"

돤샤오톄가 고개를 가로저었다.

"쥐새끼만큼이나 담이 작지요. 저도 바로 이 점이 걱정입니다."

"그걸 어떻게 알았나?"

"그가 ○○시에서 상무부시장으로 있을 때 시에서 운영하는 호텔의 여종업원을 건드린 일이 있었습니다. 나중에 이 여종업원이 임신을 하게 되자 그에게 아내와 이혼할 것을 요구하면서 그러지 않으면 두 사람의 정사 장면 사진을 인터넷에 올리겠다고 협박했지요. 그는 당시 시 공안국 부국장으로 있던 저를 찾아와 이 문제를 상의했습니다. 다 큰 사내가 눈물 콧물을 다 흘리더라고요. 결국 제가 나서서 그 여종업원에게 겁을 주면서 30만 위안을 보상금으로 주었습니다. 그제야 그 여자는 아이를 지웠지요."

"그 일을 어째서 나는 모르고 있었던 거지?"

"이런 일을 그가 어떻게 감히 부성장님께 알리겠습니까? 제가 하고 싶은 말은 여자 하나에도 그렇게 압박을 느꼈는데 이번에는 기율위원회가 나선 데다 갖가지 수단이 동원되고 있으니 얼마나 큰 압박에 시달리고 있겠느냐 하는 겁니다."

리안방의 속은 완전히 얼어버렸다. 하지만 이런 절망감을 돤샤오톄에게 드러낼 수도 없었다. 어제 강변에서 함께 식사를 할 때 그는 돤샤오톄가 이미 변했다는 것을 감지할 수 있었다. 이젠 세상을 다 뒤져도 믿을 수 있는 사람은 없다. 그가 돤샤오톄에게 말했다.

"사정을 충분히 알았으니 자네는 일단 돌아가도록 하게. 혼자 조용히 있고 싶네."

돤샤오톄는 몸을 일으켜 물러나려다가 약간 우물쭈물하는 모습을 보였다. 리안방이 물었다.

"볼일이 아직 남았나?"

돤샤오톄가 떠듬거리며 말했다.

"동량의 교통사고 건이 안 좋은 쪽으로 흘러가고 있는 것 같습니다."

리안방은 또다시 새가슴이 되었다.

"그 일은 이미 마무리되었다고 하지 않았나? 존재하지 않는 사람을 구해 완전히 처리한 게 아니었나?"

"확실하진 않지만 오늘 오전에 우리 청장이 사람들을 시켜 이 사건을 다시 조사하는 걸 알게 되었습니다. 원래는 교통관리와 기술조사 업무가 제 소관이라 이 사건도 제가 직접 처리할 수 있었습니다. 그런데 청장이 다른 사람을 시켜 재조사를 하면서 저를 거치지 않는 걸로 보아 뭔가 수상한 내막이 있는 것 같습니다."

리안방의 머릿속에서 쾅하고 폭발음이 울렸다.

7

쑹야오우가 쌍규를 당하자 공안청장은 돤샤오톄 몰래 교통사고를 재조사하기 시작했다. 두 사건이 두 개의 화살처럼 동시에 리안방을 향하고 있었다. 두 개의 화살 가운데 하나만 맞아도 리안방은 몸이 뒤집혀 말에서 떨어질 운명이었다. 이제는 성장이 될 수 있느냐의 문제가 아니라 곧장 쌍규를 당해 감옥에 들어가느냐 마느냐가 문제였다. 이 두 사건은 얼핏 보기에는 아무런 관련이 없는 것 같지만 실제로는 '도미노'의 피스처럼 연쇄반응을 일으킬 수 있는 사건들이다. 한 가지 사건의 진상이 밝혀지면 이로 인해 두 번째 사건의 진상이 밝혀지고, 곧이어 세 번째 사건이 연루되는 것이다. 두려운 것은 세상에 아직 주위천이라는 인성이 열악한 인간이 존재하고 있다는 사실이었다. 그가 쑹야오우에게 일이 생겼다는 사실을 듣게 되거나 혹은 리동량의 교통사고 소식을 알게 되면 가만히 있을 수 있을까? 그가 파란을 더 확대하고 조용한 우물에 돌을 던지진 않을까? 세 개의 화살이 동시에 발사된다면 리안방의 심장은 화살의 과녁이 될 것이고 곧장 단두대에 오르게 될 것이다. 게다가 겉으로 드러난 원수 주위천 외에 눈에 보이지 않는 곳에 얼마나 많은 사람이 리안방의 말로를 바라보며 웃고 떠들지 알 수 없는 일이다. 정치에 입문하여 30년이라는 세월을 보내는 동안 어떤 직위와 장소에서든 일부 사람에게 미움을 사는 일이 불가피했을 것이다. 멀리 갈 필요 없이 가까운 사람들부터 생각해보자. 성장의 직위를 놓고 중앙에서 세 후보자를 선정했는데, 과거에 세 사람 사이에 아무런 갈등이 없었다 해도 지금은 서로 정적이 될 수밖에 없다. 18년 전에 그와 주위천 사이에 충돌이 발생한 것도 두 사람이 동시에 상무부시장 후보자가 되었기 때문 아니던가. 게다가 지금의 경쟁은 상무부시장이 아니라 성장의 직위를 차지하기 위한 것이고, 여기에 적지 않은 원한의 에너지가 집중되어 있다. 이런 에너지를 쏘아 보낼 경우, 화살을 쏘는 것이 아니라 핵탄두가 탑재된 미사일을 발사하는 것과 다르지 않다. 게다가 지금은 사람들 사이에 분위기도 달라져서 누군가 낙마하면 많은 사람이 일제히 쾌재를 부르는 형국이다. 사람들은 과거에 그가 자신들을 위해 어떤 일들을 해주었는지는 전혀 생각하지 않는다. 리안방은 담배를 끊은 지 이미 8년이 되었지만 요 며칠 동안 다시 몇 개비를 피웠다. 이제 먹구름이 성 전체를 짓누르는 형국이 되자 그는 아예 비서를 시켜 담배를 한 갑 사오게 했다. 그는 사무실에서 자기도 모르게 담배 한 갑을 다 피운 뒤 문득 벽에 걸린 시계를 보니 이미 새벽 1시였다. 하지만 여전히 세 개의 화살에 대처할 적절한 방법은 떠오르지 않았다. 세 개의 화살에 대처할 방법을 찾지 못한 것이 아니라 그중 어느 한 개에 대처할 방법조차 생각해내지 못했다. 그야말로 속수무책이었다. 스스로 방법을 생각해낼 수 없자 그는 누군가에게 상의해보고 싶어졌다. 하지만 18년 전에 주위천으로부터 받은 교훈이 있는 터라 지난 18년 동안 그에게는 친구가 없었다. 다급한 상황에 누구의 손이라도 붙잡고 싶었지만 잡을 만한 손이 없었다. 일찍이 마오 주석도 국가에 어려움이 닥쳤을 때 누구에게 물어야 좋을지 몰라 고뇌한 적이 있었다. 지금 리안방이 바로 이런 마오 주석의 심정이었다. 억지로 이리저리 궁리하던 리안방은 휴대전화를 들어 주소록을 뒤적이기 시작했다. 그의 휴대전화 주소록에는 1000명이 넘는 사람의 연락처가 담겨 있었지만 하나하나 넘겨보니 속마음을 털어놓을 이는 하나도 없었다. 일상적인 얘기를 할 만한 사람도 있고 업무에 관한 얘기를 나눌 사람도 있었다. 보수에 대해 얘기할 만한 사람도 있고 농담을 주고받을 만한 사람도 있었다. 하지만 마음속의 어려움과 고민을 털어놓을 수 있는 사람은 하나도 없었다. 리안방은 문득 "인생에 단 한 명의 지기만 있어도 족하다"라는 루쉰魯迅의 말을 이해할 수 있을 것 같았다. 알고 보니 지기란 술과 고기를 먹고 풍화설월風花雪月을 함께 즐기는 데 필요한 것이 아니라 어려움과 고민을 함께 푸는 데 필요한 존재였다. 역시 노력은 뜻을 지닌 사람을 저버리지 않았다. 1022명이나 되는 사람들의 전화번호를 넘기고서 마침내 1023번째 사람을 찾게 되었다. '자오핑판趙平凡'이라는 세 글자가 눈에 들어오는 순간 리안방의 마음속에 반짝하고 불이 켜졌다.

이 자오핑판이라는 사람은 중국의 유명한 부동산업자로서 자신이 태어난 성성에 수많은 건물을 지었다. 전장典藏 박물관과 신체육관, 고속전철 동부 역사, 가오신高新구의 대학촌 등 수많은 랜드마크 건물이 전부 그가 지은 작품이었다. 자오핑판은 본성의 부동산 개발뿐만 아니라 각지의 여러 시에 자신의 부동산 매물을 보유하고 있었다. 리안방은 ○○시 상무부시장으로 있을 때 도시 건설을 주관하다 보니 자오핑판이 ○○시에 부동산을 개발할 때 그와 상당히 왕래한 사이였다. 자오핑판은 복잡한 일을 간단하게 만드는 걸 좋아한다는 말을 입에 달고 다녔다. 당시 ○○시에서는 시 중심가에 종합광장을 건설하고 광장 한가운데 조각상과 음악분수를 설치할 계획을 갖고 있었다. 그리고 그 주위에는 40층이 넘는 환형 상가 건물을 조성하여 그 안에 쇼핑몰과 음식점, 영화관 및 각종 레저 시설을 유치하기로 결정했다. 목표 예산은 약 20억 위안이었다. 성 안팎의 여러 부동산 개발 회사가 경쟁 입찰에 참여했고 자오핑판도 그 가운데 하나였다. 그날 리안방의 사무실을 찾은 자오핑판이 말했다.

"리 시장님, 이 광장 건설 건은 제게 주십시오. 다른 회사들은 전부 사기꾼들이에요."

리안방이 물었다.

"입찰도 하기 전에 남들이 다 사기꾼이란 걸 어떻게 압니까?"

자오핑판이 대답했다.

"경쟁 입찰을 하든 안 하든 전부 다 형식에 불과하지 않습니까!"

"경쟁 입찰은 공개와 공정, 공평의 원칙을 추구합니다. 어떻게 그걸 형식에 불과하다고 할 수 있습니까?"

자오핑판은 리안방의 책상 위에서 종이를 한 장 집어들고는 그 위에 몇 글자를 적어 리안방에게 보여주었다. 종이에는 이렇게 쓰여 있었다.

"말 한마디에 2000만."

이를 본 리안방이 막 입을 떼려는 순간 뜻밖에도 자오핑판이 그 종이를 자기 입에 쑤셔넣더니 우적우적 씹어 먹었다. 리안방은 놀라지 않을 수 없었다.

결국 ○○시의 종합광장 공사는 자오핑판에게로 낙찰되었다. 공사를 따낸 자오핑판은 전국에서 가장 뛰어난 설계사들과 성 전체에서 가장 훌륭한 건설회사들을 섭외하여 공사를 진행했다. 공사비를 한 푼도 착복하지 않았고 공사 기간을 단축시키지도 않았다. 광장이 건설된 후 성 주거건설국에서 감리를 실시한 결과 특등 우수공사로 평가되어 성 전체의 모범 시공 사례로 선정되었다. 리안방은 그제야 자오핑판이 탁월하고 장기적인 안목을 가졌으며 교우하기에 충분한 사람임을 알게 되었다. 그 뒤로 두 사람의 왕래는 한결 더 밀접해졌다. 리안방이 성에서 부성장과 상무부시장 직을 맡게 된 뒤로 자오핑판이 성의 신체육관과 고속전철 동부 역사 건설을 맡아 진행할 때도 리안방이 그에게 도움을 준 바 있었다. 물론 그 사이의 이해관계를 완전히 배제할 수는 없었다. 그리고 이 모든 사실을 리안방의 마누라 캉수펑은 전혀 알지 못했다. 나중에 자오펑판은 기업 활동의 중심을 베이징으로 이전했고, 베이징의 몇 개 랜드마크 건물을 건축하기도 했다. 하지만 사업이 중천에 걸린 해처럼 가장 왕성하던 시기인 작년 2월에 자오펑판은 갑자기 사업 중단을 선언하고 강호를 떠났다. 거주지도 베이징에서 이전에 살던 성성으로 이전했다. 많은 사람이 그의 이런 결정을 이해하지 못했다. 리안방도 마찬가지였다. 자오펑판이 리안방을 초대해 함께 차를 마시는 자리에서 리안방이 왜 갑자기 사업을 중단하게 되었는지 묻자 자오펑판이 말했다.

"다 청산할 생각입니다."

리안방이 물었다.

"뭘 청산한단 말인가요?"

자오펑판이 대답했다.

"제 나이가 올해 예순다섯입니다. 앞으로 길어야 20년 남짓 더 살 수 있겠지요. 병이나 큰 재난 없이 사는 건 10년 남짓이 될 겁니다. 과거에는 돈을 위해 살았지만 이제는 자신을 위해 살아야 할 것 같습니다."

"자신을 위해서 뭘 하겠다는 말인가요?"

"신나게 먹고 마시면서 놀 생각입니다."

자오펑판이란 인물은 이름처럼 평범하지는 않았다. 통이 큰 사람이라고 할 수도 있고 어떤 의미에서는 남다른 식견을 갖춘 사람이라고도 할 수 있다. 리안방과 자오펑판 사이에 이해관계가 있었지만 자오펑판이 강호를 떠난 뒤로는 두 사람 사이의 이해관계는 부드럽게 연착륙하게 되었고, 이에 대해 리안방은 크게 안도하고 있었다. 인터넷에 떠도는 얘기로는 자오펑판이 강호를 떠날 때 그의 몸값이 300억 위안에 달했다고 한다. 자오펑판이 강호를 떠난 뒤로 리안방이 그와 만나는 횟수는 점점 줄었지만 다른 사람들의 입을 통해 그가 전 세계를 돌아다니며 골프와 스키, 스카이다이빙을 즐긴다는 등의 근황은 잘 알고 있었다. 히말라야와 남극에 다녀왔다는 사실도 알고 있었다. 리안방은 우연히 전혀 다른 자리에서 그를 만나기도 했다. 국가에 지진이 일어나거나 한재와 수해가 발생했을 때 혹은 성에 양로원을 짓거나 빈민구제기금을 조성할 때면 자오펑판이 어김없이 나타나 100만, 500만, 1000만 위안의 성금을 쾌척하곤 했다. 한번은 성 서남 지역의 빈곤한 산간지구에 '희망초등학교'를 건립할 때 그가 한꺼번에 5000만 위안의 성금을 쾌척하기도 했다. 성의 자선사업과 공익사업은 모두 리안방이 주관하는 분야였다. 회의를 주재하면서 리안방이 성을 대표하여 자오펑판의 통 큰 기부에 대해 감사 인사를 건넬 때마다 자오펑판은 고개를 가로저으며 칭송을 거부했다.

"리 부성장님, 제가 성금을 내는 건 칭찬을 받기 위해서가 아니라 제가 그동안 번 돈을 죽기 전에 다 쓰기 위해서입니다. 돈은 누가 뭐라 해도 몸 밖에 있는 물건이라 손에 들고 태어나는 것도 아니고 죽을 때 가져갈 수 있는 것도 아니거든요. 우리는 어려서부터 가난한 사람들이었습니다. 돈이 어떤 이들한테 유용한지 잘 알아야지요."

소박하고 진실한 대답이 무대 아래서 뜨거운 박수 소리를 이끌어냈다. 리안방은 자오핑판의 성금 쾌척을 통해 그의 안목이 상당히 길고 멀리 내다본다는 것을 알게 되었다. 강호를 떠난 뒤 그는 돈으로 과거의 사소한 부정을 깨끗이 세탁한 것이다. 지금 리안방은 휴대전화 주소록에서 자오핑판이라는 이름을 보고 문득 그라면 더불어 세 개의 화살이 동시에 날아오는 문제를 상의해볼 수 있을 것 같다고 생각했다. 첫째는 이해관계에 대해서는 서로를 철저히 알고 있어 그를 속일 필요가 없기 때문이고, 둘째는 그가 이미 강호를 떠난 몸이라 시비의 현장을 떠나 확실하고 객관적인 방법으로 시비를 가릴 수 있기 때문이었다. 셋째는 과거를 세탁하는 방식으로 볼 때 그가 큰 이치를 알고 식견이 넓은 사람이라는 걸 짐작할 수 있기 때문이다. 사정이 워낙 다급하여 지체할 여유가 없었지만 벽에 걸린 시계를 보니 새벽 1시가 넘은 시각이었다. 자오핑판이 자고 있는 건 아닌지, 전화기를 꺼놓진 않았는지, 그가 성성에 있을지, 아니면 국내의 다른 지역에 있거나 아예 외국에 나가 있을지, 전혀 짐작할 수가 없었다. 리안방은 우선 그에게 문자 메시지를 보내보기로 했다.

어디 계십니까? 주무시는 건 아니지요?

뜻밖에도 1분이 채 안 돼서 자오펑판의 회신 문자가 왔다.

집에 있습니다. 분부하실 일이라도 있으신가요?

정말 하늘이 무너져도 솟아날 구멍은 있는 법인 것 같았다. 리
안방은 다시 기분이 좋아졌다. 그는 곧장 전화를 걸었다.

"라오자오, 잠이 안 와서 그러는데 저랑 술 한잔 할 수 있겠습
니까?"

자오펑판이 웃으면서 말을 받았다.

"저희 집으로 오세요. 여기 호주에서 공수해온 로브스터가 한
마리 있습니다. 아직 살아 있지요."

리안방이 잠시 생각해보고 나서 말했다.

"그러지 말고 강변에 있는 쉐지강호요리에서 만나는 게 어떨
까요?"

그러고는 한마디 덧붙였다.

"술 한 병 챙겨오는 것 잊지 마시고요."

리안방은 성 정부 청사를 나와 택시를 타고 강변으로 향했다.
쉐지강호요리에 도착하니 이미 자오펑판이 문 앞에 기다리고 있
었다. 어제 저녁에 돤샤오톄와 저녁을 먹은 곳도 바로 이 집이었

다. 새벽 2시라 음식점 안에는 군데군데 몇 테이블에만 단골손님들이 앉아 있었다. 그 가운데 두 테이블의 손님들은 이미 술에 취해 고성으로 소리를 질러대고 있었다. 음식점 여주인은 두 볼이 빨갛게 상기된 채 카운터에 엎드려 졸고 있다가 리안방이 들어오는 것을 보자 두 눈에 생기가 돌았다. 동시에 이상하다는 생각도 들었다.

"부성장님, 어제 다녀가시지 않았나요? 웬일로 또 오셨어요?"

리안방이 말했다.

"사장님이 만든 음식이 너무 맛있어서 또 왔지요."

그러면서 한마디 보탰다.

"사람이 밥을 먹는 것도 개랑 비슷해요. 편하고 익숙한 곳을 잘 기억하지요."

그러면서 내친김에 음식도 주문했다.

"음식은 어제 먹었던 거랑 똑같이 준비해주세요."

여주인은 고개를 끄덕이면서 벽에 걸린 시계를 보았다.

"부성장이란 직책도 쉽지 않은가 봐요. 이렇게 늦은 시각까지 일을 하시니 말이에요."

리안방이 되물었다.

"제가 밤을 새는 건 오늘 하루예요. 사장님은 매일 새벽 3~4시까지 밤을 새시잖아요?"

여주인장이 빙긋이 웃었다.

"부성장님은 정말 허세가 없으신 것 같아요. 마음속에 항상 백성들 생각만 가득한 것 같아요."

여주인장은 신바람이 나서 주방으로 들어갔다. 리안방과 자오핑판은 강가 쪽 구석진 자리를 찾아 앉았다. 과거에도 자오핑판과 리안방은 이 작은 음식점에서 식사를 한 적이 있었다. 당시 자오핑판은 고속철도 동부 역사 공사 건을 들고 왔고 두 사람은 강변의 이 작은 음식점에서 만나 상의했다. 리안방의 식사 습관을 잘 알고 있는 자오핑판은 곧바로 커다란 맥주잔 두 개를 가져다 놓고 품안에서 신문지로 싼 술병을 꺼내 좌우를 살핀 뒤 사람들이 보지 않은 틈을 타서 신문지를 벗겨냈다. 안에 든 술은 30년 된 마오타이였다. 마개를 비틀어 술병을 딴 그는 꾸르륵꾸르륵 소리와 함께 술 한 병을 두 개의 잔에 나눠 따랐다. 그런 뒤 마오타이 술병을 자신의 손가방 안에 집어넣었다. 여주인이 먼저 두 가지 냉채를 상에 올렸다. 소금물에 삶은 땅콩과 오이무침이었다. 두 사람은 잔을 부딪치고 한 모금씩 술을 들이켰다. 자오핑판이 말했다.

"부성장님께서 심야에 저를 부르신 걸 보니 뭔가 중요한 일이 있으신가 보군요."

리안방이 고개를 끄덕였다. 그는 먼저 잠시 강물에 비친 등불을 바라보면서 생각을 정리했다. 이어서 세 개의 화살이 날아오고 있는 상황을 자세하고 일목요연하게 조금도 감추지 않고 자오펑판에게 얘기했다. 도중에 여주인이 네 가지 더운 요리를 가져와 상에 올렸다. 염전육과 붕어, 마파두부와 감자튀김이었다. 리안방은 얘기를 멈추고 또다시 여주인과 몇 마디 한담을 주고받다가 여주인이 멀어지자 다시 얘기를 계속했다. 리안방의 얘기를 들으면서 자오펑판은 놀라서 쉴 새 없이 거친 숨을 들이마셨다. 리안방이 모든 걸 얘기하자 자오펑판이 입을 열었다.

"부성장님, 상황이 아주 심각하군요."

"그렇습니다. 앞뒤로 적의 공격을 받고 있습니다."

자오펑판이 좌우를 둘러보았다. 주위 사람들이 술에 취해 큰 소리로 떠드는 것을 확인한 그는 목소리를 낮춰 말했다.

"이렇게 중대한 일은 저희 집에 가서 얘기하는 게 좋을 것 같습니다."

리안방은 고개를 가로저었다.

"자오 사장 집보다 여기가 더 안전해요."

자오펑판은 리안방의 생각을 알아채고는 고개를 끄덕였다. 리안방이 다시 입을 열었다.

"오늘 자오 사장을 부른 건 절 위해 적당한 아이디어를 좀 내주십사 부탁하기 위해서입니다. 이런 상황을 어떻게 해결할 수 있을까요?"

자오펑판이 강물에 비친 불빛을 바라보며 말했다.

"이 일을 해결할 수 있는 유일한 방법은 세 곳에 가서 드러나지 않은 문제들을 해결하는 겁니다. 쑹야오우의 일은 기율위원회를 찾아가 부성장님과 아무런 관계도 없다고 말하면 됩니다. 둥량의 교통사고 문제는 공안청장을 찾아가 조사를 못하게 하면되고, 주위천이 일을 복잡하게 만드는 것에 대해서는 주위천을찾아가 과거의 원한을 잊게 만들면 되겠지요. 하지만 이 세 가지일 가운데 어느 걸 먼저 해결해야 할까요?"

이어서 그는 고개를 가로저으며 탄식하듯 말했다.

"사태가 이 지경에 이르렀으니 하늘의 명을 따르는 수밖에요. 그 누구도 이런 사태를 되돌리기에는 역부족일 겁니다."

리안방은 약간 실망스러웠다. 하지만 다시 생각해보니 자오핑판의 말에도 일리가 있는 것 같아 덩달아 한숨을 내쉬었다. 두사람은 무심하게 술을 들이키면서 강물 한가운데 비친 불빛을바라보았다. 그렇게 한참을 바라보다가 자오핑판이 갑자기 입을열었다.

"저로서는 문제를 해결할 방법이 없습니다. 하지만 이 일을 해결할 수 있는 사람이 한 명 있긴 하지요."

흥분한 리안방이 다급한 어투로 물었다.

"그게 누굽니까?"

"이종—宗이란 사람입니다."

"이종이 누군데요?"

"역경易經의 대사이지요."

리안방은 다소 실망한 듯한 표정이었다.

"그런 사람들이 하는 귀신 같은 말을 어떻게 믿습니까?"

"하지만 그 양반이 사람들에게 적지 않은 일을 해결해줬습니다."

"어떤 사람들을 도왔는데요?"

자오핑판이 자신을 가리키며 말했다.

"제가 그의 도움을 받은 대표적인 인물이지요."

"어떤 일을 도와줬는데요?"

"작년에 저도 아주 큰 곤경에 부딪힌 적이 있습니다. 친구의 소개로 그 양반을 찾아갔지요. 그 양반은 저를 위해 대단한 아이디어를 제시하더군요. 그리고 저는 그 아이디어대로 움직였고 결국 강호를 떠나기로 했습니다. 그 결과 지금까지 평안무사하게 잘 지내고 있지요. 그러지 않았더라면 저도 감옥에 들어가 1년쯤 썩었을 겁니다."

리안방은 놀라움을 금치 못했다. 그제야 자오핑판이 작년에 강호를 떠난 진짜 이유를 알 것 같았다. 동시에 그가 강호를 떠난 뒤에 깨끗이 뒤처리를 해야 했던 이유도 알게 되었다. 그가 또 물었다.

"작년에 어떤 곤경이 있으셨나요? 제가 어째서 그런 사실을 몰랐지요?"

자오핑판이 손가락으로 위를 가리켰다.

"사업을 하다 보면 적지 않은 사람들로부터 미움을 사게 되지요. 그 사람들 배후에 하늘 같은 배경이 감춰져 있었던 겁니다."

그는 고개를 가로저으며 말을 이었다.

"그런 일을 당하고 나서야 하늘이 높고 땅이 두터운 걸 알았지요. 베이징은 물이 너무 깊어요. 남들은 상어인데 저는 황조기였던 겁니다. 남들이 입을 한번 벌리면 저는 몸이 가루가 되고 말지요."

리안방이 다시 물었다.

"그렇게 엄청난 일을 왜 제게 말씀하시지 않았습니까?"

그러고는 잠시 멈췄다가 다시 말을 이었다.

"너무 엄청난 일이라 제가 감히 나설 수도 없었겠군요. 그런 사람들의 손이 하늘에 닿는다면 제가 나서서 몇 마디 해도 아무 소용이 없었겠지요."

그들의 배후에는 하늘만큼 큰 배경이 있지만 리안방은 그저 상무부성장에 불과했다. 리안방은 자신이 끼어들어봤자 아무 소용도 없었을 것임을 모르지 않았다.

"그 이종이란 분이 당시에 자오 사장께 어떤 아이디어를 제공했나요?"

자오펑판이 말했다.

"그건 무덤까지 가져가기로 약속한 터라 말씀드릴 수가 없습니다."

자오펑판이 이렇게 말하니 리안방도 더 이상 물을 수 없었다. 하지만 자오펑판이 어려운 난관을 건널 수 있게 해주었다면 이 역경 대사에게 정말 남다른 능력이 있는지도 모를 일이다. 그래도 썩 마음이 내키는 건 아니었다.

"어떻게 자신의 운명을 역경의 괘卦를 셈하는 사람에게 맡길 수 있습니까?"

"그걸 괘를 셈하는 거라고 말씀하셔도 좋고 인과관계를 따지는 거라 하셔도 좋습니다. 인간이 미지의 사물이나 현상을 전부 파악할 수는 없지요. 이종은 세상의 온갖 인과관계가 마구 얽혀서 교차하는 것을 다 알고 있습니다. 말하자면 아주 복잡하지요."

그러면서 한마디 덧붙였다.

"물론 병이 급해 아무 의사나 찾아가는 격이라고 하실 수도 있겠지요. 하지만 지금 우리에겐 다른 길이 없지 않습니까?"

마지막 한마디가 리안방의 마음을 움직였다. 리안방은 어려서부터 농촌에서 자란 터라 농촌에 유행하던 속담을 잊지 않고 있었다. "귀신을 믿지 않는 것은 두려워하지 않아도 집에 병자가 있는 것은 두려워한다"는 말이었다. 지금 그가 바로 정치적인 병자인 셈이었다. 암이 말기에 이른 터라 정규 병원에서는 증상을 되돌릴 방법이 없고, 민간의 비방을 믿어보는 수밖에 없다. 리안방은 이종이라는 사람을 만나보기로 마음먹었다. 음식점을 나서면서 리안방이 또다시 목소리를 낮춰 자오핑판에게 말했다.

"오늘 일을 절대 다른 사람에게 말해선 안 됩니다……."

자오핑판이 리안방의 말을 끊었다.

"두 말 하면 잔소리지요. 부성장님을 돕는 것이 저 자신을 돕는 것입니다."

리안방은 이 말이 선뜻 이해가 되지 않았다.

"무슨 뜻인가요?"

자오핑판이 손을 놓으면서 말했다.

"일단 부성장님이 들어가시면 우리 두 사람의 관계로 볼 때 저도 따라 들어가게 될 날이 멀지 않다는 겁니다."

틀리지 않은 말이었다. 리안방은 오늘 자오핑판을 찾기를 아주 잘했다고 생각했다.

8

이튿날 아침 일찍 리안방은 자오핑판을 따라 이종 대사의 도관道館을 찾았다. 신중을 기하기 위해 두 사람은 리안방의 차를 타지도 않고 자오핑판의 차를 타지도 않았다. 두 사람은 시민들이 아침 운동을 하는 인민공원 입구에서 만나 택시를 탔다. 이종이 역경의 대사라는 말에 리안방은 그의 도관이 깊은 산이나 숲속에 있든가 적어도 교외에 풍경이 수려한 곳에 자리 잡고 있을 거라고 생각했다. 그러나 뜻밖에도 그의 도관은 성성 옛 중심지의 주택가에 자리 잡고 있었다. 주택가의 한 농산물 시장 바로 옆이었다. 택시는 이리저리 수없이 모퉁이를 돌아 농산물 시장을 우회하더니 어느 후퉁胡同*으로 들어섰다. 후퉁 양쪽에도 수많은 노점상 좌판이 줄지어 들어서 있었다. 채소를 파는 노점도 있고 과일을 파는 노점도 있었다. 금붕어를 파는 노점과 간단한 국수나 훈툰을 만들어 파는 노점, 심지어 철판구이 요리를 파는 노점도 있었다. 이종의 도관 마당에 들어선 뒤에도 노점상들이 외치는 소리를 들을 수 있었다.

"따끈한 찹쌀떡 있어요!"

도관은 작은 쓰허위안 건물로, 정방正房이 세 칸이고 좌우로 상방廂房이 각각 두 칸씩 늘어서 있었다. 마당은 바닥이 청벽돌로 마감되어 있어 무척 깨끗한 느낌을 주었다. 마당 정중앙에는 향로가 설치되어 있고 향로 위에는 세 가닥의 향이 타고 있었다. 야윈 몸매에 대금對襟** 홑저고리 차림을 하고 세 가닥 이방 수염을 한 중년 남자 한 명이 물뿌리개를 들고 정원의 꽃에 물을 주고 있었다. 자오펑판이 그를 소개했다.

"이분이 바로 제가 말씀드린 이종 대사이십니다."

리안방이 공수拱手를 하며 말했다.

"이렇게 폐를 끼치게 되어 죄송합니다, 대사님."

이종 대사가 물뿌리개를 내려놓고 공수로 답례했다.

"그런 말씀 마십시오. 수고를 했다면 자오 선생께서 하셨겠지

---

* 오래된 골목.
** 두 섶이 겹치지 않고 가운데에서 단추로 채우는 중국식 윗옷.

요. 제게 일감을 가져다주는 분들은 누구나 제 의식衣食의 부모이지요."

모두가 웃었다. 후통 안에서 또 호객하는 노점상들의 요란한 고함 소리가 들려왔다.

"빙탕후루冰糖葫蘆*가 왔어요!"

다 같이 또 한 번 웃음을 터뜨리고 나서 리안방이 먼저 입을 열었다.

"대사님께서는 인간 세상의 속되고 잡다한 것들을 전혀 거부하지 않으시는군요."

자오펑판이 말을 받았다.

"속담에도 큰 은자는 도시에 은거하고 어설픈 은자가 산림에 은거한다는 말이 있지 않습니까!"

이종 대사가 손을 내저으며 말했다.

"은隱과 불은不隱 모두 사람을 속이는 일입니다. 도를 얻는 일은 장소와 관계가 없거든요. 한 소쿠리의 밥에 물 한 표주박을 마시며 좁고 누추한 골목에 거하면서 보통 사람들은 그 근심을 견뎌내지 못하지만 회回의 경우에는 그 즐거움이 바뀌지 않았지요.** 근심은 일상적인 이치지만 즐거움은 도를 얻은 상태지요."

이 한마디가 무척이나 우아하고 고상하게 느껴져 리안방은 연

• 산사 혹은 해당 열매를 꼬치에 꿴 다음 사탕물을 묻혀 굳힌 과자.
•• 『논어』 「옹야雍也」 편에서 공자가 제자 안회顏回를 칭찬하며 했던 말.

신 고개를 끄덕이며 이종 대사와 자오핑판을 따라 본채로 들어섰다. 본채의 탁자 위에는 작은 향로가 하나 놓여 있고 향로 위에서는 향 한 가닥이 타고 있었다. 열일곱이나 여덟쯤 되어 보이는 아가씨가 차를 준비하고 있었다. 아주 청순하고 수려한 모습의 규수였다. 차를 탁자로 가져온 아가씨는 세 사람에게 차례로 따라주고 나서 자리를 피했다. 차를 한 잔 마시고 나서 이종 대사가 차를 더 따르면서 리안방에게 물었다.

"선생께서는 이곳에 어떤 일로 오셨나요?"

자오핑판이 대신 대답했다.

"어려운 문제들이 있어 그 해결 방법을 여쭙고자 찾아왔습니다."

이종 대사가 종이 한 장을 가져다놓고 펜을 들었다.

"사주팔자와 출생지를 말씀해주시지요."

리안방이 말했다.

"대사께서도 추단과 연역의 방법을 사용하시나요?"

이종 대사가 말했다.

"추단과 연역이라고 할 수도 있겠군요. 하지만 다른 사람들은 궁합과 합성合性을 추단하지만 저는 색깔을 추단해냅니다."

리안방은 무슨 말인지 이해되지 않았다.

"무슨 뜻인지요?"

자오핑판이 재빨리 나서서 말했다.

"깜빡 잊고 말씀드리지 않았네요. 우리 대사님이 여느 역경 전문가들과 다른 점은 빨강, 주황, 노랑, 초록, 파랑, 남색, 자주 등 일곱 색깔로 이 세상을 개괄하신다는 겁니다. 이분은 역경의 대사일 뿐만 아니라 색채학의 대가이기도 하지요."

리안방으로서는 더더욱 알아들을 수 없는 말이었다.

"일곱 색깔로 이 세상을 개괄할 수 있습니까?"

이종 대사가 말했다.

"일곱 가지 색깔은 기본색이고 사주팔자의 차이에 따라 일곱 색깔 사이에 화학반응이 일어나면서 일곱에 일곱을 곱한 마흔아홉 가지 색깔로 확대됩니다. 그리고 출생 장소의 차이, 당시 장소의 환경 차이, 기후 조건의 차이 등에 따라 또다시 화학반응이 일어나 7의 49제곱에 해당되는 다양한 색깔이 나타나게 되지요. 전체 색깔의 수는 1억이 넘게 됩니다."

리안방은 갈수록 더 이해가 되지 않았다. 이해하지 못하니 그 진위도 알 수 없었다. 정말로 학문이 깊은 것인지 아니면 허장성세로 사람을 속이는 건지 구분이 되지 않았다. 하지만 자오핑판은 작년에 이종 대사가 큰 어려움을 해결해준 바 있다고 말했다. 정말로 기대 이상의 효과가 나타났다면 이런 색채학에도 일정한 원리가 있는 것이 분명하다고 생각했다. 게다가 일이 시작되기도 전에 사람을 의심의 눈초리로 대하면 일이 해결될 수 없을 것 같았다. 이런 생각에 그는 두말없이 자신의 사주팔자와 출생지를 이종 대사에게 알려주었다. 이종 대사는 사주팔자와 출생지를 종이에 적은 다음, 손가락을 꼽아가며 한참 동안 셈을 했다. 그러다가 종이 위에 또 뭔가를 몇 줄 적더니 실로 꿰매는 방식으로 장정을 한 고서를 한 무더기 가져와 그 가운데 한 권을 꺼내 반시간이나 뒤적거렸다. 그런 다음 또 글자를 몇 줄 적고, 또 다른 책을 꺼내 뒤적거리면서 손가락을 꼽아가며 셈을 했다. 이렇게 10여 차례를 계속하고 나서 한 페이지가 완성되자 또 한 페이지를 써내려가기 시작했다. 30분쯤 지나 종이 세 장이 빽빽하게 채워졌다. 이종 대사는 이 세 장의 종이 사이를 왔다 갔다 하면서 뒤적거리다가 마침내 고개를 들고서 말했다.

"자, 그럼 선생의 어려움을 말해보세요. 맞지 않으면 저의 공력이 미치지 못하는 문제일 겁니다. 선생의 시간만 낭비한 꼴이 되겠지요."

리안방이 말했다.

"대사께서 말씀해보시지요."

이종 대사가 말했다.

"빨강을 범하신 것 같군요."

리안방이 이해할 수 없는 말이었다.

"그게 무슨 뜻인가요?"

"게다가 아주 진한 상홍上紅이네요."

리안방은 더더욱 이해가 가지 않았다.

"무슨 뜻인지 잘 모르겠습니다."

"우선 제가 선생의 신분부터 말해보지요. 선생은 고위 관료이시네요. 이어서 선생의 어려움을 말해볼까요? 선생의 빨간 모자에 문제가 생겼습니다. 게다가 앞뒤로 적들이 버티고 있군요."

리안방은 놀라지 않을 수 없었다. 이어서 자오핑판이 사전에 자신의 상황을 말해준 게 아닌가 하는 의심이 들었다. 사전에 알려주지 않았다면 이종 대사의 입에서 이런 진단이 나오기 어려웠다. 다시 생각해보니 자오핑판은 커다란 이치를 잘 아는 인물이었고 리안방과의 이해관계에서도 항상 손해만 봐왔다. 또 어젯밤에는 리안방이 감옥에 들어간다면 자신도 따라 들어갈 날이 멀지 않았다고 말하지 않았던가? 위기를 앞에 두고 이처럼 자신을 속이는 짓은 하지 않을 것이다. 그러다가 또 이종 대사가 자신을 텔레비전에서 보았다면 상무부시장이란 신분을 알았을 테고 문제를 상담하기 위해 찾아왔으니 틀림없이 관직에 관련된 것이라고 짐작한 것은 아닐까 의심했다. 하지만 방 안을 둘러봐도 텔레비전은 보이지 않았다. 자오핑판이 리안방의 속마음을 알아채고는 얼른 끼어들었다.

"이종 대사님은 텔레비전도 보지 않고 인터넷도 하지 않으십니다. 중앙의 상무위원회 같은 명칭은 기억도 못하시지요. 사전에 부성장님이 누구인지 아셨을 리가 없습니다."

사전에 알지 못했다면 이종 대사의 이 말은 너무나 놀라운 것이었다. 이 색채학이라는 것이 정말 놀랍지 않을 수 없었다. 하지만 리안방의 의심은 계속됐다.

"대사님께서 제가 상홍을 범했다고 하셨는데, 관직이 그 상홍이라는 색깔과 어떻게 연결되는 건가요?"

이종 대사가 말했다.

"이건 제가 발명한 게 아닙니다. 색채와 정치가 혈연관계를 갖고 있다는 건 상식이지요."

이종 대사의 말을 여전히 이해할 수 없었던 리안방이 투정 부리듯 부탁했다.

"대사님, 좀 자세히 말씀해주시지요."

"편하게 예를 하나 들어보겠습니다. 청나라 때 팔기八旗에는 어떤 것들이 있나요?"

자오평판이 대신 대답했다.

"황기와 백기, 홍기, 남기……"

이종 대사가 말했다.

"이런 정치 세력들이 색깔로 구분되지 않았습니까? 같은 색깔이라 해도 그 안에 또 구별이 있지요. 예컨대 정황正黃과 양황鑲黃은 같은 황색 안에서도 선명한 차이를 보입니다."

이종 대사는 설명을 계속했다.

"몸에 걸치고 있는 옷도 마찬가지입니다. 노란색은 누가 입습니까? 황제만이 입을 수 있지요. 각급 관원들의 복식도 고하에 따라 색깔을 따졌습니다. 이는 고대에 국한된 관습이 아닙니다. 중국공산당에서 혁명을 진행할 때 스스로 홍군을 자처하지 않았습니까? 그리고 적군을 백군이라 불렀지요. '붉은 정권'이니 '백색테러'니 하는 용어도 있지 않습니까? 현재의 상황만 놓고 봐도 그렇습니다. 전 세계 수많은 정치단체가 남영藍營*과 녹영綠營,** 홍삼군紅衫軍***과 황삼군黃衫軍**** 등을 자처하고 있지 않습니까? 또한 국가를 전복시키기 위한 집단행동을 색깔혁명이라고 부르지요. 세계 각국의 국기도 전부 색깔의 조합이 아니던가요?"

이렇게 말하니 색깔과 정치 사이에 정말로 밀접한 연계가 있는 것 같았다. 하지만 리안방에게는 이런 해석이 여전히 견강부회로 느껴졌다. 이종 대사도 리안방이 이런 해석에 완전히 수긍하지 못하는 것을 간파하고는 글자가 빽빽한 종이를 뒤적거리며 말했다.

"최근의 어려움은 잠시 접어두고, 천만 가지 색깔의 변화에 근거하여 선생이 어렸을 때의 일부터 얘기해보도록 할까요. 아홉 살이 되던 해에도 선생은 상흥을 범하신 적이 있네요."

이 말도 리안방에게는 여전히 헛소리로 여겨졌다. 아홉 살밖에 안 된 나이에 어떻게 정치와 연결될 수 있단 말인가? 당시 그

• 타이완의 국민당 및 그 지지 세력.
•• 타이완의 민진당 및 그 지지 세력.
••• 타이의 반독재민주연맹.
•••• 타이 인민민주주의연맹.

는 초등학교에 다녔고 반에서도 간부가 되지 못했다. 리안방의 의중을 간파한 이종 대사가 말을 이었다.

"제가 상홍을 범했다고 했지만 그 가운데 정치적인 요소는 일부에 지나지 않습니다. 제가 말한 상홍은 대천세계의 수많은 빨간색 가운데 하나일 뿐이지요. 곰곰이 잘 생각해보세요. 그해에 커다란 화를 당하신 적이 없나요?"

리안방은 문득 아홉 살 되던 해 겨울방학에 고모부를 따라 현성으로 파를 사러 갔다가 밤중에 거마점車馬店*에서 자던 일이 생각났다. 한밤중에 거마점에 불이 났고 고모부는 다급히 전대만 챙겨들고는 깊이 잠든 리안방을 내버려둔 채 부랴부랴 사람들을 따라 피신했다. 나중에 거마점 주인이 불바다 속으로 뛰어들어 리안방을 안고 나오지 않았다면 그는 타죽고 말았을 것이다. 이때부터 리안방의 가족은 고모네 가족과 말을 섞지 않았다. 리안방은 마음속에서 끓어오르는 희열을 억누르며 공손하게 말했다.

"대사님의 말씀이 맞습니다. 그런 일이 있었습니다."

이종 대사가 글씨로 가득한 세 번째 종이를 뒤적이며 말을 받았다.

"사람의 생명의 비밀번호가 전부 이 색깔 안에 있습니다. 그다음 일들은 일일이 거론하지 않겠습니다. 전부 얘기하다 보면 살

---

* 과거에 도로변에 설치되어 행인이나 거마를 상대로 편의를 제공하던 간이 여관.

아 있다는 게 의미가 없게 되거든요."

자오평판이 끼어들었다.

"대사님, 먼 얘기는 잠시 덮어두시지요. 중요한 건 지금 당장의 일입니다. 제 친구가 바로 이 상홍을 범했습니다. 어떻게 난관을 피할 수 있겠습니까?"

이종 대사가 백지 한 장을 더 가져다 손가락을 꼽아가며 셈을 하기 시작했다. 이윽고 셈을 마친 그는 백지 위에 글을 몇 줄 적었다. 그러고는 또 셈을 하다가 다시 백지에 뭔가를 적었다. 이렇게 일고여덟 번을 반복하자 또 한 장의 백지가 글자로 가득 채워졌다. 이 종이를 들고 이리저리 살펴보던 그는 다시 조금 전의 세 장과 비교하고 대조했다. 그러고는 마침내 신음 소리와 함께 입을 열었다.

"시간적으로 볼 때 문제를 해결할 수는 있을 것 같습니다. 하지만 시간이 사흘밖에 없습니다. 사흘 뒤면 모든 것이 늦어버리지요."

리안방은 약간 간장이 됐다. 동시에 이 이종 대사라는 사람이 정말 대단하다고 생각했다. 사흘 뒤면 중앙의 내사 팀이 이 성을 방문하는 날이다. 자오평판도 약간 긴장된 어투로 황급히 끼어들었다.

"그렇다면 어서 말씀을 해주세요. 시간은 사람을 기다리진 않습니다."

이종 대사는 또다시 글자가 가득한 몇 장의 종이를 대조하고 비교하기 시작했다. 그러면서 신음을 연발했다. 한참을 신음하던 그가 입을 열었다.

"다른 일들은 대개 열 가지 해결 방법이 있습니다. 하지만 선생의 이 일은 너무 커서 해결 방법이 한 가지밖에 남아 있지 않군요."

리안방이 또다시 긴장했다. 자오펑판이 말했다.

"어떻게 해결해야 할까요?"

이종 대사가 한숨을 내쉬었다.

"한데 이 해결 방법을 제 입으로는 말할 수 없을 것 같습니다. 너무나 부도덕한 일이라서 말이에요."

자오펑판이 말했다.

"대사님, 안심하세요. 대사님께서 하시는 말씀을 전부 뱃속에만 담고 있겠습니다."

이종 대사는 또 신음을 삼키며 말을 꺼내지 못했다. 자오펑판이 다시 말했다.

"안심하시라니까요. 이렇게 마음을 써주시는데 저희가 대사님께 피해가 가게 할 리가 있겠습니까?"

이종 대사가 고개를 가로저었다.

"그런 뜻이 아닙니다."

말문이 막혀 있던 이종 대사가 또 입을 열었다.

"라오자오와 오랜 친구라고 하셨지요? 라오자오를 봐서 간단히 말씀드리지요. 믿고 안 믿고는 알아서 결정하십시오. 빨강을 범하셨으니 빨강을 깨야 합니다."

자오핑판이 물었다.

"어떻게 빨강을 깬단 말인가요?"

이종 대사가 말했다.

"처녀를 하나 구하세요."

뜻밖의 처방에 리안방은 깜짝 놀라지 않을 수 없었다. 너무나 가파른 방향 전환이었다. 세 개의 화살이 날아오고 있는데 처녀를 깨는 것으로 해결할 수 있다니 쉽게 믿어지지가 않았다. 정치와 색깔의 관계가 자신의 이 사건에도 집중되어 있다는 말은 지나친 논리의 비약인 것 같았다. 자오핑판을 힐끗 쳐다봤더니 자오핑판 역시 멍한 표정이었다. 리안방이 물었다.

"대사님, 제 문제와 처녀를 깨는 것 사이에 어떤 연관이 있는 건지 자세히 좀 설명해주시겠습니까?"

이종 대사가 말했다.

"선생은 고궁을 둘러싸고 있는 담장의 색깔을 보지 못하셨나요? 선생께서 빨강을 깨면 그 담벼락을 부수는 셈이 되지요."

리안방은 고궁을 둘러싼 담벼락의 색깔을 상상해보았다. 온통 빨강이었다. 그 빨간 담벼락을 정말 이런 방법으로 부술 수 있단 말인가? 색깔 사이의 화학반응이라는 것을 리안방은 전혀 이해할 수 없었다. 울지도 못하고 웃지도 못할 심정이었다. 하지만 이종 대사는 담담한 표정으로 탁자 위에 놓여 있던 네 장의 종이를 거둬들였다. 얘기를 끝내려는 것 같았다. 리안방이 말했다.

"제가 너무 귀찮게 군다고 생각지 말아주시길 바랍니다. 이런 방법이 영험하다고 해도 그 안에는 아직 적지 않은 문제가 남아 있는 것 같습니다."

이종 대사가 말했다.

"무슨 뜻인가요?"

"요즘에 처녀가 어디에 있단 말입니까? 초등학교에 가서 구해 올 수도 없지 않습니까? 그렇게 하자면 그 또한 법을 어기는 일이 되지 않겠습니까?"

"신중하게 잘 찾아보세요. 법을 어기지 않고도 찾을 수 있는 방법이 있을 겁니다."

"대사님께서 좀 가르쳐주시지요."

"제가 간단히 한마디만 더 알려드리지요. 빈궁한 지역을 찾아보세요."

이종 대사는 말을 마치고 몸을 일으켰다. 리안방과 자오펑판도 하는 수 없이 따라 일어서야 했다. 자오펑판이 황급히 손가방에서 신문지로 싼 돈뭉치를 꺼내 탁자 위에 올려놓았다. 이종 대사는 거들떠보지도 않았다. 세 사람이 마당으로 나서자 이종 대사가 먼저 향로 앞으로 다가가 세 번 절을 올린 다음, 네 장의 종이에 불을 붙여 향로 벽면 안으로 던져 깨끗이 태워버렸다. 그런 다음 공수로 리안방과 자오핑판을 배웅했다. 리안방과 자오핑판이 도관 밖으로 향하는데 이종 대사는 아가씨의 손에서 물뿌리개를 건네받아 다시 화초에 물을 주었다.

도관을 나선 리안방과 자오핑판은 떠들썩한 거리를 바라보았다. 리안방이 먼저 물었다.

"저 이종 대사란 분은 입이 무거운 편인가요?"

자오핑판이 대답했다.

"그 점은 안심하셔도 됩니다. 이종 대사는 직업적 도덕성을 갖추고 있기 때문에 사람들이 들어가서 상담한 내용을 그들이 도관을 나서자마자 깨끗이 잊어버리거든요. 그가 종이 네 장을 우리 보는 앞에서 태워버리는 걸 보시지 않았습니까?"

그러고는 한마디 덧붙였다.

"상담을 받으러 오는 사람들은 모두 엄숙한 얼굴을 하고 있고 대부분 약간의 배경을 갖고 있지요. 입이 무겁지 않으면 도관이 오늘까지 남아 있을 수 있었겠습니까? 우리한테도 말을 뱃속에만 담고 있으라고 하지 않았습니까? 그 양반이 우리보다 더 신중하고 조심하는 편이라니까요."

고개를 끄덕이던 리안방이 다시 물었다.

"그 양반이 한 그 귀신 같은 말을 자오 사장은 다 믿으시나요?

"일이 이 지경에 이르렀으니 달리 방법이 없지 않습니까? 그의 말이 영험하다고 믿는 수밖에 없지요. 설사 영험하지 않다 해도 처방대로 약을 지어야 합니다. 어차피 처방대로 해서 손해 볼 일은 없을 테니까요."

리안방은 쓴웃음을 지었다. 막다른 골목에 갇혀버렸으니 죽은 말을 산 말로 여기고 치료하는 수밖에 없었다. 그러면서도 일말의 걱정을 떨칠 수 없었다.

"그의 처방을 믿는다 하더라도 필요한 약재들을 어디서 구한단 말입니까? 이종 대사는 처녀가 아주 빈궁한 지역에 있다고 했는데 제가 보기에는 맞지 않는 말인 것 같습니다. 도시로 몸을 팔러 오는 수많은 아가씨가 전부 가난한 지역에서 오잖아요."

자오펑판이 말을 받았다.

"복개율로 따지자면 막힌 곳에 항상 대도시보다 기회가 많았지요."

"그런 곳에 있다고 해도 멀고 편벽한 산간 지역이라서 약재를 찾는다 쳐도 그때는 이미 제가 감옥에 들어간 뒤일 겁니다."

뜻밖에도 자오펑판이 손을 내저으며 반박했다.

"아닙니다. 이 일은 그리 어렵지 않아요. 제게 맡겨주십시오."

"그게 무슨 뜻인가요?"

"올해는 아주 많이 먹고 마시면서 신나게 놀며 보냈습니다. 제가 이 분야에 있는 사람들을 많이 알고 있습니다."

9

성성 근교의 깊은 산중에 쓰허위안 건물이 하나 있었다. 이름은 '을 18호'였다.

이튿날 저녁, 이곳에서 리안방은 한 처녀의 빨강을 깼다.

처녀를 만나기 전에 리안방은 자기 마음속에 가득한 생각들이 너무 걱정되어 정신을 집중할 수 없었다. 침대에 올라갔는데 아랫도리가 말을 듣지 않아 처녀를 깨지 못하는 건 아닐까 걱정되기 시작했다. 처녀를 깨지 못하면 자신의 위기를 해결할 수도 없었다. 처녀를 깨지 못하는 건 작은 일이지만 자신의 위기를 해결하지 못하는 건 아주 큰일이다. 처녀를 구한 것도 헛수고가 되는 셈이다. 마음속 일들을 생각할수록 자신이 없었다. 외부의 힘을 빌리는 수밖에 없었다. 처녀가 도착하자 리안방은 그녀에게 먼저 식사를 하고 목욕을 하게 했다. 그사이에 자신은 비아그라를 한 알 삼켰다.

10

침대 위에서의 효과는 예상했던 것보다 훨씬 좋았다.

처녀를 깼을 뿐만 아니라 지난 5년의 시간을 통틀어 침대 위에서 가장 짜릿하고 황홀했던 시간이었다.

이 처녀는 산간지역 사람이라 얼굴에 고원 홍조도 있었다. 약간 외국인 같은 외모를 가진 이 처녀의 이름은 쏭차이샤였다.

이 처녀는 아주 소박하고 진실했다. 얘기를 나누면서 리안방이 뭔가를 물으면 처녀는 사실대로 대답했다. 대답하는 말이 전부 진실임을 알 수 있었다. 세상 물정을 잘 아는 이 처녀는 처음부터 끝까지 리안방이 누군지 묻지 않았다.

11

그 뒤로 사흘 동안 세 가지 소식이 전해져왔다.

첫째는 ○○시 시장 쑹야오우가 쌍규를 당했지만 한마디도 불지 않았다는 것이다. 뭘 물어도 과거 문화대혁명 시기 '사인방四人帮'의 한 명이었던 장춘차오張春橋처럼 침묵 이외에도 침묵밖에 없었다. 이렇게 이틀을 보냈지만 자백한 것은 아무것도 없었다. 한밤중에 쑹야오우는 화장실에 갔다. 그를 지키는 사람 둘이 따라 들어갔다. 볼일을 마치고 쑹야오우가 화장실 밖으로 걸어 나왔다. 그를 지키는 사람들이 잠시 한눈을 파는 사이에 그는 갑자기 몸을 돌려 화장실 문을 열고는 머리를 화장실 구석의 하수도 밸브에 세게 박았다. 얼마나 세게 박았는지 두개골 정수리 부분이 깨지면서 그 자리에서 사망하고 말았다. 화장실 바닥이 온통 피바다를 이루었다.

쑹야오우를 지키던 두 사람은 처벌을 받았다.

둘째는 나흘 전에 이 성 인민대표대회 상무위원회 부주임인 주위천이 규정에 따라 병원으로 신체검사를 받으러 갔다는 소식이었다. 어제 나온 신체검사 결과에 따르면 그는 폐암 말기였다. 오전에 결과가 나왔고 주위천은 곧장 마누라와 아이들에 의해 오후에 베이징으로 후송되어 베이징 종양병원에 입원했다. 말기 암이다 보니 수술을 하느냐 마느냐를 놓고 마누라와 아들의 의견이 갈려 논쟁을 벌였다.

생명을 구하는 것이 급하다 보니 주위천은 성 인민대표대회의 업무를 전부 포기해야 했다.

세 번째는 성 공안청에서 또 다른 오심 사건이 발각되었다는 소식이었다. 한 중년의 기업가가 차를 몰다가 도로공사를 하던 공사 차량과 충돌했다. 중년의 기업가는 무사했지만 차 안에 함께 타고 있던 젊은 여자가 그 자리에서 즉사했다. 이 여자 역시 접대부였다. 중년의 기업가는 그의 기사에게 400만 위안을 주고 죄를 뒤집어쓰게 했다. 그러다가 이번에 재조사를 거치면서 진상이 밝혀졌고, 중년 기업가가 체포되는 것으로 사건이 마무리됐다. 이 사건은 성위원회 마오 서기가 직접 비준한 것이라 성 공안청장이 직접 나서 닷새 만에 깨끗하게 마무리되었다.

리안방에게는 이런 소식들이 하나같이 엄청난 감동으로 다가왔다. 돤샤오톄는 쑹야오우가 담이 작기 때문에 그가 쌍규를 당하면 반드시 배반하게 될 거라고 했지만 뜻밖에도 그는 인의仁義를 갖춘 지사였다. 자신을 희생하는 한이 있더라도 절대로 남을 팔지 않았던 것이다. 쑹야오우에게 위로는 노모가 계시고 아래로는 아내와 자식이 있다는 것을 잘 아는 리안방은 앞으로 적절한 방법을 찾아 그의 가족들을 보살펴야겠다고 마음먹었다. 주위천이 암을 앓고 있었다는 것은 리안방으로서는 뜻밖의 일이었다. 암을 앓다 보면 아마도 생명을 구하는 일에만 전념하느라 남을 해치는 일에는 신경을 쓸 수 없을 것이다. 과거에 두 사람 사이에 얼마나 많은 갈등과 원한이 있었든 간에 이번에 주위천이 그를 해치려고 하지만 않는다면 과거의 원한이 다 풀릴 것이다. 주위천이 어느 날 세상을 떠난다면 그는 옛 친구의 추도회에 꼭 참석할 것이다. 성 공안청에서 오심 사건을 재조사할 것이라는 얘기는 돤샤오톄의 신경과민에서 나온 헛소문이었다. 둘 다 교통사고였고 도로공사를 하던 공사 차량과 충돌한 것인 데다 죽은 사람도 둘 다 접대부였는데, 어떻게 대충 넘어가게 되었는지 혼란스럽기만 했다.

사흘 뒤 중앙의 내사 팀은 예정대로 그 성에 도착하여 세 명의 성장 후보에 대한 내사를 진행했다.

20일 뒤에 중앙에서는 성위원회 마오 서기를 중앙으로 보내고 줘 성장을 성위원회 서기로, 리안방을 성 대리성장으로 임명하기로 결정했다. 그리고 중앙 부위원회의 상무부부장 한 명이 이 성의 대리성장을 맡게 되었다. 두 사람이 대리성장에서 성장으로 승진하려면 두 성의 다음 인민대표대회에서의 재선거를 거쳐야 했다. 부성장 라오징老景은 리안방을 대신하여 상무부성장 직을 맡게 되었다.

이번 인사이동은 원래 중앙에서도 이렇게 처리하기로 의견을 정리한 터였다.

성장이 될 수 있었던 데 대해 리안방은 물론 기쁨을 감출 수 없었다. 다른 성에 가서 성장이 되는 것이 바로 리안방의 숙원이었다. 첫째는 35년 동안 일했던 시비의 땅에서 벗어나고 싶었기 때문이다. 이곳에는 온갖 은원이 얽혀 있지만 다른 성으로 가면 이 복잡한 관계에 마침표를 찍을 수 있기 때문이다. 둘째는 제구실을 못하는 아들 리동량도 시비의 땅을 떠날 수 있기 때문이었다. 낯선 곳으로 가면 이 짐승 같은 놈을 적당한 울타리 안에 가둬둘 수 있을 테고, 넉 달이 지나면 녀석을 다시 군대에 입대시킬 수 있었다. 리안방은 너무 기쁘다 보니 마음 한편으로 약간의 자책감이 들기도 했다. 지난 몇십 년 동안 그는 당과 인민에게 미안하고 부끄러운 일도 적잖이 했다. 이런 일들은 자신만 알고 있을 뿐 당과 인민은 발견하지 못했다. 이를 교훈 삼아 이제부터는 청렴하고 정직한 마음가짐으로 더욱 업무에 전념함으로써 성의 업무 효율을 새로운 단계로 올려놓아야겠다고 마음먹었다. 업무의 효율을 높이려면 공은 장려하고 과는 보완해야 했다. 리안방은 마음속으로 이 자리가 얼마나 힘들게 얻은 건지 잘 알고 있다. 이 자리는 자신의 피로 바꾼 것이나 다름없었다.

리안방이 다른 성의 정장으로 가게 되었다는 소식을 들은 돤샤오톄는 리안방을 따라가서 일하고 싶다고 했다. 리안방은 이를 허락하면서 한 가지 조건을 달았다. 당장 자리를 옮기는 것이 아니라 자신이 다른 성의 상황에 익숙해지고 확실하게 발판을 굳힌 다음에 따라오라는 것이었다. 그러면서 캉수핑도 당장 따라오고 싶어하지만 합류하는 시점을 뒤로 미뤘다고 말했다. 캉수핑도 곧장 따라가지 못하는 터라 돤샤오톄는 뭐라 할 말이 없었다.

다른 성으로 부임하기 하루 전까지 리안방은 여전히 기존의 성에서 쉴 새 없이 업무에 전념했다. 전날 저녁에 이미 성위원회 서기가 된 쥐 성장이 성 정부에서 마지막 성장 업무회의를 주재하면서 정부 업무의 인수인계에 관해 이야기했다. 회의를 마무리하면서 쥐 성장이 말했다.

"우리의 업무 변동은 전부 성안에서 이루어지는 것이지만 안방은 이제 성 밖으로 가서 일을 하게 되었으니 내일 저녁에 조촐하게 안방을 위한 환송회를 갖도록 합시다. 대단하게 할 것 없이 식당에 음식 몇 가지만 준비하게 하면 될 테니까."

부성장 몇 명이 이구동성으로 그렇게 하는 것이 마땅하다고 찬동했지만 리안방은 이튿날 ○○시 ○○현에 가서 희망초등학교의 현판의식에 참석해야 한다고 말했다. 그러면서 ○○현은 아주 편벽한 산간 지역이라 성성에서 그 현까지 가려면 자동차로 열 시간 넘게 걸리기 때문에 저녁 식사 시간에 맞춰 돌아오기는 힘들 것 같다고 했다. 쥐 성장이 말을 받았다.

"모레 임지로 떠나야 하니 내일은 짐을 싸야 하지 않겠나? 희망초등학교에는 라오바이를 대신 보내도록 하게."

라오바이는 교육 부문을 주관하는 부성장이라 그가 가는 것이 더 적절했다. 라오바이가 재빨리 말했다.

"그럼 제가 가도록 하겠습니다. 제가 가는 게 마땅하지요."

하지만 리안방은 희망초등학교는 공익사업에 속하는 일이고, 그 성에서는 공익사업을 줄곧 자신이 맡아왔다고 우겼다. 성에서의 공익 관련 업무는 상대적으로 쉬운 편이었다. 모든 업무는 기층으로 갈수록 더 어려워졌다. 사방에 걸식하거나 구걸하는 사람들이라 하나하나 얼굴을 살펴봐야 했다. 또한 곧 새로운 임지로 떠나게 된 마당이라 시와 현에서 공익을 관장하던 동지들과 일일이 작별인사를 나눠야 했다. 리안방의 이런 설명을 다 듣고 나서 쥐 성장이 말했다.

"그럼 우리 형식 같은 것은 따지지 않는 걸로 하지. 자네도 마지막 업무를 무사히 잘 처리하도록 하게."

이튿날 아침 일찍 리안방은 수행 인원을 이끌고 ○○현으로 출발했다. 성성을 나서자마자 도로공사로 인해 길이 약간 막혔다. 정오 무렵까지 차를 몰았지만 가야 할 현까지의 거리는 아직

80킬로미터 남짓 남아 있었다. 일행은 모두 도로변의 '농가락農家樂'*에서 계사면雞絲面을 한 그릇씩 먹고 다시 차에 올랐다. 시 경계지에 이르자 시의 주요 간부들이 길가에 나와 이들을 영접했다. 자오펑판은 이 산간 지역의 희망초등학교에도 성금을 낸 터라 앞당겨 도착해 있다가 시 간부들과 함께 리안방을 맞아주었다. 시 간부들은 리안방이 곧 다른 성의 성장으로 가게 된다는 사실을 알고 있었던 터라 일제히 그에게 축하 인사를 건넸다. 시 위원회 서기가 리안방의 손을 잡으며 말했다.

"리 부성장님께서 곧 우리 성을 떠나신다는 소식을 들었습니다. 조사연구의 마지막 기회를 저희 시에 남겨주신 것은 리 부성장님께서 산간 지역 인민들에 대해 깊은 애정을 갖고 계신 것을 증명하는 일입니다. 제가 저희 시 500만 인민을 대표해서 리 부성장님께 감사 인사 올립니다."

모두가 우레와 같은 박수를 보냈다. 자오펑판은 사람들 틈에 끼어 리안방과의 특별한 관계를 드러내지 않고 그저 다른 사람들을 따라 박수만 쳤다. 거꾸로 리안방이 그를 가리키며 말했다.

"감사해야 한다면 저 자오펑판 사장님께 해야 할 겁니다. 큰일을 시작한 사람이 바로 저 양반이니까요. 자오 사장이 돈을 내놓지 않았다면 우리 산간 지역에 어떻게 망마초등학교를 설립할 수

---

* 농민들이 도시 현대인들을 상대로 현지 농산물로 숙식을 제공함으로써 자연의 맛을 느끼게 해주는 신흥 여행 및 레저 방식.

있었겠습니까?"

사람들이 일제히 자오펑판에게 감사 인사를 건네자 자오펑판이 황급히 손을 내저으며 말했다.

"제가 한 일은 거론할 바가 못 됩니다. 리 부성장님께서 잘 이끌어주신 덕분에 일이 성사된 것이지요."

모두 또다시 박수를 쳤다. 이어서 일제히 차에 올라 산속 깊은 곳을 향해 달리기 시작했다. 차는 두 시간 정도 더 달려 현 경계 지점에 이르렀다. 현의 주요 간부들이 전부 길가에 나와 일행을 영접했다. 리안방은 차에서 내려 여러 사람과 악수를 나눴다. 사람들은 다시 차에 올라 산 깊은 곳을 향해 달려갔다. 두 시간쯤 지나 마침내 작은 산골 마을에 도착했다. 산골 마을 한가운데 있는 작은 평지 위에 새로 지은 희망초등학교가 우뚝 솟아 있었다. 대문에는 붉은 담장에 초록색 기와를 얹었고 그 안에 다섯 동의 교실 건물이 나란히 자리를 잡고 있었다. 건물은 천장까지 청석으로 아주 깔끔하게 마감되어 있었다. 운동장 담장에는 화려한 무지개 색깔의 깃발들이 꽂혀 있었다. 학교 대문 입구의 깃대에는 깨끗한 새 국기가 게양되어 바람에 펄럭이고 있었다. 리안방 일행이 차에서 내리자 학교 안팎에서 일제히 징과 북소리가 울리면서 천지가 진동했다. 마을 사람들은 하나같이 새 옷을 입고 길가에 몰려 나와 손뼉을 쳐댔다. 학교 안으로 들어서자 수백 명의 농촌 아이가 통일된 교복 차림으로 운동장 가득 서 있었다. 일고여덟 살쯤 된 남학생 몇몇이 리안방 일행을 향해 달려와 붉은 머플러를 바쳤다. 일행 모두 붉은 머플러를 목에 두르고 주석대를 향해 걸어갔다. 요란한 북소리와 징 소리가 천지를 진동하는 가운데 리안방이 자오핑판을 자기 옆으로 끌어당겨 낮은 목소리로 말했다.

"보아하니 알지 못하는 물건들이 존재하는 것 같군요."

자오핑판은 무슨 뜻인지 알 것 같았다. 리안방의 생각을 알아챈 그는 가슴 앞쪽의 붉은 스카프를 당기면서 운동장 담벼락의 채색 깃발과 대문의 붉은 담장 그리고 초록색 기와를 가리켰다.

"이종 대사의 말에도 일리가 있는 것 같습니다. 인간 세상은 무지개 색깔의 세계로 구성되어 있네요."

리안방이 또 머뭇거리다가 물었다.

"몇 가지 일이 전부 우연히 들어맞은 건 아니겠지요?"

"우연히 들어맞는 것도 다 부성장님께서 만들어내신 셈이지요."

북소리와 징 소리가 하늘을 울리는 가운데 리안방이 또 낮은 목소리로 물었다.

"오늘 제가 왜 이 산간 지역에 오게 됐는지 아십니까?"

"임지로 떠나실 때가 되니까 우리 성에 대한 애정 때문에 아쉬움이 많아서 오신 것 아닌가요?"

리안방이 고개를 끄덕였다.

"그것도 여기에 온 이유 가운데 하나지만 그것 말고 다른 한 가지 기대가 있습니다."

자오핑판이 멍한 표정을 지어 보였다.

"어떤 기대인데요?"

"이종 대사의 말이 맞는다면 우리는 그 아가씨에게 감사하지 않으면 안 될 것 같습니다. 그 아가씨는 이름이 쏭차이샤이고 고향이 이곳 산간 지역이라고 했거든요."

리안방이 계속 낮은 목소리로 말을 이었다.

"처녀였어요."

자오핑판이 또다시 멍한 표정을 지었다. 그러더니 이내 척 하고 엄지손가락을 치켜세우면서 말을 받았다.

"한 사람 때문에 산간 지역 인민 전체에게 마음이 미쳤다니 부성장님은 정말 인정과 의리를 모두 갖춘 분이네요. 부성장님이 그렇게 말씀하시니 이 산간 지역에 당장 성금을 더 내서 희망초등학교를 두 군데 더 지어야겠습니다."

리안방이 자오핑판의 손을 꼭 잡았다. 그러면서 또 낮은 목소리로 말했다.

"지난번에 사업하시다가 '하늘'을 범하셨을 때 이종 대사가 뭐라고 하던가요? 위험을 평온한 상태로 바꾸라고 하던가요?"

자오핑판이 잠시 머뭇거리다가 대답했다.

"원래는 이종 대사에게 그가 한 말을 뱃속에만 담아두기로 약

속했는데 부성장님이 또 물으시니 말씀드리는 수밖에 없을 것
같군요. 자신을 반으로 자르라고 했습니다."

리안방이 멍한 표정을 지었다.

"무슨 뜻인가요?"

"주식을 양도하는 방식으로 자산의 절반을 남에게 넘기라는
것이었습니다. 무려 100억 위안이 넘는 돈이었지요."

리안방은 놀라지 않을 수 없었다.

"그 사람이 그렇게 모질었나요?"

자오핑판이 고개를 끄덕였다.

"사람을 잡아먹을 때는 뼈를 뱉어내지 말아야 하지요."

리안방이 또다시 자오핑판의 손을 꼭 잡았다. 북소리와 징 소
리가 천지를 울리는 가운데 모두 주석대를 향해 걸음을 옮겼다.
시위원회 서기가 리안방에게 희망초등학교 현판을 걸고 연설을
부탁했다. 리안방은 현판을 건 다음에 연설을 했다. 연설에서 먼
저 희망초등학교를 설립해야 하는 이유를 언급한 뒤 자오핑판이
산간 지역에 희망초등학교를 두 군데 더 설립할 수 있는 성금을
쾌척할 예정이라고 밝혔다. 사람들 모두 다시 한번 자오핑판에게
감사 인사를 건넸다. 자오핑판이 손을 내젓자 주석대 아래서 열
렬한 박수 소리가 터져나왔다.

이튿날 아침 일찍 리안방은 비서 한 명만을 대동한 채 비행기
를 타고 다른 성으로 부임했다.

제3장

우리는 모두 서로를 알고 있다

1년이 지났다.

제4장

양카이퉈 楊開拓

1

차이훙허彩虹河강의 차이훙산교가 폭파되어 주저앉았을 때 양
카이튀는 마을에서 조카의 혼례에 참석하고 있었다. 양카이튀는
이곳 출신이라 현에 친척과 친구가 아주 많았다. 하지만 이런 친
척과 친구들의 혼례나 상례에 양카이튀는 일체 참석하지 않았다.
참석하지 않은 것은 인지상정을 모르기 때문이 아니라 이 사람
들을 자극해선 안 되기 때문이었다. 양카이튀는 현 도로국 국장
으로서 도로와 교량 건설을 주관하고 있었다. 일부 친척이나 친
구들은 이런 도로와 교량이 양카이튀 집안의 물건이라고 생각
하는 듯했다. 제 집에서 키우던 살진 돼지를 제 집 식구들이 잡
아먹어야지 아무 상관없는 사람들에게 빼앗겨선 안 된다고 생각

하는지, 일단 그를 만났다 하면 공사에 참여하고 싶다는 말이 먼저 나왔다. 양카이튀도 친척과 친구들을 완전히 모른 척할 순 없었다. 5년 전에 ○○촌에서 ○○촌까지 아스팔트 공사를 하게 되었다. 3리밖에 안 되는 길이라 공사비가 50만 위안 정도에 불과했다. 양카이튀가 평소에 주관하는 도로 및 교량 건설 프로젝트는 공사 비용이 몇억 위안에 달하는 일이 비일비재했다. 50만 위안짜리 공사는 거대한 소의 한 가닥 털에 지나지 않았다. 그리하여 이 한 가닥 털을 조카가 다니는 회사에 하청을 주었다. 3리밖에 안 되는 작은 길의 아스팔트 공사는 한 달이 다 되어서야 완공되었다. 얼핏 보기에는 멋있고 그럴듯했지만 석 달이 지나자 노면에 울퉁불퉁 돌기가 생기고 도로 서쪽이 꺼지면서 구덩이가 생겼다. 비가 내리기만 하면 차 지나간 자리 군데군데가 움푹 파여 무수한 웅덩이가 만들어졌다. 공사하기 전보다 더 형편없는 길이 되고 말았다. 양카이튀의 입에서 욕이 나오지 않을 수 없었다. 양카이튀가 조카의 아버지, 즉 자신의 사촌형에게 아스팔트 공사를 하면서 조카가 돈을 얼마나 썼는지를 묻자 사촌형은 아주 당당한 어투로 대답했다.

"20만 위안 정도 썼지."

50만 위안짜리 공사에 그들은 겨우 20만 위안만 쓰고 나머지 30만 위안을 자기 주머니로 챙긴 것이다. 양카이튀가 감탄한 것은 다른 게 아니라 그들의 배짱이었다. 이 세상에서 누가 가장 탐욕스럽고 부패한 사람들일까? 바로 그들이었다. 최근 몇 년 동안 중앙에서는 부패를 금지하고 청렴을 강조해왔다. 이런 활동을 통해 적지 않은 사람들이 붙잡혀 감옥에 들어갔다. 이것이 양카이튀가 친척이나 친구들을 거부하는 이유가 되었다. 누구든 그에게 공사 하청을 요구하면 그는 "내가 감옥에 들어가길 원하나?"라고 물었다. 명분이 정당하고 이치에 맞는 말이다 보니 이 한마디로 모든 청탁을 거절할 수 있었다. 공사와 관련된 일은 거절할 수 있었지만, 이들 친척과 친구는 이것 말고도 갖가지 너절한 일을 가지고 양카이튀를 찾았다. 양카이튀는 그들과 접촉하지 않아도 되는 일들은 최대한 피했다.

하지만 양카이튀는 오늘 조카의 혼례에 참석했다. 이 조카는 다름 아닌 양카이튀 누나의 아들이기 때문이다. 또 양카이튀의 누나는 다름 아닌 그를 어려서부터 키워준 사람이다. 그는 누나의 옷자락을 잡고 자랐다. 양카이튀의 누나가 없었더라면 오늘날의 양카이튀가 존재할 수 없었다. 양카이튀가 한 살 때 그 지역에 뇌막염이 유행한 적이 있었다. 양카이튀도 이 병에 감염되어 고열에 시달리면서 헛소리를 해대다가 사흘이 지나자 숨이 간들간들할 정도로 병세가 악화되었다. 당시 중국에는 가족계획을 실행하지 않아 집집마다 아이가 많았다. 양카이튀의 집은 누나를 포함해 도합 일곱 형제라 부모님은 하나가 늘든 줄든 크게 신경 쓰지 않았다. 양카이튀의 엄마는 성격이 거칠고 급한 편이었다.

양카이뤄의 숨이 끊어지지도 않았는데 엄마는 풀을 엮어 지은 움막 안에 그를 던져넣고 살든지 죽든지 상관하지 않았다. 당시 양카이뤄의 누나는 아홉 살밖에 안 됐지만 매일 세 번씩 움막으로 가서 양카이뤄의 상태를 살피고 물을 떠다 먹여주었다. 사흘이 지나자 양카이뤄의 몸에서 열이 서서히 가라앉았다. 당시 누나가 물을 가져다주지 않았다면 양카이뤄는 고열과 심한 갈증으로 인해 죽었을지도 모른다. 양카이뤄는 어릴 때 몸이 허약해 학교에서 항상 다른 아이들로부터 괴롭힘을 당했다. 괴롭힘을 당하면 다른 건 할 줄 모르고 울기만 했다. 그때마다 항상 누나가 나서서 그의 분풀이를 대신 해주었다. 그래서 이번에 누나의 아들이 결혼을 하게 되자 양카이뤄는 관례를 깨고 혼례에 참석하기로 하고, 누나를 위해 결혼식 분위기를 한껏 띄워주려 한 것이다. 양카이뤄가 현에서 국장의 직위에 있다 보니 그가 식장에 나타나는 것만으로 혼례의 품격이 크게 올라갈 수 있었다. 혼례가 끝난 뒤에는 연회를 마련해 함께 식사를 했다. 열 개가 넘는 원탁(일반적으로 원탁 하나에 열 명의 하객이 앉는다)으로 구성된 연회석이 누나의 집 마당에 성대하게 마련되었다. 양카이뤄의 신분이 가장 높다 보니 당연히 그가 주빈석에 앉았다. 주빈석에서도 가장 중요한 자리가 그의 차지였다. 주빈석에는 양카이뤄 말고도 신부를 데려온 신부 가족들이 함께 앉아 있었다. 삼촌 몇 분과 할아버지 그리고 오빠와 동생 등이었다. 양카이뤄 외에 신부 가족들과 한자리에서 식사한 사람으로는 마을에서 가장 중요한 인물 두 명이 더 있었다. 그 마을의 촌장과 회계였다. 양카이톼에게는 이종사촌 동생이 한 명 있다. 그의 집은 이웃 현에 있는데, 그 현에서는 노동력 수출이 많이 이루어졌다. 노동력 수출이란 이른바 일부 농민을 아프리카로 보내 주택 건설이나 철로 개설 공사에 투입하는 것이다. 그의 이종사촌 동생은 보츠와나의 건설 공사장에서 용접공으로 일하다가 최근에 귀국해 쉬고 있었다. 얼굴이 아프리카 사람처럼 검게 그을어 있었다. 그는 외국에서 살다가 왔다는 이유로 주빈석에 앉게 되었다. 신부의 가족은 전부 시골 사람들이었다. 양카이톼가 한자리에 있어서 그런지 어색해하는 모습이 역력했다. 하나같이 눈으로만 그를 쳐다볼 뿐 아무 말도 하지 않았다. 해외에서 돌아온 이종사촌 동생은 말주변이 없어 마당 저편의 신방 문틀에 새로 내다 붙인 대련만 바라보고 있었다. 사교성이 좋은 이 마을 촌장은 분위기가 썰렁한 것을 보고는 마음이 편치 않았다.

"양 국장님, 오늘은 아주 기쁜 날인데 이렇게 굳은 표정으로 재미없게 앉아 있어선 안 될 것 같네요. 손님들이 돌아가서 우리 마을에 인재가 없다고 불평이라도 하면 어쩝니까?"

마을 회계도 재빨리 나서서 거들었다.

"누가 아니래요! 이런 날엔 신나게 먹고 마셔야지요. 그러지 않으면 우리 마을 사람들만 얼굴에 먹칠을 하는 게 아니라 양 국장님도 체면이 서지 않을 겁니다."

양카이뤄가 누나 가족의 체면을 세워주고 싶은 마음에 정신을 가다듬고 말했다.

"누가 아니랍니까! 오늘은 술이 떡이 되지 않고는 누구도 이 마당 밖으로 나가지 못할 겁니다."

모두 웃음을 터뜨렸다. 잔치 분위기도 슬슬 살아나기 시작했다. 신부 집에서 온 노인이 입을 열었다.

"양 국장님, 국장님은 매일 높으신 분들하고 시끌벅적하게 노시겠지만 저희는 촌사람들이라 주량이 형편없습니다."

양카이뤄가 말을 받았다.

"어르신, 그렇게 말씀하시는 걸 보니 주량이 좀 되시는 것 같군요. 술을 마시는 것도 일을 하는 것과 같아요. 대개 기본 바탕을 갖춘 사람들이 자기 주량이 얼마 안 된다고 말하곤 하지요."

모두 또 한바탕 웃음을 터뜨렸다. 촌장이 약간 흥분한 듯 말을 받았다.

"우리 오늘 술을 마시면서 주령酒令•을 하는 게 어떻겠습니까!"

"어떤 주령인데요?"

촌장이 말했다.

"누구든지 벌주를 받으면 먼저 세 잔을 마시고 순서대로 좌중

• 주흥을 돋우기 위한 일종의 벌주놀이.

에 있는 모든 사람에게 술을 권하면서 한 잔씩 다 마시게 하고 자신도 마셔야 합니다. 이런 식으로 절반 이상 이기면 진 사람들은 연대 책임에 따라 모두 자기 잔을 마시고 상대방에게 석 잔을 더 갚아줘야 합니다. 반면에 절반을 지면 진 잔을 마시고 다시 석 잔을 마셔야 합니다. 술을 얼마나 마시느냐는 각자의 능력에 달려 있는 셈이지요."

주령의 규칙을 다 듣고 나서 사람들은 감히 말을 받지 못했다. 촌장이 신부 쪽에서 온 노인에게 말했다.

"어르신, 제가 먼저 패를 낼 테니 어르신께서 패를 받아 우두머리 장수의 기개를 보여주시지요."

노인이 웃으면서 손을 흔들었다.

"안 되겠습니다, 촌장님. 승패에 따른 벌이 너무 커요. 나는 나이가 많아 감당할 수 없을 것 같소이다."

마을 회계가 말했다.

"어르신께서 이렇게 나오시는 걸 보니 신부 쪽에는 인재가 없는 것 같군요."

이때 신부 가족 중 젊은이 하나가 나서서 말했다.

"여러 높으신 분과 어르신께 결례가 되지 않는다면 제가 한번 나서봐도 될까요?"

그러면서 술 주전자를 들었다. 신부 쪽 노인이 젓가락을 들어 그의 손을 툭 치며 말했다.

314

"규칙을 이해하든 못하든 주령을 하려면 첫 한 바퀴는 양 국장이 시작해야 합니다. 이 양반이 가장 높은 지도자니까요."

양카이퉈가 말했다.

"오늘은 누구나 다 친척이라 지도자는 없습니다."

그러면서 그 젊은이를 향해 손을 뻗었다.

"그럼 우리 둘이 먼저 세 번 가위바위보를 해서 이긴 사람이 주령을 내리는 걸로 합시다."

젊은이는 노인을 향해 곁눈질을 하더니 노인이 웃으면서 아무 말도 하지 않는 것을 확인하고는 양카이퉈와 첫 번째 가위바위보를 했다. 모두 신나게 웃으면서 고개를 빼고 구경했다. 이때 젊은이의 휴대전화가 울렸다. 젊은이는 얼른 손을 멈추고 주머니를 뒤져 휴대전화를 꺼냈다. 촌장이 말했다.

"국장님을 기다리게 해놓고 전화를 받다니 예의가 없군. 한 가지 주령을 더 공포하도록 하겠습니다. 이 자리에 있는 사람 모두 전화를 끄도록 해요. 전화가 울리는 사람은 벌주를 석 잔 마시기로 합니다."

양카이퉈가 휴대전화를 꺼내 가장 먼저 끄면서 말했다.

"오늘 우리 돌아가면서 쉬지 않고 벌주놀이를 하면서 마시기로 합시다."

젊은이도 황급히 휴대전화를 껐다. 테이블에 있는 사람 모두 황급히 휴대전화를 껐다. 모든 사람의 감정이 고양되고 있었다.

주위의 다른 테이블에 있던 사람들이 열띤 광경을 구경하기 위해 일제히 몰려들었다. 양카이퉈의 누나도 다가와서는 한마디 당부했다.

"사돈댁 손님들이 술을 너무 많이 드시지 않도록 해. 돌아갈 때 모양이 좋지 않단 말이야."

양카이퉈가 말을 받았다.

"아직 시작도 안 했는데 누가 많이 마셨다고 그래요? 집에 술이 없어서 그래요?"

모두 또 큰 소리로 웃음을 터뜨렸다. 양카이퉈와 젊은이는 악수를 한 번 하고 가위바위보를 시작했다. 세 번 겨룬 끝에 양카이퉈가 이기자 모두 박수를 쳤다. 양카이퉈가 잔을 들어 연달아 세 잔을 마셨다. 모든 사람이 또다시 박수를 쳤다. 이어서 양카이퉈가 자리를 한 바퀴 돌며 같은 자리에 앉은 사람들과 일일이 술잔을 주고받은 다음, 신부댁 노인에게 잔을 넘겼다. 그다음 사람은 이 마을 촌장이었다. 이어서 신부댁 젊은이가 잔을 받았다. ……이렇게 술판이 이어지는 동안 사람들은 술이 들어갈수록 더욱 흥분했다. 모든 사람이 양 국장에게 관원 특유의 거드름이 없어서 좋다고 말했다. 두 시간이 지나 신부 측의 젊은이와 중년 남자 한 명이 탁자 위에 엎드린 채 곯아떨어졌다. 이쪽 마을에서는 회계와 보츠와나에서 용접공으로 일하고 온 이종사촌 동생이 앞뒤로 화장실에 가서 토악질을 하고 돌아왔다. 양카이퉈는 머리도 약간 혼미해지고 말할 때 혀가 꼬이기 시작했지만 여전히 팔을 들어올리며 신부 측의 또 다른 젊은이와 가위바위보를 하려고 덤볐다. 어서 하자고 소리를 지르는 순간, 양카이퉈의 기사가 자신의 휴대전화를 들고 황급히 달려와 양카이퉈에게 말했다.

"국장님, 전홥니다."

양카이퉈가 말했다.

"무슨 전화? 안 받아."

그러고는 꼬인 혀로 되물었다.

"말했잖아, 휴대전화를 다 꺼야 한다고. 자네는 왜 끄지 않은 거야?"

기사가 목소리를 낮춰 말했다.

"두杜 현장님이십니다."

두 현장이라는 말을 듣자마자 양카이퉈는 정신이 번쩍 들면서 술이 반쯤 깼다. 그가 가위바위보를 기다리는 젊은이를 향해 빙긋이 웃는 얼굴을 보이면서 휴대전화를 건네받았다. 뜻밖에도 그가 휴대전화를 귀에 갖다 대자마자 그 안에서 분노한 목소리가 전해졌다.

"양카이퉈 이 네미 씹할 새끼야!"

양카이퉈는 깜짝 놀랐다. 평소라면 두 현장이 화가 난 이유를 금세 알아챘을 텐데, 지금은 술을 너무 많이 마신 탓인지 얘기를 시작하기도 전에 다짜고짜 욕부터 들은 것이 몹시 불쾌하게 느껴졌다. 현장과 국장은 엄연한 상하관계지만 입을 열자마자 엄마 욕을 하는 것은 용납하기 어려운 일이었다. 양카이튀가 술자리에서 몸을 빼면서 말했다.

"두 현장님, 할 말이 있으면 하시지 왜 욕은 하고 그러십니까?"

두 현장이 말했다.

"욕을 하는 것으로 그치지 않고 자넬 잘라버릴 테니까 그런 줄 알아. 현의 규정상 고위 간부는 휴대전화를 끄지 못하게 되어 있는데, 네미 씹할, 누가 자네에게 휴대전화를 끄라고 한 건가?"

"이거 보세요. 또 욕을 하시잖아요."

"이런 네미 씹할 새끼! 너 한 시간 전에 차이홍3교가 폭파된 것 알아, 몰라! 스무 명이 넘게 죽었단 말이야, 이 새끼야!"

그러면서 또 욕을 해댔다.

"나도 지금 현장으로 달려가고 있는데, 네미 씹할, 넌 아직도 술을 처마시고 있는 거야?"

양카이튀의 머리에서 쾅하고 폭발음이 울렸다. 술도 한순간에 확 깼다. 이 현의 도로와 교량은 건설되는 과정도 도로국 관할이고 사고가 났을 때도 도로국에서 책임을 지게 되어 있다.

2

차이훙하 위의 차이훙3교는 5년 전에 건설된 다리로 총 6억 위안의 공사비가 투입되었다. 차이훙하는 창강의 지류로서 서쪽에서 동쪽으로 흐르면서 이 현을 횡으로 관통한다. 과거에 차이훙하 위에는 두 개의 다리가 있었다. 하나는 이 현 동부에 건설된 다리로 차이훙1교라 불렸고, 다른 하나는 이 현 중부에 위치하여 차이훙2교라 불렸다. 서부는 산간 지역이라 산길이 울퉁불퉁하고 강줄기의 유속이 빨라 시공이 쉽지 않았다. 게다가 산간 지역의 몇 개 향진은 경제가 낙후되고 인구가 적어 서부의 남북 양안은 줄곧 물결이 거센 차이훙하로 단절되어 있었다. 양안은 현성에서 직선거리로 20킬로미터 정도 떨어져 있지만 몇 명의 향진 간부가 현성으로 회의하러 가려면 차이훙2교를 돌아 70~80킬로미터를 더 가야 했다. 다행히 5년 전에 국가에서 전체 비용의 3분의 1을 대고 성에서 3분의 1, 시와 현에서 공동으로 3분의 1을 부담하는 방식으로 4만 위안의 자금을 만들어 서부 산간 지역에 차이훙3교를 건설하게 되었다. 교량의 설계와 시공은 전부 이 현 도로국에서 주관했다. 설계를 위해서 이 현의 건축 설계원을 찾았고 시공은 경쟁 입찰을 거쳐 이 성의 유명한 교량 건설기업이 맡게 되었다. 이 모든 과정에 양카이퉈도 참여했다. 참여하기만 한 것이 아니라 시행도 주로 담당했다. 대교가 개통되던 날, 전장 3킬로미터에 달하는 다리 위에는 오성홍기가 가득 휘날렸고 징 소리와 북소리가 천지를 진동했으며 볜파오鞭炮˙ 터지는 소리가 요란했다. 시에서는 시장이 직접 나와 테

이프커팅을 했고 양안의 주민들은 환호작약했으며 개통 소식이
성 신문에 대대적으로 보도되었다. 차이훙3교가 건설되기 전에
는 양안의 주민들이 걸어서 왕래하는 일은 아주 드물었지만 다
리가 건설되고 5년이 지나자 양안 사이에 통혼이 이루어지기 시
작했다. 차이훙3교가 생기기 전까지 서부의 몇 개 향진은 가난이
라는 불명예를 안고 살았지만 다리가 건설된 뒤로는 산에서 나
는 사과와 배, 대추, 산사 같은 농산물을 운송할 수 있게 되어 주
민들의 살림이 눈에 띄게 부유해지기 시작했다. 어제도 양카이퉈
는 이 현 서부로 향과 향 사이의 도로를 시찰하러 가면서 차이
훙3교를 지나갔다. 이때만 해도 차이훙3교는 차이훙하 위에 우
뚝 솟아 있었는데 어떻게 오늘 무너질 수 있단 말인가? 누가 무
너뜨린 것일까? 미군 특공대인가? 아니면 어느 테러 조직인가?
두 현장은 다리가 무너졌다면서 스무 명이 넘는 사람이 사망하
기까지 했다고 말했다. 스무 명이 넘는 그들은 당시 다리 위에서
뭘 하고 있었단 말인가? 하지만 양카이퉈는 감히 전화로 두 현장
에게 구체적인 상황을 물어볼 수 없었다. 단지 마신 술이 확 다 깼
다는 사실만 실감할 뿐이었다. 황급히 누나 집을 나선 그는 기사
에게 차를 몰게 하여 차이훙3교로 달려갔다.

　차이훙3교에 도착한 양카이퉈는 넋이 나가버렸다. 지금의 차

• 한 꿰미에 줄지어 꿴 연발 폭죽.

이홍3교는 어제의 차이홍3교가 아니었다. 어제는 이 다리가 햇빛 아래 웅장하게 서 있었는데 지금은 완전히 폐허가 되어버렸다. 다리는 중간에서부터 폭파되어 허리가 끊어져 내렸고, 다리 아래 거세게 흐르는 물속에는 찌그러지고 변형된 자동차들이 배를 까뒤집은 채 흉한 모습을 드러내고 있었다. 트럭도 있고 소형 승용차도 있었다. 어떤 대형 버스에서는 아직도 검은 연기가 피어오르고 있었고 불에 탄 흔적이 선명했다. 다리 위의 폐허에서도 연기가 피어오르고 있었고 다리 밑으로 시멘트 덩어리가 끊임없이 떨어져 내리고 있었다. 눈 깜짝할 사이에 전쟁의 시대로 되돌아온 것 같았다. 도로를 따라 끊임없이 경찰차의 경적과 구급차의 사이렌이 울렸다. 강가와 물속에서는 군대에서 파견된 병사들이 물에 빠진 대형 버스와 소형 승용차, 트럭 등에 아직 생존해 있는 사람들을 구조하고 있었다. 강가에는 무수한 구경꾼이 몰려 나와 있었다. 이 현의 두 현장도 다리 입구에서 긴급 구조를 지휘하고 있었다. 양카이퉈가 오는 것을 본 두 현장이 또 극도로 화가 난 표정으로 욕을 해댔다.

"전쟁 시기였다면 자네는 전선에서 탈영한 셈이야. 내가 씨팔 당장 총살해버렸을 거라고!"

그러고는 한마디 지적을 잊지 않았다.

"자네가 직접 맡아봐. 온몸에서 술 냄새잖아! 내 눈에 띄지 않게 당장 꺼져! 조금 있다 내가 제대로 결산을 할 테니까!"

양카이튀는 더 큰 봉변을 당할까 두려워하면서 슬금슬금 뒤로 물러나 현 정부 판공청의 위⁺ 주임을 한쪽으로 끌고 가 물었다.

"위 주임, 도대체 어떻게 된 일인가?"

후덕한 성격의 소유자인 위 주임이 양카이튀에게 몰래 사정을 알려주었다. 차이훙3교는 원래 아무 일 없었는데 두 시간 전쯤에 인근 성에서 바퀴가 열여섯 개 달린 대형 트럭이 불꽃폭죽을 가득 싣고 달려오더니 이곳을 지나다가 다리 한가운데 이르렀을 때 아무도 예상치 못한 그 짧은 순간에 갑자기 차에 실려 있던 불꽃폭죽이 폭발했고, 이어서 이 트럭의 메인 기름 탱크와 보조 기름 탱크가 연이어 폭발했다는 것이다. 이리하여 트럭 전체가 폭발하면서 차에 실린 폭죽에 두 개의 기름통이 더해진 폭발력은 차에 TNT가 가득 실린 것이나 다름없었다. 그 충격으로 다리는 금세 허리가 폭파되어 무너져 내렸다. 당시 다리 위에는 10여 대의 차량이 양방향으로 달리고 있었다. 다리 입구에 있던 몇 대는 사태를 목격했지만 제때 브레이크를 밟지 못해 다리 한가운데 있는 폭죽 트럭 근처에 있는 다른 차량 여섯 대에 근접하게 되었다. 곧이어 다리가 무너지면서 함께 강물 속으로 추락했다. 이 여섯 대의 차량 중에는 여행사의 대형 버스도 포함되어 있었고, 버스 안에는 40명이 넘는 여행객이 타고 있었다. 차량들이 강물 속으로 추락하면서 그 자리에서 22명이 사망했고, 나머지 사람들은 간신히 구조되어 현에 있는 병원으로 이송 중이므로 사상자가 계속 늘어날 수 있었다. 양카이뤄는 이런 사실을 다 전해 듣고는 또다시 머리가 얼떨떨해졌다. 제정신이 아니었다.

"이건 누구도 예상하지 못한 일이네요."

그러면서 억울하다는 듯한 어투로 한마디 던졌다.

"두 현장은 나한테만 화를 내더군요. 이 폭죽 트럭을 내가 몰고 온 것도 아닌데 말이에요."

위 주임이 말을 받았다.

"트럭은 국장님이 몰고 온 게 아니지만 다리는 엄연히 국장님 관할이잖아요. 다리가 없으면 국장님도 없는 겁니다. 전화기를 꺼 놓고 술을 마셨는데 두 현장이 화를 내지 않을 수 있겠습니까?"

양카이뤄는 감히 더 이상 말을 받지 못했다. 이때 또 한 차례 경적이 멀리서부터 점점 가까워지더니 한 무리의 차량 행렬이 번갯불처럼 빠르게 달려와 다리 옆에 이르렀다. 이윽고 문이 열리더니 시장이 차에서 내렸다. 두 현장은 황급히 앞으로 달려가 시장을 영접했다. 시장은 다리 밑에서 사람들을 구조하는 모습을 보고는 몇 가지 지시를 내렸다. 그런 다음 다리 위로 올라와 아직 검은 연기를 내뿜고 있는 절단 부분을 바라보았다. 한참을 보던 그는 의문을 떨칠 수 없었다.

"차가 한 대 폭발했다고 철근 콘크리트 구조로 된 다리가 무너질 수 있는 건가? 교량 건축공사의 품질에 문제가 있었던 것 아니오? 부실 공사가 아니었느냐 말이오?"

시장의 입에서 이 한마디가 떨어지는 순간 양카이퉈의 머릿속에서 또다시 쾅하고 폭발음이 울렸다. 폭죽을 실은 차는 그가 몰고 온 것이 아니지만 교량 건설에 문제가 있었다면, 혹시 부실 공사이기라도 했다면 현 도로국과 양카이퉈가 모든 걸 책임져야 했다. 양카이퉈는 당장 앞으로 나가 해명을 하고 싶었지만 시장이 뭔가를 얘기하고 있고, 바로 옆을 현장 등 여러 사람이 에워싸고 있어서 양카이퉈가 끼어들 틈이 없었다. 시장이 말을 이었다.

"맨 처음 이 다리의 건설을 담당한 사람이 누구요?"

두 현장이 황급히 고개를 돌려 사람을 찾다가 양카이퉈를 발견하고는 손으로 그를 가리켰다.

"바로 저 친구입니다!"

시장이 양카이퉈에게 물었다.

"당시 이 다리의 건설을 자네가 담당했나?"

양카이퉈는 너무 놀라 넋이 나가버렸다. 시장을 말을 어떻게 받아야 할지 알지 못했다. 그저 멍청한 미소로 고개를 끄덕일 뿐이었다. 시장은 그가 멍청한 웃음을 짓는 것을 보고는 미간을 찌푸리면서 두 현장에게 말했다.

"당장 사고 조사팀을 꾸려서 사고 원인과 교량 공사의 품질을 철저히 조사하도록 하시오."

두 현장은 시장의 말이 떨어지기 무섭게 연신 고개를 끄덕였다. 시장이 말을 이었다.

"그리고 20명 넘게 사망했으니 이것만으로도 이미 중대한 사고요. 즉시 성과 중앙에 보고하도록 하시오."

그러고는 한 가지 지시를 더 추가했다.

"보고 내용에 거짓이나 누락되는 바가 있어선 안 될 거요. 작년에 ○○시의 학교에서 혼란으로 인해 학생들이 넘어져 밟히면서 사망하는 사고가 발생했을 때 학교 당국에서 고의로 숫자를 속였다가 간부 여럿이 옷을 벗는 일이 있었소. 이를 뼈아픈 교훈으로 삼아야 할 것이오."

두 현장이 곧장 대답했다.

"네, 알겠습니다."

이때 또 도 주교舟橋 부대의 차량 몇 대가 도착했다. 시장은 황급히 다가가 부대를 인솔한 수장과 악수를 나누면서 몇 마디 감사 인사를 건넸다. 주교 부대가 긴급 구조에 투입되자 시장은 차에 올랐다. 시장과 그를 수행하는 차량 행렬은 현성을 향해 달렸다. 사고로 부상당한 사람들을 위문하기 위해 현 병원으로 달렸다. 두 현장도 시장을 수행하여 함께 병원에 갔다. 정신이 완전히 돌아오고 술도 다 깬 양카이뭬는 하나하나 조치를 취해나가기 시작했다. 먼저 현 도로국에 전화를 걸어 도로국의 모든 간부와 직원에게 지금 하는 일을 전부 중단하고 차이훙3교로 와서 긴급 구호에 참여하라고 지시했다. 동시에 재무관리국 부국장에게 35만 위안의 예산을 긴급 배정하라고 지시하고, 아울러 선물과 생화를 추가로 구입하여 현 병원에서 자신과 합류하기로 약속했다. 또한 판공실 주임에게 지시를 내려 사고 관련 글을 한 편 써서 도로국 명의로 차이훙3교 붕괴 사건에 관해 현 인민들 전체에 사과의 뜻을 전하고, 유사시에 해명 자료로 사용할 수 있도록 했다. 이런 조치들이 끝나자 양카이퉈도 차에 올라 바람처럼 번개처럼 현성으로 달려갔다. 양카이퉈가 현 병원에 도착해보니 재무관리국 부국장은 벌써 와 있었다. 돈이 가득 든 손가방과 소형 승합차에 하나 가득 선물과 생화를 챙겨왔다. 부국장이 양카이퉈에게 시장은 부상자들 위문을 마치고 병원을 떠났다고 알려주었다. 양카이퉈는 고개를 끄덕이고는 먼저 병원 사무실로 가서 원장을 찾았다. 30만 위안이 든 손가방을 원장의 책상 위에 내려놓으면서 양카이퉈가 말했다.

"쑨孫 원장님, 인명 구조가 급하니 돈 문제는 얘기하지 않겠습니다. 얼마가 들지 모르겠지만 우선 저희가 부담하도록 하겠습니다."

그러면서 한마디 덧붙였다.

"제발, 사망자 숫자가 더 늘어나지 않게 해주십시오."

쑨 원장이 말했다.

"시장님과 현장님께서 이미 다 지시하셨습니다. 저희는 최대한의 노력을 다할 것입니다. 하지만 이송되어온 35명의 부상자 가운데 열 명 정도는 아직 위태로운 실정입니다. 지금 중환자실에서 치료와 보호를 받고 있는데 상황을 장담할 수 없을 것 같습니다."

쑨 원장의 손을 잡은 양카이튀의 손에 힘이 들어갔다.

"형님, 정말 중요한 시기입니다. 제발 절 좀 도와주십시오."

이어서 그는 도로국 부국장을 대동하고 병실을 일일이 찾아다니며 부상당한 사람들을 위문했다. 경상자들은 일반 병실에 누워 있었다. 양카이튀는 그들과 일일이 악수를 나누고 선물과 꽃을 건넸다. 이어서 아직 생사의 위기에서 벗어나지 못한 부상자들을 만나보기 위해 중환자 병실을 찾았다. 하지만 중환자실은 의료 요원이 아니면 들어갈 수 없었다. 양카이튀는 그저 창문의 커다란 유리를 통해 두 줄로 나란히 설치된 침상에 누워 있는 열 명 안팎의 부상자를 바라보는 수밖에 없었다. 하나같이 전신에 붕대를 감고 누워 있는 모습이었다. 복도 밖은 이미 어두워져 있었다. 양카이튀는 머리가 텅 비어버렸다. 이어서 뭘 어떻게 해야 할지 생각이 떠오르지 않았다. 부국장이 그에게 권했다.

"양 국장님, 하루 종일 바삐 돌아치셨어요. 댁에 돌아가셔서 좀 쉬셔야 할 것 같아요. 사태가 이 지경에 이르렀으니 조급하게 서둘러도 소용없습니다."

양카이튀는 부국장의 말에 일리가 있다고 생각하고는 밖으로 걸음을 옮기기 시작했다. 막 계단 입구에 이르렀을 때 간호사 한 명이 중환자실에서 나와 큰 소리로 의사를 불렀다.

"리李 선생님, 빨리 좀 와주세요. 환자 한 분의 심장박동이 멈쳤어요."

양카이퉈는 복도 의자에 털썩 주저앉고 말았다. 하마터면 그의 심장박동도 멎어버릴 뻔했다. 곧이어 의사와 간호사 몇몇이 중환자실로 달려가는 모습이 보였다. 덩달아 의자에서 벌떡 일어나 중환자실로 달려간 양카이퉈는 병실 밖에서 소식을 기다렸다. 10분쯤 지나 전신을 붕대로 휘감은 환자가 이동용 침대에 실려 나왔다. 사망자 수가 하나 늘어났다. 양카이퉈는 또다시 복도 의자 위에 털썩 주저앉았다. 감히 병원을 떠날 수 없었다. 두 시간이 지나 환자 한 명이 또 이동용 침대에 실려 나왔다. 양카이퉈는 초조한 마음으로 병실 밖을 왔다 갔다 했다. 오래전 부모님이 돌아가셨을 때도 이렇게 초조하지는 않았다. 부국장이 그에게 도시락을 가져다주었지만 그는 한입도 먹을 수 없었다. 한밤중이 되어서야 병원은 거의 잠잠해졌다. 양카이퉈는 의자 위에 구부려 앉은 채 잠을 청했다. 갑자기 휴대전화가 울리자 양카이퉈는 벌떡 일어섰다. 황급히 전화기를 꺼내면서 혹시 두 현장이 아닐까 걱정했는데 다행히 액정에 찍힌 것은 그의 마누라 이름이었다. 그제야 그는 마음을 놓으면서 복도 창밖을 바라보았다. 이미 날이 밝아 해가 중천에 떠 있었다. 알고 보니 의자 위에서 몸을 구부린 채 너덧 시간이나 잔 것이었다. 양카이퉈는 안도의 한숨을 내쉬었다. 보아하니 그사이에는 중환자실에서 실려 나온 사람이 없는 듯했다. 양카이퉈는 밤새 집에 돌아가지 못해 마누라가 걱정되어 전화한 것이라 생각했다. 하지만 뜻밖에도 전화를 받자마자 들려온 마누라의 목소리는 우레가 치는 것처럼 격렬하고 사나웠다.

"양카이뒈, 이 개새끼야!"

양카이뒈는 마음을 다스리지 못한 채 덩달아 욕을 해댔다.

"이 미친 쌍년이 할 말이 있으면 할 것이지, 왜 욕은 하고 지랄이야?"

"욕만 하는 게 아니라 널 잘라버리고 말겠어. 그런데 웃긴 왜 웃는 거야?"

양카이뒈는 도무지 무슨 말을 하는 건지 알 수가 없었다.

"내가 언제 웃었다고 그래? 난 지금 병원에서 원숭이처럼 바쁘게 돌아치고 있단 말이야. 내가 웃긴 언제 웃었다는 거야!"

마누라가 말했다.

"병원에서 웃었다는 게 아니라 어제 사고 현장에서 왜 웃었냐는 말이야?"

양카이뒈는 도무지 어떻게 된 영문인지 알 수 없었다.

"사고 현장에서 웃었다고? 난 어제 사고 현장에서 웃을 시간도 없었단 말이야. 무슨 생각에서 웃음이 나온단 말이야?"

"당신이 아무리 우겨도 이미 인터넷에 사진이 돌고 있단 말이야. 내가 휴대전화로 사진을 전송해줄 테니까 일단 보라고. 보면 알 거야!"

마누라는 팍하고 전화를 끊었다. 몇 분 뒤에 띠리링 소리와 함께 양카이튀의 전화기에 문자 메시지가 도착했다. 양카이튀가 웨이신을 열어보니 자신이 어제 사고 현장에 갔을 때 찍힌 사진 한 장이 모니터에 나타났다. 차이훙3교는 온통 폐허가 되어 있고 거세게 용솟음치는 강물 속에는 여섯 대의 변형된 차량이 마구 엉킨 채 처박혀 있었다. 그 가운데 대형 버스에서는 아직도 검은 연기가 피어오르고 있었다. 그리고 뜻밖에도 양카이튀가 폐허가 된 다리 앞에서 얼굴 가득 웃음을 띠고 있었다. 사진 하단에는 두 줄의 문구가 붙어 있었다. 큰 글씨의 문구는 이랬다.

동포들이 죽었는데 당신은 뭐가 그리 즐거운가요?

그 밑에 작은 글씨로 부제가 붙어 있었다.

사고 현장에 나타난 ○○성 ○○현 도로국장

양카이튀의 머릿속에서 쾅하고 폭발음이 울렸다. 어제 자신이 정말로 사고 현장에서 웃음을 보였단 말인가? 당시 그는 사고 처리에 정신이 없었는데 어떻게 웃음을 보일 수 있었던 걸까? 이게 정말 어제 자신의 모습이란 말인가? 누군가 인터넷에서 악의적으로 조작한 것이 분명했다. 양카이튀가 과거에 환하게 웃는 모습을 어제 사고 현장의 장면과 합성하여 조작한 사진임이 분명했다. 어제부터 오늘까지 모두 긴급하게 인명을 구조하느라 정신없이 바빴고, 양카이튀는 병원에서 하룻밤을 보냈는데 어떻게 이런 악의적 조작을 저지를 수 있단 말인가? 하지만 그는 곧이어 사진 속의 인물과 배경이 일치하고 있고 합성한 흔적이 전혀 없다는 점을 발견했다. 순간 양카이튀는 갑자기 어제 자신이 사고 현장에 도착해서 현장의 참혹한 상황에 놀랐고, 이어서 두 현장이 거칠게 욕을 하는 바람에 넋이 나갔던 일이 생각났다. 머릿속이 텅 비어 있었다. 이어서 시장이 도착하여 교량 공사의 품질을 의심하면서 다리 건설을 누가 담당했느냐고 물었다. 그때 두 현장이 양카이튀를 가리키며 "바로 저 친구입니다"라고 말했을 때 양카이튀는 또다시 정신이 나가버렸다. 시장이 "자네가 했나?"라고 물었다. 당시 이미 너무 놀라 정신이 없던 터라 시장의 말을 어떻게 받아야 할지 몰랐던 그는 멍청한 웃음을 보이고 말았다. 당시 양카이튀는 멍청한 웃음을 보이고 나서 스스로 멍청했다는 생각에 후회막급이었다. 하지만 병원에 도착한 뒤 사망자 수가 계속 증가하는 통에 자신의 멍청한 웃음에 대해서는 완전히 잊어버렸다. 그런데 뜻밖에도 어제의 그 멍청한 웃음이 남들에게 찍혀 오늘 인터넷에 전파되고 있는 것이다. 게다가 인터넷에서는 양카이튀의 멍청한 웃음에 대해 두 줄의 문구가 붙어 성격을 철저하게 변질시키고 있었다. 어제의 멍청한 웃음은 지금 즐거운 웃음으로 변질되어 있었다. 놀라서 어찌할 바를 몰랐던 태도가 풍경을 감상하는 것으로 변해 있었다. 이게 빌어먹을 누구의 소행이란 말인가? 이거야말로 이화접목移花接木*이 아니고 무엇이란 말인가? 서로 다른 사진을 하나로 합성하는 악랄한 사기 수법과 무엇이 다르단 말인가? 이는 몇 가지 사건을 하나로 만들어버리는 기묘한 행위였다. 게다가 어떤 사건을 전혀 다른 사건으로 둔갑시키는 왜곡이었다. 양카이퉈는 참지 못하고 복도에서 큰 소리로 욕을 해댔다.

"제미 씹할 놈들 같으니라고!"

이때 막 중환자실에서 나오던 간호사가 깜짝 놀라 하마터면 손에 들고 있던 의료기구 트레이를 바닥에 쏟을 뻔했다. 양카이퉈를 수행하고 있던 도로국 부국장도 깜짝 놀랐다. 부국장도 양카이퉈의 휴대전화를 건네받아 보고는 그 자리에서 멍한 표정을 짓고 말았다. 이어서 그는 자신의 휴대전화를 꺼내 인터넷을 확인해보고는 더욱 놀라움을 금치 못했다. 한 장의 사진이 전국 포털 사이트의 헤드라인이 되어버린 것이다. 찰나의 멍청한 웃음 때문에 양카이퉈는 한순간에 중국의 유명 인사가 되어 있었다. 게다가 인터넷에서는 양카이퉈에게 '미소 오빠'라는 별명도 지어주었다. 그의 사진 밑에는 100만 건이 넘는 댓글이 달렸다. 하나

---

* 남몰래 교묘한 수단으로 현상을 바꾸거나 왜곡함.

같이 양카이퉈를 비난하고 욕하는 내용이었다. 인성이 부족하다느니, 짐승이라느니, 스무 명이 넘게 사망한 사건을 아무 일도 아닌 것으로 여긴다느니 하는 비난 일색이었다. 네 엄마나 아버지, 마누라나 자식들이 죽어서 다리 밑으로 떨어져도 그렇게 즐거울 수 있느냐고 힐난하는 댓글도 있었다. 양카이퉈의 8대 조상들까지 지독한 욕을 먹고 있었다. 양카이퉈가 정부 기관의 국장이다 보니 이 일을 빌미로 사회와 정부를 공격하는 사람들도 있었다. 가장 많이 달린 댓글은 이랬다.

이런 제미 씹할 새끼 같으니!

부국장이 몸을 돌려 양카이퉈를 바라보니 그는 복도 의자에 주저앉아 또다시 멍청한 웃음을 보이고 있었다.

3

양카이퉈는 옛 속담이 틀리지 않는다고 생각했다. 겹쳐 오는 복은 없고 겹쳐 오지 않는 재앙도 없었다. 그는 인생길에서 역경 없이 모든 것이 순조롭기만 한 사람은 없다는 걸 잘 알고 있었다. 그 누구의 인생길이든 곡절이 있기 마련인 것이다. 하지만 자신의 이번 곡절이 갑자기 이렇게 큰 포물선을 그리리라고는 꿈에도 생각지 못했다. 일개 현의 국장은 참깨만 한 작은 관직이었다. 청나라 때라면 현의 현장이 7품 관원이었으니 현의 국장은 품위를 따질 여지조차 없었다. 그런데 뜻밖에도 한순간의 멍청한 웃음 때문에 그는 천하가 다 아는 유명 인사가 되었다. 이제 양카이퉈의 지명도는 성위원회 서기보다 높아졌다. 성위원회 서기는 성 안에서는 명성이 높지만 그 성을 나서면 그가 누군지 아무도 모른다. 그런데 지금 중국 전역의 인민들이 양카이퉈를 알고 있다. '미소 오빠'가 재난을 미소로 변화시키고 비극을 희극으로 전환시켰다는 사실을 모르는 사람이 없었다. 사실을 따지자면 이처럼 멍청한 웃음이 '미소'가 되고 양카이퉈가 '미소 오빠'로 변신한 것 자체가 이미 장씨의 갓을 리씨가 쓴 것처럼 명실상부하지 않은 일이었다. 하지만 이는 사건의 시작일 뿐이었다. 누군가 멍청한 미소를 짓고 있는 사진 속 양카이퉈의 팔뚝에 초점을 두어 그의 손목시계가 15만 위안에 달하는 스위스 명품이라고 주장했다. 어떤 사람들은 네티즌 수사대로 나서 최근 몇 년 동안 양카이퉈가 공무 활동에 참석한 모습을 찾아냈다. 그들이 사진 속에서 전문적으로 찾아낸 것 또한 그의 손목에 채워진 시계였다. 지난 몇 년 동안 찼던 시계를 찾아냈고, 이전에 양카이퉈가 현의 공무 활동에 참석했을 때의 사진까지 추적하여 모두 여섯 개의 유명 브랜드 시계를 찾아냈다. 그 가운데는 가격이 20만 위안에 달하는 것도 있고 30만 위안을 넘는 것도 있다. 50만 위안이 넘는 것도 있고 심지어 세계 최상급의 한정판 시계도 있다. 그 가격이 무려 120만 위안에 달했다. 총 일곱 개의 손목시계 가격을 다 합치면 250만 위안이 넘었다. 이어서 양카이퇴의 월급이 낱낱이 공개되었다. 과급 간부의 한 달 월급은 3100위안이 조금 넘어 연봉이 4000위안이 채 되지 않았다. 양카이퇴가 합법적인 수입으로 이런 시계들을 사려면 먹지도 않고 마시지도 않으면서 60년을 넘게 일해야 했다. 이어서 또 양카이퇴의 나이가 공개되었다. 올해 그의 나이는 45세였다. 그렇다면 태어나자마자 일을 시작했다 해도 그 일곱 개의 시계를 살 돈은 벌 수 없을뿐더러 엄마 뱃속에서 17년 남짓 일을 했어야 했다. 이리하여 양카이퇴에게는 '시계 오빠'라는 별명이 하나 더 따라붙었다. 양카이퇴 손목의 시계는 차이훙3교의 붕괴 사실과 아무런 상관이 없었지만 이제는 인터넷과 네티즌 수사대를 통해 하나로 연결되었다. 억울한 것은 중앙에서 반부패와 청렴을 제창하고 있어 양카이퇴는 여러 해 동안 아예 시계를 차지 않았다는 것이다. 단지 그날만 조카의 혼례에 참석해서 누나의 체면을 세워주기 위해 공무가 아니라 사적인 자리라는 생각에 손목시계를 차고 나갔던 것이다. 갑자기 차이훙3교 붕괴 사고가 터지는 바람에 양카이퇴는 황급히 사고 현장으로 달려갔고, 현장에서는 사고에 온 정신이 팔려서 손목에 찬 시계 따위는 완전히 잊고 있었다. 뜻밖에도 양카이퇴가 망각한 그 지점을 인터넷과 네티즌 수사대가 주목하고 집중한 것이다. 양카이튀는 참지 못하고 욕을 해댔다.

"인터넷, 네미 썹이라 그래라!"

여론의 압력으로 양카이튀가 '미소 오빠'와 '시계 오빠'가 됨에 따라 전국 인민들의 모든 눈길이 ○○시 ○○현에 집중되었다. ○○시는 매체를 통해 두 가지 결정을 공표했다. 첫째는 시·현 연합 조사단을 꾸려 차이훙3교의 붕괴 원인을 철저히 조사한 뒤 인민에게 최대한 빨리 책임 있는 답변을 제공하겠다는 것, 둘째는 당일부터 ○○현 도로국 국장 양카이튀에 대해 쌍규를 실시한다는 것이다. 그 일환으로 그를 격리시켜 조사함으로써 일곱 개 손목시계의 내력을 역시 최대한 빨리 명확히 밝히겠다고 했다.

4

쌍규가 실시되던 날, 그러한 운명을 알 수 없었던 양카이튀는 도로국 간부 직원들을 이끌고 차이훙3교에서 사고 현장을 정리하고 있었다. 그는 전국 인민들이 다 아는 '미소 오빠'와 '시계 오빠'가 되었고, 인터넷에서는 이 두 가지 건으로 논쟁이 뜨거운 상태였다. 하지만 양카이튀는 그림자가 기우는 것을 몸이 두려워하지 않듯이 그러한 소문과 뜬구름 잡는 현상들에 대해 일체 개의치 않기로 마음먹었다. 맑은 자는 스스로 맑은 것이고 지자智者에게는 소문도 힘을 쓰지 못하는 법이다. 그는 인터넷 폭력에 묶일 수 없다고 생각했다. 일단 무시해버리면 마구 혀를 놀리던 자들도 제 풀에 죽기 마련이고, 결국 주둥이 안에 감춰진 더러운 개새끼의 이빨을 뱉어버릴 것이다. 개의 주둥이에서 상아가 나올 수는 없는 법이다. 눈앞에 가득 피어오르는 짙은 안개를 일단 무시해버리면 해가 솟아올라 안개는 저절로 사라지기 마련이다. 일일이 나서서 반박하고 해명하는 것은 타오르는 불에 기름을 끼얹는 일과 같아서 그 즉시 뜨거운 불길이 만 길이나 하늘로 솟구칠 것이고, 한 가지 사건이 또 다른 사건을 불러낼 것이다. 이때 양카이튀는 중국에 지진이나 광산 재난 같은 큰 뉴스거리가 될 만한 사고가 터져주기를 얼마나 고대했는지 모른다. 심지어 댜오위다오釣魚島에서 중국과 일본 사이에 전투가 발생하기를 기대하기도 했다. 또다시 멜라민 분유 사건이나 유명 여배우가 기업인에게 몸을 파는 등의 대형 스캔들이 터지면 '미소 오빠'나 '시계 오빠' 사건은 금세 묻혀버릴 테고, 양카이튀는 또 다른 화염이 연기를 내뿜는 사이에 구석으로 피신해 숨을 돌릴 수 있을 것이다. 하지만 요 며칠 동안 중국 천지는 아주 밝고 태평무사하기만 했다. 유명 스타들도 아주 얌전하고 의젓한 모습을 유지했다. 양카이튀는 속으로 욕을 해댔다.

"염병할, 안 좋은 일은 꼭 와야 할 때는 안 오고 오지 말아야 할 때는 어김없이 찾아온다니까!"

"네미 씹할, 안 좋은 일 좀 터져라 제발!"

외부의 힘을 빌려 문제들을 가릴 수 없게 되자 양카이퉈는 열심히 일하는 걸로 보완하는 수밖에 없다는 결론을 내렸다. 혹은 열심히 노력함으로써 자신에게 그런 일들이 없었음을 증명하는 수밖에 없었다. 이틀 동안 양카이퉈는 두 점 사이를 선으로 연결하듯이 차이훙3교와 현 병원을 부지런히 뛰어다녔다. 이틀 밤낮 집에 가지 않았고 잠도 자지 않았다. 양카이퉈에게 조금이나마 위안이 되었던 것은 병원에서 중환자들의 상태를 확실히 장악했고 사망자 수가 더 이상 늘어나지 않았다는 점이다. 사망자가 늘지 않으면 사고의 성격도 더 이상 확대되지 않을 것이다. 양카이퉈는 안도의 한숨을 내쉬었다. 그는 차이훙3교에 군부대를 배치하여 사고 현장을 정리하는 한편, 도로국의 엔지니어와 기술자들을 동원하여 다리의 복구 방안을 연구하고 찾아내도록 했다. 엔지니어와 기술 요원들은 이틀 내내 사고 현장에서 끊어진 다리를 자세히 살피면서 해머로 교각의 단절 부위를 두드려 다듬었다. 양카이퉈는 그들에게 시와 현에 보고할 수 있도록 닷새 안에 반드시 복구 방안을 수립할 것을 요구했다. 현과 시의 지도층에서 허락만 해준다면 도로국에서는 곧장 시공에 들어가 한 달 안에 다리를 복구시켜 차량이 정상적으로 통행하도록 만들 계획이었다. 이날 오전, 양카이퉈가 차이훙3교 현장에서 바쁘게 상황을 점검하고 있는데 갑자기 휴대전화가 울렸다. 화면에 뜬 이름을 보니 두 현장이었다. 양카이퉈의 심장이 쿵쿵 뛰기 시작했다.

차이훙3교 붕괴 사건이 발생한 뒤로 두 현장은 그를 볼 때마다 욕을 퍼부었다. 두 현장에 대한 그의 두려움은 어린 시절 엄마에 대한 두려움을 능가하는 정도였다. 성격이 무척 거친 그의 엄마는 입만 열었다 하면 어린 양카이튀에게 욕을 퍼부었고 손찌검도 서슴지 않았다. 양카이튀는 두 현장의 전화를 받지 않을 수도 없는 노릇이었다. 그는 두 현장에게 욕을 얻어먹을 마음의 준비를 하면서 휴대전화를 들었다. 뜻밖에도 전화기 너머 두 현장의 음성은 부드럽고 즐거웠다.

"라오양, 자네 지금 어디 있나?"

양카이튀가 대답했다.

"네, 두 현장님, 저는 지금 사고 현장에 있습니다."

"듣자 하니 다리 복구 방안을 세웠다면서? 왜 내겐 보여주지 않는 건가?"

순간 양카이튀는 흥분을 감추지 못했다. 두 현장은 요즘 그가 하고 있는 일들을 이미 알고 있었던 것이다. 좋은 징조가 아닐 수 없었다. 모두 한마음으로 협력하고 있는 마당에 진실인 것 같지만 진실이 아닌 의론에 정력을 낭비하기보다는 건설적인 일에 몰두하는 게 좋을 것 같다고 생각했다. 양카이튀가 말했다.

"이 방안은 이틀 전부터 현장에서 추진하고 있습니다만 충분히 면밀한 것 같지 않아 감히 현장님께 보고 드리지 못했습니다."

두 현장이 말했다.

"성도 그렇고 시도 그렇고, 언제쯤 다리가 복구되어 차량 통행을 회복할 수 있을지가 초미의 관심사일세. 지금 현 정부 청사로 좀 올 수 있겠나? 나랑 먼저 상의해보기로 하세."

양카이튀가 재빨리 말을 받았다.

"네, 현장님, 곧장 가겠습니다."

양카이튀는 신바람이 나서 복구 방안이 담긴 도면 초안을 챙겨들고 바람처럼 번개처럼 현성을 향해 달렸다. 현성에 도착한 그는 곧장 두 현장의 사무실로 들어섰다. 실내에는 두 현장 외에 처음 보는 두 인물이 있었다. 양카이튀는 차이홍3교가 언제쯤 복구될 수 있는지 알아보기 위해 성이나 시에서 온 전문가들일 거라고 생각했다. 그는 개의치 않고 황급히 복구 방안이 담긴 도면을 두 현장의 책상 위에 펼쳐놓았다. 막 설명을 시작하려는데 두 현장이 그를 저지하고 나섰다.

"라오양, 그보다 급한 일이 있으니 그건 좀 접어두게."

그러면서 방 안에 있는 두 사람을 가리켰다.

"이분들은 시 기율위원회에서 나온 동지들이네. 자네에게 두 가지 물어볼 게 있다고 하네."

두 현장은 몸을 돌려 방을 나갔다. 그 자리에 혼자 남겨진 양카이튀는 멍한 표정으로 생각했다. 그리고 두 현장이 호랑이를 산에서 유인하는 계책을 썼다는 걸 깨달았다. 그는 차이홍3교의 복구 방안을 논의하자는 핑계로 자기를 사무실로 유인한 것이다. 시 기율위원회 사람들이 그를 찾아왔다면 좋은 용건일 리가 없다. 양카이퉈는 문을 나서는 두 현장의 뒷모습을 보면서 뭔가 말을 하고 싶었지만 무슨 말을 해야 할지 떠오르지 않았다. 양카이퉈가 우물쭈물하며 입을 열었다.

"내게 두 가지 물어볼 게 있다고 하셨는데 그게 뭔가요?"

시 기율위원회에서 온 두 사람 가운데 한 명은 표정이 없었고, 다른 한 명도 표정이 없었다. 그중 한 명이 말했다.

"드릴 말씀은 두 가지가 아니라 한 가집니다."

"그게 뭔가요?"

"국장께서 지금 쌍규를 당하고 있다는 겁니다."

양카이퉈의 머릿속에서 쾅하고 폭발음이 울렸다. 쌍규는 격리 조사를 의미한다. 기율위원회에서 누군가를 격리하여 조사한다는 것은 그에게 문제가 있다는 것이고, 그게 아니더라도 최소한 문제 있는 자로 의심받은 것이다. 그 문제가 무엇이냐 하는 것은 쌍규 이후, 곧 격리 조사가 끝난 뒤에 알 수 있다. 질문한다고 하지만 실제로 묻는 것은 하나도 없고, 절대로 바뀔 수 없는 결과를 말할 뿐이다. 양카이퉈는 자신의 해명도 소용없고 반항도 부질없다는 것을 알았다. 다만 더듬거리면서 한 가지만 물어볼 수 있을 뿐이다.

"언제 시작합니까?"

"지금 당장 우리를 따라오시면 됩니다."

"아무것도 가져오지 않았는데, 집에 가서 옷 좀 갈아입고 세면 도구라도 챙겨오면 안 되겠습니까?"

기율위원회 사람이 고개를 가로저었다.

"그럴 필요 없습니다. 조직에서 다 준비해뒀으니까요."

양카이퉈가 주머니에서 휴대전화를 꺼내며 말했다.

"마누라한데 전화 한 통만 하겠습니다. 출장 간다고 얘기해야 할 것 같군요."

이 사람은 이번에도 고개를 가로저었다.

"그럴 필요 없습니다. 조직에서 부인에게 알아서 통지할 겁니다."

그러고는 양카이퉈에게 손을 내밀었다. 휴대전화를 내놓으라는 뜻이다. 양카이퉈는 잠시 주저했다. 하지만 휴대전화를 넘기지 않을 수 없다는 것을 잘 아는 그는 순순히 그에게 휴대전화를 건넸다.

양카이퉈는 그들을 따라 두 현장의 방을 나섰다. 바깥으로 나가서 그들 차에 올라탔다. 양카이퉈의 운전기사도 근처에 있었다. 이틀 동안 정신없이 차를 모느라 그 역시 꽤 지쳐 보였다. 양카이퉈는 운전석에서 자고 있는 기사의 모습을 바라보았다. 기사는 양카이퉈가 다른 곳으로 향하는 걸 모르고 있었다. 차는 현 정부 청사를 나와 현성을 벗어나더니 산간 지역을 향해 달리기 시작했다. 도대체 어디로 가는 것일까? 양카이퉈는 감히 물어볼 수 없었다. 차는 산길을 오르고 있었다. 산등성이를 하나 넘더니 산골짜기를 향해 달렸다. 산속은 산 밖보다 계절 하나가 느린 듯했다. 산비탈 가득 살구꽃이 피어 찬란한 자태를 뽐내고 있었다. 산골짜기를 지나자 눈앞이 확 트이면서 거울 같은 호수가 나타났다. 호수에는 푸른 물결이 찰랑거리고 호수 옆에는 작은 건물이 자리 잡고 있었다. 이 건물 앞에 차가 멈추자 '○○시 재정시스템 훈련센터'라는 현판이 양카이퉈의 눈에 들어왔다. 쌍규가 진행되는 곳이라는 걸 알 수 있었다. 조직에서 쌍규를 진행할 때는 대부분 외진 지역의 호텔이나 내부 초대소를 이용하곤 했다. 양카이퉈가 사방을 둘러보니 경치가 무척 아름다웠다. 적어도 범인을 가두는 감옥 같지는 않았다.

차에서 내리자 한 명이 어디론가 전화를 걸었다. 2분쯤 지나 건물에서 누군가 나오더니 양카이퉈를 위아래로 훑어보았다. 그러고는 양카이퉈에게 따라오라고 했다. 동행했던 두 사람은 몸을 돌려 다시 차에 올랐다. 차는 이내 부웅 소리와 함께 떠났다. 그제야 그 둘은 압송을 담당한 사람들이고 쌍규와 격리 조사는 다른 사람들이 담당한다는 걸 양카이퉈는 알아차렸다. 양카이퉈는 자신을 인도하는 자를 따라 엘리베이터를 타고 5층으로 갔다. 5층 복도 끝에 있는 어느 방 앞에 멈춘 그는 문을 두드리면서 안에 대고 말했다.

"도착했습니다."

방 안에는 안경 쓴 중년의 사내가 앉아 있었다. 책상에서 컴퓨터를 보고 있던 수척한 몸매의 그는 고개를 들어 양카이튀를 힐끗 쳐다보더니 인도자를 향해 고개를 끄덕였다. 들어오라는 뜻이었다. 양카이튀는 안으로 들어가 사방을 둘러보았다. 호텔의 객실 같지만 사무실 형태를 갖춘 방이었다. 양카이튀를 인도한 사람은 몸을 돌려 나가버렸다. 안경 긴 중년의 사내는 의외로 사근사근하게 책상 맞은편에 있는 의자를 가리키며 말했다.

"양 국장님, 앉으세요."

그가 자신을 직함으로 부르는 데다 "앉으세요"라고 존칭어로 대하자 양카이튀는 아직 자신의 문제가 적아敵我 모순의 관계로 발전하지 않은 것 같다는 느낌이 들어 온몸의 신경이 약간 느슨해졌다. 자리에 앉자 안경 긴 중년의 사내가 벽 구석에 있는 카메라를 가리켰다.

"우리가 나누는 얘기는 전부 비디오로 촬영될 겁니다. 개의치 않으시지요?"

양카이튀는 사고 현장에서 사진을 찍혀 인터넷에 오르는 바람에 '미소 오빠'니 '시계 오빠'니 하는 거대한 파장을 일으키게 된 터라 본능적으로 카메라나 비디오에 대해 거부감을 느꼈다. 하지만 지금 조사를 받고 있고 카메라는 조직에서 설치한 것이므로 피하거나 거부할 수 없다는 걸 알고 있었다. 이런 상황에서 촬영 거부란 불가능한 일이었다. 그가 거부한다 한들 카메라가 철거될

리도 없었다. 거부하든 받아들이든 결과는 마찬가지였다. 결국 그는 고개를 가로저어 개의치 않는다는 의사를 밝혔다. 안경 낀 중년의 사내가 말했다.

"무슨 일로 여기에 오게 되었는지 아시나요?"

양카이튀는 잠시 생각해보고 나서 대답했다.

"네, 압니다."

안경 낀 중년의 사내가 말했다.

"왜 오시게 되었나요?"

"이틀 전에 웃지 말아야 할 때 잠깐 웃었던 일이 있습니다."

인경 낀 중년의 사내가 빙긋이 웃고는 질문을 계속했다.

"또 다른 이유는 없습니까?"

양카이튀는 또 잠시 생각에 잠겼다가 아무래도 피하기 어려울 것 같다는 결론을 내리고 순순히 대답했다.

"시계 문제가 있었습니다."

안경 낀 중년의 사내가 책상 위의 컴퓨터를 180도 돌려 모니터를 양카이튀 쪽으로 향하게 했다. 양카이튀가 찼던 손목시계들, 즉 네티즌 수사대가 추적해낸 일곱 개의 손목시계가 망라되어 있었다. 일곱 가지 죄명이 하나로 결합되자 양카이튀도 그 무게를 느낄 수 있었다. 안경 낀 중년의 사내가 말했다.

"그 시계들의 내력에 관해 말씀해보시지요."

일곱 개의 시계에 관해 어떻게 해명할까 하는 문제를 놓고 양카이퉈는 이틀간 고민했다. 차이홍3교와 병원 사이를 수없이 오가면서, 또한 도로국의 기술 요원들과 함께 차이홍3교의 복구 방안을 연구하면서, 그는 일곱 개 시계의 출처를 묻는 조직의 질의에 잘 답변하기 위한 생각을 정리해둔 것이다. 여섯 가지 대답을 생각해냈지만 그 가운데 어떤 것이 손목시계의 출처에 대해 가장 합리적인 해명이 될지 확실한 결정을 내리지 못한 상태였다. 그런 터에 조직의 쌍규가 시작되자 다급해진 양카이퉈의 머리는 뜻대로 돌아가지 않았다. 하지만 시간은 사람을 기다려주지 않는다. 안경 낀 중년의 사내가 눈을 빤히 뜨고 대답을 기다리고 있었다. 그는 하는 수 없이 여섯 개 방안 가운데 하나를 골라 대답했다.

"그 시계들은 전부 다른 사람들 겁니다."

그러고는 황급히 해명을 이어갔다.

"저희 외할아버지는 진에서 이름난 시계 장인이었습니다. 그래서 저는 어려서부터 손목시계를 좋아하게 되었지요. 물론 제게는 이 시계들을 살 만한 돈이 없습니다. 매번 임시로 친구들의 시계를 빌려 찼던 것입니다. 잠시 찼다가 금세 돌려주었지요."

그는 그 가운데 하나를 가리키며 설명을 계속했다.

"예컨대 며칠 전에 찼던 그 시계는 조카의 혼례가 있어서 멋을 부리느라 찼던 겁니다. 이 조카는 바로 제 누나의 아들입니다. 제게는 누나가 어린 시절 생명을 구해준 은인이거든요……."

갑자기 이야기가 화제에서 벗어났다고 느낀 그는 말을 멈췄다. 안경 낀 중년의 사내는 그런 그를 탓하지 않고 자연스럽게 화제를 다시 본론으로 돌렸다.

"누구 것을 빌려 찼다는 건가요?"

일곱 개의 시계를 각각 누구에게 빌렸는지를 밝히는 게 지난 이틀 동안 양카이튀가 가장 고심한 부분이었다. 남의 것을 빌려 찼다고 말할 수는 있지만 시계의 주인이라고 둘러댈 만한 사람들이 떠오르지 않았다. 시계 주인으로 생각해낸 사람은 30명쯤 되고 전부 양카이튀가 평소에 알고 지내던 친구들이지만 결국 자신에 의해 하나하나 부정되었다. 그들은 대부분 양카이튀처럼 합법적인 수입으로는 이런 시계를 살 수 없는 사람이거나, 그런 시계를 살 만한 경제력을 갖췄다 해도 인품을 보장할 수 없는 사람들이었다. 위기가 코앞에 닥친 상황에서 양카이튀를 위해 책임을 분담해줄지, 아니면 우물에 빠진 자에게 돌을 던지듯이 그의 곤경을 이용해 더 큰 위해를 가할지 알 수 없었다. 안경 낀 중년의 사내는 계속 그의 대답을 기다렸다. 양카이튀는 하는 수 없이 맨 앞에 있는 시계를 가리키며 말했다.

"이건 이모네 사촌동생에게서 빌린 겁니다."

"그 사촌동생은 무슨 일을 하나요?"

"아프리카에서 하청 공사에 참여하고 있습니다. 돈을 좀 벌었고 며칠 전 귀국해서 조카의 혼례에 참석했지요."

"그 사촌동생은 지금 어디에 있습니까?"

"이미 보츠와나로 돌아갔습니다."

보츠와나에서 용접공으로 일하는 사촌동생을 이용해 시계 하나의 출처는 해결한 셈이었다. 안경 낀 중년의 사내는 깊이 생각에 잠기더니 다른 여섯 개의 시계를 가리키며 물었다.

"그럼 이 나머지 여섯 개는 누구에게서 빌린 겁니까?"

나머지 여섯 개에 대해 양카이튀는 아직 적절한 대여자를 고르지 못한 터였다. 적당한 사람을 생각해내지 못하면 상대를 속일 수도 없었다. 양카이튀는 지금 이 순간 자신의 한 마디 한 마디가 신중하지 못하면 구멍이 뚫리고, 그 구멍들이 더 많은 구멍을 만들어 결국 둑이 무너지리라는 사실을 잘 알고 있었다. 양카이튀가 말했다.

"나머지 여섯 개는 전부 여러 해 전의 일이고, 잠시 빌려 찼다가 곧장 돌려줬기 때문에 언뜻 기억이 잘 나지 않습니다."

안경 낀 중년의 사내는 그를 다그치진 않았다. 그저 빙긋이 웃을 뿐이었다.

"양 국장님께 시간을 드릴 테니 천천히 생각해보세요."

이어서 그는 컴퓨터를 원래 위치로 돌린 다음 전원을 껐다. 그러고는 일어서서 외투를 입기 시작했다.

"오늘은 여기까지만 하도록 하겠습니다."

양카이튀도 그를 따라 일어섰지만 몇 가지 의혹이 남았다.

"이제 저는 어디로 가게 됩니까?"

안경 낀 중년의 사내는 책상 위의 전화기를 들어 번호를 하나 눌렀다. 순식간에 두 명의 젊은이가 들어왔다. 둘 다 정장 차림에 상고머리를 하고 있었다. 한눈에 정예 요원들임을 알 수 있었다. 안경 낀 중년의 사내가 두 사람을 가리키며 말했다.

"이 친구는 샤오팡小方이고 이 친구는 샤오위안小袁입니다. 며칠 동안 이 친구들이 국장님을 보살펴드릴 겁니다."

두 사람 가운데 샤오팡이 먼저 말했다.

"양 국장님, 방을 옮기도록 하겠습니다."

양카이퉈는 안경 낀 중년의 사내를 잠시 쳐다보다가 하는 수 없이 샤오팡과 샤오위안을 따라 문을 나섰다. 세 사람은 복도를 가로질러 엘리베이터를 타고 2층으로 내려갔다. 그리고 복도 끝에 있는 방에 이르자 샤오팡이 문을 열어 양카이퉈에게 들어가라는 눈짓을 보냈다. 양카이퉈가 방 안으로 들어서니 호텔의 표준 객실임을 알 수 있었다. 방 안에는 침대와 테이블, 의자가 각각 하나씩 갖춰져 있었다. 테이블 위에는 문서 몇 건이 놓여 있었다. 샤오위안이 테이블 위의 문서들을 가리키며 말했다.

"양 국장님, 우선 문서를 보시는 것부터 시작하겠습니다."

양카이퉈가 테이블 앞에 앉아 살펴보니 문서는 당장黨章 한 부와 공산당원 조례 한 부, 그리고 20년 전 양카이퉈가 입당할 때 작성한 입당 지원서 등이었다. 당장과 공산당원 조례는 양카이퉈가 평소 교육 때도 자주 보던 것들이라 별 문제가 없었지만 오래전에 작성한 입당 지원서가 갑자기 눈앞에 등장한 데에는 놀라지 않을 수 없었다. 지난 20년 동안 잊고 있었던 것을 뜻밖에도 쌍규 장소에서 다시 보게 되었기 때문이다. 양카이튀는 기율위원회에 감복하면서 열심히 일해야겠다고 다짐하는 한편으로 호기심이 생겼다. 그는 우선 자신의 입당 지원서를 들어 읽어보았다. 지원서 첫 페이지 오른쪽 구석에는 당시 자신의 사진이 붙어 있었다. 사진 속의 그는 흰 셔츠 차림에 입가에 미소가 걸린 채 정면을 바라보고 있었다. 20년 전, 그는 그렇게 젊었다. 그는 또 자신이 직접 작성한 입당 지원서를 살펴보았다. 일필일획 아주 정갈하게 쓰여 있었다. "광대한 인민 군중의 복지를 도모하고 공산주의를 위해 죽을 때까지 분투할 것"이라는 맹세도 담겨 있었다. 조직은 자신에게 이 글을 다시 읽고 현재의 모든 행위와 대조함으로써 반성과 참회의 기회로 삼게 하려는 것이라고 양카이튀는 생각했다. 양카이튀 스스로도 반성하고 참회하고 싶었다. 하지만 그는 이틀 동안 밤낮없이 사고 현장과 병원 사이를 분주하게 오가며 사고 처리에 전념한 탓인지 갑자기 졸음이 몰려왔다. 그나마 이 방에 들어오기 전까지는 버틸 수 있었지만 방에 들어와 침대를 보자 머리가 혼미해지더니 입당 지원서의 세 번째 페이지를 펼치는 순간부터 조금씩 졸음이 몰려들어 눈앞의 지원서가 흐릿하게 보였다. 샤오팡이 손가락으로 그를 쿡 찔렀다.

"양 국장님, 이런 태도는 바람직하지 않습니다. 쌍규를 받는 다른 동지들은 자신이 과거에 쓴 입당 지원서를 보자마자 통곡하면서 눈물을 흘립니다. 그런데 국장님은 어떻게 조실 수가 있는 겁니까?"

양카이퉈가 정신을 차리면서 부끄러운 듯한 어투로 말을 받았다.

"내가 이틀 밤낮을 한숨도 못 자서 그러네."

샤오위안이 말했다.

"양 국장님, 우리가 국장님을 이리로 모신 건 잠이나 자고 휴양하라는 게 아니라 묻는 말에 솔직하게 대답하고 일곱 개 시계의 내력에 대해 자세히 설명하라는 뜻입니다."

"그 전에 잠 좀 잘 수 없을까? 조금만 자고 나서 상세히 말해주겠네."

샤오위안이 말했다.

"먼저 상세하게 말씀하세요. 그런 다음에 주무시라고요."

"지금 머릿속이 풀을 쑤어놓은 것처럼 혼미해서 몇 년 전 일이 잘 기억나지 않아서 그러네."

샤오위안이 샤오팡에게 곁눈질로 신호를 보냈다. 샤오팡이 양카이퉈에게 말했다.

"정말 약속 지키셔야 합니다."

"내가 약속을 지키지 않는다면 벽에 바싹 붙여 세우고 영원히 잠을 안 재워도 좋네."

샤오팡이 말했다.

"그럼 좋습니다. 한숨 자게 해드리지요. 양 국장님의 각오를 믿
겠습니다."

양카이퉈는 테이블에서 벗어나 곧장 침대로 갔다. 샤오팡이 테
이블 위의 서류들을 챙겨 밖으로 나갔다. 샤오위안은 의자를 당
겨 침대를 마주하고 앉았다. 양카이퉈는 자신이 자살이라도 할
까봐 샤오위안이 감시하려는 걸 알아챘다.

"샤오위안, 가서 쉬게. 난 그렇게 생각이 막힌 사람이 아니라니
까."

"이건 기율이라 어쩔 수 없습니다."

"그럼 수고하게."

양카이퉈는 고개를 돌리자마자 잠이 들었다. 얼마나 잤는지
모르지만 화들짝 잠에서 깨어보니 방 안에 불이 켜져 있고 침대
앞에 앉아 있는 사람은 샤오위안이 아니라 샤오팡으로 바뀌어
있었다. 양카이퉈가 후다닥 몸을 일으켜 앉자 샤오팡이 물었다.

"양 국장님 깨셨습니까?"

잠이 덜 깬 양카이퉈는 비몽사몽한 채로 고개를 끄덕였다.

샤오팡이 말했다.

"먼저 일곱 개 시계의 내력에 관해 말씀해주시지요."

이때 잠이 확 깬 양카이퉈는 또다시 난처한 상황에 처하고 말

왔다. 아직 둘러댈 사람을 생각해내지 못했기 때문이다. 그는 고개를 숙인 채 말을 하지 못했다. 그렇게 5분이 흘렀다. 샤오팡이 재촉했다.

"보아하니 양 국장님은 자신이 한 약속을 잘 지키지 않으시는군요."

그러면서 이렇게 덧붙였다.

"그럼 양 국장님이 말씀하신 대로 더 이상 잠을 자지 마세요. 일어서서 잠을 쫓으세요."

그러면서 침대 맞은편 벽을 가리켰다. 양카이퉈는 침상에서 일어나 벽 앞에 가서 바짝 붙어 섰다. 등 뒤의 벽이 약간 부드럽게 느껴졌다. 손으로 슬쩍 만져봤더니 벽은 푹신푹신한 자재로 마감되어 있었다. 쌍규를 당하는 사람들이 벽에 머리를 찧어 자살하는 것을 방지하려는 거라고 그는 생각했다. 그렇게 두 시간이 지나자 샤오위안이 들어오고 샤오팡이 나갔다. 샤오위안은 의자에 앉아 계속 양카이퉈를 감시했다. 다시 두 시간이 지나자 서 있는 것이 몹시 피곤했다. 샤오위안이 휴대전화를 보는 사이에 양카이퉈는 그 자리에 쭈그리고 앉았다. 한순간이라도 좀 쉬어볼 심산이었다. 그러나 쭈그려 앉자마자 샤오위안이 고개를 들어 그를 쳐다보았다.

"양 국장님, 일곱 개 시계의 내력이 생각나셨나요?"

양카이퉈는 또다시 황급히 몸을 일으켜 벽에 바짝 붙어 섰다.

시간이 얼마나 지났는지 창밖을 보니 이미 날이 밝아오고 있었다. 양카이퉈는 갑자기 허기가 졌다. 생각해보니 차이홍3교 사고 현장을 떠난 뒤로 지금까지 하루 낮밤을 몸부림치느라 식사하는 것을 잊고 있었다. 어쩌면 샤오팡과 샤오위안이 식사 제공을 잊은 것인지도 몰랐다. 사실은 양카이퉈 자신이 식사하는 걸 잊은 데다 배고픔을 잊고 있기도 했다. 일단 아무것도 먹지 않은 게 생각나자 곧바로 뱃가죽이 등에 붙은 것처럼 허기가 극심해졌다. 배가 너무 고파서 온몸이 흐느적거렸다. 양카이퉈는 하는 수 없이 샤오위안에게 사정했다.

"샤오위안, 뭘 좀 먹게 해줄 수 없겠나? 어제부터 지금까지 아무것도 먹지 못했네."

샤오위안이 말했다.

"시계의 내력을 생각해내면 식사하게 해드리겠습니다."

양카이퉈는 그냥 배고픔을 참으면서 벽에 붙어 서 있는 수밖에 없었다. 어렸을 때 양카이퉈는 배고픔을 견딘 적이 많았지만 지난 40여 년 동안 배고픔을 겪지 못하다가 지금 다시 배고픔의 맛을 느끼게 되었다. 위장 안에 천만 마리의 벌레가 꿈틀대면서 위벽을 물어대고 분노의 절규를 해대는 것 같았다. 양카이퉈는 탄식하면서 참는 수밖에 없었다. 배가 고프면 몸에 힘이 빠지기 쉽고 힘이 빠지다 보니 몸이 벽을 타고 미끄러져 내렸다. 샤오위안이 테이블을 두드리자 양카이퉈는 화들짝 놀라면서 황급히 몸을 일으켰다. 시간이 얼마나 지났을까. 양카이퉈는 더는 참을 수 없는 지경에 이르고 말았다. 진흙덩이처럼 무거워진 몸뚱어리가 바닥으로 흘러내려 더 이상 일어서지 못했다. 바로 이때 방문이 열리면서 샤오팡이 들어왔다. 양카이퉈가 말했다.

"먼저 뭘 좀 먹게 해줄 수 없겠나? 먹고 나서 반드시 시계에 관해 분명하게 설명해주겠네."

샤오위안이 테이블을 탁 내리치며 말했다.

"그건 안 됩니다. 어제도 우리를 속여서 잠을 잤잖아요."

"이번에는 정말 거짓말하지 않을 걸세."

샤오위안이 말을 받았다.

"얘기를 먼저 해야 식사를 하실 수 있습니다. 망상은 버리세요."

"배가 너무 고파 머리가 빙빙 도는데 어떻게 시계의 내력을 생각해낸단 말인가?"

샤오팡이 샤오위안을 저지했다.

"사람은 실수를 범할 수도 있고 잘못을 반성하고 고칠 수도 있지. 우리 양 국장님을 한 번만 더 믿어보자고."

샤오위안은 곧장 밖으로 나갔다. 10분쯤 지나자 그는 커다란 그릇에 가득 담긴 밥을 가지고 왔다. 뜨거운 김이 모락모락 나는 홍소육紅燒肉도 곁들여졌다.

"양 국장님, 이번에는 약속 꼭 지키셔야 합니다."

먹을 것을 보자 양카이퉈의 위가 금세 부활했다. 위와 몸 안에 있던 천만 마리의 벌레도 전부 부활했다. 양카이퉈는 고개를 끄덕이며 밥그릇을 받아들고는 홍소육과 함께 먹기 시작했다. 2분 만에 커다란 그릇에 가득했던 밥과 홍소육 한 접시가 전부 뱃속으로 들어갔다. 샤오위안이 그릇을 거둬들이는 동안 샤오팡이 말했다.

"양 국장님, 이제 시계들의 내력을 말씀해주시지요."

양카이퉈는 이번에도 고개를 숙인 채 말을 하지 않았다. 말을 하지 않은 것은 시계들의 내력을 말하고 싶지 않아서가 아니라 정말로 거명할 만한 사람이 떠오르지 않았기 때문이었다. 샤오팡이 한숨을 내쉬자 샤오위안도 덩달아 한숨을 내쉬었다. 양카이퉈는 황급히 벽으로 돌아가 바짝 붙어 섰다. 한 시간쯤 지나서 양카이퉈는 좀 전에 먹은 홍소육이 너무 짰다는 생각이 들면서 갈증을 느끼기 시작했다. 물을 마시고 싶었다. 주방에서 일부러 홍소육을 짜게 만든 것인지도 몰랐다. 하지만 이미 두 번이나 약속을 지키지 않았기 때문에 양카이퉈는 감히 물을 마시고 싶다는 말을 입 밖에 낼 수 없었다. 샤오팡이 나가고 샤오위안만 남아 그를 감시했다. 샤오위안은 휴대전화를 보면서 물병을 들어 물을 마셨다. 누군가 물을 마시지 않으면 참을 수 있겠지만 남이 물을 마시는 모습을 보자 양카이퉈는 온몸의 모든 세포가 초조해지기 시작했다. 밥을 먹기 전에는 배고픔이 고통스러웠지만 지금은 갈증이 배고픔보다 열 배는 더 견디기 어려웠다. 천만 마리의 벌레가 그의 모든 신경을 물고 늘어질 뿐만 아니라 그의 몸에

남아 있는 마지막 수분을 죽어라고 빨아대고 있었다. 양카이튀
가 결국 참지 못하고 말했다.

"샤오위안, 물 좀 마시게 해주면 안 되겠나? 물을 좀 마시게 해
주면 이번에는 꼭 얘기하겠네."

샤오위안이 냉소하면서 말을 받았다.

"우리는 이미 두 번이나 속았습니다. 절대로 또 속는 일은 없
을 겁니다."

양카이튀는 더 이상 말하지 못했다. 서서히 창밖의 하늘이 어
두워졌다. 양카이튀는 자신이 바싹 마른 수건 같다고 느꼈다. 이
미 마지막 한 방울의 물까지 따 짜낸 것 같았다. 머리칼도 타버리
고 몸 전체가 성냥 한 다발로 변하는 것 같았다. 불만 붙이면 금
세 활활 타오를 것 같았다. 양카이튀는 입을 쩍 벌린 채 금방 죽
을 것처럼 숨을 헐떡였다. 머리가 빙 도는 걸 느낀 그는 바닥에
쓰러지고 말았다. 샤오위안이 테이블을 한 번 탁 치자 양카이튀
는 또다시 몸부림을 치면서 몸을 일으켜 벽에 바짝 붙어 섰다.
이때 밖에서 두 사람이 들어왔다. 양카이튀는 너무 목이 타서 머
리가 어질어질하고 눈에서 불꽃이 일 것 같았기 때문에 들어온
사람들이 누군지 분간할 수 없었다. 샤오팡이 아니라는 것만 알
수 있을 뿐이었다. 이어서 자세히 살펴보고서야 한 명은 남자, 한
명은 여자라는 것을 알았다. 남자는 문가에 멈춰 서 있고 여자는
양카이튀를 보더니 그 자리에 멍하니 서서 2분 동안 꼼짝 않고

있다가 갑자기 달려들며 큰 소리로 그의 이름을 불렀다.

"카이퉈!"

그 목소리로 양카이퉈는 자신에게 달려든 사람이 여자라는 걸 알 수 있었다. 알고 보니 누나였다. 누나는 너무 거칠게 달려들어 양카이퉈를 바닥에 넘어뜨리고 말았다. 누나가 양카이퉈를 바닥에서 일으켜 품에 안으며 물었다.

"카이퉈, 어쩌다 이런 꼴이 된 거야?"

양카이퉈는 온몸에서 연기가 날 정도로 목이 말랐다. 한 살 때로 되돌아간 것 같았다. 그해에 뇌막염에 걸린 그는 간신히 숨이 붙어 있었다. 그의 엄마는 그를 움막에 내버려둔 채 살든지 죽든지 신경 쓰지 않았다. 당시 그의 누나는 아홉 살이었다. 어린 누나가 움막으로 달려와 양카이퉈를 품에 안고 물을 먹여주었다. 누나의 품에 안긴 양카이퉈는 그해의 정경으로 돌아간 느낌이었다. 그는 뭔가 말을 하고 싶었지만 감히 입 밖에 내지 못하고 우물우물하다가 간신히 입을 열었다.

"누, 누나, 목이 말라요."

양카이퉈의 누나는 오래전 그랬던 것처럼 물이 담긴 사발을 들고 그에게 먹여줄 수 없는 상황이었다. 고개를 돌려보니 문가에 한 남자가 서 있는 모습이 보였다. 그제야 양카이퉈는 그가 다른 방에서 자신을 심문하던 안경 낀 중년의 사내라는 걸 알아보았다. 그가 샤오위안에게 눈짓을 하자 샤오위안은 테이블 위에

서 물병을 들어 양카이튀의 누나에게 건넸다. 누나는 황급히 물
병 마개를 비틀어 양카이튀에게 물을 먹여주었다. 꾸르륵꾸르륵
물 한 병이 눈 깜짝할 사이에 사라졌다. 물 한 병을 마시고 나자
양카이튀는 온몸의 세포가 다시 활짝 피는 것을 느꼈다. 온몸의
신경이 다시 편안해졌다. 그가 숨을 헐떡이며 누나에게 말했다.

"누나, 이제 살 것 같아요."

누나가 울면서 말했다.

"카이튀, 어서 자백해. 자백해서 감옥에 가는 게 이렇게 캄캄
한 방에 있는 것보다 훨씬 났겠어. 감옥에 들어가면 적어도 물은
마실 수 있잖아. 적어도 해는 볼 수 있잖아. 네가 감옥에 가더라
도 누나가 매달 면회하러 갈게."

5

안경 낀 중년의 사내는 양카이튀와 다시 얘기를 시작하기 전
에 먼저 충분히 물을 마시게 해주었을 뿐만 아니라 샤워하고 옷
도 갈아입을 수 있게 했다. 깨끗한 속옷과 겉옷은 전부 조직에
서 제공해주었다. 옷을 갈아입은 다음에는 주방에 지시해서 국
수 한 그릇을 먹게 해주었다. 뜨거운 국수 위에는 잘게 썬 비취
빛 파와 샹차이香菜가 뿌려져 있었다. 젓가락으로 국수를 휘저어
보니 안에는 계란도 하나 누워 있었다. 이번에는 짜지도 않았다.

간이 적절하게 잘 맞는 데다 식초도 곁들여져 있었다. 양카이튀
는 머리에서 발끝까지 깨끗한 채로, 배고프지도 목마르지도 않
은 채로 안경 낀 중년의 사내 책상 앞에 다시 앉아 있었다.

안경 낀 중년의 사내는 또다시 컴퓨터를 180도 돌려 모니터가
양카이튀를 향하게 했다. 모니터에는 일곱 개의 손목시계가 나란
히 배열되어 있었다. 안경 낀 중년의 사내가 물었다.

"이 시계들은 누가 양 국장님에게 선물한 건가요?"

양카이튀가 대답했다.

"○○○와 ○○○, ○○○, ○○○, ○○○ ……입니다."

일곱 개의 이름을 연달아 다 말해버렸다. 안경 낀 중년의 사내
가 다시 물었다.

"왜 선물한 건가요?"

"제가 그들에게 공사를 허가해주었기 때문입니다."

"어떤 공사들이었나요?"

"○○공사와 ○○공사, ○○공사, ○○공사, ○○공사……입니다."

"손목시계 말고 또 어떤 것들을 선물했습니까?"

양카이튀는 황급히 고개를 가로저었다.

"다른 건 없었습니다."

안경 낀 중년의 사내가 미간에 주름을 잡으며 말했다.

• 고수 나물.

"보아하니 양 국장님은 이틀 정도 여기 더 계시고 싶은 모양이군요."

그러고는 일어서서 외투를 입기 시작했다. 두려움에 사로잡힌 양카이튀는 재빨리 따라 일어서며 안경 낀 중년의 사내를 붙잡았다.

"생각났습니다."

안경 낀 중년의 사내가 외투를 벗고 다시 자리에 앉았다.

"또 어떤 선물이 있었나요?"

양카이튀도 따라 앉으며 대답했다.

"금괴와 장식품, 명품 의류, 명품 가방, 상품권 등이 있었습니다."

안경 낀 중년의 사내가 고개를 끄덕이더니 다시 양카이튀를 쳐다보며 물었다.

"또 뭐가 있었지요?"

양카이튀는 안경 낀 중년의 사내를 힐끗 쳐다보고는 잠시 망설이다가 하는 수 없이 다시 입을 열었다.

"현금도 있었습니다."

"어떤 사람들이 주었나요? 각각 얼마씩이었습니까?"

"한 사람 한 사람 구분해서 생각해봐야 할 것 같습니다."

안경 낀 중년의 사내는 찻잔을 들어 차를 한 모금 마셨다.

"그럼 천천히 생각해보세요."

양카이튀는 5분쯤 생각에 잠겼다가 다시 약간 주저하는 모습을 보였다.

"너무 오래전 일이라 제 기억이 정확한지는 모르겠습니다. 제 기억이 틀리더라도 억울한 사건이 되지는 않겠지요?"

"걱정하지 마세요. 우리가 하나하나 다 대조할 거니까요."

양카이퉈는 다 털어놓는 수밖에 없었다.

"장산張三 ○○만 위안, 리스李四 ○○만 위안, 왕우王五 ○○만 위안, 자오류趙六 ×백만 위안 등입니다."

다 털어놓고 나서 양카이퉈가 덧붙였다.

"이게 다입니다. 때려죽인다 해도 더 얘기할 것이 없습니다."

안경 낀 중년의 사내가 빙긋이 웃었다.

"저는 양 국장님을 믿습니다. 차 좀 드시지요."

양카이퉈가 앞에 놓인 찻잔을 들어 차를 한 모금 마셨다. 안경 낀 중년의 사내가 다시 입을 열었다.

"마지막으로 작은 문제가 하나 있습니다."

"무슨 문제인가요?"

안경 낀 중년의 사내가 서랍을 열어 그 안에서 휴대전화를 하나 꺼냈다. 양카이퉈는 본인의 휴대전화란 걸 즉시 알아보았다. 며칠 전 두 현장의 사무실에서 기율위원회의 두 사람이 몰수해 간 것이었다. 안경 낀 중년의 사내는 휴대전화에서 문자 메시지를 한 건 찾아 양카이퉈에게 보여주었다. 양카이퉈가 휴대전화 모니터를 보니 '쑤솽'이라는 사람이 열흘 전에 보내온 것으로 다 합쳐서 네 단어였다.

　오빠, 천금千金*이 곧 도착해요.

　그 문자 메시지를 보고 양카이뭐는 몸이 굳어버렸다. 안경 낀 중년의 사내가 물었다.
　"이건 성성의 번호입니다. 무슨 뜻인가요?"
　양카이뭐는 고개를 숙인 채 말을 하지 못했다. 안경 낀 중년의 사내가 다시 물었다.
　"쑤솽이 누구인가요?"
　양카이뭐는 고개를 숙인 채 여전히 말이 없었다.
　"저는 원래 오늘이면 모든 사정을 명확히 알 수 있을 것이라고 생각했는데 뜻밖에도 국장님께 시간을 더 드려야 할 것 같군요."
　그러면서 자리에서 일어나 또다시 외투를 주워 입었다. 양카이뭐가 황급히 그를 저지했다.
　"알겠습니다. 다 말하겠습니다."
　안경 낀 중년의 사내가 외투를 벗고 다시 자리에 앉았다.
　"말씀하세요."
　양카이뭐는 또다시 망설였다.

• 양갓집 규수를 일컫는 말.

"입을 열기가 좀 민망합니다."

"여긴 우리 두 사람밖에 없습니다. 사실대로 말씀하세요."

"오해하지 마십시오. 이 메시지에서 말하는 '천금'은 돈이 아니라 '양갓집 규수'를 뜻합니다. 성성에 오면 이 사람이 제게 여자를 소개해주겠다는 뜻입니다."

"그 말이 사실이라면 이 쑤솽이라는 사람은 정당하지 못한 중매인이겠군요?"

양카이퉈가 잠시 생각해보고 나서 대답했다.

"그렇다고 할 수 있지요."

안경 낀 중년의 사내가 갑자기 테이블을 내리쳤다. 소리가 엄청 컸다.

"성성은 당신의 현에서 400킬로미터나 떨어져 있는 데다 절반이 산길입니다. 당신 현에서 성성까지 가려면 차를 몰고 가도 꼬박 하루나 걸리는데, 그게 '아가씨'를 만나기 위해서라면 누가 믿겠습니까? 당신 현에는 아가씨가 없단 말인가요?"

양카이퉈가 약간 울먹이는 듯한 어투로 말했다.

"우리 현에도 아가씨가 있지요. 하지만 쑤솽이 거느리고 있는 아가씨들은 우리 현 아가씨들과는 다릅니다."

안경 낀 중년의 사내가 다시 물었다.

"어디가 다르다는 겁니까? 그렇게 예쁘단 말인가요?"

양카이퉈가 감히 입을 열지 못하고 우물거리다 말했다.

"예쁜 것 말고 다른 게 또 있습니다."

"또 뭐가 있다는 건가요?"

"그 아가씨들은 '접대부'가 아닙니다. 전부 처녀들이에요."

안경 낀 중년의 사내가 잠시 멍한 표정을 짓더니 갑자기 또 테이블을 내리쳤다.

"양카이퉈, 당신의 부패가 이 정도에 이른 거요? 접대부나 창녀들이 아니라 처녀를 찾다니!"

양카이퉈가 고개를 숙인 채 말했다.

"그런 뜻이 아닙니다."

"그럼 무슨 뜻이란 말이오?"

"감히 입 밖에 낼 수 없을 것 같습니다."

안경 낀 중년의 사내가 매서운 어투로 소리쳤다.

"어서 말해봐요!"

"저는 어려서부터 체질이 허약했습니다. 그쪽으로는 영 젬병이었지요. 하지만 처녀라는 말을 듣자마자 닭피雞血 주사라도 맞은 것 같았습니다. 처녀 하나를 깨면 한 달을 버틸 수 있었지요."

안경 낀 중년의 사내는 아연실색한 표정이었다.

"그걸로 병을 고쳤단 말인가요?"

"그렇다고 말할 수도 있지요."

그러고는 잠시 우물대다가 이렇게 말했다.

"그래서 모든 일에는 원인이 있다고 하는 것이겠지요."

그의 말에 안경 낀 중년의 사내는 어이가 없어 피식 웃었다. 하지만 금세 엄숙한 표정을 되찾았다.

"양 국장, 일이 그렇게 간단하지가 않아요. 당신 말대로 쑤솽이 당신에게 처녀를 구해줬다면 당신은 당연히 쑤솽에게 돈을 주었을 게 아니오. 우리가 당신 은행계좌를 조사해봤더니 지난 6년 동안 이 쑤솽이라는 여자가 오히려 당신에게 열 번이나 돈을 보낸 것으로 확인되었소. 그 이유가 뭐요?"

양카이퉈는 고개를 숙인 채 말을 하지 못했다. 한동안 침묵하던 그가 우물쭈물 다시 입을 열었다.

"제가 그녀에게 공사 건을 주었기 때문입니다."

"쑤솽에게 어떤 공사를 내준 거요?"

"쑤솽은 중간에서 다리만 놓아준 겁니다. 공사는 성의 ○○건설회사에게 주었지요."

"그 회사에 어떤 공사들을 주었나요?"

양카이퉈가 잠시 생각을 정리하고 나서 말했다.

"○○공사랑 ○○공사, ○○공사 등입니다."

"차이훙3교도 이 회사가 건설한 것 아닌가요?"

양카이퉈가 낮은 목소리로 대답했다.

"처음에는 그들에게 주었는데 그들이 다시 다른 회사에 하청을 주었습니다."

안경 낀 중년의 사내는 고개를 끄덕이더니 양카이퉈의 휴대전화를 다시 건네받아 전원을 껐다.

"양 국장, 우리 오늘은 여기까지만 하도록 합시다."

그러고는 자리에서 일어나 외투를 입기 시작했다. 양카이퉈는 이번에는 따라 일어서지 않고 말했다.

"그런데, 이해할 수 없는 일이 한 가지 있습니다."

안경 낀 중년의 사내가 멍한 표정을 지었다. 그러고는 외투를 벗고 다시 자리에 앉았다.

"무슨 뜻이오?"

"이 문자 메시지는 열흘 전에 제가 삭제했는데 어떻게 제 휴대전화에 남아 있을 수 있는 건가요?"

안경 낀 중년의 사내가 빙긋이 웃었다.

"어떻게 남아 있게 됐는지 잘 생각해보세요."

양카이퉈는 그들이 은행계좌를 조사할 수 있다면 당연히 휴대전화 안의 모든 정보도 조사할 수 있다는 것을 알았다. 양카이퉈가 말했다.

"한 가지 더 궁금한 게 있습니다."

"뭔가요?"

"맨 처음에 제가 멍청하게 웃고 있는 사진을 누가 인터넷에 올린 건가요?"

"네티즌들이 올렸겠지요. 당시 사고 현장에 수많은 사람이 몰려와 있었으니까요. 지금은 누구나 다 휴대전화를 갖고 있잖아요."

양카이퉈가 고개를 가로저었다.

"제가 이 문제를 여러 날 생각해봤는데, 네티즌이 올린 건 절대 아닌 것 같습니다."

"그럼 누가 올렸단 말인가요?"

양카이퉈가 원망이 가득한 어투로 말했다.

"사고가 나서 사망자가 발생하니까 저를 희생양으로 삼고 싶은 사람들이 올렸을 겁니다."

그러고는 큰 소리로 고함을 쳤다.

"제가 뇌물을 수수했다고 말했겠지요. 하지만 씨팔, 아마도 그 자들이야말로 탐관일 겁니다!"

"당신도 증거를 갖고 있다면 기율위원회에 제소할 수 있어요."

양카이퉈가 울먹이는 어투로 말했다.

"이제 나를 감옥으로 보낼 것 아닙니까. 거기서 증거를 찾으라고요? 정말 어지간히 지독한 사람들이네요."

그러고는 덧붙였다.

"그리고 제가 감옥에 들어가면 외지에 있는 마누라와 자식은 어떻게 하라는 겁니까?"

안경 낀 중년의 사내는 자리에서 일어나 외투를 입기 시작했다.

"양 국장, 우리 얘기는 충분히 한 것 같군요. 안 그래요?"

양카이퉈는 대답하지 않았다.

제5장

뉴샤오리

1

뉴샤오리는 진에 작은 음식점을 열었다. 상호는 '샤오리 간이
식당'이었다. 뉴샤오리가 ○○성으로 도주한 쑹차이샤를 찾으러
갔다가 한 달 이상 죽을 고생을 겪었지만 결국 쑹차이샤를 찾았
다는 사실이 진 전체에 알려졌다. 뉴샤오리는 쑹차이샤가 결혼
사기를 저질렀다는 사실을 이유로 현지에서 소송을 벌여 쑹차
이샤가 사기 친 금액 10만 위안을 돌려받았을 뿐만 아니라 뉴씨
집안의 정신적 피해에 대한 위자료, 뉴샤오리가 집을 떠나 ○○
성 친한현으로 사람을 찾으러 돌아다니는 데 소요된 여비, 그사
이에 일을 하지 못한 데 대한 손실 보상 등을 전부 지불하게 했
다. 다 합친 금액이 12만 위안이었다. 쑹차이샤 가족은 가진 재

산이 없었기 때문에 현지 법원의 강제집행 명령에 따라 쑹차이샤 친정에서는 집을 팔아야 했다. 이리하여 뉴샤오리는 12만 위안을 쥐고 집으로 돌아왔다. 이러한 영웅적 장거는 진 전체에 통쾌한 미담으로 전해졌다. 뉴샤오리는 사채업을 하는 투샤오루이에게 진 빚을 다 갚았을 뿐만 아니라 진에 작은 음식점도 냈다. 7월 8일에는 '샤오리 간이식당'이 문을 열었고 7월 18일에는 펑진화와 결혼을 했다. 두 가지 경사가 겹친 셈이었다. 유일하게 뉴샤오리를 짜증나게 하는 일은 ○○성에서 돌아온 뒤로 신자좡의 라오신이 그녀를 괴롭히기 시작했다는 것이다. 진에 음식점을 내기 전부터 라오신은 매일 뉴자좡으로 뉴샤오리를 찾아왔다. 라오신은 크게 소란을 피우거나 떼를 쓰지 않으면서 말했다.

"내 마누라랑 아들을 돌려주세요."

그의 마누라는 뉴샤오리와 함께 ○○성으로 쑹차이샤를 찾으러 갔던 주쥐화다. 그의 아들은 두 사람과 함께 길을 나섰던 네 살짜리 사내아이 샤오허우다. 라오신이 처음으로 뉴샤오리에게 사람들을 돌려달라고 요구했을 때 뉴샤오리는 당장 그에게 화를 냈다.

"당신 마누라랑 아들은 당신이 찾아야지 왜 나더러 찾아내라는 거예요? 당신 마누라가 내 여비를 자기 속바지에 넣어 훔쳐갔단 말이에요. 마누라랑 아들을 돌려달라고 하기 전에 내게 3000위안부터 갚으란 말이에요!"

라오신이 발버둥을 치면서 말했다.

"가서 당신을 고발할 거예요!"

"맘대로 해요. 당신네 혼인은 불법이잖아요. 마누라를 사온 거다 알아요. 그녀를 붙잡아두는 건 불법 감금이나 마찬가지라고요. 공안국에서 당신을 잡아가지 않을지 어디 해보라고요!"

라오신은 아무 대꾸도 하지 못했다. 잠시 후 다시 입을 열었다.

"이렇게 하는 게 어떻겠어요. 당신이 쑹차이샤를 찾아 나섰던 것처럼 이번에는 내가 여비를 댈 테니까 나와 함께 ○○성으로 가서 우리 마누라와 아들을 찾는 거예요."

뉴샤오리의 약혼자 펑진화가 말했다.

"다 큰 남자가 알아서 찾아가면 되지 무엇 때문에 남에게 길을 인도하게 한단 말이오?"

라오신이 뉴샤오리를 가리키며 말했다.

"저분은 ○○성으로 쑹차이샤를 찾으러 가서 단번에 찾았잖아요. 그 경험을 좀 빌리려는 거지요."

펑진화가 말을 받았다.

"우리는 곧 진에 작은 음식점을 차릴 예정이라 시간이 없어요."

라오신은 굴욕을 감수하며 뉴샤오리의 집 앞에 쭈그리고 앉았다.

"우리 마누라랑 아들을 찾지 못하면 당신네 집 앞에 하루 종일 쭈그리고 앉아 있을 겁니다. 두 사람이 당신네 손에서 없어졌으니 당신네가 돌려주는 게 마땅하잖아요."

그러면서 이렇게 덧붙였다.

"지난번에 당신들은 사람 하나만 찾으면 됐지만 이번에 내가 찾아야 할 사람은 두 명이란 말이에요."

뉴샤오리가 진에 작은 음식점을 차리자 라오신은 매일 샤오리 간이식당 앞에 와서 쭈그려 앉아 있었다. 주쥐화와 샤오허우가 도주한 일로 라오신이 소란을 피우리라는 건 뉴샤오리도 ○○성에서 이미 예상한 바지만 라오신이 출근하듯이 매일 가게 앞에서 쭈그리고 앉아 있는 데다 그녀가 가는 곳마다 졸졸 따라다닐 줄은 상상도 못했다. 펑진화가 말했다.

"라오신, 예전에 뉴자쫭 집으로 찾아와 문 앞에 앉아 있었던 건 그렇다고 칩시다. 지금은 장사를 하고 있는데 당신이 개처럼 쭈그리고 앉아 있으면 장사에 지장이 있지 않겠소? 무슨 말인지 알아요?"

라오신이 고개를 들어 새로 연 가게를 바라보며 말했다.

"가게 앞에 앉아 있는 일을 그만둘 수도 있어요. 3년 전에 주쥐화를 사들일 때 7만 위안이 들었으니 당신들이 그 돈을 배상하면 돼요."

뉴샤오리는 어이가 없었다.

"돈은 주쥐화가 사기 쳐서 가져갔는데 왜 우리가 배상을 해야 한단 말이에요?"

평진화가 다가가 라오신의 두 다리를 걸어차면서 말했다.

"다시 한번 이렇게 소란을 피우면 네놈 모가지를 잡아 강물 속으로 던져버릴 테니까 그런 줄 알아!"

두 다리를 차인 라오신은 평진화를 힐끗 쳐다보더니 몸을 일으켜 사정거리 밖인 공터로 자리를 옮겨 쭈그려 앉았다. 샤오리 간이식당에서 약간 벗어난 곳이었다. 뉴샤오리와 평진화는 이러지도 저러지도 못하는 심정이었다. 평진화가 멀리 떨어져 있는 라오신을 가리키며 말했다.

"거기 1년만 쭈그리고 앉아 있어. 내가 감복해 마지않을 테니까!"

샤오리 간이식당은 예전에 뉴샤오리가 일하던 의류 공장 입구 왼쪽에 자리 잡고 있었다. 의류 공장에 일하는 400명이나 되는 노동자는 2부제로 가동되기 때문에 사람은 쉬어도 기계는 쉬지 않았다. 과거에 뉴샤오리는 이 공장에서 일할 때 늘 시간에 쫓겨서 점심을 먹든 저녁을 먹든 공장 입구에서 전병이나 고기만두를 사 먹는 식으로 때우곤 했다. 전병이나 고기만두는 맛있지만 국물이 없는 음식이라 먹고 나서 일을 하다 보면 항상 목이 말랐다. 뉴샤오리는 ○○성으로 쑹차이샤를 찾으러 갔다가 보름간 허탕을 친 뒤에 쑹쌍을 따라 다른 성성으로 가게 되었고, 이 성성에서도 20일이나 머물렀다. 그 기간에 뉴샤오리는 쑹쌍 등과 함께 성성의 강변에 가서 자주 식사했고, 그곳에서 간단히 먹을 수 있는 양내장탕을 먹어보았다. 맛 좋은 건 말할 것도 없고 이 국물을 샤오빙燒餅과 함께 먹으면 나중에도 뱃속이 편안했다. 이때 그녀는 양내장탕의 조리법을 유심히 봐두었다. ○○성에서 돌아온 뉴샤오리는 두 가지 일을 했다. 첫째는 의류 공장을 그만 둔 것이고, 둘째는 의류 공장 정문 앞에 두 칸짜리 방을 임대하여 양내장탕과 샤오빙을 전문으로 하는 작은 음식점을 연 것이다. ○○성에서 12만 위안을 가지고 돌아온 뉴샤오리는 투샤오루이에게 10만8800위안을 갚는다고 했지만 실제로는 9만9200위안만 갚았다. 투샤오루이의 고리대금은 원래 이자가 3할이었지만 돈을 빌리던 그날 투샤오루이가 뉴샤오리의 입에 혀를 집어넣고 2할로 깎아주었기 때문이다. 펑진화와 뉴샤오스는 뉴샤오리가 가게를 차린 밑천이 1만6000위안인 줄 알고 있지만 사실 그녀의 수중에는 2만5600위안이 남아 있었다. 뉴샤오리는 음식 가격을 정하면서 양내장탕은 한 그릇에 2위안, 샤오빙은 한 개에 5마오로 책정했다. 두 가지를 합쳐도 전병이나 고기만두에 비해 5마오 더 비싸다. 전병과 고기만두 장사는 리어카 한 대만 있으면 되기 때문에 전병과 고기만두를 사 먹는 사람들은 바람 속에 선 채로 먹어야 했다. 반면 샤오리 간이식당은 점포이고, 점포 안에는 테이블과 의자를 놓아 앉아서 편하게 먹을 수 있었다. 또 뉴샤오리는 양내장탕을 주문한 사람이 국물을 더 요구할 때는 추가 요금을 받지 않기로 했다. 한끼 식사에 뜨끈한 국물이 충분히 제공되기 때문에 사람들은 땀을 뻘뻘 흘리면서 넉넉하게 먹을 수 있었다. 샤오리 간이식당이 문을 연 뒤로 의류 공장에 다니는 여공들은 샤오빙과 양내장탕을 사 먹기 시작했다. 전병이나 고기만두를 먹으러 가는 사람은 거의 없었다. 의류공장 여공들만 이 식당을 찾는 건 아니다. 의류 공장 정문 오른쪽에는 사우나가 하나 있는데, 사우나 손님들도 목욕을 하기 전이나 목욕을 마친 뒤에 속이 출출하면 샤오리 간이식당을 찾아와 샤오빙에 곁들여 양내장탕을 먹었다. 사우나 손님들만 먹는 것도 아니고, 그 안에서 등을 밀어주는 사람, 발톱을 손질해주는 사람, 사우나에서 특별한 장사를 하는 둥베이 지방 아가씨들도 샤오빙과 양내장탕을 먹으러 왔다. 뉴샤오리는 점차 사우나 주인과도 알고 지내게 되었고, 사우나 업소에 배달까지 하게 되었다. 장사가 잘되어 바쁘다 보니 가게 입구에서 멀찌감치 떨어진 곳에 쭈그리고 앉아 있는 라오신은 점점 잊혀졌다. 두 달쯤 지나자 뉴샤오리는 라오신이 그 자리에 쭈그리고 앉아 있는 횟수가 과거와 다르다는 사실을 우연히 발견했다. 전에는 하루도 빠지지 않고 와 있더니 지금은 사나흘에 한 번씩 오후에만 왔다. 다른 사람들에게 물어봤더니 라오신이 뉴샤오리를 괴롭히지 않기로 생각을 바꾼 것이 아니라 라오신 자신의 시간을 소중히 여기기로 했다는 것이다. 단 하루라 할지라도 신자좡 강변의 벽돌 가마에서 벽돌을 져 나르지 않으면 돈이 들어올 데가 없기 때문이다. 라오신은 신자좡 강가의 벽돌 가마에서 벽돌을 져 날랐다. 그러다 가끔씩 진에 있는 샤오리 간이식당에서 조금 떨어진 공터에 쭈그리고 앉아 자신이 그 일을 잊지 않았음을 행동으로 보여주었다. 이날 오후 뉴샤오리는 가게에서 나와 화장실을 향하다가 공터에 쭈그리고 앉아 있는 라오신을 발견했다. 가까이 다가가 보니 라오신은 벽돌을 나를 때 쓰는 강철 헬멧을 쓰고 있었다. 게다가 한여름인데 벽돌을 져 나를 때 입는 솜저고리 차림에 솜신발까지 신고 있었다. 뉴샤오리가 물었다.

"라오신, 한여름인데 솜저고리를 입고 있으면 덥지 않아요?"

리오신은 눈 흰자위를 드러낸 채 그녀를 거들떠보지도 않았다. 뉴샤오리가 화장실에 갔다가 가게로 들어가는 길에 라오신을 바라보니 머리에 썼던 강철 헬멧을 벗은 모습이었다. 얼굴에 검은 재가 남긴 자국이 줄줄이 묻어 있었다. 솜저고리도 벗었는데 어깨와 팔이 드러났다. 팔 위쪽에는 피부 껍질이 한 겹 벗겨져 있었다.

눈 깜짝할 사이에 여름이 가고 가을이 되었다. 그리고 또 석 달이 지났다. 뉴샤오리는 문득 라오신이 한 달 남짓 보이지 않는다는 걸 깨달았다. 몇 달 동안 쭈그리고 앉아 있어봤자 아무 결과도 얻지 못하자 그가 생각을 바꿔 이제부터는 나타나지 않기로 마음먹은 것이라 생각했다. 라오신은 이렇게 점점 잊혀가고 있었다. 어느 날 저녁 뉴샤오리는 화장실에 가려고 가게에서 나오다가 멀찌감치 공터에 거무튀튀한 물체가 웅크리고 있는 것을 발견했다. 뉴샤오리는 가게에서 던져주는 잔반이나 국물을 얻어먹으려고 기다리는 개가 아닐까 했는데 지나가면서 다시 힐끗 보니 사람 한 명이 그 자리에 누워서 자고 있는 것이었다. 가까이 가서 자세히 살펴보니 라오신이었다. 밖은 바람이 아주 거셌다. 바람이 불어와 흙먼지를 일으키며 라오신의 얼굴을 때렸다. 라오신의 눈두덩과 콧구멍이 온통 흙투성이였다. 뉴샤오리가 허리를 구부려 라오신을 흔들어 깨웠다. 잠에서 깬 라오신은 뉴샤오리를 보더니 흠씬 놀란 표정이었다. 뉴샤오리가 물었다.

"라오신, 밥은 먹었어요?"

라오신은 그윽한 눈빛으로 고개를 가로저었다.

뉴샤오리는 몸을 돌려 가게로 돌아가 샤오빙을 하나 들고 왔다. 양내장탕도 한 그릇 조심스럽게 라오신에게 건넸다. 라오신은 뉴샤오리를 잠시 쳐다보더니 샤오빙과 양내장탕을 받아들고 먹기 시작했다. 뉴샤오리가 물었다.

"라오신, 왜 오랫동안 오지 않은 거예요?"

이 한마디에 라오신은 양내장탕을 내려놓고 으헝 하고 울음을 터뜨렸다. 뉴샤오리는 그의 갑작스런 울음에 놀라지 않을 수 없었다. 라오신이 울면서 말했다.

"○○성에 가봤어요."

더욱 놀란 뉴샤오리가 황급히 물었다.

"주쥐화랑 샤오허우를 찾았나요?"

라오신이 고개를 가로저으며 말했다.

"그 여자 친정 주소는 가짜였어요."

그가 또 말을 이었다.

"그래도 난 포기하지 않았어요. 보름 정도 친한현의 마을을 전부 돌아다녔지요. 현 전체에 향진이 열두 개나 되고 주쥐화라는 이름을 가진 사람이 100명도 넘더라고요. 하지만 우리 마누라는 없었어요."

라오신이 친한현에서 겪었던 일을 뉴샤오리는 반년 전에 똑같이 겪었다. 뉴샤오리가 말했다.

"단번에 찾기는 어려울 거예요. 다시 기회를 기다려야 할 거예요."

라오신이 갑자기 고개를 들더니 말했다.

"오늘은 가게 문을 닫을 때까지 기다렸다가 묻고 싶은 말이 있어서 찾아왔어요."

"무슨 말인데요?"

"반년 전 친한현에 갔을 때 어떻게 쑹차이샤를 찾은 건가요? 나는 친한현에서 마누라를 찾지 못해서 쑹차이샤의 마을을 찾아갔어요. 그런데 그 여자가 알려준 주소도 가짜더군요."

뉴샤오리는 대답하지 못한 채 잠시 멍한 표정을 짓고 있다가 입을 열었다.

"나도 그 가짜 주소 때문에 한 달 넘게 시간을 낭비했어요. 나중에 그녀를 찾은 것은 완전히 우연이었어요."

"내가 친한현에서 전화했는데 왜 전화가 안 된 건가요?"

다른 성성에서 돌아오면서 뉴샤오리는 전화번호를 바꿨는데 라오신 같은 이들에게는 알려주지 않은 것이다. 뉴샤오리가 말했다.

"가게가 이렇게 바쁜데 휴대전화 들여다볼 시간이 어디 있겠어요?"

"○○성에서 돌아와서도 완전히 포기할 수가 없더라고요. 쑹차이샤 친정집의 진짜 주소를 알려줄 수 있어요? 그 여자가 우리 마누라랑 아는 사이이니까 ○○성에 다시 한번 가보려고요. 쑹차이샤를 찾으면 우리 마누라랑 샤오허우도 찾을 수 있을 거예요."

뉴샤오리가 재빨리 말을 받았다.

"내가 친한현에서 보상받을 수 있었던 건 정부가 쑹차이샤네 집을 강제로 팔게 했기 때문이에요. 그 가족은 돌아갈 집이 없으니 어디로 이사했는지 알 수 없어요."

라오신이 발로 땅을 구르면서 말했다.

"그렇다면 마지막 단서마저 없어진 셈이로군요."

이어서 그는 긴 탄식을 내뱉으며 되물었다.

"그럼 난 이제 어떻게 해야 하나요?"

뉴샤오리가 물었다.

"라오신, 내일도 여기 와서 쭈그리고 앉아 있을 건가요?"

"○○성에 다녀오느라 지금 내 수중에는 돈이 한 푼도 없어요. 내일은 벽돌 가마에 가서 벽돌을 져 날라야 해요."

뉴샤오리가 말했다.

"그럴 게 아니라 우리 가게에 와서 일하는 건 어때요?"

라오신이 멍한 표정으로 뉴샤오리를 쳐다보자 뉴샤오리가 말을 이었다.

"우리 가게에 와서 일하면, 첫째 매일 나를 지켜볼 수 있으니 굳이 저기에 쭈그리고 앉아 있을 필요가 없고, 둘째 안에서 설거지를 하고 채소를 다듬으면 되니까 바람이나 비를 맞을 일도 없잖아요. 가마에서 벽돌을 나르는 것보다 훨씬 낫지요."

라오신은 눈동자를 굴리며 의심을 떨치지 못했다.

"뭔가 다른 꿍꿍이가 있어서 그러는 거 아니겠지요?"

뉴샤오리가 풋 하고 웃음을 터뜨렸다.

"수중에 돈이 한 푼도 없다면서 내가 당신한테 뭘 뜯어낼 수 있겠어요? 갈 데가 없다고 하니까 불쌍해서 그러는 거라고요."

그러면서 다그쳐 물었다.

"할 거예요, 말 거예요?"

2

샤오리 간이식당은 문을 연 뒤로 점차 여러 명을 고용했다. 막

문을 열었을 때는 오빠 뉴샤오스에게 와서 일을 거들게 했다. 뉴샤오스는 돈을 벌 수 있는 일이라는 것을 알고 무척 기뻐했다. 하지만 두 달을 채우지 못하고 일을 관두었다. 두 사람이 가게를 운영하면 남매 점포인 셈이었다. 뉴샤오리는 샤오빙을 만들고 양내장탕을 만들면서 아울러 돈 받는 일까지 도맡았다. 뉴샤오스는 음식 나르는 일을 맡았다. 음식을 나르는 일은 크게 걱정할 필요가 없었다. 뉴샤오스도 이 일을 무척 좋아했다. 손님이 적을 때면 야채 다듬는 일이나 청소도 거들었다. 뉴샤오리가 화로에다 샤오빙을 구울 때면 그가 알아서 와서 화로 안에 석탄을 넣어주기도 했다. 뉴샤오리가 쟁반 위에 양내장탕을 여러 그릇 담아 내오면 그가 재빨리 그릇마다 샹차이를 뿌려주곤 했다. 그가 참을 수 없었던 것은 일부 손님이 그를 놀리는 것이었다. 뉴샤오스는 마누라가 도망가자 자신이 나서지 못하고 여동생에게 잃어버린 돈을 찾아오게 했다. 게다가 쑹차이샤만 도주한 것이 아니었다. 전에도 뉴샤오스는 아내를 얻은 적이 있었고, 시내에 나가 같이 일을 하다가 마누라가 다른 남자와 눈이 맞아 달아나버렸다. 그에게는 어린 딸만 하나 남았다. 연달아 두 명의 마누라가 달아난 그의 이야기는 전설이 되었다. 뉴샤오리가 천 리 밖까지 가서 오빠의 마누라를 구해온 이야기도 꽤나 전설적이었다. 두 가지 전설이 한데 합쳐지자 가게를 찾는 손님들 중에는 양내장탕을 먹으러 오는 사람도 있지만 남매를 보러 찾아오는 사람도 있었다.

하지만 둘을 보는 이유는 달랐다. 뉴샤오리를 보러 오는 사람들은 그녀의 능력이 얼마나 대단한지 보려는 것인 데 반해 뉴샤오스를 보러 오는 사람들은 그가 얼마나 무능한지를 보러 오는 것이었다. 상대적으로 능력 있는 사람은 그다지 구경거리가 아니지만 무능한 사람은 남들의 눈길을 끌기 마련이다. 그래서인지 식사를 핑계로 뉴샤오스를 보러 오는 사람이 뉴샤오리를 보러 오는 사람보다 많았다. 손님들이 가게에 들어와 음식을 주문하면 뉴샤오스가 양내장탕과 샤오빙을 테이블에 내어주고 다시 주방으로 돌아와 뉴샤오리의 일을 도왔다. 그럴 때면 바깥 대청에서 손님들이 소리쳤다.

"식초 좀 주세요."

다른 주문도 있었다.

"고추 좀 더 줘요."

뉴샤오스가 식초와 고추가 담긴 병을 가져다주면 손님들은 그 틈에 뉴샤오스를 위아래로 훑어보았다. 이런 행동이 잦아지다 보니 뉴샤오스는 손님들의 눈빛에서 다른 의미를 간파했다. 짜증이 난 뉴샤오스는 뉴샤오리에게 식초를 열 병 더 사다가 테이블마다 비치하게 했다. 아울러 뉴샤오리에게 고추를 더 볶아 테이블마다 고추를 한 접시씩 비치하게 했다. 식초나 고추를 더 달라고 하는 사람들은 없어졌다. 하지만 이 가게에서는 얼마든지 양내장탕 국물을 더 먹을 수 있고 추가 요금도 받지 않았다. 이에 적지 않은 사람들이 국물을 더 달라는 핑계로 뉴샤오스를 주방에서 불러냈다. 뉴샤오스가 자세히 살펴보니 손님들은 국물을 더 받아놓고선 많이 남겼다. 뉴샤오스는 국물을 더 달라는 주문에도 다른 의미가 있음을 눈치 채고는 테이블을 우당탕탕 요란하게 정리하면서 투덜거렸다.

"국물을 더 달라고 하고선 더 주면 처먹지를 않으니, 이게 이 어르신을 원숭이로 여기는 게 아니고 뭐냐고?"

한 달이 지나자 사람들이 뉴샤오스를 보러 오는 것도 시들해졌다. 그런 부분에 흥미가 사라지자 국물을 더 먹을 사람들만 추가로 달라고 주문했다. 하지만 뉴샤오스의 마음속에는 이미 상처가 남았다. 누군가 국물을 더 달라고 하면 자신을 불러내고 싶어 그러는 걸로 여겼다. 이날 점심때 진에서 택배 일을 하는 라오차오老焦가 양내장탕을 먹으러 왔다. 그는 오전 내내 집집마다 돌아다니며 물건을 배달하고 난 터라 목이 타고 입술이 마르다 보니 국물을 네 번이다 더 달라고 했다. 라오차오가 국물을 추가로 주문한 데는 아무 의미가 없었지만 뉴샤오스는 그가 자신을 보기 위해 네 번이나 불러냈다고 여겼다. 네 번째 그릇에 국물이 반쯤 남아 있는 것을 본 뉴샤오스가 투덜댔다.

"굶어 죽은 귀신이 다시 태어났나? 공짜라면 사족을 못 쓰는군!"

밥값을 내기 위해 문가까지 걸어 나온 라오차오의 귀에도 이 말이 들렸다. 몹시 화가 난 라오차오는 벽에 붙어 있는 '국물 무한 리필, 추가 국물 무료'라는 문구를 가리키며 말했다.

"당신들이 이렇게 써놓고선 왜 말을 말로 여기지 않는 거요?"

그러면서 욕을 해댔다.

"좆같은 국물 한 모금 더 먹었다고 사람을 그렇게 무시해도 되는 거야?"

가슴속에 오랫동안 쌓여 있던 분노가 한꺼번에 폭발한 뉴샤오스가 라오차오에게 삿대질을 하며 말을 받았다.

"너 지금 욕한 거지? 한 번만 더 까불었다간 네놈의 못된 버릇을 확실히 고쳐주고 말겠다, 알겠어?"

라오차오가 냉소하며 말을 받았다.

"며칠 안 본 사이에 대단한 능력이라도 생겼나? 고쳐준다는 게 뭔지나 알고 그런 소릴 하는 거야?"

그러면서 테이블 위에서 식초병을 집어 뉴샤오스의 머리를 향해 내던졌다. 다행히 뉴샤오스는 잽싸게 몸을 피했고 식초병이 떨어져 깨지면서 바닥을 완전히 적셔버렸다. 식사를 하고 있던 다른 손님들이 황급히 일어나 라오차오를 저지했다. 뉴샤오리도 주방에서 샤오빙을 굽고 있다가 황급히 달려와 그를 말렸다. 쌍방은 잠시 또 실랑이를 벌였다. 라오차오는 바닥에 퉤하고 침을 뱉고 나서 뉴샤오스를 향해 삿대질을 하며 말했다.

"이 일은 아직 끝난 게 아니야. 나중에 내가 반드시 멍청한 네

놈을 손봐주고 말 테니까 그런 줄 알라고!"

라오차오는 씩씩거리며 식당 문을 나섰다. 라오차오가 나가자 뉴샤오스는 벽에 붙여놓은 '국물 무한 리필, 추가 국물 무료'라고 쓰인 종이를 떼어내더니 찢어버렸다. 그러고는 바닥에 쭈그리고 앉아 말했다.

"좆같은 장사 하나 하면서 이런 수모를 당해야 하다니. 씨팔, 더는 못하겠어."

이때 뭔가 타는 냄새가 가게에 번졌다. 뉴샤오리가 얼른 주방의 화로 앞으로 가보니 샤오빙이 전부 타버리고 말았다. 뉴샤오리는 뉴샤오스가 정말로 장사할 재목이 못 된다는 것을 확인하고는 그를 뉴자좡으로 돌려보냈다. 그리고 그에게 양을 몇 마리 사주고 강가에 나가 양을 키우게 했다. 장사 대신 하루 종일 양과 함께 지내니 더 이상 사람들과 싸울 필요도 없어진 것이다. 뉴샤오스가 가고 나자 뉴샤오리는 자신의 약혼자였다가 결혼을 해서 남편이 된 펑진화에게 가게 일을 도와달라고 할 생각이었다. 샤오리 간이식당을 부부 가게로 운영할 생각이었다. 하지만 펑진화는 자신의 오토바이 수리점을 포기하지 않았다. 펑진화는 점포를 포기할 수 없을 뿐만 아니라 자신의 기술도 포기할 수 없었다. 펑진화가 말했다.

"속담이 맞는 것 같아. 집에 좋은 밭 1000경頃°이 있는 것이 작은 기술 하나 지닌 것만 못하다는 말이 있잖아."

그러면서 또 다른 속담을 말했다.

"계란은 절대 한 바구니에 담지 말라고 했어. 샤오리는 음식점을 잘 운영하고 나는 오토바이를 잘 고치면 되는 거라고. 한쪽에 손실이 발생하면 다른 쪽에서 번 돈으로 메우면 되니까 얼마나 좋아."

뉴샤오리는 그의 말에도 일리가 있다고 생각했다. 하지만 갈수록 가게 일이 바빠져 혼자 힘으로는 지탱하기 어려웠다. 의류 공장에서 같이 일하던 동료들에게 도와달라고 부탁할까 생각도 해봤지만 과거의 친구 관계에서 주인과 직원의 관계로 달라진다고 생각하니 뉴샤오리는 새로운 관계를 잘 처리할 자신이 없었다. 잘 아는 친구일수록 자신을 질투하기가 더 쉽다. 장사가 안될 때는 질투하지 않겠지만 장사가 잘되면 과거의 친구였던 동료의 가슴 한구석에서 평정이 깨질 수 있었다. 뉴샤오리는 군이 이런 번거로움을 자초하지 않기로 마음먹었다. 과거의 동료들에게만 이런 문제가 있는 것이 아니라 마을 친척들에게도 마찬가지 문제가 있었다. 일을 도와줄 직원 한 명 구하려 했으나 사람은 못 구하고 이래저래 골치만 아팠다. 너무 골치가 아프다 보니 결국 가게 밖에다 점원을 모집한다는 공고를 붙이기로 마음먹었다. 이튿날 오전 10명 남짓 되는 사람들이 일을 하고 싶다며 찾아왔

• 1경은 밭 100이랑에 해당됨.

다. 여자도 있고 남자도 있었지만 뉴샤오리의 마음에 드는 사람은 없었다. 어떤 사람은 한눈에 멍청하다는 걸 알 수 있었고 또 어떤 사람은 지저분해 보였다. 또 어떤 사람은 약삭빨라 보였고 어떤 사람은 게을러 보였다. 오후가 되자 서른 남짓 되어 보이는 여자가 한 명 찾아왔다. 이 여자는 이목구비가 수려한 데다 머리부터 발끝까지 깨끗하고 깔끔했다. 한눈에 손발이 민첩한 것을 알 수 있었다. 말투도 꽤 우아하고 듣기 좋았다. 뉴샤오리는 속으로 반가워하면서 어디 사람이냐고 물었다. 여자가 대답했다.

"날 모르겠어요?"

뉴샤오리가 위아래로 여자를 훑어보고 나서 고개를 가로저었다. 여자가 말했다.

"나는 치야펀齊亞芬이라고 해요. 예전에 이 입구에서 전병을 팔았잖아요. 사장님도 의류공장에 출근할 때 우리 노점에 와서 전병을 사 먹었잖아요."

뉴샤오리가 다시 한번 자세히 살펴보니 생각이 날 것도 같았다. 뉴샤오리가 말했다.

"지금은 왜 전병을 팔지 않는 거예요?"

치야펀이 말했다.

"사장님이 양내장탕 가게를 열고부터 전병을 사러 오는 사람이 없어요."

뉴샤오리는 그제야 자신이 남의 장사를 망쳤다는 것을 깨달았다. 그 이유로 치야펀이 자신을 미워할지도 모른다고 생각한 뉴샤오리는 그녀를 고용하고 싶지 않았다. 그녀의 그런 생각을 알아채기라도 한 듯이 치야펀이 말했다.

"전병 장사를 그만둔 것도 나쁘지 않아요. 매일 노점을 벌일 때마다 바람이 불거나 비가 올 것을 걱정하지 않아도 되니까요. 날씨가 안 좋아지면 노점 장사를 할 수 없거든요."

그러면서 자기 생각을 말했다.

"나는 직원으로 일하는 게 더 나은 것 같아요. 사장이 되는 데는 위험이 따르지만 직원은 가뭄 때나 장마 때나 변함없이 월급을 받거든요. 자기 할 일만 잘하면 되지요."

뉴샤오리는 치야펀의 말에도 일리가 있다고 생각했다. 치야펀이 또 입을 열었다.

"나는 펑진화의 누나랑 중학교 동창이에요. 마음이 놓이지 않으면 두 남매한테 나에 대해 물어봐도 돼요. 여러 해 바쁘게 일한 터라 숨 좀 돌리면서 쉴 생각이었는데, 이혼한 지 3년이 된 데다 아이도 키워야 하고 지난달에는 집수리까지 하느라 가진 돈을 다 써버렸지 뭐예요."

뉴샤오리는 그녀가 꽤 솔직하다는 생각에 그녀를 고용하기로 마음먹고 한 가지 더 물었다.

"여기서 일을 한다면 한 달 월급으로 얼마를 받기를 원하나요?"

"2000위안 주실 수 있나요?"

한 달에 2000위안이면 의류 공장의 월급보다 200위안 정도 많은 편이지만 음식점에서 하는 일이 훨씬 번잡하기 때문에 이 정도 요구는 지나친 편이 아니었다. 그날 저녁 뉴샤오리는 펑진화로부터 치야펀에 관해 자세한 얘기를 들을 수 있었다. 펑진화가 말했다.

"자기 가게는 자기가 알아서 해. 내가 필요하다고 해서 이렇게 한 다리 건너서 아는 사람을 쓸 필요는 없다고."

하지만 진에 사는 사람들 가운데 한 다리 건너서 알지 못하는 사람은 없다. 뉴샤오리는 치야펀을 쓰기로 마음먹었다. 뉴샤오리는 치야펀에게 전화를 했고, 이튿날 아침 일찍 치야펀이 출근했다. 치야펀이 출근하자 뉴샤오리는 어깨에 지고 있던 많은 짐을 내려놓은 기분이었다. 치야펀은 예전에 노점에서 전병 장사를 한 적이 있었고 전병을 만드는 일이나 샤오빙을 굽는 일이나 원리가 같기 때문에 사흘이 지나자 금세 샤오빙을 구울 수 있게 되었다. 뉴샤오스는 손발이 둔하다 보니 이렇게 세밀한 일은 하지 못하고 음식 나르는 일만 했는데 이제 샤오빙은 치야펀에게 맡길 수 있었다. 뉴샤오리는 양내장탕만 만들고 남는 시간에는 음식을 날랐다. 사발에 담긴 음식을 나르는 일은 머리를 쓸 필요가 없었다. 치야펀은 일을 하면서 모든 걸 빨리 배웠고, 스스로도 배우는 걸 좋아했다. 샤오빙을 구울 수 있게 된 다음에는 뉴샤오리에게서 양내장탕 만드는 법을 배우기 시작했다. 이렇게 반년이 지나자 양내장탕도 그럴듯하게 끓여냈다. 한 달이 더 지나서는 혼자 주방을 담당할 수 있게 되었다. 샤오빙과 양내장탕이 전부 그녀의 손에 맡겨지자 뉴샤오리는 주방 밖으로 쫓겨나 돈 받는 일과 음식 내주는 일만 하게 되었다. 그러는 사이에 장사도 점점 더 번창했다. 뉴샤오리는 라오쑨老孫이라는 노인네를 고용하여 홀에서 음식 나르는 일과 설거지를 도맡게 했다. 이제 뉴샤오리는 돈받는 일과 손님 상대하는 일만 전문으로 하게 되었다. 뉴샤오리는 카운터에 앉아 바쁘게 움직이는 직원들과 가게 안에 바글거리는 손님들을 바라보면서 그제야 사장이 된 기분을 느꼈다. 그러나 석 달이 지나면서 뉴샤오리는 라오쑨의 손버릇이 좋지 못하다는 것을 발견했다. 밤에 가게 문을 닫을 때면 냉동한 양내장이나 남은 샤오빙을 몰래 챙겨가곤 했던 것이다. 뉴샤오리는 즉시 라오쑨을 내보냈다. 그리고 라오쑨을 내보낸 다음 날, 우연히 가게 밖 공터에서 잠을 자고 있는 라오신과 마주쳤다. 뉴샤오리는 라오신과 상의한 끝에 그를 고용하게 되었다. 첫째는 그가 오갈 데 없는 처지가 되어 불쌍한 데다 주쥐화와 샤오허우가 도망친 것이 자신과 무관한 일이긴 하지만 자신에게도 일말의 책임이 있기 때문이고, 둘째는 그의 사람됨이 착실했기 때문이다. 라오신의 임금은 얼마 전에 있던 라오쑨과 똑같이 한 달에 1500위안이었다. 라오신이 처음 출근하던 날 뉴샤오리는 그를 유심히 관찰했다. 라오신은 키가 작지만 손발이 민첩하여 쟁반에 음식을 얹어 나르거나 설거지하는 건 일도 아니었다. 게다가 힘을 아끼지 않아 손님이 적을 때면 빗자루를 들고 바닥을 청소하기도 했다. 가게 내부뿐만 아니라 가게 밖까지 청소했다. 그것도 가게 앞만 쓸지 않고 예전에 자신이 쭈그리고 앉아 있던 공터까지 쓸었다. 일하는 걸로 치면 물건을 훔치는 라오쑨에 비해 몇 배나 더 훌륭했다. 하루 일을 마치고 뉴샤오리가 물었다.

"라오신, 힘들지 않아요?"

라오신은 이마에 맺힌 땀을 닦으며 아무 말도 하지 않았다. 옆에 있던 치야펀이 말했다.

"아무리 피곤하다 해도 벽돌 가마에서 벽돌을 져 나르는 것만 하겠어요?"

라오신이 말했다.

"피곤하고 말고가 문제가 아니에요. 벽돌 가마에서는 피부 껍질이 일어날 정도로 뜨거웠는데 여기선 그럴 일이 없잖아요."

그의 말에 모두 웃음을 터뜨렸다. 신자좡은 진에서 15리 길이었다. 이날부터 라오신은 아침 일찍 신자좡에서 자전거를 타고 진으로 출근했고, 밤이면 가게 문을 닫고 다시 자전거를 타고 집으로 돌아갔다. 사흘 후 그가 이렇게 힘들게 오가는 것을 본 뉴샤오리는 그에게 이불 보따리를 가게로 가져와 영업이 끝나면 가게 안에서 자라고 권했다. 첫째는 라오신이 집과 가게를 오가는 시간을 절약해주기 위해서였고, 둘째는 밤에 뉴샤오리 대신 가게를 지키게 하기 위해서였다. 마누라랑 아들이 도망친 뒤 라오신 혼자 지내다 보니 집에 돌아가 봤자 썰렁하기 그지없었다. 라오신은 이 제안에 기꺼이 그렇게 하기로 마음먹었다. 가게에 침대는 없지만 가게 문을 닫고 나서 테이블 두 개를 붙여놓고 그 위에 이부자리를 깔면 집에서처럼 편안하게 잘 수 있었다. 눈 깜짝할 사이에 보름이 지났다. 밥때가 아니라 가게에 손님이 뜸한 오후 서너 시쯤, 뉴샤오리와 치야편은 채소를 다듬고 라오신은 가게 앞을 쓸고 있었다. 치야편이 낮은 목소리로 라오신이 밤에 가게에서 자지 않는다고 뉴샤오리에게 귀띔해주었다. 놀란 뉴샤오리가 멍한 표정을 지으며 물었다.

"그럼 어디서 잔단 말이에요?"

치야편은 가게 건너편 사우나를 가리켰다.

뉴샤오리가 물었다.

"그걸 어떻게 알았어요?"

"오늘 아침에 제가 출근해서 불을 피우려 하는데 가게에 아무도 없더라고요. 라오신이 화장실에 갔을 거라고 생각했는데 웬걸 사우나 쪽에서 슬그머니 걸어오더라고요. 날 보더니 민망해하더군요."

뉴샤오리는 사우나에 둥베이 지방 아가씨들이 있다는 사실을 알고 있었다. 라오신이 사우나에 가서 아가씨를 산 것일 수도 있었다. 이날 오후 밖에서 사우나 사장과 우연히 마주친 뉴샤오리는 슬쩍 라오신에 관해 물었다. 사우나 주인은 라오신이 여자를 사려고 오는 것이 아니라 식당 일 말고 다른 일을 하기 위해서라고 했다. 사우나 손님이 없는 한밤중에 물을 방류한 다음 청소를 하는데, 라오신이 욕조를 닦고 화장실의 물탱크까지 깨끗이 청소한다는 것이다. 목욕탕 욕조에 화장실 물탱크까지 닦는 데 두 시간이 걸리고 여탕과 남탕을 닦아야 하기 때문에 합치면 네 시간이 걸린다. 한 시간에 5위안씩 합쳐서 20위안을 준다고 했다. 얘기를 듣고 난 뉴샤오리는 라오신이 머리가 둔하지 않다고 생각했다. 겨우 보름 만에 그는 주위 환경과 사람들을 다 숙지했을 뿐만 아니라 스스로 또 다른 일거리를 찾았기 때문이다. 게다가 라오신이 이렇게 낮으로 밤으로 양쪽에서 일하게 되면 샤오리 간이식당 일에도 영향을 끼칠 수 있다고 생각했다. 그날 밤, 가게 문을 닫은 다음 뉴샤오리는 치야편을 먼저 퇴근시킨 뒤 일부러 혼자 남아 주방을 정리했다. 남은 양내장과 채소들을 냉장고에 넣으면서 별일 아니라는 듯 라오신에게 말했다.

"라오신, 듣자 하니 밤에 가게에서 안 잔다면서요?"

라오신은 금세 얼굴이 새빨개지면서 말을 더듬어가며 해명했다.

"건너편 사우나에 가서 욕조 닦는 일을 해요."

사실 그대로 얘기하는 그를 보면서 뉴샤오리는 솔직한 사람이라고 생각했다.

"낮에도 일하고 밤에도 일하면 수면 시간이 모자라 낮에 졸리지는 않나요?"

"난 어려서부터 잠을 적게 자는 게 습관이 되어 있어요."

그러더니 되물었다.

"내가 사우나에서 일한 지 일주일이 됐는데 그동안 낮에 조는 것 봤나요?"

뉴샤오리가 생각해보니 그가 가게에서 조는 모습은 본 적이 없었고 일에 지장을 준 기억도 없었다. 뉴샤오리가 또 물었다.

"이렇게 밤낮으로 돈을 버는 게 주쥐화와 샤오허우를 찾기 위해서인가요?"

뜻밖에도 라오신은 고개를 가로저었다. 뉴샤오리는 놀라움을 감추지 못했다.

"두 사람을 찾지 않을 작정이에요?"

라오신이 긴 한숨을 내쉬고 나서 말했다.

"찾고 싶지 않은 게 아니라 찾아다녀봤자 소용이 없다는 거예요. 돈만 쓰게 되지요. ○○성에서 돌아오면서 점차 이런 이치를 깨달았어요. 도망갔다는 것은 돌아올 마음이 없다는 뜻이지요. 마음먹고 숨은 사람을 찾는다는 건 정말 힘든 일이에요."

"맞는 말이에요. 그렇다고 나무에 목을 매달아 죽지는 말아요."

그러고는 말을 덧붙였다.

"두 사람을 찾지 않을 거라면 이렇게 미친 듯이 일할 필요도 없잖아요. 앞으로 사우나에서 일하는 건 그만두도록 해요."

"두 사람을 찾지 않기로 했기 때문에 죽어라고 일을 하는 겁니다."

"그게 무슨 뜻이에요?"

"맨 처음에 주취화를 사올 때 7만 위안을 썼어요. 전부 친척과 친구들에게서 빌린 돈이지요. 지난 몇 년 동안 3만 위안 넘게 갚았지만 아직 3만 위안 넘게 남아 있거든요. 두 사람을 찾으러 돌아다니느라 3000위안을 썼기 때문에 다 합치면 4만 위안이 있어야 하지요. 적지 않은 액수예요. 원래는 주취화를 찾아내서 그녀가 돌아오지 않겠다고 하면 돈을 돌려받을 생각이었어요. 지금은 사람도 잃고 돈도 다 날린 상태니 이 빚은 제가 알아서 갚는 수밖에 없지 않겠어요?"

뉴샤오리는 속으로 놀라고 말았다. 자신은 쑹차이샤를 찾지 못했을 때 쑤샹을 따라 다른 성성으로 갔다. 10만 위안이라는 돈 때문에 그런 결정을 내렸던 것이다. 라오신이 뉴샤오리를 힐끗 쳐다보며 말했다.

"사장님은 그다지 너그럽지 못하시네요."

"무슨 뜻이에요?"

"내게 쑹차이샤를 어떻게 찾았는지 말해주지 않으니까 말이에요. 사장님이 쑹차이샤를 찾고도 나한테 그렇게 많은 돈을 배상하라고 하면 내 입장에서는 닭은 날아가고 계란은 깨져버린 신세라고요."

뉴샤오리는 라오신에게 쑹차이샤를 찾은 방법을 말해줄 수 없
었다. 그녀 역시 라오신과 마찬가지로 찾아내지 못했기 때문이다.
뉴샤오리는 대충 얼버무리는 수밖에 없었다.

"내가 말했잖아요. 우연히 만났다고요. 우연을 어떻게 가르쳐
줄 수 있어요?"

라오신은 더 이상 말을 하지 않았다. 한참 입을 다물고 있다가
탄식하듯 말했다.

"내 평생 다시는 주쥐화랑 샤오허우를 볼 수 없을 것 같아요."

그러고는 말을 이었다.

"주쥐화는 없어도 돼요. 내가 보고 싶은 건 샤오허우예요."

뉴샤오리는 샤오허우가 라오신의 친아들이 아니라 주쥐화가
○○성에서 데려온 아이라는 사실을 알고 있었다. 라오신이 밤일
을 잘 못한다고 주쥐화가 자신에게 했던 말도 잊지 않고 있었다.
뉴샤오리가 물었다.

"샤오허우도 라오신의 친아들이 아니잖아요. 어째서 그 애가
그렇게 보고 싶은 건가요?"

"친아들은 아니지만 세월이 흐르면서 정이 들었거든요. 예전에
는 저녁만 되면 샤오허우가 이불 속에서 기어 나와 내게 이런저런
얘기를 해주곤 했지요. 얘기를 하고 또 하다가 잠이 들었지요."

라오신은 창밖의 칠흑 같은 어둠을 바라보면서 내뱉듯이 말했다.

"지금은 샤오허우가 어디서 자고 있는지조차 알 수가 없네요!"

얘기를 마친 뒤 뉴샤오리는 집으로 돌아갔다. 라오신은 가게 정리를 마치고 다시 사우나로 가서 청소를 했다. 뉴샤오리와 대화를 하고 나니 라오신은 지하에서 지상으로 나온 것처럼 홀가분하고 당당한 기분으로 사우나에 가서 일할 수 있었다. 이제는 낮에 가게에서 일할 때 사우나에서 청소하는 얘기도 당당히 할 수 있게 되었다.

대화를 주고받으며 일하는 가운데 봄이 가고 여름이 왔다. 여름이 되자 밤에도 밖에서 돌아다니는 사람이 많아졌다. 뉴샤오리는 샤오리 간이식당 문 앞까지 전등을 연결하여 매달고 탁자 몇 개와 의자를 늘어놓았다. 예전에 라오신이 쭈그리고 앉아 있던 공터까지 자리를 확장하여 밤 장사를 시작한 것이다. 밤 장사로만 양내장탕을 200~300그릇이나 팔 수 있었다. 여기에 곁들여 맥주와 냉채도 팔아 하루 매출이 3할이나 늘었다. 가게에서 장사가 한창 잘되고 있을 때 종종 치야펀은 몸에서 혼이 떠나기라도 한 듯 넋 나간 표정으로 앉아 있곤 했다. 이날도 저녁 무렵 양내장탕을 끓이다가 멍청하게 솥을 태워먹고 말았다. 하지만 뉴샤오리는 그녀에게 화를 내지 않고 점잖게 묻기만 했다.

"야펀, 왜 그러는 거예요?"

치야펀이 말했다.

"일이 좀 있어서 그래요. 사장님한테 말할 수는 없어요."

"무슨 일인데 그래요?"

"가게 일이 이렇게 바쁜 상황에 이런 말을 하면 안 될 것 같은데, 사실은 우리 고모가 좀 아프세요. 지금 현 병원에 입원해 있거든요. 아무래도 한번 가봐야 할 것 같아요."

그러고는 말을 덧붙였다.

"어려서부터 엄마 없는 나를 고모가 키워줬거든요."

"그게 뭐 못할 말이라고 그래요. 내일 아침 일찍 현 병원에 가서 고모를 만나고 와요."

치야펀의 표정이 금세 밝아졌다. 뉴샤오리는 조건 하나를 달았다.

"가게가 바쁜 거 잘 아니까 일찍 돌아오도록 해요."

하지만 사흘이 지나도 치야펀은 돌아오지 않았다. 뉴샤오리가 전화를 걸어봤더니 차야펀은 황설수설하면서 돌아올 생각이 없다고 말했다. 뉴샤오리는 놀라지 않을 수 없었다. 고모가 입원했다고 한 치야펀의 말이 수상쩍게 느껴졌다.

"고모에게서 무슨 얘기를 들은 거예요?"

"그런 것 없어요."

"그럼 혹시 우리 가게에서 일하면서 못마땅했던 게 있나요?"

"그런 건 전혀 없었어요."

뉴샤오리는 갑자기 뭔가가 생각나 물었다.

"월급이 만족스럽지 못했나요?"

"그런 것과 전혀 상관없는 일이에요. 그냥 돌아가고 싶지 않을 뿐이에요."

기어코 돌아오고 싶지 않다니 뉴샤오리로서도 설득할 방법이 없었다. 치야펀이 그만두자 뉴샤오리는 새로 직원을 구해야 했다. 새로 온 직원은 갓 마흔 넘은 여자로, 이름은 뤄다룽羅大榮이었다. 뤄다룽은 치야펀에 비해 손발이 좀 둔한 편이었지만 일하는 자세만큼은 착실했다. 뉴샤오리는 뤄다룽이 일하는 효율을 많이 걱정했지만 샤오리 간이식당은 낮 장사나 밤 장사나 그다지 큰 영향을 받지 않았다. 뉴샤오리는 그저 치야펀이 그만둔 원인을 확실히 모를 뿐이었다. 하지만 시간이 지나면서 치야펀의 일은 점점 잊혔다. 그런데 뜻밖에도 한 달이 지나자 진의 의류 공장 후문에 작은 음식점 하나가 문을 열었다. 야펀 간이식당이었다. 파는 음식도 양내장탕과 샤오빙이었다. 벽에는 '국물 무한 리필, 추가 국물 무료'라는 문구가 나붙었다. 밤이 되자 치야펀도 가게 밖에 테이블과 의자를 펼쳐놓고 밤 장사를 했다. 그날 샤오리 간이식당의 손님은 3분의 1이나 줄었다. 뉴샤오리의 머릿속에서 쾅하고 폭발음이 울렸다. 그제야 뉴샤오리는 치야펀이 그만둔 확실한 이유를 알 수 있었다. 동시에 치야펀이 샤오리 간이식당에 와서 일한 의도도 명백히 알 수 있었다. 이 여자는 겉으로는 우아하고 얌전한 모습을 보였지만 알고 보니 속마음은 뱀이나 전갈과 다르지 않았다. 정말로 열 길 물속은 알아도 한 길 사람 속은 모르는 법이었다. 치야펀은 펑진화의 누나랑 동창이었다. 그날 저녁에 뉴샤오리는 펑진화에게 화를 냈다.

"의류공장 후문에 한번 가봐. 너희 누나 동창이 아주 훌륭한 일을 저질렀더라고!"

펑진화도 혀를 차며 동조했다.

"정말로 열 길 물속은 알아도 한 길 사람 속은 모르겠네! 애당초 자기가 그 여자 쓴다고 할 때 내가 그러지 말라고 권했는데도 내 말을 안 들었잖아!"

그러면서 뉴샤오리에게 설명했다.

"원래 치야펀은 3, 4년 전부터 의류공장 입구에서 전병을 팔고 있었어. 그런데 자기가 가게를 차려서 고객을 빼앗아간 셈이잖아? 지금 그 여자가 가게를 차린 건 그에 대한 응보라고 생각해 두라고."

뉴샤오리는 펑진화의 말에 일리가 있다고 생각했다. 그러고 보니 치야펀은 반년 동안 잠복하고 있다가 자신에게 보복을 한 것이다. 하지만 내가 가게를 차릴 수 있다면 남들도 얼마든지 그렇게 할 수 있다. 치야펀이 가게를 차린 게 법을 어긴 것도 아니다. 뉴샤오리는 그저 한숨만 쉴 뿐이었다. 이튿날 오후 늦은 시각, 밥때가 지나서 가게에 손님이 없었다. 뤄다룽은 견주염이 생겨 약국에 고약을 사러 가고 뉴샤오리 혼자 가게에서 채소를 다듬고 있었다. 라오신이 슬그머니 다가와서 말했다.

"한 가지 말할 게 있는데, 듣고 나서 화내지는 말아요."

"무슨 말인데요?"

"사장님 남편이랑 치야편의 관계가 보통이 아니라는 걸 알게 되었어요."

뉴샤오리의 머릿속에서 쾅하고 폭발음이 울렸다.

"그게 무슨 뜻이에요?"

"둘이 서로 좋아하는 것 같아요."

뉴샤오리가 라오신에게 화를 냈다.

"라오신, 함부로 말하지 말아요. 나는 치야편을 잘 모르지만 평진화는 매일 나랑 함께 지낸단 말이에요. 평진화가 누군지 몰라요?"

"열 길 물속은 알아도 한 길 사람 속은 모르는 법이에요."

"라오신, 이건 사소한 일이 아니에요. 그런 말을 하려면 증거가 있어야지요."

"내가 직접 봤어요."

진지한 라오신의 태도에 뉴샤오리도 정신을 가다듬기 시작했다.

"어디서 봤다는 거예요?"

라오신이 가게를 가리키며 말했다.

"바로 여기에서요."

사방을 둘러본 뉴샤오리는 도저히 믿을 수가 없었다.

"여기는 매일 사람들이 오가는데 그런 일이 어떻게 가능하다는 거예요?"

"밤에는 사람이 없잖아요."

"밤에는 라오신 당신이 있잖아요?"

"내가 사우나에 청소 일을 하러 간 사이에 일어나는 일이에요."

뉴샤오리는 다시 생각을 정리해보고 나서 말했다.

"펑진화는 밤에 항상 집에 있었다고요."

라오신이 뉴샤오리 앞으로 가까이 다가와 목소리를 낮추며 말했다.

"지난달 음력 초이튿날 사장님 조카 반주가 병이 나서 사장님이 뉴자창에 가서 하룻밤 보내고 온 적이 있잖아요. 기억나세요?"

뉴샤오리는 잠시 생각을 더듬어보자 바로 그 기억이 떠올라 고개를 끄덕였다. 라오신이 말을 이었다.

"그날 밤에도 나는 사우나로 청소를 하러 갔어요. 청소를 반쯤 끝냈을 때 배가 고파서 가게로 돌아왔지요. 샤오빙을 하나 가져다 먹을 생각이었어요. 그런데 가게 앞에 도착하자 안에서 야릇한 인기척이 들리는 거예요. 도둑이 들었다는 생각에 겁이 나기도 했지요. 나는 키도 작고 힘도 없는 편이라 감히 들어갈 엄두가 안 나서 문틈으로 안을 들여다봤어요. 가게 안을 들여다보고는 놀라지 않을 수 없었어요. 사장님 남편과 치야편이 가게 안에서 그 짓을 하고 있더군요. 두 사람 다 알몸으로 바로 이 테이블 위에서……. 나는 일이 커질까 두려워 살금살금 사우나로 돌아왔지요. 그때는 치야펀이 아직 가게에서 일을 할 때라 이런 말을 하기가 어려웠어요. 이제 그 여자의 음흉한 여우 본질이 드러난 마당이라 이제라도 이런 사실을 알려드리는 겁니다."

뉴샤오리의 머릿속에서 또다시 쾅하고 폭발음이 울렸다. 뉴샤오리는 라오신이 지적한 테이블을 쾅하고 뒤집어 엎어버렸다. 이어서 성큼성큼 문을 나선 그녀는 진에 있는 오토바이 수리점으로 펑진화를 찾아갔다. 몇 걸음 가다가 문득 휴대전화를 가게에 두고 온 것을 알아차리고는 다시 몸을 돌려 가게로 들어섰다. 안으로 들어서자 라오신은 구석 한쪽에 쭈그리고 앉아 입을 가리고 웃고 있었다. 그제야 뉴샤오리는 라오신의 고자질 대상이 사실은 치야펀이 아니라 펑진화였다는 것을 깨달았다. 그런 동시에 새 가게를 차린 치야펀과 마찬가지로 라오신이 자신에게 복수한 것임을 깨달았다. 뉴샤오리는 다른 무엇보다 그들의 인내심이 부러웠다. 하지만 뉴샤오리는 지금 라오신에게 신경 쓸 겨를이 없었다. 다시 성큼성큼 가게 문을 나선 그녀는 오토바이 수리점을 향해 달려갔다.

3

뉴샤오리는 큰 걸음으로 진을 가로질러 펑진화의 오토바이 수리점을 찾아갔다. 펑진화는 마침 바닥에 쭈그리고 앉아 오토바이를 수리하고 있었다. 손이 온통 기름범벅이고 바닥에는 온갖 부속품이 널려 있었다. 점포에 들어선 뉴샤오리는 말없이 수리점의 셔터 문을 차르륵 닫았다. 화들짝 놀란 펑진화가 바닥에서 일어섰다.

"뭐 하는 거야? 문 닫으려면 아직 멀었단 말이야."

뉴샤오리가 말했다.

"사람들 모르게 할 얘기가 있어서 그래."

펑진화가 기름투성이 손으로 깍지를 끼며 물었다.

"무슨 일인데 그래?"

뉴샤오리는 걸상을 하나를 가져다놓고 셔터 문 바로 앞에 앉아 단도직입적으로 얘기를 시작했다.

"자기 치야펀하고 어떤 사이야?"

펑진화는 그 자리에서 몸이 굳어지고 말았다. 막막한 기색이 얼굴에 가득했다.

"무슨 뜻이야? 무슨 얘길 하는지 잘 모르겠네."

뉴샤오리는 그의 대답을 듣는 순간 펑진화의 얼굴에 당황하는 표정이 순간적으로 스쳐 지나간 것을 놓치지 않았다. 뉴샤오리는 펑진화와 치야펀의 관계가 사실임을 직감했다. 뉴샤오리가 말했다.

"무슨 말인지 모르겠다니 내가 단도직입적으로 말하지. 둘이 자기 시작한 게 언제부터야?"

평진화가 눈을 휘둥그레 뜨면서 되물었다.

"우리 둘이 잤다고? 치야펀은 우리 누나랑 동창이라고. 나보다 다섯 살이나 많단 말이야. 누가 그런 소리를 해?"

"라오신이 알려줬어. 지난달 음력 초이튿날, 두 사람이 내 가게에서 잤다더군. 그가 직접 봤대."

평진화는 면 수건으로 손을 닦고는 밖으로 달려 나갈 태세를 취했다.

"말도 안 되는 소리 맘대로 지껄이라고 해. 내가 지금 당장 라오신을 찾아가 그 새끼를 강물에 던져버리고 말 테니까!"

어느새 이미 셔터 문이 올라가고 있었다. 뉴샤오리는 점포 안에 있는 의자를 가리키며 말했다.

"앉아."

평진화는 그 자리에 앉아 뉴샤오리가 던질 다음 질문을 기다리는 수밖에 없었다. 하지만 뉴샤오리는 더 이상 묻지 않고 그 자리에 말없이 앉아 있었다. 뉴샤오리가 아무것도 묻지 않자 평진화도 감히 주도적으로 화제를 꺼내지 못했다. 두 사람은 그렇게 서로 얼굴을 맞댄 채 한참을 장승처럼 앉아 있었다. 서로는 두 시간이 지나도록 입을 열지 않았다. 창밖을 바라보니 날이 점점 어두워지고 있었다. 점포 안의 빛도 점점 희미해졌다. 평진화가 갑자기 뭔가 생각난 듯 뉴샤오리에게 말했다.

"날이 어두워지면 밤 장사를 해야 하잖아."

"가게 그만둘 거야."

그러고는 단호하게 못을 박았다.

"분명하게 말하지 않으려면 이곳에서 나갈 생각 하지 마."

펑진화는 화를 내며 발을 동동 굴렀다.

"이미 분명하게 말했잖아. 치야펀과 나 사이에는 아무 일도 없다고."

"그럼 우리 여기 계속 앉아 있자."

이리하여 두 사람은 그 자리에 그대로 앉아 있었다. 날이 점점 완전하게 어두워지자 뉴샤오리는 실내 전등을 켰다. 두 시간쯤 더 지나자 펑진화는 배가 고팠다. 손목시계를 보니 밤 10시였다. 펑진화가 뉴샤오리에게 물었다.

"자기는 배 안 고파?"

뉴샤오리가 말했다.

"고파."

"우리 나가서 뭐 좀 먹는 게 어때?"

"사실을 분명하게 얘기하고 나서 곧장 먹으러 나가자고."

펑진화가 두 손을 맞잡으며 애절한 어투로 말했다.

"아무 일도 없는데 억지로 지어내란 말이야?"

"그럼 여기 계속 앉아 있든가."

두 사람은 또 그렇게 한참을 더 앉아 있었다. 한밤중이 되자 평진화는 배가 심하게 고팠다. 어제 정오에 뱃속이 편치 않아 멀건 국수 한 그릇만 먹고 건더기를 먹지 않은 게 한스러웠다. 그 뒤로 열 시간이 넘도록 아무것도 먹지 못했기 때문이다. 배 속이 불편했던 증상은 괜찮아졌지만 이제는 배가 등에 붙을 것처럼 허기가 졌다. 평진화는 여덟 살 때 학교 친구와 싸우다가 벽돌을 집어던져 상대방의 머리를 깨뜨린 적이 있었다. 그날 아버지에게 맞을 일이 두려워 밤이 되도록 집에 돌아가지 못했다. 그때 한 번 지독하게 굶주림을 경험하고 난 뒤로는 10년 넘도록 굶어본 적이 없었는데, 마침내 배고픔을 또다시 맛보게 된 것이다. 저녁부터 밤까지는 그런대로 참을 수 있었지만 날이 밝아올 때쯤 되자 뱃속을 천만 마리의 벌레가 물어뜯는 것 같았다. 이어서 마구 꿈틀거리며 먹을 것을 찾다가 작은 머리를 들고 분노의 외침을 쏟아내는 것 같았다. 평진화는 맞은편에 앉아 있는 뉴샤오리를 쳐다보았다. 꼼짝도 하지 않고 그를 쳐다보는 뉴샤오리는 낯빛 하나 바뀌지 않았다. 그는 입안 가득 침을 삼키며 계속 앉아 있는 수밖에 없었다. 날은 점점 밝아왔다. 햇빛이 창문 사이로 쏟아져 들어왔다. 오토바이 수리점의 셔터 문이 닫혀 있으니 사람들은 평진화가 오늘은 일을 안 하고 쉬나보다 하고 들어오려는 시도조차 하지 않았다. 정오가 되자 평진화는 배고픔을 느끼지 못했다. 사람이 배고픔이 지나치면 감각이 마비되어 허기를 못 느낀다는 사실을 알 것 같았다. 하지만 목이 마르기 시작했다. 이때 문득 어제 오후부터 지금까지 물을 한 방울도 마시지 않았다는 것이 생각났다. 그런 생각을 하지 않으면 입안이 좀 건조하다고 느낄 뿐이겠지만 일단 목이 마르다고 생각하니 온몸의 세포가 타들어가는 것 같았다. 밤에는 배고픔 때문에 견디기 힘들었는데 지금은 배고픔보다 갈증이 몇십 배 더 고통스러웠다. 오후가 되자 펑진화는 천만 마리의 목마른 벌레가 그의 모든 신경과 세포를 물어뜯을 뿐만 아니라 체내에 남은 마지막 수분을 빨아들이는 듯한 느낌이었다. 자신이 마른 수건이 된 것 같았다. 이미 마지막 한 방울의 물까지 따 짜낸 것 같았다. 머리칼도 타버리고 몸 전체가 성냥 한 다발로 변한 것 같았다. 불만 붙이면 금세 활활 타오를 것 같았다. 펑진화는 자신의 입술을 만져보았다. 어느새 커다란 물집이 한 줄 돋아나 있었다. 뉴샤오리를 쳐다보니 뉴샤오리의 입가에도 커다란 물집이 한 줄 돋아나 있었다. 하지만 그녀는 고개를 쳐든 채 여전히 낯빛 하나 바뀌지 않고 태연하게 펑진화를 바라보고 있었다. 펑진화가 한숨을 내쉬었다.

"내가 괴로운 건 둘째치고 자기가 불쌍해서 안 되겠네. 알았어, 내가 다 말해줄게."

"어서 말해봐."

"나랑 치야펀은 서로 좋아하는 사이야."

"언제부터 좋아한 거야?"

"5년 전부터."

뉴샤오리의 머릿속에서 쾅하고 폭발음이 울렸다. 평진화와 치야편이 서로 좋아하는 사이라는 것보다 그들이 좋아하기 시작한 시기가 충격을 안겨주었다. 뉴샤오리는 두 사람이 이제 막 좋아하기 시작한 줄 알았는데 5년 전부터 좋아하는 관계를 유지해온 것이다. 5년 전이면 평진화는 뉴샤오리와 연애 중이었다. 당시 평진화가 맘에 들었던 것은 그의 인품 때문이었는데 어이없게도 평진화는 뉴샤오리와 연애하면서 다른 한편으로 치야편과도 그 짓을 했던 것이다. 그렇다면 평진화와 치야편이 그 짓을 할 당시는 치야편에게 남편이 버젓이 있었다는 것이 입증되었다. 치야편은 3년 전에 이혼했기 때문이다. 당시 치야편은 남편과 그 짓을 하면서 한편으로는 평진화와도 그 짓을 했던 것이다. 이 개같은 남녀를 향해 뉴샤오리는 분노에 찬 목소리로 말했다.

"그 여자가 자기보다 다섯 살이나 많은 데다 자기가 그 여자랑 좋아 지낼 때 그 여자한테는 남편이 있었어. 자기가 그 여자에게 바라는 게 뭐였지?"

평진화는 잠시 생각해보고 나서 말했다.

"그 여자는 침대 위에서 즐길 줄 알더군."

순간 뉴샤오리는 넋이 나가고 말았다. 대낮에 우아하고 얌전해 보이던 치야편은 잠자리를 즐길 줄 아는 여자였다. 뉴샤오리는 문득 자신과 평진화가 연애할 때 평진화도 잠자리를 즐기는 편이었다는 기억이 떠올랐다. 한 번 할 때마다 한 시간이나 끌면서 즐기곤 했다. 이는 뉴샤오리가 그에게 시집가고 싶어했던 이유 가운데 하나이기도 했는데, 보아하니 그런 재주도 치야편이 가르 쳐준 것 같았다. 동시에 그들 둘이 잠자리를 즐길 줄 안다는 건 뉴샤오리가 그 일에 서툴다는 것을 입증하는 셈이었다. 뉴샤오리 가 눈물을 흘리면서 말했다.

"그 여자랑 즐기는 게 그렇게 좋았다면 왜 애당초 나랑 결혼한 거야? 그리고 나랑 연애는 왜 했던 거야?"

펑진화가 말했다.

"그때는 그 여자가 이혼하기 전이었잖아."

"그럼 3년 전에 이혼했는데 왜 그 여자랑 결혼하지 않았어?"

"그 여자한테는 아이가 하나 딸려 있었어. 난 그저 그 여자와 즐기고 싶었을 뿐이지 결혼할 생각은 없었거든."

"그럼 난 뭐야. 결혼한 지 1년밖에 안 됐는데 밤에는 나를 상 대하기 싫었다는 거잖아?"

펑진화가 황급히 손을 내저으며 말했다.

"겨우 두 번뿐이었어."

뉴샤오리가 갑자기 뭔가 생각난 듯이 말했다.

"두 사람이 그 짓을 하고 싶으면 다른 데서도 얼마든지 할 수 있잖아. 왜 지난달에 하필 우리 가게에서 그 짓을 한 거야?"

펑진화는 고개를 숙인 채 아무 말도 하지 못했다. 뉴샤오리가 바닥에서 손에 잡히는 대로 오토바이 부품 하나를 집어 펑진화를 향해 던졌다. 펑진화가 날아오는 부품을 피하면서 낮은 목소리로 말했다.

"그 여자 말이, 거기서 하면 자극적이라 스트레스가 해소된다고 하더라고."

치야펀의 마음속에 뉴샤오리에 대해 얼마나 많은 분노와 원한이 감춰져 있는지 짐작할 수 있을 것 같았다. 어쩌면 뉴샤오리의 식당 때문에 자신의 전병 장사가 망하게 된 원한을 풀려는 것보다, 오히려 뉴샤오리에게서 펑진화를 빼앗음으로써 그녀에게 보복하려는 심보였는지도 모른다. 뉴샤오리는 갑자기 또 다른 일이 한 가지 생각났다.

"그렇다면 치야펀이 따로 간이식당을 낸 것도 둘이 상의해서 저지른 일이겠군?"

펑진화가 황급히 손을 내저었다.

"나는 그 여자한테 그러지 말라고 말렸어. 너무 뻔한 짓이라고 했지. 하지만 그 여자가 내 말을 듣지 않았어."

그러고는 목소리를 낮춰 말했다.

"어떤 때는 고집이 아주 세더라고."

뉴샤오리는 고집이 센 게 아니라 심보가 독한 것이라고 생각했다. 뉴샤오리는 몸을 일으켜 드르륵 소리와 함께 셔터 문을 올렸다. 강렬한 햇빛이 곧장 밀려 들어와 눈을 찌르는 바람에 제대로 눈을 뜰 수가 없었다. 뉴샤오리가 펑진화를 쳐다보며 말했다.

"이혼해."

그에 대한 설명도 잊지 않았다.

"자기가 계집질을 했기 때문에 이혼하는 게 아니라 나를 미워하는 년이랑 붙어먹었기 때문에 이혼하는 거야. 자기가 날 속였기 때문에 이혼하는 게 아니라 5년 전에 이미 날 속였기 때문에 이혼하는 거라고. 5년 전에 날 속인 건 그렇다고 쳐. 그랬다면 나랑 결혼하는 사기극만은 벌이지 말았어야지!"

그녀는 큰 걸음으로 오토바이 수리점을 나왔다.

4

진 정부에서 이혼 수속을 담당하는 민정 보조원의 이름은 라오구老古였다. 라오구는 마흔이 좀 넘은 남자로, 대머리에다 키가 작았다. 1년 전 뉴샤오리와 펑진화의 결혼 수속도 그가 처리해주었다. 뉴샤오리가 진에 샤오리 간이식당을 연 뒤로 라오구도 그녀의 가게를 찾아 점심 식사를 하곤 했다. 라오구가 뉴샤오리와 펑진화를 쳐다보면서 물었다.

"왜 이혼을 하려는 건가요?"

이혼하러 오기 전에 펑진화는 뉴샤오리에게 이혼의 진짜 이유를 밝히지 말아달라고 부탁했다. 자신과 치야펀의 관계를 비밀로 해달라는 것이었다. 뉴샤오리는 그러겠다고 약속하면서 설명을 붙였다.

"두 사람의 얼굴을 생각해서 말하지 않는 게 아니라 내 체면을 생각해서 말하지 않는 거야. 내가 눈깔이 멀었으니까 말이야."

"그러게."

펑진화는 자기 대답이 적절치 못했다는 걸 깨닫고는 입을 다물었다. 뉴샤오리가 말했다.

"사실을 말하지 말라고 했으니 적당히 둘러댈 거짓말을 생각해둬. 이혼할 때 나는 입을 다물고 있을 테니까."

펑진화는 그러겠다고 약속하는 수밖에 없었다. 라오구의 질문에 펑진화가 대답했다.

"성격이 서로 맞지 않아서요."

라오구가 미간을 찌푸리며 말했다.

"수많은 사람이 저를 찾아와 이혼 수속을 하면서 하나같이 성격이 맞지 않는다고 말하지요. 이런 이유는 너무 애매모호합니다. 원인이 구체적이지 못하면 제가 판단을 내릴 수가 없어요."

펑진화가 뉴샤오리를 힐끗 쳐다보고는 라오구에게 말했다.

"그럼 구체적으로 말씀드리지요. 저희는 어제 오후에 말다툼을 시작해서 오늘 오후까지 싸웠습니다. 하루 밤낮을 먹지도 않고 마시지도 않고 부부싸움을 했지요. 하마터면 굶어 죽거나 목말라 죽을 뻔했습니다. 저희 두 사람 입가에 맺힌 물집을 좀 보세요."

라오구는 펑진화의 입술을 살펴본 다음 또 뉴샤오리의 입술도 살펴보았다. 그러고는 고개를 끄덕이며 말했다.

"이유가 충분히 성립하는 것 같습니다. 하마터면 죽을 뻔했네요. 재산 분할은 다 하셨나요?"

"저희는 두 가지 장사를 하고 있습니다. 저는 오토바이 수리점을 하고 있고 이 여자는 양내장탕을 파는 간이식당을 하고 있지요. 이미 상의를 끝냈습니다. 오토바이 가게는 제가 갖고 간이식당은 이 여자가 갖기로 말이에요. 오토바이 수리점의 점포와 자본은 제가 갖고 간이식당의 점포와 자본은 이 여자가 갖기로 했습니다."

라오구가 이번에도 고개를 끄덕였다.

"각자 자기 장사를 하니까 이런 장점이 있군요."

라오구가 서랍에서 이혼증서 두 장을 꺼내 막 작성하려는 순간 테이블 위의 전화벨이 울렸다. 라오구가 전화를 받고는 뉴샤오리와 펑진화에게 말했다.

"잠시만 기다려주세요. 상부에서 일이 좀 있다고 절 찾네요."

사무실 밖으로 나간 라오구가 5분쯤 지나 돌아와서는 말했다.

"이혼 수속은 잠시 보류하셔야 할 것 같습니다."

뉴샤오리가 짜증을 내며 물었다.

"이유가 뭔가요?"

"두 분의 신상에 또 다른 일이 생겼습니다."

펑진화가 놀란 표정으로 물었다.

"제게 또 무슨 일이 있다는 건가요?"

"당신이 아니라 이분에게 문제가 있네요."

그러면서 손가락으로 뉴샤오리를 가리켰다. 뉴샤오리가 멍한 표정을 지었다. 펑진화도 덩달아 멍한 표정을 지었다.

"이 여자가 어떻다는 겁니까?"

이때 남자 둘과 여자 한 명이 사무실로 들어섰다. 남자 한 명은 진 파출소에서 나온 샤오류小劉이고 또 다른 남자와 여자는 모르는 사람이었다. 세 사람은 뉴샤오리를 보자마자 안도의 한숨을 내쉬었다. 샤오류가 말했다.

"두 분을 하루 종일 찾았잖아요. 간이식당도 문이 닫혀 있고 오토바이 수리점도 문을 닫았더라고요. 두 분이 도망친 줄 알았어요."

그러면서 손으로 옆에 있는 남녀를 가리키며 뉴샤오리에게 말했다.

"이분들은 ○○성 공안국에서 당신을 찾아왔습니다."

남녀는 무척이나 상냥한 모습을 보였다. 여자가 뉴샤오리를 이리저리 훑어보고 나서 말했다.

"맞아요. 이 여자예요. 비디오에 찍힌 모습과 똑같네요."

남자도 뉴샤오리를 자세히 살펴보고 나서 말했다.

"약간 외국인처럼 생겼군요."

여자가 경찰관 신분증을 꺼내 뉴샤오리에게 보여주었다.

"우리랑 좀 같이 가주셔야 할 것 같습니다."

뉴샤오리가 약간 당황한 모습으로 물었다.

"왜요?"

남자가 말했다.

"본인이 ○○성성에서 한 일을 모르겠다는 건가요?"

말투에서 좋은 일은 아니라는 걸 직감할 수 있었다. 이혼 수속 중이었지만 펑진화가 뉴샤오리를 두둔하며 말했다.

"뭔가 잘못 아신 것 같네요. ○○성성에는 간 적도 없단 말입니다."

남자가 차갑게 웃으며 말을 받았다.

"본인에게 말해보라고 하세요. ○○성성에 갔는지 안 갔는지 말이에요."

여자가 말했다.

"발뺌할 생각 말아요. 쑤솽이 이미 잡혔으니까 말이에요."

뉴샤오리의 얼굴이 창백해졌다. 그녀가 남녀를 저지하면서 말했다.

"말하지 말아요. 따라가면 되잖아요."

그러고는 고개를 돌려 라오구에게 말했다.

"라오구, 저랑 펑진화의 이혼은 처리된 건가요?"

라오구가 손을 펼쳐 보이며 말했다.

"아직 그럴 시간이 없었잖아요."

"이혼이 처리되지 않았으면 아직은 부부겠네요."

그러고는 외지에서 온 여자에게 물었다.

"두 분을 따라가기 전에 제 남편에게 몇 마디만 해도 될까요?"

외지에서 온 여자가 외지에서 온 남자를 쳐다보았다. 외지에서 온 남자가 방 안의 창문을 살펴보더니 밖에 철제 가드레일이 쳐져 있는 것을 발견하고는 고개를 끄덕였다. 이리하여 외지에서 온 남녀와 진 파출소에서 온 샤오류는 전부 문밖에 나가 기다리게 되었다. 사무실 안에는 뉴샤오리와 펑진화 둘만 남았다. 너무 놀란 펑진화가 말을 더듬으며 물었다.

"언제 ○○성성에 갔던 거야? 내가 어째서 그걸 모르고 있는 거지? 거기서 무슨 짓을 한 거야?"

"그런 건 묻지 마. 자기한테 한 가지만 물을게."

펑진화가 멍한 표정으로 물었다.

"무슨 일인데?"

"내가 저들을 따라간 뒤에 지난 1년 동안의 부부의 정을 생각해서 내 말을 전해줄 수 있겠어?"

"무슨 말인데?"

뉴샤오리는 펑진화를 덥석 끌어안고는 펑진화에게 입을 맞췄다. 펑진화는 점시 어리둥절하다가 이내 뉴샤오리가 주머니에서 뭔가를 꺼내 슬그머니 자기 손에 쥐여주는 것을 느꼈다. 펑진화는 은행 카드라는 것을 감지했다. 펑진화는 뭔가를 눈치 채고 황급히 카드를 자기 주머니에 집어넣었다. 그러고는 문득 입술이 몹시 아파오는 걸 느꼈다. 뉴샤오리를 쳐다보니 그녀의 입술이 온통 피투성이였다. 자기 입술에도 피가 묻어 있는 것을 느꼈다. 그제야 어제 오후부터 지금까지 두 사람의 입술에 물집이 잡혀 있었던 것이 생각났다. 방금 전 입맞춤에 물집이 터진 것이다. 뉴샤오리가 피에 젖은 입술을 펑진화의 귀에 대고 낮은 목소리로 말했다.

"지난 1년 동안 간이식당을 해서 9만 위안을 벌었어. 그 돈이 전부 그 카드 안에 있거든. 며칠 뒤에 의류 공장 후문 쪽에 간이식당을 하나 더 열어 치야펀과 한판 벌일 작정이었는데, 지금 상황으로는 아무래도 불가능할 것 같아."

뉴샤오리는 낮은 목소리로 계속 얘기했다.

"그 돈을 찾아 뉴자창으로 가서 우리 오빠에게 좀 전해줘. 비밀번호는 반주의 생일이야. 2만 위안은 반주 학교 보내는 데 쓰고 7만 위안은 오빠에게 새 마누라 얻는 데 쓰라고 말해줘."

5

뉴샤오리는 두 외지 경찰에 의해 ○○성성으로 압송되어갔다. 진에서 시골 버스를 타고 현성으로 가서 다시 현성에서 버스를 타고 시로 간 다음, 두 명의 경찰과 함께 택시를 타고 시 터미널에서 기차역으로 갔다. 기차의 기적 소리를 듣는 순간 뉴샤오리는 문득 1년 전으로 돌아간 듯한 느낌이 들었다. 당시 고향을 떠나 ○○성으로 쑹차이샤를 찾으러 갈 때도 주쥐화와 샤오허우 모자와 함께 이 길을 그대로 지났다. 길뿐만 아니라 길에서 겪은 모든 일도 비슷하고 온갖 소리도 그때와 다르지 않은 듯했다. 단지 옆자리에 앉은 사람들이 주위화와 샤오허오 모자에서 두 명의 외지 경찰로 바뀌었을 뿐이었다. 뉴샤오리는 1년 전에 겪은 모든 일이 어제 일처럼 느껴지면서도, 다른 한편으로는 너무 많은 일이 있었던 것 같은 느낌과 함께 그 모든 일이 한 세대 전에 일어난 것처럼 아득했다. 기차역에서 열차를 기다리는 동안 두 명의 외지 경찰은 그녀를 데리고 역사 남쪽에 죽 늘어선 노점에 가서 양러우탕과 샤오빙을 사주었다. 작년에 뉴샤오리도 주쥐화와 샤오허우를 데리고 이 노점에서 양러우탕을 사 먹었다. 하지만 그때 샤오빙은 주문하지 않았다. 세 사람은 양러우탕에 곁들여 주쥐화가 가져온 전병을 먹었다. 노점 주인도 작년의 그 사람이었다. 변함없이 뚱뚱한 체구에 흰 모자를 쓰고 있었다. 윗입술 주위에 수염을 기르고 있는 것도 변함없었다. 다만 양러우탕 값이 올랐다. 작년에는 한 그릇에 3위안이었는데 올해는 4위안이었다. 양러우탕을 먹으면서 뉴샤오리는 무심코 고개를 들었다가 자신도 모르게 건너편에 있는 닭구이집 문에 시선이 박혔다. "장사가 번창하여 온 세상에 두루 통하고 재원이 왕성하여 삼강에 도달하리生意興隆通四海, 財源茂盛達三江"라는 내용의 대련對聯이 붙어 있었다. 횡련橫聯은 "날마다 엄청난 수익이 들어오기를日進鬪金"이었다. 때는 이미 음력 7월이라 이 대련은 일곱 달이나 가게 문에 붙어 있는 셈이었다. 그래서인지 찢어지고 퇴색한 데가 많았다. 이미 절반은 뜯겨 바람에 휘날리고 있었다. 뉴샤오리는 문득 고향 의류공장 앞에 자신이 차린 샤오리 간이식당 입구에도 똑같은 문구의 대련을 붙여놓았다는 게 생각났다. 어제 점심때만 해도 많은 사람이 가게를 드나들었는데 오늘은 폐업한 상태가 되고 말았다. 어제부터 오늘까지 있었던 모든 일이 한 세대 이전의 일처럼 아득하게 느껴지면서 자신도 모르게 눈물이 났다.

6

○○성의 성성은 ○○시였다. 이 시 공안국 예비심문실에서 뉴샤오리를 심문하게 된 사람은 여자 경찰이었다. 그녀는 고향에서 이 성까지 뉴샤오리를 압송한 사람이 아니었다. 뉴샤오리를 압송한 여자 경찰은 서른이 갓 넘은 나이였고, 새로 만난 여자 경찰은 마흔이 넘은 중년이었다. 심문하기 전에 이 여자 경찰은 뉴샤오리에게 컴퓨터로 비디오를 몇 건 보여주었다. 비디오에 나오는 뉴샤오리는 서로 다른 남자들과 그 짓을 하고 있었다. 비디오 속

의 뉴샤오리는 알몸이었고 남자들도 알몸이었다. 이 남자들 중에는 키가 큰 사람도 있고 작은 사람도 있었다. 뚱뚱한 사람도 있고 비쩍 마른 사람도 있었다. 뉴샤오리와 그 짓을 하면서 시간을 오래 끄는 사람도 있고 금세 끝내는 사람도 있었다. 체위와 자세에서도 앞에서 하는 사람이 있는가 하면 뒤에서 하는 사람도 있고, 누워서 하는 사람이 있는가 하면 서서 하는 사람도 있었다. 삽입하기 전에 뉴샤오리를 안고 위아래로 빨고 핥는 사람도 있고 뉴샤오리로 하여금 자신의 위아래를 빨고 핥게 하는 사람도 있었다. 비디오를 다 보고 나서 중년의 여자 경찰은 화면을 정지시킨 다음 뉴샤오리를 쳐다보며 말했다.

"뉴샤오리, 비디오에 있는 이 여자가 본인 맞나요?"

뉴샤오리는 중년의 여자 경찰을 잠시 바라보기만 하고 아무 말도 하지 않았다.

중년의 여자 경찰이 물었다.

"당시에 이곳에는 쑹차이샤를 찾으러 갔었나요?"

뉴샤오리는 이번에도 중년의 여자 경찰을 바라보았을 뿐 말이 없었다.

중년의 여자 경찰이 말했다.

"비디오에 나오는 남자들이 누군지 다 알겠어요?"

뉴샤오리는 말을 하지 않았다.

"사전에 이런 비디오가 촬영된다는 걸 알았나요?"

뉴샤오리는 말을 하지 않았다. 중년의 여자 경찰이 컴퓨터를 가리키면서 탁하고 테이블을 내리쳤다.

"범인과 장물이 다 확보되어 있으니 발뺌해봤자 소용없어요!"

뉴샤오리가 물었다.

"이 비디오들은 누가 찍은 건가요?"

중년의 여자 경찰이 잠시 어리둥절한 표정을 짓더니 이내 버럭 화를 냈다.

"지금 내가 당신을 심문하는 건가, 당신이 나를 심문하는 건가?"

뉴샤오리가 반복해서 물었다.

"이 비디오들을 누가 찍었냐고요?"

"먼저 내 질문에 대답해요."

뉴샤오리의 태도는 아주 집요했다.

"제 물음에 대답해주지 않으면 죽어도 대답하지 않을 겁니다."

중년의 여자 경찰이 뉴샤오리를 쳐다보았다. 한참을 쳐다보다가 입을 열었다.

"좋아요. 말해주지요. 성이 푸傅씨인 부동산 개발업자가 찍은 거예요."

뉴샤오리는 그가 누군지 알 것 같았다. 작년에 자신이 쑤솽을 따라 이 성성으로 오던 날, 강변 식당에서 훠궈를 먹은 적이 있었다. 그 방에서 이 푸씨라는 사람을 보았다. 푸씨는 중년의 남자로 얼굴이 긴 말상에 대머리였다. 쑤쌍은 뉴샤오리에게 그를 의류공장 사장이라고 소개했다. 그러다 나중에는 재산이 수억 위안에 달하는 부동산 개발업자라고 말해주었다. 성성의 수많은 건물을 그가 지었다고 했다. 쑤쌍이 뉴샤오리로 하여금 가짜 처녀 행세를 하면서 여러 남자와 잠자리를 갖게 하는 데 드는 모든 비용도 푸씨가 냈다. 이 남자들이 어떤 사람들인지 뉴샤오리가 묻자 쑤쌍은 푸씨보다 돈도 더 많고 권력도 더 센 사람들이라고 했다. 당시 뉴샤오리는 쑤쌍에게 열 번만 하겠다고 약속했지만 나중에는 뉴샤오리가 자원해서 두 번을 추가했다. 뉴샤오리는 12만 위안을 가지고 고향으로 돌아가면 아주 멀리 도망치는 셈이라 쑤쌍이나 푸씨 같은 사람들과 다시 볼 일은 영원히 없을 것으로 생각했다. 쑤쌍도 당시에 그녀에게 그렇게 말했다. 그런데 푸씨가 그 짓을 하는 방에 몰래 카메라를 설치해두었을 줄 누가 알았겠는가? 뉴샤오리는 이름이 '을 18호'이며 성성의 교외에 자리 잡고 있는 쓰허위안 건물을 아직도 기억하고 있다. 은밀한 과정이 촬영된다는 것을 알았다면 뉴샤오리는 때려 죽여도 하지 않았을 것이다. 강변의 훠궈 식당에서 만난 두 명의 여성도 있었다. 한 명은 왕징훙이고 다른 한 명은 리보친이라는 걸 뉴샤오리는 기억하고 있다. 왕징훙과 리보친은 푸씨의 말상 얼굴과 대머리를 두고 농담을 던지기도 했다. 푸씨는 반박하고 싶었지만 입안에 음식이 있어서 말을 내뱉기도 전에 아가씨들이 먼저 독한 말들을 마구 쏟아냈다. 푸씨는 그저 방어 자세만 취할 뿐 힘에 부쳐 받아치지도 못했다. 당시에는 이 푸씨가 온화하고 성격도 좋은 사람이라고 생각했는데 뒤에서 뉴샤오리의 알몸과 모든 동작을 비디오로 촬영했다니, 악독하기가 뱀이나 전갈보다 더한 사람이었다. 이제 이 세상에서 어떻게 살아갈 수 있단 말인가? 뉴샤오리가 말했다.

"이 푸씨라는 사람은 왜 이런 비디오를 찍은 건가요?"

중년의 여자 경찰이 말했다.

"당신을 찍었지만 당신을 위해서가 아니었어요."

"그럼 왜 찍은 건데요?"

"비디오에 등장하는 남자들을 위협하기 위해서였어요."

"왜 그들을 협박하는 건데요?"

"그들 모두 권력을 가진 사람들이라 그랬던 거예요. 푸씨는 그들과 항상 금전과 권력이 얽힌 거래를 했지요. 그들이 사후에 태도를 바꿀까봐 의심한 거예요."

뉴샤오리는 푸씨라는 사람이 이런 비디오를 찍은 용도를 알 것 같았다. 하지만 푸씨가 그 사람들을 위협하리라는 것을 뉴샤오리는 알지 못했다. 게다가 지금은 오히려 뉴샤오리를 위협하고 있다. 뉴샤오리는 울 수도 없고 웃을 수도 없는 심정이었다.

"위협하고 안 하고는 그들 사이의 문제인데 저는 왜 잡아온 건가요?"

중년의 여자 경찰이 뉴샤오리를 바라보며 차갑게 웃었다.

"일이 그렇게 간단한 게 아니에요."

"그게 무슨 뜻인가요?"

"위협할 목적으로 이런 비디오를 촬영한 것이라면 위협에 해당되는 죄명이 무엇이겠어요? 사기 및 편취에 해당되는 거예요. 당신도 이 고상하지 못한 촬영에 참여했으니 공범이 되는 셈이지요. 이미 사기죄가 성립된단 말이에요."

뉴샤오리는 문득 왕징훙과 리보친이 생각났다.

"푸씨 수하에 다른 여자들도 있었어요. 그 아가씨들도 남자들과 잤다고요. 그 여자들도 사기죄를 범했나요?"

중년의 여자 경찰이 고개를 가로저었다.

"그 아가씨들은 그냥 성매매만 했어요. 법을 어기긴 했지만 죄를 지은 건 아니지요."

"어째서 그렇죠?"

"푸씨는 그 아가씨들은 찍지 않았어요."

뉴샤오리가 억울하다는 듯한 어투로 물었다.

"왜 하필 저를 찍은 건가요?"

"당신은 항상 고관들하고만 잤으니까요. 성장하고도 잤잖아요."

뉴샤오리는 어리둥절했다. 당시 그녀는 여러 남자와 잠자리를 갖는 줄만 알았다. 남자들 중에는 키가 큰 사람도 있고 작은 사람도 있었다. 뚱뚱한 사람도 있고 비쩍 마른 사람도 있었다. 뉴샤오리와 그 일을 하면서 시간을 오래 끄는 사람도 있고 금세 끝내는 사람도 있었다. 체위나 자세도 앞에서 하는 사람이 있는가 하면 뒤에서 하는 사람도 있고, 누워서 하는 사람이 있는가 하면 서서 하는 사람도 있었다. 그녀는 그 사람들이 돈과 권력을 가진 이들이라는 것도 알았다. 하지만 그들이 모두 고관이고 그 가운데 성장도 있었다는 사실은 알지 못했다. 중년의 여자 경찰이 말했다.

"성장 외에 시장도 두 명이나 있어요. 은행장도 몇 명 있고 현 도로국 국장도 있지요. 그들은 모두 이미 조직으로부터 쌍규를 당했어요. 당신은 우리 수사에 순순히 협조해서 공을 세우려는 자세를 보여야만 그나마 처벌을 줄일 수 있어요."

뉴샤오리는 더욱 이해가 되지 않았다.

"저는 그 푸씨라는 사람을 억울하게 한 적도 없고 원한을 산 일도 없는데 왜 그가 저만 해치려고 그 고관들과 잠자리를 갖게 했던 건가요?"

중년의 여자 경찰이 빙긋이 웃었다.

"아마 당신이 다른 여자들보다 더 예뻐서 그랬을 거예요. 생김새가 외국인 같아서 그랬을 수도 있겠지요."

뉴샤오리가 어리둥절한 표정을 짓자 중년의 여자 경찰이 다시 물었다.

"이제 우리의 수사에 적극 협조할 생각이 있나요?"

"묻고 싶은 게 한 가지 더 있어요."

"뭔데요?"

"작년에 저는 이곳에서 쑹차이샤라는 이름으로 통했어요. 그런데 1년이 지난 지금 어떻게 저를 찾은 건가요?"

"작년에 이곳 어디에 거주했나요?"

"호텔에요."

"누구랑 같이 투숙했지요?"

"쑤샹이요."

"호텔에 주거등록을 하려면 뭐가 필요하지요?"

뉴샤오리는 그제야 알 것 같았다. 신분증이 자신을 해친 것이었다. 게다가 쑤샹은 이미 공안에 붙잡혀 있었다. 중년의 여자 경찰이 물었다.

"쑤샹의 말로는 매번 당신한테 처녀 행세를 하게 했다더군요. 그게 사실인가요?"

상황이 여기까지 이르자 뉴샤오리는 고개를 끄덕이는 수밖에 없었다. 중년의 여자 경찰이 또 물었다.

"당신은 처녀인가요?"

뉴샤오리는 고개를 가로저었다.

"엄격히 말하자면 이 역시 사기죄에 해당됩니다."

중년의 여자경찰은 이어서 컴퓨터를 돌려 키보드를 몇 번 두드린 다음 다시 컴퓨터를 돌려 모니터가 뉴샤오리를 향하게 했다. 컴퓨터 화면에는 나이가 쉰이 넘어 보이는 남자의 정면 사진이 나타났다. 남자는 하얀 피부에 머리를 올백으로 넘기고 금테 안경을 쓴 모습이었다. 뉴샤오리는 그가 '을 18호'에서 맞았던 첫 번째 손님임을 알아보았다. 중년의 여자 경찰이 그 사람을 가리키며 물었다.

"당시에 이 사람과 무슨 얘기를 했나요?"

뉴샤오리는 당시 이 사람과 함께 있을 때 모든 얘기가 침대 위에서 이루어졌다는 것을 기억했다. 하지만 두 사람이 나눈 대화에 관한 기억은 1년이라는 시간이 지나면서 전부 흐릿해져버렸다. 자신이 한 말이 전부 거짓말이었는데도 상대방은 전부 믿었던 기억밖에 없었다. 뉴샤오리는 상대방이 자신에게 무슨 말을 했는지는 전혀 기억하지 못했다. 한나절을 생각한 끝에 갑자기 두 글자가 생각났다.

"자기라고 했어요."

중년의 여자 경찰은 어리둥절한 표정이었다.

부록 1

그해 9월 초, 전국의 대형 인터넷에 한 여자 때문에 ○○성과 ○○성의 고위 관료 열두 명이 동시에 낙마했다는 기사가 헤드라인 뉴스로 떴다. 이 열두 명의 고관이 한 여자와 잤다는 것이었다. 쑹차이샤라는 그 여자의 진짜 이름은 뉴샤오리였다. 고관들과 어울릴 때는 쑹차이샤라는 이름을 썼기 때문에 모두 그녀를 쑹차이샤라고 부르는 데 익숙해져 오히려 그녀의 진짜 이름은 소홀히 했다. 그녀와 관계를 가진 고관들 가운데 ○○성 성장 리안방도 있다 보니 두 가지 일이 혼합되고 발효되어 원자탄의 원자분열처럼 엄청난 위력을 발휘하면서 중국 전체를 뒤흔들었다. 사흘 사이에 '쑹차이샤'라는 이름은 인터넷에 빠르게 확산되어, 30여 명의 국가 정상이 베이징에서 회의를 갖는다는 뉴스마저 압도해버렸다.

그녀에 관한 뉴스에는 100만 개 넘는 댓글이 달렸다. 창녀를 경멸하고 매도하는 댓글도 있고 탐관을 조롱하고 매도하는 댓글도 있었다. 사회의 어두운 면을 비난하는 댓글도 있고 쑹차이샤를 칭송하는 댓글도 있었다. 그녀를 칭송하는 사람들 사이에 널리 회자된 노래가 있었다. 곡명은 「아름다운 저녁놀의 노래彩霞之歌」였다.

아름다운 저녁놀의 노래

네가 침대 위에서 걸어오면
봄날의 조수는 너의 풍채
너는 탐관을 향해 달려가
가볍게 허리띠를 풀고
달콤한 유즙乳汁을
한 무리의 공복들에게 먹이네
너의 그 용솟음치는 파도가
성장의 머리를 물속에 가라앉히면
우리는 아름다운 놀을 찬미하네
반탐反貪은 푸른 풀을 뽑는 것 같아
우리는 여전히 아름다운 놀을 사랑하니
너는 너무나 귀한 인재였네.

(…)

SNS에는 그녀에게 주는 '성녀상'의 취지문도 떠돌았다.

그녀는 처녀였지만 열두 명의 고관과 잤다. 그녀는 침대보 한 장으로 반부패의 거대한 막을 열었다. 그녀가 얻은 것이라곤 미미한 노동 소득에 불과했지만 탐관들에게 천만의 가산을 날리게 했다. 그녀는 007이 아니었지만 호랑이굴 깊숙이 들어가 적들을 사로잡았다. 그녀는 혼자 싸웠지만 그녀의 등 뒤에는 꼿꼿이 선 채 허리가 아프지 않다고 말하는 천만의 우리가 있었다.
그녀는 성녀, 이름은 쑹차이샤였다.

어떤 사람들은 도해의 방식으로 열두 명의 고관들과 쑹차이샤가 잠자리를 가졌던 전후 순서를 배열하여 열두 건의 공공 사건 사이의 연관성을 분석함으로써 결론을 제시하기도 했다. 열두 건의 재판이 연쇄적으로 폭발할 수 있었던 것에 대해 쑹차이샤에게 감사해야 하지만 ○○성 ○○현 차이훙3교 위에서 폭발한 저질 폭죽에게도 감사하는 게 마땅했다. 폭죽의 품질이 나쁘지 않았다면 어떻게 차이훙3교가 폭파될 수 있었겠는가? 그 트럭에 실린 폭죽이 폭발하지 않았다면 그 뒤로 이어진 일련의 사건도 일어나지 않았을 것이다. 한동안 '미소 오빠' '시계 오빠'라는 별명으로 폭발적인 관심을 끌었던 현 도로국 국장은 저질 폭죽 때문에 피해를 보았고, 리안방 등은 '미소 오빠'와 '시계 오빠' 때문에 그물에 걸려들고 말았다. 하급 관리가 고관의 일에 연루되어 피해를 보는 것은 흔한 일이지만 고관이 하급 관리 사건에 연루되어 피해를 보는 일은 흔치 않았다. 더욱이 서로 잘 알지 못하는 관계가 사건에 연루되는 일도 흔치 않았다. 그 트럭에 실린 저질 폭죽이 서로 관련 없는 사람과 사건들을 하나로 이어준 셈이었다. 누군가 이 저질 폭죽을 생산한 공장을 추적해보니 ○○성 ○○현 ○○향에 있는 오채빈분五彩繽紛 불꽃폭죽제조유한회사였다. 수많은 사람이 또 인터넷에서 오채빈분 회사를 칭송하면서 페넌트를 보내기 시작했다. 페넌트에 가장 많이 새겨진 단어는 '허풍'이었다.

이 모든 뉴스와 댓글은 이튿날 사이트 관리자에 의해 전부 삭제되어버렸다. 삭제되지 않았더라도 대부분의 사람이 이틀 뒤면 흥미를 잃었을 것이다. 오히려 삭제되었기 때문에 이런 뉴스와 댓글들이 개인 SNS에 떠돌아다니면서 미친 듯이 전파될 수 있었는지도 모른다.

쑹차이샤에 관한 뉴스가 다음 날 리안방 사건과 연루되자, 미국 뉴욕으로 도망갔던 중국 기업가 자오평판이 미국 방송국과 인터뷰를 하게 되었다. 그는 자신이 아는 리안방 사건의 진상을 사실 그대로 얘기했다. 그리고 리안방의 체포는 간단히 부패와 뇌물 수수로 치부할 수 없으며 그가 정치 투쟁의 희생물이었다는 게 더 중요한 사실이라고 밝혔다. 리안방이 성장으로 일한 성은 앞서 물러난 ○○○의 근거지였고, 리안방이 성장이 될 수 있었던 것은 ○○○의 추천에 따른 것이었다. 이리하여 리안방은 ○○○의 용감한 용병이 되었다. 사실 그 전에는 리안방과 ○○○가 아는 사이는 아니었으며 성장이 된 이후에 접촉하게 된 사이다. 앞뒤로 합쳐도 겨우 1년 남짓한 시간이었는데, 성문에 불이 붙자 연못 속의 물고기에게까지 재앙이 닥치고 말았다. 이때 마침 쑹차이샤 사건이 터지면서 리안방이 붙잡혀 들어가고 만 것이다. 그를 체포한 이유는 부패와 뇌물 수수였다. 자오핑판은 또 중국의 부패가 이미 돌이키기 어려울 정도로 깊다고 지적하면서, 잡혀 들어간 자들을 탐관이라 하지만 과연 남은 사람들은 깨끗하겠냐고 되물었다. 이어서 그는 지난 30년간 중국에서 부동산 개발업에 종사해온 자신의 경력에 관해 언급하면서 베이징에서 지방에 이르기까지 무수한 관리와 갖가지 어두운 거래를 했다고 밝혔다. 말하는 과정에서 수많은 관리의 성명을 밝히기도 했다. 그 가운데 일부 관리는 여전히 고위 직책을 유지하고 있었다. 동시에 그는 중국 사회의 정경유착 구조와 갖가지 어두운 내막을 털어놓으면서 한 예를 들었다. 재작년에 '하늘' 같은 배경을 지닌 인물이 국가 기관을 이용하여 그의 수중에서 100억 위안이 넘는 돈을 갈취했다. 현재 그의 사업은 최고의 전성기를 구가하는 중이다. 지난달에는 몇 군데 유럽 기업을 사들이기도 했다.

방송국은 이 인터뷰를 황금시간대인 저녁 8시에서 10시 사이에 배치하여 방영했다. 두 시간에 달하는 실황 방송을 진행한 것이다. 미국의 중국계 인터넷 사이트들도 실황 방송을 진행했고 미국의 수많은 중국인이 이 프로그램을 시청했다. 한 네티즌은 시청 후에 댓글을 남겨 이 인터뷰는 나쁜 사람이 나쁜 사람을 비난하는 것이라고 평가했다. 개가 개를 무는 격이라 똑같은 털이고 똑같은 난장판이라는 것이다. 오히려 어떤 네티즌은 나쁜 사람이 나쁜 사람 얘기를 하는 것이기 때문에 신빙성이 더 크다고 했다. 또는 자오핑판이 쑹차이샤 사건을 빌려 목소리를 낸 것은 사실은 한바탕 소란을 일으키거나 리안방을 비난하고 폭로하는 등의 것이라기보다는 자신을 보호하기 위한 예비 조치였다고 한 네티즌도 있다. 그가 리안방 사건에 연루되어 있기 때문에, 그리고 리안방의 손에 그와 수많은 관리 사이의 거래에 관한 자료가 쥐어져 있기 때문에 그의 신변이 위험하다는 것이다. 지금 그가 목소리를 내는 것은 아직 자신이 살아 있다는 것을 증명하기 위해서였다. 그가 곧 사라지기라도 한다면 사람들로부터 큰 주목을 끌 것이니, 목소리가 더 클수록 더 안전했다. 제때 입에서 나오는 대로 말을 해두지 않으면 어느 날엔가 이 지구상에서 귀신도 모르게 증발할 수 있었다. 또 어떤 네티즌은 과거에 한때는 큰 소리 한 번으로 바람과 구름을 일으키던 부동산 업계의 큰손이 지금 이렇게 목소리를 내서 자신을 보호하려고 발버둥치면서 창녀 한 명의 추문에 매달리는 것 자체가 웃기는 일이라고 말했다.

인터뷰 녹음 내용은 SNS를 통해 중국 국내에도 전해졌지만 별다른 반향을 일으키지 못했다. 첫째는 인터넷 감독관이 즉각 삭제하여 SNS에서만 5분 정도 떠돌다 사라졌기 때문이다. 둘째는 같은 날 경찰의 감시 요원들이 파파라치처럼 중국의 한 유명 여배우의 스캔들을 폭로했기 때문이다. 일반적으로 유명 여배우의 일탈은 일상적인 것쯤으로 여겨졌지만 이 여배우의 일탈 대상은 타이의 트랜스젠더라 일시에 각 인터넷 사이트의 헤드라인을 장식하게 되었다. 앞뒤에서 협공을 하는 바람에 자오핑판의 이번 인터뷰는 헛고생이 되고 말았고, 그의 유머는 헛된 유머가 되고 말았다.

제2부

우리는 모두
서로를 알고 있다

1년이 지났다.

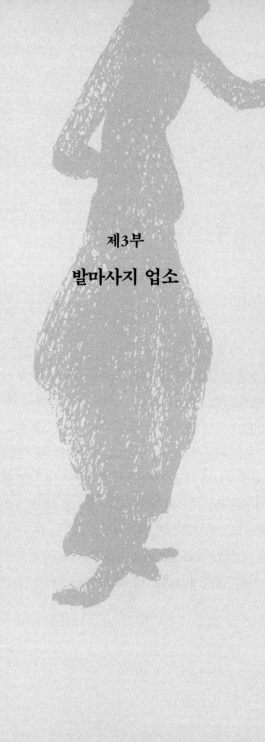

제3부

발마사지 업소

1

5·1 노동절을 앞두고 마충청馬忠誠은 ○○시 환경보호국 부국장
으로 임명되었다. 그 소식을 받은 마충청은 고혈압이 도지고 말
았다. 너무 갑작스러운 일이었기 때문이다. 마충청은 원래 환경보
호국의 일개 과장에 지나지 않았다. 환경보호국에는 열한 개의
과실科室이 있었고 과장도 열한 명이었다. 마충청은 일생이 여덟
번 반복된다 해도 자신에게 부국장 자리가 돌아오기는 어렵다고
생각하고 있었다. 마충청은 평소 세상과 다투는 바가 없었고 하
루하루 환경의 지배를 받으면서 생활에 순응하여 그럭저럭 적당
히 살아왔다. 이렇게 얼마간 더 버티다가 평온하게 퇴직할 생각
이었다.

연초에 부국장 한 명이 사직하여 빈자리가 생겨나자 모든 것이 뒤죽박죽되기 시작했다. 열 명의 과장이 서로를 고발하면서 실명을 거론한 것이다. 연초부터 지금까지 조직은 아예 기율위원회가 되어버렸다. 한 명의 사건을 명백히 하여 처리하고 나면 그것이 실마리가 되어 다른 사람의 죄상에 관한 한 통의 고발장이 날아들고, 그러면 기율위원회 사람들이 출동하는 식이었다. 비리가 없는 사람은 있을 수 없었다. 그러다 보니 고발을 당하지 않으면 문제가 없는 것이고, 고발을 당하면 문제가 있는 것이다. 마충청은 다른 사람을 고발하지 않았고 다른 사람들도 마충청을 고발하지 않았다. 그러다 보니 뜻밖에도 마충청이 다크호스로 부상하게 되었다. 조직의 난장판은 극심해졌지만 끓는 솥 바깥에 있던 마충청에게는 화가 복이 되어 돌아온 것이다. 국장이 마충청을 불러 얘기를 나누다가 그에게 이 소식을 전했다. 마충청은 아무 말도 하지 않았다. 말하고 싶지 않아서가 아니라 갑작스런 소식에 고혈압이 도지면서 할 말이 떠오르지 않았기 때문이다. 직장에서 나와 집으로 돌아간 마충천이 두 손을 펴 보이며 마누라에게 말했다.

"내가 무슨 인덕과 능력이 있다고 그런 자리에 올라갈 수 있겠소?"

마충청의 마누라가 말했다.

"당신은 인덕도 없고 능력도 없으니 그 인덕과 능력을 두루 갖춘 분들에게 감사해야 해요. 학과 씹조개가 싸우면 늙은 어부가 득을 보는 법이라고요. 그러니 어디 가서 자랑할 생각일랑 하지 말아요."

마충청은 그때부터 아무 말도 하지 않았고 혈압도 정상으로 돌아왔다. 하지만 승진이란 나쁜 일이 아니므로 가족 모두에겐 큰 기쁨이었다. 고등학교에 들어간 아들이 5·1 노동절이 되면 집안에 두 가지 경사가 생기는 셈이니 대대적인 축하 행사를 벌이자고 제안했다. 어떻게 축하한단 말인가? 중학교에 들어간 딸은 5·1 황금연휴에 가족이 여행을 가자고 제안했다. 어디로 여행을 간단 말인가? 제각기 의견을 내놓은 결과 상, 중, 하 방안으로 압축되었다. 상에 해당되는 의견은 싱가포르와 말레이시아 또는 타이를 여행하자는 의견이고, 중에 해당되는 제안은 국내의 모 관광지로 가자는 의견이다. 하에 해당되는 세 번째 의견은 30리 밖에 있는 황허黄河강에 가서 배를 타고 놀면서 황허의 대형 잉어를 맛보자는 것이다.

마충청 마누라의 의견은 근처에 있는 황허강에 가서 황허 잉어를 맛보는 것이었다. 시간을 절약할 수 있고 힘도 들지 않는 방안이다. 하지만 아이들은 초라한 여행이라며 반대했다. 마충청 마누라는 황허강 근처로 가는 게 너무 초라하긴 하지만 그렇다고 싱가포르와 말레이시아, 타이에 가는 것은 고려할 수 없다고 말했다. 비용이 한 사람당 7000위안 정도니까 네 사람이면 3만 위안이나 되기 때문에 몹시 버겁다는 것이었다. 국내 관광지 가운데 타이산泰山산과 화산華山, 주차이거우九寨溝, 청더承德, 바샹壩上 등지는 가족 모두 가보았던 곳이었다. 아이들이 갑자기 자유해신自由海神에 가자고 제안했다. 자유해신은 중국 남방의 ○○성이 작년에 새로 개발한 관광지로, 미국 자유의 여신상처럼 손에 횃불을 든 거대한 여인의 석상이 해변에 세워진 곳이다. 새로 개발된 관광지라 여행객들에게 다양한 할인 행사를 하고 있는 여행의 핫 플레이스라고 할 수 있다.

이리하여 마충청 가족은 자유해신을 여행지로 결정했다.

2

첫날, 마충청의 가족은 자유해신상과 바다를 구경하고 수영을 했다. 마충청의 마누라는 수영을 할 줄 몰라 물가에서 사람들을 구경했다. 이튿날에는 세계공원을 찾아 해양관을 구경하고 놀이공원에서 롤러코스터를 타고 급류 보트도 즐겼다. 마충청은 고혈압 때문에 롤러코스터를 탈 엄두가 나지 않았다. 하지만 이들이 구입한 티켓은 가족용 단체 티켓이었고, 여기에는 각종 놀이기구 입장권이 포함되어 있었다. 안 타면 손해니까 같이 타자고 딸이 권하는 바람에 마충청은 마지못해 타보기로 마음먹었다. 롤러코스터를 타고 난 뒤에도 마충청은 몸의 변화를 느낄 수 없었다. 마충청이 말했다.

"거참 이상하네."

점심때 마충청 가족은 해산물 거리의 한 음식점에서 딱총새우를 먹었다. 딱총새우 껍질을 벗기면서 마충청의 마누라가 자유해신은 사람들이 떠들어대는 것만큼 그렇게 멋지진 않다고 했나. 관광지 전체가 조악하게 지어졌다는 것이다. 마충청은 조악한 건 사실이지만 약속대로 각종 할인 서비스가 있어서 좋았다고 했다. 아이들은 딱총새우를 먹으면서 앞으로 며칠 동안 즐길 만한 아이템을 늘어놓으며 계획을 짜기 시작했다. 온천욕과 필드스키, 샌드스키, 열기구 타기, 스쿠버다이빙, 어선을 따라 바다에 나가 돌고래 구경하기 등이 두루 망라되었다. 갖가지 즐길 거리에 대해 순서를 정하느라 아이들은 입씨름을 벌였다. 바로 그때 딩동 소리와 함께 마충청의 휴대전화에 문자 메시지가 하나 도착했다. 메시지를 읽고 난 마충청은 그 자리에서 얼어붙었다. 속히 직장으로 돌아와 당직을 서라는 국장의 지시였다. 휴일에 당직을 맡기로 한 부국장 라오량老梁의 집에 일이 생겼기 때문이었다. 오늘 오전에 라오량의 모친이 심근경색으로 세상을 떠난 것이다. 식구들 모두가 문자 메시지를 읽고는 넋이 나가버렸다. 마누라가 말했다.

"여행 기분이 싹 가시네."

마충청이 탄식하듯 말했다.

446

"차라리 부국장이 되지 않는 게 더 좋았을 것 같군. 천 리 밖으로 나와서도 제대로 놀지 못하니 말이야."

하지만 공무인 데다 국장의 지시라 거역할 수도 없었다. 게다가 라오량이 모친상을 당한 것은 큰일이므로 공적으로든 사적으로든 거부하기가 어려웠다. 가족 전체가 대응책을 논한 결과, 이렇게 된 마당에 병력을 둘로 나누기로 최종 결정을 내렸다. 가족들은 자유해신 여행을 계속하고 마충청만 집으로 돌아가기로 한 것이다. 그러지 않으면 여비를 낭비하는 꼴이 되기 때문이었다. 마충청은 자신도 모르게 탄식이 새어나왔다.

"공직에 있다 보니 몸 하나 맘대로 뺄 수가 없군."

그러고는 혼잣말로 중얼거렸다.

"자유해신은 다음 기회에 다시 오는 수밖에 없을 것 같네!"

3

마충청은 홀로 배낭을 메고 자유해신 시외버스터미널로 가서 버스를 타고 그 성의 성성으로 간 다음, 다시 택시를 타고 기차역으로 갔다. 매표소에서 기차표를 사고 나니 배가 고팠다. 그는 광장 건너편에 있는 음식점에 들어가 뜨거운 국수를 한 그릇 먹은 뒤, 광장 화단 경계석에 앉아 쉬면서 오가는 사람들을 구경했다. 이때 비쩍 마른 한 사내가 다가와서는 마충청에게 말했다.

"형님, 발마사지나 하면서 피로를 좀 푸시는 게 어떠세요."

마충청은 그가 성매매 호객꾼이라는 걸 모르지 않았다.

"시간이 없네."

"말씀하시는 걸 들으니 외지 분이군요. 불원천리하고 여기까지 오셨는데 예쁜 아가씨와 대화라도 나누면서 외로움을 달래는 것도 나쁘지 않을 겁니다."

마충청이 고개를 가로저었다.

"저희 업소는 바로 저 앞에 있습니다. 멀지도 않아요."

마충청은 이번에도 고개를 가로저었다.

"저희 업소의 아가씨들은 전부 절세미인들이라니까요."

마충청이 휴대전화로 시간을 확인해보니 기차 출발 시각까지는 아직 세 시간이나 남아 있었다. 마충청은 어차피 시간을 보내야 하고 두 가지 기쁜 일이 겹친 마당에 자신을 위로하는 것도 나쁘지 않겠다고 생각했다.

"자네 업소는 안전한가?"

"절대로 안전합니다."

호객꾼은 기다렸다는 듯이 재빨리 대답하더니 덧붙여 설명했다.

"안전은 손님을 위한 것이 아니라 저희 자신을 위한 겁니다. 손님은 이곳에 잠시 머물다 가시지만 저희는 매일 이 일로 먹고살거든요."

마충청은 호객꾼의 말에도 일리가 있다고 생각하고 몸을 일으켰다.

4

호객꾼은 마충청을 데리고 역 뒤쪽으로 갔다. 시끄럽고 소란한 역전 광장과는 달리 이곳은 무척이나 조용했다. 호객꾼은 마충청을 어느 골목 안으로 인도했다. 발마사지 업소 옆에서는 기둥 모양의 전등이 돌아가고 있었다. 업소 안으로 들어서자 쉰 남짓 되어 보이는 레깅스 차림의 여자가 얼굴에 환한 미소를 지으며 그를 맞아주었다.

"오빠 어서 오세요. 앉아서 차 한잔 드세요."

여자가 말하는 사이에 호객꾼은 다시 밖으로 나갔다. 여자는 정수기 옆으로 가서 종이 컵에 차를 따르더니 마충청에게 건넸다.

"오빠, 작은 걸로 하시겠어요? 아니면 큰 걸로 하시겠어요?"

작은 것은 일반 마사지이고 큰 것은 특별한 서비스라는 걸 마충청은 모르지 않았다. 마충청은 종이컵을 입에 가져가 호호 입김을 불면서 말했다.

"작은 것이든 큰 것이든 먼저 사람부터 보고 얘기합시다."

여자가 빙긋이 웃으면서 안에다 대고 소리를 질렀다.

"샤오취小翠, 빨리 나와봐. 손님 오셨어."

주렴이 걷히면서 여자 한 명이 나왔다. 이름이 샤오취였다. 한

눈에 봐도 나이가 쉰쯤 되었음을 알 수 있었다. 그녀가 잔뜩 분을 바른 얼굴로 미소 짓자 주름 사이로 분가루가 떨어져 내렸다. 크게 실망한 마충청이 물었다.

"이 여잡니까?"

그러고는 곧장 다시 물었다.

"다른 사람으로 바꿔줄 수 없나요?"

레깅스 차림의 여자가 말했다.

"다른 여자들은 전부 불려갔어요."

마충청이 자리에서 일어섰다.

"그런 안 하는 걸로 합시다."

레깅스 차림의 여자기 마충청을 막아섰다.

"조금 있으면 젊은 아가씨들이 돌아올 테니 잠시만 기다려주세요."

"얼마나 기다려야 하는데요?"

"금방 돌아와요. 길어야 두 시간이에요."

마충청은 벽에 걸린 시계를 바라보았다. 기차 시간까지는 아직 두 시간 반 정도 남아 있었다. 두 시간을 기다리고도 반시간이 남았지만 그 시간이면 기차역으로 돌아가야 하는데 어떻게 기다린단 말인가? 마충청이 몸을 돌려 나가려고 하자 레깅스 차림의 여자가 또 앞을 가로막고는 샤오취를 가리키며 말했다.

"나이는 따지지 마세요. 서비스를 얼마나 잘하는지가 중요하잖아요."

그러고는 말을 더했다.

"나이가 많으면 경험도 풍부한 셈이지요. 게다가 젊은 아가씨들보다 가격도 싸고요."

마충청은 샤오취를 다시 한번 위아래로 훑어보았다. 나이는 좀 들었지만 이목구비가 뚜렷하고 눈빛이 착해 보였다. 배가 많이 나오지 않았고 둔부가 두드러졌다. 심지어 엉덩이가 아주 둥글었다. 자세히 보니 은근히 분위기가 있는 것 같았다. 마충청이 망설이는 듯한 어투로 물었다.

"젊은 아가씨들보다 얼마나 더 싼데 그래요?"

레깅스 차림의 여자가 말했다.

"큰 거요 작은 거요?"

"발마사지 말이에요."

레깅스 차림의 여자가 말했다.

"젊은 아가씨는 50위안이고 샤오취는 30위안이에요."

5

샤오취가 마충청을 데리고 어느 방으로 들어가서는 먼저 나무 대야에 더운 물을 떠다가 마충청의 발을 씻겨주었다. 발을 씻기 전에 먼저 더운물에 담갔다. 발을 담그고 있는 동안 샤오취는 마충청에게 안마를 해주었다. 먼저 종아리를 누른 다음 무릎 관절을 문지르더니 이어서 허벅지를 마사지했다. 주무르는 손이 점점 밑으로 내려가더니 사타구니까지 닿았다. 샤오춰가 말했다.

"오빠, 그러지 말고 큰 걸로 하시지 그래요."

마충청이 말했다.

"얘기했잖아요. 안 한다고."

"오빠, 제대로 쉬셔야죠. 한번 해요."

마충청은 또다시 샤오춰를 위아래로 훑었다. 가까이서 보니 얼굴의 주름이 더욱 선명했다. 쉰 넘은 여자와 그 짓을 하는 상상을 하자 그녀의 아랫부분이 건조할 것 같았다. 마충청의 아랫도리도 아무런 반응이 없었다. 샤오춰가 마충청의 속마음을 알아챘는지 입을 열었다.

"그게 별로 내키지 않으시면 입으로 하는 걸로 하세요. 전 뭐든 다 잘할 수 있거든요."

'입으로 한다'는 말에 마충청의 마음이 움직였다. 아래는 말랐을지 몰라도 위는 마르지 않았을 테니 말이다. 마충청의 마누라는 어미 호랑인 데다 아이들도 다 자랐기 때문에 5년 전부터 부부 사이에는 신체 접촉이 없었다. 마충청의 아랫도리가 약간 움직이는 것 같았다. 마충청이 물었다.

"입으로 한다고? 입으로 하는 건 얼마요?"

샤오춰가 말했다.

"큰 거랑 같아요. 300위안이에요. 오빠, 똑똑하신 분이니까 입으로 하는 게 더 힘들다는 것 잘 아시겠지요."

"너무 비싸요. 안 할래요."

"그럼 얼마면 하시겠어요?"

"100위안이요."

샤오춰가 피식 하고 웃었다.

"오빠, 중국 전체를 돌아다녀보세요. 천하에 100위안짜리 구강성교가 어디 있어요?"

그러고는 또 말을 이었다.

"오빠, 저도 오빠랑 실랑이할 생각 없어요. 딱 잘라서 200위안에 해요. 다른 건 요구하지 말고요. 오늘 아직 마수걸이도 못했단 말이에요."

마충청은 잠시 생각하더니 더 이상 말하지 않았다. 묵인한 셈이다. 샤오춰가 손을 내밀었다.

"오빠, 우선 돈을 내세요."

"하고 나서 얘기합시다. 내가 도망칠까봐 그래요?"

샤오춰가 빙긋이 웃었다.

"솔직히 말해서 그렇게 해야 우리 둘 다 안심할 수 있잖아요."

배낭을 열어 지갑을 꺼낸 마충청은 200위안을 집어 샤오춰에게 건넸다. 샤오춰는 돈을 브래지어 안에 쑤셔넣고는 수건으로 마충청의 발을 문질러 닦았다.

"오빠 잠깐만 기다리세요. 가서 준비하고 올게요."

마충청은 침대에 누워 쉬고 있었다. 잠시 후 샤오취가 다시 들어왔다. 손에는 물 두 컵과 젖은 수건이 들려 있었다. 물 한 컵에서는 뜨거운 김이 피어올랐다. 샤오취는 물과 수건을 침대 머릿장 위에 내려놓고 마충청의 바지를 벗기기 시작했다. 이어서 젖은 수건으로 마충청의 몸을 문질렀다. 위아래로 다 문질러 닦은 다음 엉덩이를 들게 하여 뒤를 닦아주었다. 그렇게 몸을 문질러 닦는 사이에 마충청의 아랫도리가 묵직해지는 느낌이 들었다. 샤오취는 브래지어 안에서 콘돔을 하나 꺼내 마충청의 아랫도리에 씌워주었다. 마충청이 그녀의 손을 붙잡아 저지하며 말했다.

"입으로 하는데 이건 왜 필요한 거요?"

샤오취가 말했다.

"오빠, 제가 어제부터 입안이 좀 헐었거든요. 오빠한테 전염될까봐 걱정되어서요."

샤오취의 대답에 마충청은 억지를 부릴 수 없었다. 콘돔을 씌운 다음 샤오취가 물 컵을 들어 더운물을 한 모금 머금고는 그 상태로 마충청의 물건을 입에 넣고는 혀를 움직이기 시작했다. 잠시 후 더운물을 뱉어낸 샤오취는 다시 찬물을 한 모금 머금었다. 더운물과 찬물로 한 번씩 자극을 받은 마충청은 온몸이 떨렸다. 약간 말랑말랑하던 것이 이제는 완전히 단단해져 있었다. 샤오취가 머금었던 물을 뱉어내고는 마충청의 둔부를 핥기 시작했다.

앞뒤로 주도면밀하게 핥아갔다. 마충청은 이런 자극에 정신을 잃고 기절할 것 같았다. 쉰 넘은 샤오취의 나이가 전혀 거슬리지 않았다. 오히려 그녀의 나이 때문에 더 이로운 것 같았다. 정말 값진 서비스였다. 샤오취가 뒤에서 앞으로 이동하여 다시 한 번 아랫도리를 빨아주면서 동작에 속도를 높이자 마충청은 소리를 지르면서 사정을 하고 말았다. 마충청이 침대 위에 늘어져 숨을 헐떡거리고 있는데 문이 확 열리면서 건장한 사내 넷이 우르르 들어왔다. 그 가운데 우두머리로 보이는 사람이 말했다.

"경찰입니다."

마충청은 그 자리에서 몸이 굳어버리고 말았다. 정신을 차리고 침대에서 일어나 도망치려는 순간 경찰 넷이서 사지를 하나씩 붙잡고 그를 바닥에 눕힌 다음 위에서 찍어 눌렀다.

6

마충청은 네 명의 경찰에 의해 발마사지 업소 밖으로 끌려나와 작은 승합차에 태워졌다. 샤오취와 레깅스 차림의 여자도 함께 차에 탔다. 마충청의 배낭도 경찰에 의해 차 안으로 던져졌다.

10분쯤 지나 승합차로 압송된 마충청과 여자들은 어느 건물 마당에 도착했다. 마충청은 파출소라고 생각했는데 마당 입구를 보니 '역사 연합방범대'라는 팻말이 붙어 있었다. 마충청이 자신을 압송한 네 명의 사내를 유심히 살펴보니 모두 사복 차림이었다. 그제야 마충청은 네 사람이 경찰이 아니라 가도街道*의 방범대원이라는 걸 알 수 있었다. 마충청과 두 여자가 차에서 내리자 두 명의 방범대원이 여자들을 어느 방으로 데려가고, 나머지 두 명의 방범대원은 마충청을 다른 방으로 끌고 갔다. 방 안에 들어서자 대원 한 명이 마충청을 구석으로 밀어넣고 몸을 수색하기 시작했다. 또 다른 대원은 마충청의 배낭을 뒤졌다. 이때 누군가 방 안으로 들어섰다. 키가 작고 뚱뚱한 몸집의 사내는 손에 찻잔을 하나 들고 차를 마시면서 들어왔다. 방 안의 두 대원이 황급히 그를 '대장'이라고 부르며 경례를 했다. 대장이 마충청을 위아래로 훑으면서 대원들에게 물었다.

"이 사람은 어떻게 된 건가?"

대원 하나가 대답했다.

"성매매를 하다가 적발되었습니다."

마충청이 재빨리 끼어들었다.

"저는 성매매를 하지 않았어요."

또 다른 대원이 신문지로 둘둘 만 물건을 탁자 위로 던졌다. 신문지를 펴보니 안에 콘돔이 들어 있었다.

"여기 증거가 있어요. DNA 검사를 해볼까요?"

---

* 가도위원회의 준말로, 중국 도시의 행정구역 단위 및 그 사무소를 뜻함. 주민자치센터와 유사하지만 공안을 대신해 치안 업무도 담당함.

마충청이 해명하고 나섰다.

"성매매를 한 게 아니라 그냥 입으로만 한 겁니다."

방범대원이 말했다.

"과거에 클린턴도 구강성교를 했어요. 미국 법원은 이를 똑같은 성매매로 인정했고요."

마충청의 배낭을 뒤지던 대원이 그의 신분증을 보고 말했다.

"아이고, 이 양반 보통 사람이 아니네."

또 다른 대원이 물었다.

"그게 무슨 뜻이야?"

"이 양반 국가 간부예요. 그것도 부국장이네요."

대장이 신분증을 건네받아 살펴보았다. 다 보고 나서 마충청에게 물었다.

"국가 간부인 양반이 외지에 와서 성매매를 해요? 이럴 경우어떤 처벌을 받게 되는지는 잘 알고 있죠?"

마충청은 문득 마당 입구에 걸려 있던 팻말이 생각났다.

"당신들은 경찰이 아니니까 나를 체포할 권리가 없어요."

대원 한 명이 말을 받았다.

"걱정하지 마세요. 여기는 임시 사무실이고 잠시 후에 파출소로 연행할 겁니다."

또 다른 대원이 거들었다.

"파출소에 간다 해도 크게 걱정하실 필요는 없어요. 처벌이라고 해봤자 보름 정도 구류에다가 소속 직장과 가족들에게 통보하는 수준일 테니까요."

마충청의 등에서 식은땀이 솟았다. 구류 보름이면 범법 행위에 해당된다. 직장에 알려지면 직장에서는 곧장 파면 절차를 진행할 것이고, 새로 맡은 부국장의 직책은 농담이 돼버린다. 그의 성매매 사실을 가족에게 통보하면 어미 호랑이인 마누라에게 맞아 죽을 게 뻔했다. 요행히 죽지 않고 살아남는다 해도 평생 구치소에 갇혀 사는 것과 다르지 않을 것이다. 사실 가장 두려운 건 이런 게 아니다. 마충청의 아들은 고등학생이고 딸은 중학생인데, 아들딸이 다니는 학교까지 마충청의 성매매 사실이 알려진다면 어떻게 학교생활을 할 수 있겠는가? 마충청이 성매매를 하다가 적발되어 모든 직책에서 파면되었다는 사실이 주민들에게 알려지면, 하나가 열 명에게 전하고 열 명이 백 명에게 전하는 식으로 퍼진다면 자식들이 어떻게 살아간단 말인가? 금세 마음이 약해진 마충청은 대장에게 사정하기 시작했다.

"대장님, 처리 방식을 바꾸면 안 될까요?"

대장이 마충청을 쳐다보았다.

"어떤 방식으로 바꾼단 말인가요?"

"벌금을 내는 걸로 말입니다."

대원 한 명이 말했다.

"급하실 것 없어요. 파출소에 가시면 구류 외에 벌금을 내는 방법도 있을 테니까요."

마충청이 또다시 대원에게 매달렸다.

"제 말은 여기서 벌금을 낼 테니 그만 풀어달라는 겁니다."

대장이 버럭 화를 냈다.

"지금 애들 장난하는 줄 알아요? 우리는 지금 법을 집행하고 있는 거라고요. 어서 연행해!"

두 대원이 다가와 마충청을 양쪽에서 제압했다. 마충청은 두 사람에게 다시 한번 애원했다.

"형님, 저는 초범이지 않습니까? 한 번만 기회를 주세요. 제게는 위로 연로하신 부모님들이 계시고 아래로는 어린아이들이 있습니다. 일이 커지면 이 세상을 어떻게 살아갈 수 있겠습니까? 목매달아 죽는 수밖에 없지요."

이어서 바닥에 주저앉아 두 손으로 탁자 다리를 붙잡고는 밖으로 나가지 않으려고 발버둥을 쳤다. 두 대원이 그런 모습을 보고는 손을 멈췄다. 그 가운데 한 대원이 말했다.

"대장, 보아하니 아무래도 초범인 것 같습니다. 기회를 한 번 주시는 게 어떻겠습니까?"

또 다른 대원이 말했다.

"이 일이 세상에 알려지면 정말로 목을 맬 것 같네요."

마충청도 이에 호응했다.

"전 목을 매고 말 겁니다."

대원 한 명이 다시 입을 열었다.

"지금 기관에서도 인성으로 법을 집행한다는 강령을 제창하고 있지 않습니까?"

대장이 바닥에 주저앉아 있는 마충청을 바라보며 생각에 잠겼다.

"이런 일은 정말 처리하기 쉽지 않아."

생각에 잠겼다는 것은 묵인을 의미했다. 마충청이 황급히 대장에게 큰절을 했다.

"감사합니다, 대장님. 정말 감사합니다. 대장님."

대원 한 명이 발로 마충청을 한 대 걷어찼다.

"벌금으로 전환한다면 얼마나 낼 수 있어요?"

마충청이 황급히 대답했다.

"지갑에 있는 돈을 전부 벌금으로 내겠습니다."

다른 대원이 마충청의 지갑을 열어 돈을 세어보았다.

"다 합쳐서 2400위안입니다."

마충청이 바닥에서 천천히 몸을 일으키며 고개를 숙인 채 말했다.

"차비만 좀 남겨주시면 안 되겠습니까?"

대장이 찻잔을 탁자 위에 내려놓으며 말했다.

"지금 물건 흥정하는 거요? 파출소로 보내!"

마충청이 황급히 말을 바꿨다.

"아닙니다. 안 남겨주셔도 됩니다."

대원 한 명이 마충청을 질책했다.

"이 양반이 정말!"

그러고는 지갑 안에 있는 카드를 가리켰다.

"여기 카드도 있잖아요?"

지갑을 돌려받은 마충청은 신분증과 배낭을 돌려받은 뒤 문밖으로 뛰쳐나왔다. 문 앞에 나온 그는 갑자기 걸음을 멈추고는 대장과 두 대원을 쳐다보았다. 대원 한 명이 말했다.

"왜요? 후회돼요? 차라리 파출소로 갈까요?"

마충청이 탁자 위 신문지에 쌓여 있는 콘돔을 가리켰다.

"저거 제가 가져가도 될까요?"

다른 대원이 탁하고 탁자를 내리쳤다.

"안 돼요. 증거물이라 남겨둬야 해요. 그래야 당신이 딴소리 못할 테니까."

마충청이 고개를 숙인 채 말했다.

"남겨둬야 한다면 어쩔 수 없지요."

그러고는 몸을 돌려 사무실을 나왔다.

7

다시 기차역으로 돌아온 마충청은 화단 옆에 앉아 숨을 가라앉히고 있었다. 방금 전 일이 마치 꿈인 것만 같았다. 모든 게 위험했다. 하마터면 목을 맬 뻔했다. 놀라긴 했지만 다행히 험악한 꼴은 면할 수 있었다. 2000위안이 넘는 돈을 잃고 마음의 평안을 되찾았으니 파산은 했지만 재앙은 면한 셈이다. 사건의 결과만 놓고 보면 연합방범대 대원들은 조금이나마 인의를 갖춘 사람들인 듯싶었다. 2400위안의 벌금을 물렸지만 더 이상 그를 쥐어짜진 않았기 때문이다. 현금인출기에서 카드로 1, 2만 위안을 더 찾아오라고 했더라도 요구대로 따르지 않을 수 없었을 것이다. 1, 2만 위안 때문에 밥그릇과 체면을 동시에 잃을 수는 없지 않은가?

숨을 가라앉힌 마충청은 갖고 있던 기차표를 꺼냈다. 기차표에 명기된 열차는 이미 떠나 버린 뒤였다. 그는 지갑에서 은행카드를 빼어 현금인출기에서 1000위안을 인출한 다음 매표소로 가서 기차표를 바꿨다. 열차를 놓친 데 대한 차액을 지불하고 새 기차표를 받았다. 기차를 타려면 세 시간이나 남았지만 마충청은 갈 데도 없고 정신도 안정되지 않은 터라 광장의 화단 옆에서 쉬기로 했다. 문득 함께 붙잡혔던 쉰 넘은 샤오취와 레깅스 차림의 여자가 떠올랐다. 두 여자는 어떻게 됐는지 알 수 없지만, 벌금을 물었거나 파출소로 넘겨졌을 것이다. 마사지 업소에서 만나기 전까지는 몰랐던, 하늘 끝에서 만난 생면부지의 윤락녀들이다. 두 여자가 마충청에게 피해를 준 건지 마충청이 두 여자에게 피해를 준 건지 알 수 없었다. 마충청이 마사지 업소에 가지 않았다면 두 여자가 잡혀가는 일도 없었을 것이다. 그는 서글픈 느낌에 자신도 모르게 몸을 일으켜 기차역 뒤쪽을 향해 걷기 시작했다. 두 여자가 일하는 마사지 업소에 찾아가 어떻게 됐는지 알아볼 요량이었다. 업소 안으로는 감히 들어갈 수 없지만 멀찌감치 떨어져 탐색하는 건 문제없을 듯싶었다. 마사지 업소 안에 있으면 잡혀가겠지만 근처 거리에 있으면 안전할 것이다. 이런 생각을 하면서 기차역 뒤쪽 모퉁이를 돌아 아까 왔던 골목 입구로 들어섰다. 입구에서 골목 안을 들여다본 마충청은 깜짝 놀라지 않을 수 없었다. 마사지 업소 옆에 세워져 있는 기둥 모양의 전등이 여전히 돌아가고 있고 업소 안에서 불빛이 새어나오고 있는 것이다. 지금 영업 중이란 말인가? 방금 전 조사를 당했는데 어떻게 계속 영업할 수 있을까? 마충청은 뭔가 수상하다고 느꼈다. 업소 안으로 들어가 확인하고 싶었지만 방금 그곳에서 잡혀갔기 때문에 두려움을 안은 채 멀찌감치 떨어진 골목 입구에서 지켜보는 수밖에 없었다. 잠시 후 업소 안에서 호객꾼 녀석이 나오더니 골목을 따라 밖으로 나가고 있었다. 마충청은 황급히 담벼락 뒤로 몸을 숨겼다가 호객꾼이 큰길로 나서자 그를 뒤쫓았다. 거리 한가운데에서 주변에 사람이 없는 것을 확인한 마충청이 호객꾼의 어깨를 치며 말했다.

"이봐 형제, 물어볼 일이 있어서 자네를 찾았네."

호객꾼이 고개를 돌려 마충청을 쳐다보았다. 처음에는 놀라더니 곧 진정된 태도로 말했다.

"누구세요? 전 누구신지 모르겠는데요."

마충청이 그의 팔을 꽉 움켜잡았다.

"시치미 떼지 마."

호객꾼은 몸을 빼내려고 버둥거렸다.

"놔요. 지금 강도짓을 하는 거예요? 소리를 질러 사람들을 부를 거예요."

"강도짓 하는 것 아니야. 자네에게 100위안을 주지."

호객꾼은 애써 몸을 빼냈다.

"이거 놔요."

"200위안."

"놓으라니까요."

"300위안."

호객꾼이 더 이상 몸을 움직이지 않았다.

"무슨 짓을 하려는 건데요?"

"한 가지만 말해주면 돼. 처음에 기차역에서 나를 마사지 업소에 데려갈 때 이미 함정을 파놓았던 거지?"

호객꾼이 마충청을 이리저리 뜯어보았다.

"돈이나 주세요."

마충청은 배낭에서 지갑을 꺼내 300위안을 세어 호객꾼에게 건넸다. 호객꾼은 돈을 바지 주머니에 쑤셔넣었다.

"형님, 이제야 알아채셨군요. 우리가 낚시를 한 겁니다."

"연합방범대대랑 한통속이었던 건가?"

호객꾼이 마충칭을 향해 눈을 크게 뜨면서 말했다.

"그들과 결탁하지 않으면 낚시가 헛수고가 되지 않겠어요? 이 걸 낚시 법집행이라고 하지요. 형님이 마사지 업소에 들어서자마자 이쪽에서 연합방범대대에 알린 거예요."

마충칭이 고개를 끄덕였다. 모든 것이 명백해졌다. 그가 성매매로 잡혀간 것은 그가 부주의해서가 아니라 그들이 친 그물에 걸렸기 때문이었다. 그렇다면 샤오춰가 마충칭에게 콘돔을 끼운 행위도 미끼의 일부분이었던 것이다. 증거를 남겨서 법을 집행할 때 사용하려 한 것이다. 성매매 한 번에 200위안 혹은 300위안 인데 마충칭에게는 2400위안의 벌금을 때렸고, 그렇다면 그들은 과연 얼마나 챙겨먹는 걸까? 샤오춰와 레깅스 차림의 여자, 역사의 연합방범대대 대원 몇 명, 여기에 호객꾼까지 합세하여 야비한 짓을 하고 있으니, 그야말로 법을 무시하고 하늘을 두려워하지 않는 극악무도함이 아닐 수 없었다. 하지만 마충칭으로서는 이곳이 외지인 데다 아는 사람도 없고 콘돔도 저들 수중에 있으니 함정이라는 걸 뻔히 알면서도 벙어리 냉가슴 앓듯이 속으로 삼키는 수밖에 없었다. 마충칭이 탄식하듯 말했다.

"이런 짓을 하는 건 너무나 부도덕한 일이야."

그러고는 호객꾼에게 물었다.

"자네 마사지 업소가 악독한 건 둘째치고, 연합방범대대는 정부의 사법기관임에도 불구하고 자네들과 한통속이 되어 이런 짓을 했으니 사적인 이익을 추구하는 데 권력을 사용한 것 아닌가?"

호객꾼이 입을 삐죽거리며 말했다.

"그들에게도 창수創收*가 있어야 하거든요. 위에서 그들에게 하달하는 일정한 지표가 있어요. 창수를 챙기지 않으면 매달 지급하는 보조금과 장려금을 어디서 조달하겠어요? 그들이 매달 우리에게 정해주는 금액이 있다고요."

"이 돈을 자네들은 어떻게 분배하나?"

"저희는 낚시비만 받아요. 한 사람 앞에 100위안씩 나눠주고 나머지는 전부 그들이 챙겨가지요."

마충청이 계산을 해보았다. 자신은 벌금으로 2400위안을 주었으니 마사지 업소의 낚시꾼들에게 각 100위안씩 300위안을 주고 나면 나머지 2100위안이 전부 연합방범대대에 귀속되는 셈이었다. 마충청이 물었다.

"자네들은 이렇게 적게 나눠받고도 그런 짓을 한단 말인가?"

"이 주변 치안은 전부 그들이 관할하기 때문에 그런 짓을 하지 않으면 도저히 마사지 업소를 운영할 수가 없어요."

• 학교나 연구소·의료기관에서 기술 제공이나 자문 등으로 경제적 수입을 취득하는 것.

모든 걸 알게 된 마충청이 발을 구르며 말했다.

"머리에서 발끝까지 정말로 철저히 썩었군."

마충청이 분개하는 것을 본 호객꾼이 위로했다.

"오늘 돈 좀 깨진 걸로 너무 억울해하지 마세요. 사실 크게 손해 보신 건 없으니까요."

마충청이 멍한 표정을 지으며 물었다.

"그게 무슨 뜻인가?"

"형님한테 서비스해준 사람이 누군지 아세요?"

"쉰이 넘은 그 여자 말인가?"

"그 여자 이름이 뭔지 아세요?"

"샤오취라고 하지 않았나?"

"그건 마사지 업소에서만 쓰는 이름이고요. 진짜 이름은 캉수펑이에요."

마충청은 여전히 어리둥절할 뿐이었다.

"캉수펑이 누군데?"

"작년에 전국을 뒤흔든 사건 모르세요? 어느 성의 성장 얘기 말이에요. 리안방이라고 하던가, 부패와 뇌물 수수로 무기징역형을 받았잖아요. 캉수펑이 바로 그 사람 마누라예요."

마충청의 머릿속에서 쾅하고 폭발음이 울렸다. 국가기관의 간부인 마충청으로서는 상부 관료들의 추문에 관심을 두고 있었고, 특히 작년에 전국을 뒤흔들었던 리안방 사건 역시 관심사였다. 그런데 리안방이 작년에 무기징역에 처해졌다는 건 알았지만 이런 곳에서 그의 마누라를 만나게 될 줄은 상상조차 할 수 없는 일이었다. 게다가 그는 그녀와 그 짓을 하기도 했다. 마충청은 갑자기 입이 말을 듣지 않았다.

"그, 그 여자, 그 여자가 어떻게 이런 곳에 오게 된 건가?"

호객꾼이 말했다.

"그녀의 아들이 자동차 사고로 작년에 징역형을 선고받고 이 근처에 있는 소년범관교소少年犯管教所에 갇혀 있어요. 그들 고향에서 너무 멀리 떨어진 곳이라서 그녀는 아예 이곳에 머물게 된 겁니다. 한 달에 한 번 아들 면회 가는 날을 기다리면서요."

"아들 면회를 위해 접대부가 되었단 말인가?"

"참 가볍게 말씀하시네요. 외지에 나와 먹고 마시고 싸고 자려면 아무래도 돈이 필요하지 않겠어요?"

"정 돈이 필요하다면 다른 일을 해도 되지 않을까?"

"할 수 있지요. 식당에서 설거지를 하면 한 달에 2000위안을 벌 수 있어요. 아들 면회만 한다면 그렇게 해도 되겠지만 리안방이 친청秦城*에 갇혀 있잖아요. 그러니 한 달에 한 번씩은 베이징에도 가야 하지요. 게다가 소년범관교소에 갇혀 있는 아들이 감형을 받거나 좀 편하게 지내려면 아무래도 그 안에 있는 사람들

• 베이징 북쪽의 감옥으로 유명한 지역.

에게 잘 보여야 하지 않겠어요? 이래저래 적지 않은 돈이 들어간단 말이에요."

그러고는 이렇게 덧붙였다.

"아무래도 이런 일이 빨리 돈 벌 수 있거든요."

마충청이 고개를 끄덕였다. 캉수핑의 처지를 알 것 같았다. 그래도 여전히 억울한 마음을 떨칠 수 없었다.

"아무리 돈이 필요하다 해도 남에게 피해를 입혀선 안 되지."

"형님이 그런 상황에 처해보지 않아서 그래요. 저 누님은 정말 불쌍해요. 나이도 많아 손님들이 찾아주지도 않거든. 돈을 벌지 못하니까 한밤중에 작은 장부를 들여다보면서 이리저리 계산을 해보다가 울음을 터뜨리기 일쑤라니까요."

호객꾼이 마지막으로 말했다.

"이런 사실을 아는 사람은 업소 안에서도 몇 명 없어요. 형님이 제게 돈을 주셨기 때문에 사실을 다 털어놓은 거라고요. 성장부인하고 한 번 하셨는데 어떠셨어요? 만족하셨나요?"

호객꾼은 제 갈 길로 가버렸다. 마충청은 넋이 나간 표정으로 그 자리에 앉아 있었다. 세상사는 정말 알다가도 모를 일들로 가득했다. 마충청은 고개를 가로저었다. 그들을 따라 낚시 법집행을 도운 그녀를 악독한 여자라고 생각했는데, 캉수핑의 처지를 알고 보니 그녀의 사악함에 대해 다른 느낌을 갖게 되었다. 또 그녀가 캉수핑이라는 걸 몰랐을 때는 2400위안을 빼앗긴 게 억울

했지만 나중에는 자기가 2400위안을 소비한 셈치기로 했다. 성장의 여자에게 구강성교를 받은 것도 어찌 보면 상당히 비싼 서비스라고 할 수 있다. 부처급 간부인 일개 시의 환경보호국 부국장으로서는 성장을 직접 만나기도 어려운데 성장 부인과 이토록 깊이 있는 접촉을 가졌다는 건 충분히 가치 있는 일이었다. 이제 그는 성장과 하나의 연결 고리를 갖게 된 셈이다. 평소에는 그토록 높은 관리를 만날 수 없었지만 그의 마누라를 즐길 수 있었다는 것으로 충분히 아쉬움을 풀 수 있었다. 일찌감치 그녀가 리안방의 마누라라는 사실을 알았다면, 그래서 그녀의 아랫도리까지 탐했다면 물고기 한 마리를 두 번 먹는 셈이 되었을 것이다. 문득 작년 신문에서 리안방의 낙마가 쑹차이샤라는 여자와 관련되었다는 보도가 생각났다. 접대부인 쑹차이샤도 리안방과 잠을 잤고, 그 한 번의 관계가 사건 해결에 결정적인 역할을 했다. 마충청은 쑹차이샤를 모르지만 오늘의 이 사건은 쑹차이샤가 그를 도와준 셈이었다. 그날 리안방과 쑹차이샤의 접촉이 오늘 마충청과 캉수핑의 접촉을 도운 것이다. 전혀 모르는 사람들 사이에 이렇게 많은 관계가 숨어 있을 줄 마충청은 상상도 못했다. 일이 현재의 상황에 이르기까지 리안방과 그의 아들만 아무것도 모르고 있을 것이다. 마충청이라는 사람이 리안방의 뒤통수를 치고 있다는 것을 말이다. 캉수핑은 소년범관교소에서 아들을 만나도 자신이 무슨 일을 하고 있는지 아들에게 말하지 않을 것이다. 또

한 캉수핑은 수천 리 떨어진 친청의 감옥에 가서도 리안방에게 발마사지 업소 얘기는 하지 않을 것이다. 이어서 생각해보니 리안방의 뒤통수를 친 사람은 마충청 한 명으로 그치지 않을 것이다. 캉수핑은 마사지 업소에서 매일 손님을 받을 것이고, 시간이 지나면 적지 않은 사람이 리안방의 뒤통수를 치는 셈이다. 쑹차이샤는 마충청만 도운 것이 아니라 그토록 많은 사람을 도운 것이다. 이런 부분에까지 생각이 미치자 마충청은 등에서 식은땀이 흘렀다. 무척이나 더럽고 지저분한 일이었다. 마충청은 자신의 아랫도리를 내려다보며 탄식의 한숨을 내쉬었다. 작년에 전국을 뒤흔들었던 대형 사건은 결국 마사지 업소의 한 접대부에게까지 연결되었다. 성장의 마누라가 접대부가 되었다는 건 꽤나 황당한 일이다. 마충청은 또 한숨을 내쉬었다. 연합방범대대의 몇몇 대원이 성매매를 낚시 도구로 삼는 것은 황당함 중의 황당함이었다. 황당함이란 무엇인가? 일이 황당한 것은 황당하다고 할 수 없다. 황당함을 직업으로 삼는 것이야말로 진정한 황당함인 것이다. 황당함을 직업으로 삼는 것도 황당함이라고 할 수 없다. 연합방범대대의 대원들이 법집행을 낚시로 삼아 번 돈을 집으로 챙겨가고, 그들의 마누라들이 그 돈으로 생활한다는 것이 진정한 황당함이다. 너도 황당하고 나도 황당하니, 모두가 다 황당함에 의지해서 살아가고 있는 것이다. 이런 황당함이 바로 정상이 되는 것이 아닐까? 하지만 다시 생각해보면 이런 황당함 덕분에 마충청은 오늘의 어려운 관문을 넘긴 셈이다. 오늘 이 사람들이 법집행을 명목으로 낚시를 하는 사람들이 아니라 공도公道에 따라 법을 집행하는 사람들이었다면 지금 그는 어디에 가 있을지 알 수 없었다. 어쩌면 이미 유치장에 들어가 있을지도 몰랐다. 나아가 신세를 망치고 공명이 찢어지고 집안이 해체되어 결국 죽음에 이를 수도 있다. 이런 생각을 하다 보니 오늘 호랑이 입에서 빠져나오는 과정에서 가장 감사해야 할 사람은 바로 연방방범대대 대원들과 그들의 마누라였다. 그들의 마누라와 그들 가족의 삶이 캉수핑에게 살길을 마련해주었고 이어서 마충청에게도 살길을 터준 셈이었다. 두 가지 살길은 본질적으로 같은 것이었다.

"이걸 무슨 일이라고 명명해야 하나?"

마충청은 또다시 한숨을 내쉬었다.

8

마충청은 다시 기차역으로 돌아와 광장 화단 옆에서 쉬고 있었다. 멍하니 앉아 있는데 마누라한테서 전화가 왔다.

"기차 탔어요?"

마충청은 황급히 생각을 가다듬고 마음을 가라앉힌 다음 대답했다.

"방금 간신히 차표를 샀어. 5·1 황금연휴라 앞의 열차들이 전부 만석이었거든. 근데 무슨 일로 전화한 거야?"

"방금 엄마한테서 전화가 왔는데 허리 디스크가 재발하신 모양이에요. 집에 도착하면 엄마 모시고 병원부터 한번 가봐요."

"알았어."

"집에 도착하면 매일 어항 속 물고기에게 밥 주는 거 잊지 말아요. 화분에도 물 좀 주고요. 게으름 피우면 안 돼요."

"알았어."

전화를 끊으면서 마충청은 때맞춰 전화가 와서 다행이라고 생각했다. 한 시간 전이었다면 마충청은 방범대대 사무실에 있을 때로, 방범대원들이 이 전화를 받았다면 마누라에게 들켜버렸을 것이다. 황당함 속에서 모든 일이 놀랍기는 하지만 위험하지 않은 쪽으로 귀결되었다. 마충청은 날름 혀를 내밀었다 다시 집어넣었다.

"어휴 쪽팔려!"

이때 뚱보 한 명이 다가와서는 마충청을 쳐다보며 말했다.

"형님, 가서 발마사지나 하시면서 피로 좀 푸시는 게 어때요?"

마충청이 고개를 가로저었다,

"저희 업소는 바로 코앞에 있어요. 멀지 않아요."

마충청이 또 고개를 가로저었다.

뚱보가 말했다.

"저희 집 아가씨들은 하나같이 다 예쁘다니까요."

마충청이 또 고개를 가로저었다.

"형님, 이렇게 좋은 날 왜 제 충고를 받아들이지 않는 거예요?"

"내가 한마디 하면 자네는 더 이상 권하지 않게 될 걸세."

"무슨 말인데요?"

"나도 고향에서 발마사지 업소를 하고 있다네."

뚱보가 어리둥절한 표정으로 빙긋이 웃었다.

"알고 보니 저랑 같은 업종에서 일하시는 분이었군요."

그러고는 한마디 덧붙였다.

"형님, 아무 말도 하지 않겠습니다. 편히 가십시오."

2017년, 베이징

극단적 타자화

극도로 치밀하고 복잡한 구도와 대조적으로 대단히 간단하고 소박한 언어가 특징인 류전윈의 소설에는 항상 반복되는 몇 개의 문장이 있다. 소설 전체가 무수한 문장의 도미노라면 그 몇 마디 반복되는 문장들은 그 도미노의 연쇄사슬 속에서 특별한 색깔을 지니면서 서사의 진행을 이끄는 역할을 한다.

이 작품에서는 "쾅하고 폭발음이 울렸다"와 "무슨 뜻이야?"가 바로 그 도미노다. '쾅하고 울리는 폭발음'은 사건의 발생 혹은 반전을 암시한다. 정확히 말하자면 암시暗示가 아니라 명시明示다. 우리 소시민들의 삶은 무수한 사건의 발생과 진행, 반전으로 이루어진다. 사건의 발생과 해결 과정이 곧 삶이다. 이 소설에서는 뉴샤오리와 리안방, 양카이퉈, 마충청이라는 각기 다른 신분을 가진 네 사람의 이야기가 무수한 사건을 발생시키고 그 진행과 반전의 과정에서 서로 얽히고 착종되어 하나의 커다란 삶의 풍경을 만들어낸다. 서로 알지도 못하고 만난 적도 없는 네 사람이 삶의 도미노 사슬에 올라타 수많은 사건의 원인을 만들어내고 사건의 발생과 반전을 통해 중국 소시민들이 체감하고 있는 삶과 죽음의 고단함을 서글픈 풍경으로 보여주고 있는 것이다. 이것이 바로 지금 역사상 가장 빠른 속도의 사회 변화를 경험하고 있는 중국인들의 초상이다. 다양한 계층의 중국인들이 극도로 이질적 공간인 도시와 농촌이 하나로 공존하는 다분히 부조리적인 상황 속에서 삶의 현실과 배경, 목적과 지향을 달리하여 어디론가 바쁜 걸음을 옮기면서 고단하게 살아가고 있다. 그런 중국인들의 삶에 언어의 논리성으로 무장한 류전윈의 유머 서사는 사람들을 절망 속에서도 웃게 만드는 치명적인 마력을 지니고 있다. 소설이 끝날 때쯤에는 인물 모두가 더없이 사랑스럽고 친근한 이웃이자 친구로 느껴지는 기이한 마술이 류전윈의 소설이다.

한편, 『닭털 같은 나날들』에서 시작하여 『핸드폰』『말 한 마디가 만 마디를 대신한다』를 거쳐 이 작품에 이르기까지 류전윈의 소설은 시종 언어의 효용과 한계에 주목한다. 한 언어학자의 연구에 따르면 사람들이 하루에 할 수 있는 말은 수천 마디에 이르지만 그 가운데 꼭 필요한 말은 열 마디도 되지 않는다고 한다. 이 소설의 서사를 진행하는 도미노 "무슨 뜻이야?" 역시 이런 언어의 효용에 대한 작가의 문제제기라고 할 수 있다. 누군가 말을 했지만 상대방이 그 말의 정확한 함의를 인지하지 못하여 "무슨 뜻이야?" 하고 되물어야 하는 현실은 구약성서에 나오는 바벨탑의 상황을 연상케 한다. 소통의 기제들이 점차 무용지물이 되어 가고 있는 극단적 타자화의 시대, 언어가 언어로서의 효용성을 상실하여 언어 외적 해석이 필요한 사회가 지금 우리가 살고 있는 시대인지도 모른다. 그렇다면 바벨탑이 무너진 것처럼 오늘날의 사회도 언제든지 붕괴될 수 있다. 이와 대척점에 가정할 수 있는 것이 바로 서로 말을 하지 않아도 정확한 소통이 이루어질 수 있는 '이심전심'의 상황일 것이다. 그리고 우리에겐 분명히 과거에 이런 세상에서 살았던 기억이 있다. 작가가 언어의 효용과 한계에 천착하는 이유도 어쩌면 이러한 '이심전심' 상황으로의 회귀를 기대하는 것인지 모른다. 말이 없이 눈빛만으로도 모두가 서로에게 충실한 사람이 될 수 있었던 타자화 되기 이전의 따스한 세상이 바로 작가가 그리는 유토피아인지도 모른다.

이 소설의 원제는 『과즈 먹는 시대의 아이들吃瓜時代的兒女們』이다. 여기서 과즈를 먹는다는 말은 인터넷 용어로서 과즈를 먹으면서 구경한다는 뜻이다. '방관傍觀'의 의미인 것이다. 산업화와 도시화로 요약될 수 있는 지난 40년 중국사회의 변화가 가져온 가장 대표적인 현상이 바로 방관이다. 타인의 일을 자신의 일로 체감하지 못하고 강 건너 불구경 하듯 선을 긋는 극단적 타자화,

유대감의 극단적 상실이 이 소설의 제목이 갖고 있는 함의인지 모른다.

번역을 마칠 때쯤 뉴샤오리와 리안방, 양카이퉈, 마충청 등 소설에 등장하는 모든 인물이 무척 다정하고 친밀하게 느껴졌다. 영화를 보는 것처럼 인물들의 구체적인 이미지까지 유추할 수 있었다. 류전윈식 부조리 유머의 결과일 것이다.

2019년 9월 19일
김태성

방관시대의 사람들

1판 1쇄	2019년 10월 1일
1판 2쇄	2020년 11월 23일

지은이	류전원
옮긴이	김태성
펴낸이	강성민
편집장	이은혜
편집	이승은
마케팅	정민호 김도윤
홍보	김희숙 김상만 지문희 김현지

펴낸곳	(주)글항아리 | 출판등록 2009년 1월 19일 제406-2009-000002호
주소	10881 경기도 파주시 회동길 210
전자우편	bookpot@hanmail.net
전화번호	031-955-8891(마케팅) 031-955-1936(편집부)
팩스	031-955-2557

ISBN	978-89-6735-674-3 03820

글항아리는 (주)문학동네의 계열사입니다.

이 도서의 국립중앙도서관 출판예정도서목록(CIP)은 서지정보유통지원시스템 홈페이지(http://seoji.nl.go.kr)와 국가자료종합목록 구축시스템(http://kolis-net.nl.go.kr)에서 이용하실 수 있습니다. (CIP제어번호 : CIP2019037042)

잘못된 책은 구입하신 서점에서 교환해드립니다.
기타 교환 문의 031-955-2661, 3580

geulhangari.com